Le Siècle des Immortels III

Electrons libres

Charline Schierer

Préface

Après un roman d'aventures puis une histoire onirico-mythologique, voici une conclusion polaristique idéale… qui aurait cru qu'il était possible de captiver encore, alors que tout avait semblé torché, ou presque ?

L'auteure est exploratrice de l'un de nos faisceaux de futur possibles.

On a rendu visite à Isaac Asimov, en passant par chez Jules Verne et Stephen R. Donaldson, parce que l' « Heroic Fantasy » nous semble être en filigrane permanent. Parce que l'anticipation débridée n'empêche pas le suspense. Et parce que, tant que l'homme sera capable d'envisager, d'extrapoler et d'imaginer, il racontera des histoires auxquelles personne ne croira… jusqu'à ce qu'elles soient elles-mêmes impitoyablement dépassées par la réalité hurlante.

Vous n'y croyez toujours pas ?

En bon admirateur d'Asimov, je ne peux qu'insister. Dans les années 50, le Bon Docteur nous avait prévu des robots assez proches de ce que l'on met aujourd'hui sur le marché. Il les a pré-datés avec un peu d'avance, je vous le concède… mais les implications qu'il avait prédites me semblent bien en-dessous de ce qui est en train de se vivre. Le Japon sait aujourd'hui que, sans eux, il manquera de main d'œuvre dans quelques dizaines d'années. Et, au pays du Soleil Levant, un employé, souffrant de sa solitude, engage de chaleureuses conversations avec son cyber-aspirateur.

Dans le contexte de l'addiction aux jeux vidéo, les aînés se sont laissé obnubiler par la frayeur que leur inspire l'œil torve des jeunes technojoueurs, et négligent de réfléchir aux autres effets pervers du progrès numérique. Ce dernier a autant de facettes qu'un œil de mouche.

Ici, le « no life » n'est pas le héros. Il justifie les méfaits. Il est client invisible. Accessoire.

Mais sa présence sous-jacente est la justification des pires actions. De l'utilisation sans scrupules des êtres humains et des sentiments. Oubliez les vieilles ambitions des candidats à la maîtrise du monde ; la malveillance a changé de couleur. Non pas qu'on n'ait pas déjà évoqué l'influence de la machine sur le cerveau, les rêves induits, la manipulation de la pensée… mais je n'avais pas jusqu'à présent entr'aperçu de vraisemblance suffisante, je suppose.

Nous sommes entourés de clones de Blink. Le risque existe. L'intelligence et la compétence technique ne sont pas des apanages de l'honnêteté ou de l'empathie, combien de fois l'a-t-on prouvé ?

La peur n'évite pas le danger… et le progrès, on ne l'arrête pas. Mais ce n'est pas une mauvaise chose d'être juste conscients et prêts à aborder les faces obscures de l'évolution, n'est-ce pas ?

Daniel Schierer

Prologue

Il arrive parfois que l'on se retrouve dans l'obligation de faire un choix désagréable, autant pour soi que pour les autres. Bien sûr, cela n'arriverait pas si tout le monde se mêlait de ses propres affaires. Qui a envie, vraiment, d'avoir à se débarrasser d'un gêneur ? Personne. En tout cas, pas moi. Mais il le faut pourtant. Venu interférer dans mes projets, risquant de faire accuser ma sœur qui est l'innocence incarnée, il doit être éliminé au plus vite. On ne touche pas à ma famille. C'est moi qui ai décidé de faire ce cadeau inattendu, qu'aucun autre humain n'aurait pu même imaginer inventer. J'ai dû défier toutes les lois, ne laisser aucune trace, supprimer toutes les expériences ratées. Je ferais n'importe quoi pour faire plaisir à ma sœur, pour lui apporter tout ce dont elle manque. S'il le fallait, je risquerais ma vie. Mais pas cette fois, non. Si je dois faire couler le sang sur son passage jusqu'à ce qu'il tombe à son tour, alors soit. Je ne laisserai jamais personne connaître notre secret. Personne.

Chapitre 1

Margot

Je me réveille en ouvrant simplement les yeux et les pose sur le plafond. Je ne ressens aucune fatigue, je n'ai pas besoin de plus de volonté que cela pour me tirer hors du lit. C'est un jour comme les autres. Je m'assieds sur le côté et marmonne.

— Amène-moi mes fringues…

Mon majordome, un robot bas de gamme qui vieillit mal, attrape habilement mon uniforme sur la coiffeuse, ouvre le tiroir et trie rapidement mes sous-vêtements pour me trouver l'un des ensembles qu'il connaît. Il me regarde de ses yeux en amande incolores.

— Ça ira, apporte-moi ça.

Il cligne des yeux et roule vers moi. Ses bras mécaniques se tendent et se lient l'un à l'autre pour me présenter mes vêtements de manière optimale, à plat. J'attrape le tout avant qu'il ne se bloque dans cette position sans pouvoir bouger.

— Redresse-toi, tu vas encore planter. Le café est prêt ? Quel jour est-on ?

— Mercredi, répond-il en glissant vers la porte pour aller finir de préparer le petit-déjeuner.

C'est vrai qu'il est un peu défectueux, mais je n'ai pas le courage d'en changer. Les plus récents sont plus brillants, certes, mais on s'habitue vite à la nouveauté, et c'est plein de gadgets inutiles. Pour chaque service pré-configuré fourni, il faut payer un module supplémentaire qui coûte un bras. Le mien, au moins, apprend sur le tas, même s'il n'est pas très bon élève.

Je m'habille à mon rythme, me lève et me rapproche de mon bureau. Je soulève quelques dossiers, nonchalamment. Olivia n'a pas chômé. En moins d'une semaine, elle s'est déjà fait remarquer à divers endroits, sans jamais se trahir. Certains hôpitaux ont découvert par hasard que les traitements de leurs patients avaient changé, parfois de manière drastique. Elle est entrée par effraction sur le réseau domestique d'un criminel en fuite et a détruit tous les appareils électro-ménagers, robots compris, afin de masquer ses traces avant l'arrivée de la police. Elle s'amuse à ajouter des informations invérifiables dans les dossiers de la Police de l'Informatique et de l'Internet, nous faisant douter du moindre apport de connaissances de nos collègues, et se prend pour un modèle d'honnêteté et de justice. Et pour finir, cela fait plusieurs fois qu'elle harcèle mon équipe, moi incluse, en pénétrant dans nos maisons et en jouant la carte qu'elle maîtrise le mieux, celle de la Déesse toute puissante. Ma peur, qui m'avait quittée le temps de ma courte nuit, me serre le cœur à nouveau. J'en ai assez de ne penser qu'à cette chose virtuelle qui nuit à ma vie. Je veux retrouver ma liberté et le contrôle sur le monde des données. Je pensais qu'Olivia allait être obnubilée par Sarah, mais elle n'en a pas fini avec nous. Chacun de mes hommes, tour à tour, a été visité par elle une seconde fois depuis la fin du monde de Blink. Il ne reste plus que moi, mais ce n'est pas dit qu'un dernier avertissement lui suffise.

Le jour où elle est passée chez moi, elle m'a enfermée et a pris le contrôle sur mon majordome. Je crois que c'est bien la seule chose qui me tenterait d'en changer : ce regard humain dont l'ancienne génération était dotée, avant que la mode ne redevienne celle de l'objet mignon, sans apparence vivante. Il s'est fixé sur moi et sa voix n'était pas celle d'un être qui ne pense pas. C'était comme si mon robot était soudain doué de vie ; mais ce n'était qu'Olivia qui parlait à travers lui, comme si elle était un démon le possédant. Elle l'a laissé tranquille lorsqu'elle l'a fait planter involontairement en le faisant bouger un peu trop vite. Comme elle ne pouvait plus parler, elle a choisi d'utiliser les projecteurs holographiques du hall d'entrée et m'est apparue une fraction de seconde, le temps de me dire que j'avais détruit son monde. Cette vision m'est restée, effroyablement sombre. Il n'y avait pas de blanc dans ses yeux.

— Tu connais ces documents par cœur, dit mon majordome. Si tu les lis encore, tu vas t'inquiéter pour rien.

— Tu n'avais qu'à pas te laisser contrôler par elle, dis-je en me détournant de mon bureau.

Il laisse échapper un petit couinement aigu censé exprimer de la résignation et me suit dans la cuisine. Je m'assieds devant mon petit-déjeuner et lève les yeux vers lui.

— Si elle te contrôle encore, il faut te pencher très bas vers l'avant. Tu sais bien que c'est ton point faible, tu mets toujours des heures à t'en remettre.

Je saisis la cuillère dans mon bol de graines et de fruits et m'apprête à l'amener à ma bouche sans grande conviction, lorsqu'un bruit résonne au-dessus de ma tête. Depuis la visite d'Olivia, j'ai désactivé tous les hologrammes de mon appartement, mais ce bruit-là indique que mon ordre est en train de se faire contester par quelqu'un, ou quelque chose. Je lâche la cuillère.

— Les hologrammes sont en marche, dit mon majordome. Est-ce…

Sa tête pivote, ses yeux se fixent sur moi. Soudain, dans un grincement sinistre, il se penche en avant, de plus en plus. Il s'interrompt à mi-chemin, le visage parallèle au sol. Il s'est planté tout seul. Un frisson parcourt mon corps. Il s'est planté pour ne pas *lui* servir d'arme contre moi.

Je me lève et surveille, méfiante, les différents appareils électroménagers qui pourraient se retourner contre moi. Le bras du lavabo est immobile, et les outils de cuisine bien repliés contre le mur. Tout en les gardant dans mon champ de vision, je recule vers le couloir.

Les lumières s'éteignent une à une. Un murmure, un souffle chantant, se propage autour de moi. Je maudis les haut-parleurs de s'être réactivés sans mon autorisation. Ils ne devraient servir qu'à la communication entre les appareils connectés et les habitants de la maison, rien de plus. Jamais il n'avait été prévu qu'une entité complètement absurde en prenne le contrôle et diffuse des messages de haine chez les pauvres gens. Je veux bien lutter contre des criminels de chair et d'os. Mais ça, non. J'ai l'impression de me trouver dans un film d'horreur. J'en suis le personnage principal, celui qui est témoin de tout et meurt en dernier.

Quelqu'un de normal parlerait pour calmer son angoisse, mais je ne suis pas comme ça. J'ai besoin de silence pour entendre venir le moindre danger. Je pourrais rester des heures à guetter, à moins que mon cœur ne s'arrête de tant de tension.

— Crois-tu que tu as suffisamment été punie ? murmure une voix d'outre-tombe.

Je pense à ma mère. Je pense à ce qu'elle penserait si Olivia me tuait. Mon cœur bat si vite que j'ai l'impression d'être sur le point d'avoir un arrêt cardiaque. Olivia n'aura pas le temps de lever la main sur moi, je vais craquer avant.

— Ou bien as-tu compris l'ampleur de ma colère ?

Ma formation militaire ne m'a pas préparée à cela. Je suis redevenue la jeune fille sans défense qui souhaitait devenir forte, pour ne plus craindre les corps plus imposants. Olivia n'a pas un corps imposant. C'est son esprit qui l'est.

— Je regrette le temps où je pouvais entendre vos pensées, humains.

Derrière moi, au centre de la cuisine, son corps clignote. Je l'ai entendu au son de la cellule du plafond que j'ai moi-même fait placer là à l'achat de l'appartement. La tête penchée en avant, elle a les yeux levés vers moi et l'air très énervé. Je tourne lentement mon buste puis mes jambes pour ne pas la quitter du regard. La projection se stabilise. Il y a un fantôme chez moi. Il est sur mon réseau, connaît tout de ma vie. Il contrôle la température, le son de mes appareils, le gaz, l'électricité. Il pourrait me tuer dans un claquement de doigt.

La porte sonne et prononce le nom de Vince. Immédiatement, Nyx disparaît. Je me retourne. Elle est toujours là, cette fois dans le couloir qui me sépare de l'entrée. L'hologramme me fixe, ses yeux envahis de noir dirigés sur moi. Un sourire en coin étire ses lèvres sur la droite. Je suis tétanisée, mais la porte sonne encore et répète le nom de Vince. Il faut à tout prix que je lui ouvre. Lui saura quoi faire.

Je ferme les yeux et me précipite en criant dans le couloir. J'entame un virage serré et, ouvrant les yeux, bondis sur la porte. J'appuie sur le mécanisme mais rien ne se passe. Trenthi est de l'autre côté de cette porte. Je sais qu'il n'attend jamais que je lui ouvre celle de l'immeuble pour entrer, et je n'ai jamais pris le temps de créer une règle pour le refuser à l'interphone.

— Trenthi !

— Margot ? Qu'est-ce qu'il se passe ? Ouvre !

— Essaie toujours, dit Nyx dans mon dos.

— TRENTHI, VITE !

Je me suis accroupie au pied de la porte. Olivia a tout verrouillé, je suis à nouveau enfermée chez moi. Vince se met à tambouriner et à crier. Je ne suis pas du genre à souhaiter le voir avec autant d'empressement. Il sait que quelque chose ne va pas.

— Ta peur est fascinante, humaine, murmure Nyx derrière moi.

Je me retourne, recroquevillée au sol. Son corps est en lévitation, comme nageant dans les airs. Ses cheveux noirs laissent échapper un flot intarissable de fleurs noires qui coulent au sol et disparaissent en s'effritant. Le blanc de ses yeux reparaît par instants afin de me montrer, encore et encore, la transition entre un regard de femme dangereuse, et celui d'un démon issu de mes pires cauchemars.

Elle tend alors le bras vers moi et fronce les sourcils, abandonnant son air amusé pour un visage défiguré par une colère divine.

Je pousse un hurlement et perds connaissance.

Le ciel est visible au-delà des gratte-ciel. Il est gris clair, et ses nuages voguent vers une destination lointaine. Le monde n'est pas comme dans mes souvenirs. Depuis peu, il représente à mes yeux l'avenir civilisé issu de siècles d'évolution démarrant dans le berceau de l'humanité qu'était notre petite capitale virtuelle. Alors qu'il était le passé des virtualisés, il est considéré par les survivants comme le futur d'une race presque éteinte, celle des hommes que nous étions. Des êtres qui n'étaient qu'amas d'incertitudes, qui traversaient leur prochain sans le voir, qui se divisaient en clans intolérants. Je suis fière de nous voir vivants, changés. Ce que nous avons vécu ensemble n'a pas de prix.

Rita a la chance de ne pas vivre en souterrain. Elle et moi sommes pareilles. Nous aimons ouvrir les rideaux et découvrir Paris à la fenêtre, le vrai Paris, pas une image d'une résolution qui dépasse nos capacités oculaires pour nous faire croire que nous habitons en surface. Beaucoup de gens se contentent de cela. C'est moins cher, c'est tranquille, on n'entend pas les voisins. Tout ce qui leur vient du dehors, de l'air qu'ils respirent au paysage qu'ils auraient eu à la surface, leur est fourni par la technologie, d'une manière ou d'une autre, sans aucun inconvénient si ce n'est de savoir que c'est irréel. Cela me fait penser au monde de Blink. Virtuel ou réel, parfois, ne sont pas si différenciables que cela. Il y a toujours quelque chose d'artificiel dans notre réalité, de faux, car nous sommes humains et que la race humaine ne vit pas au naturel. Elle en est bien incapable.

Les tensions du monde se sont apaisées au fil des siècles. Il y a toujours des idéologies inquiétantes, des hommes nerveux déclenchant de petites guerres pour des broutilles, des psychopathies que l'on ne détecte pas toujours à temps. Mais on en détecte la plupart. La technologie, bien que je l'aie toujours critiquée au cours de mon voyage forcé, a rendu notre civilisation intelligente et alerte. Elle lui a permis de réduire la criminalité, sans traitement de faveur. De nous créer ce petit enclos dans lequel se trouvent nos droits et nos devoirs, et au-delà duquel une mer d'interdictions, de crimes, d'horreurs possibles s'étend. Les hommes, avec leur partialité, leurs goûts et leurs passions, sont des dangers pour leur propre peuple dès lors qu'ils prennent des décisions importantes le concernant. Certaines pourraient convenir, d'autres poseraient problème, et l'unanimité du peuple est utopique. Souhaiter que tous soient heureux d'un changement est faire preuve d'un optimisme dangereux. C'est se voiler la face, ou dissimuler au monde ses vraies intentions. Celles de gouverner coûte que coûte, car le pouvoir est une gloire à laquelle bien des hommes aspirent. Il en sera ainsi aussi longtemps qu'existera l'humanité.

Je traverse sans prévenir, perdue dans mes pensées. Une voiture qui, au loin, m'avait vue arriver à cette allure hésitante et avait ralenti sans que son occupant ne comprenne pourquoi, s'arrête avant de m'écraser. Je vois le conducteur qui lève un sourcil dans ma direction, agacé que je perturbe son pilote automatique. Je lui fais un signe de la main pour m'excuser et finis de traverser. La maison de Rita est juste là. Je m'identifie avec mon badge et grimpe au troisième étage.

Rita ne travaille pas en ce moment à cause de sa grossesse, elle sera à la maison. Elle prodigue des formations à distance via le Miroir ou un ordinateur, et se repose le reste du temps. Contrairement au monde de Blink, dans le monde réel, on ne nous assigne pas une tâche toute définie pour le restant de notre vie. Nous alternons entre différents travaux pour lesquels nous possédons une certification, ainsi que les formations que nous sommes autorisés à faire passer à ceux qui veulent à leur tour être certifiés. Notre vie est faite de changements, si nous le voulons bien. Il est plus facile pour un être humain évoluant dans un monde de travailleurs indépendants de choisir de se cantonner à une seule activité toute sa vie, que l'inverse : il y a encore deux siècles, un pauvre homme qui s'ennuyait dans son travail n'avait pas la moindre chance ne serait-ce que d'envisager le changement. Pourtant, c'est cela qui fait vivre, espérer, qui fait qu'aucun jour ne ressemble au précédent. Le changement, c'est le trésor inestimable de nos chers profiteurs des hautes sphères. C'est ce qui augmente la productivité, motive les troupes, apporte le grain au moulin d'une manière ou d'une autre. Le changement, c'est la liberté de chaque individu. Celle de ne pas changer, peut-être ; ou celle de vivre avec des choix qui nous appartiennent.

J'appuie sur le bouton et recule pour que l'hologramme de la pièce où se trouve Rita diffuse mon apparence en trois dimensions. Je l'entends venir d'un pas énergique. Elle enclenche le mécanisme pour m'ouvrir.

— La balade a été bonne ? Pas trop de vent ?

— Un peu, c'était agréable. Je ne t'ai pas interrompue dans ton travail, au moins ?

— Non, bien sûr que non, dit-elle en souriant.

Ses cheveux aux reflets qui tirent sur le roux ondulent de son front à son menton, suivant le mouvement de sa tête quand elle la secoue. Ses yeux pétillent d'un plaisir évident de me voir, son nez se fronce, elle se mord la lèvre inférieure. L'ombre presque invisible d'une légère fossette d'enfance creuse sa joue droite. Elle est en pleine forme.

— Toi, tu as un truc à me dire, dis-je en entrant.

— Ce n'est pas une particulièrement bonne nouvelle, dit-elle pour s'excuser d'avoir l'air enjoué. Vince a appelé. Il paraît que Margot a reçu la visite d'une certaine Déesse de la Nuit, et que c'est grave parce qu'elle a la phobie des fantômes.

— La phobie des fantômes ?

Je fronce les sourcils. Margot m'a l'air assez terre-à-terre, pragmatique, musclée et dotée d'un caractère bien trempé. Rien ni personne ne lui fait peur. Du moins, c'est ce que je pensais.

— Je veux bien qu'elle ait peur des fantômes, ajouté-je en me tournant vers Rita, mais en quoi est-ce grave ? Nyx ne ferait pas de mal à une mouche. Elle nous étudie parce que nous la fascinons.

— Elle se venge parce que son monde n'existe plus.

Je hausse les épaules. Des boucles brunes attirent mon attention à la lisière du couloir. Deux yeux dépassent au niveau de l'arête du mur.

— Tu es rentrée ? demande Max en jaillissant de sa cachette. Alors, on t'a reconnue dans la rue ?

— Un peu, dis-je en l'embrassant sur le front, mais ceux d'aujourd'hui n'ont pas osé m'approcher, c'était reposant.

— Dis donc, intervient Rita, je parlais d'un sujet sérieux avec ta mère.

Max lève un sourcil et lâche avec nonchalance :

— Tatie, tu sais pas comment dire les choses. Avec Maman, il ne faut pas y aller par quatre chemins. Regarde, je vais te montrer.

Il se tourne vers moi tout entier, se campe sur ses jambes et déclame :

— Sarah, l'heure est grave.

Il adopte une expression sérieuse accompagnée d'une moue boudeuse dont il ne parvient pas à se débarrasser, mais je le soupçonne de jouer la comédie.

— Juliette a la trouille des fantômes. Elle vit seule avec son robot, elle devient paranoïaque. Hier, Nyx est passée pour lui faire peur, et elle en est tombée dans les pommes sur le pas de sa porte. Ils ont mis deux heures à obtenir l'autorisation pour forcer la serrure et s'occuper d'elle, juste parce qu'elle est de la PI. Moi, j'ai une solution. Nyx t'adore et elle aime parler avec toi. Tu vas chez Juliette, tu y passes la nuit. Si Nyx apparaît, tu lui parles et Juliette verra bien qu'il ne faut pas avoir peur.

Rita semble honnêtement surprise par la proposition.

— Max, ta mère ne va pas aller chez madame Margot pour parler avec le fantôme qui hante sa maison. Laisse-nous discuter un peu seules, tu veux bien ?

— Mais… c'est la meilleure chose à faire !

Elle roule les yeux, le faisant soupirer et partir vers sa chambre. Je me mets à rire tout bas.

— Tu sais qu'il peut encore t'entendre, murmure Rita. Ne sape pas mon autorité…

Elle sourit. L'idée de Max sort tout droit d'un de ces dessins animés policiers qu'il adore. On pourrait imaginer à merveille un détective privé affublé de béret, pipe et loupe, proposer à une dame de haut standing de séjourner temporairement dans son château, le temps d'élucider le mystère du fantôme. Nyx n'est pas un mystère et Margot ne roule probablement pas sur l'or, mais je dois dire que si elle en est arrivée à s'évanouir, ce pourrait bien être une solution envisageable.

— Ne me dis pas que tu y réfléchis ! s'exclame Rita en voyant mon air pensif.

Je hausse encore les épaules, amusée par sa réaction. Mon fils a beaucoup d'influence sur moi. Après tout, ce qu'il vient de dire a du sens, mais la vie n'est pas aussi simple que les enfants se l'imaginent.

— Je vais faire quelques courses dans le Miroir.

Elle acquiesce sans grande conviction et retourne à son écran translucide pour le sortir de sa veille, haranguant au passage son dernier achat, un robot aux traits inexpressifs dont les yeux clignotent pour exprimer ses émotions. Travailler sans support de communication orale ralentit beaucoup son travail, et elle en voulait un depuis très longtemps. Je souris pour moi-même, ravie qu'elle ait accepté ce pourcentage infime de ma nouvelle fortune qui représentait pourtant la presque totalité du prix du robot. Ce n'est pas qu'elle est pauvre, mais les dernières générations coûtent toujours un bras. Il faut savoir gérer ses priorités, et ma sœur est une femme très raisonnable.

Je passe la tête dans la chambre de Max. Il a fait projeter sur son mur gauche des extraits de la série du monde de Blink, et sur le mur d'en face différents exercices de mathématiques sur lesquels il fait semblant de se creuser la tête. Accroupi au centre de la pièce, le menton sur les genoux, il pivote légèrement vers moi et me sourit de toutes ses dents.

— Ne visionne pas trop d'épisodes de série, dis-je en essayant d'avoir l'air sérieux, tu n'as pas fini tes devoirs. Tu ne peux pas plutôt appeler un de tes amis pour réviser ensemble ? Et puis tu ne vas quand même pas passer ton temps à revoir nos aventures. Il y a plus intéressant, non ?

Il hausse les épaules.

— J'aime bien tout revoir à intervalles réguliers. Ça me détend, je travaille mieux comme ça.

Je tire sur mon œil droit pour lui montrer que je ne suis pas dupe et me retourne pour aller dans ma chambre.

— Je vais dans le Miroir faire quelques courses. Quand je reviens, je veux que tu aies avancé dans tes maths !

Je pénètre dans la pièce, attrape le casque pendu sur un crochet sur le côté du Miroir, l'équipe et place mes mains sur les deux poignées. Mes yeux s'habituent à l'image qui s'étend à présent à la place de mon champ de vision, me donnant l'impression de me trouver dans un immense hall d'un blanc brillant, sans murs ni plafond. J'appuie avec l'index sur le bouton à l'extrémité de la poignée droite pour avancer, et me dirige avec les autres doigts. Il m'a fallu un peu de temps pour m'y habituer, mais à présent je suis aussi à l'aise que n'importe qui.

Le fait d'avancer me permet de distinguer peu à peu différents stands, les plus difficiles à éviter et les plus imposants, ceux de promotions diverses et variées. Une fille m'aperçoit alors qu'elle distribue des pommes à tous ceux qui passent à proximité. Ses deux couettes roses, bleues et vertes remuent dans un sens et dans l'autre, mouvement imprimé artificiellement par le design de l'avatar. Son maquillage est provoquant, et sa bouche redessinée anormalement pulpeuse. Elle s'étonne en me voyant.

— Madame ! Avez-vous goûté ces pommes ? Venez, approchez ! C'est gratuit. Prenez-la et mordez. Nous avons une réduction sur les…

— Non merci, je ne suis pas venue pour les pommes.

— Je vous assure, elles sont excellentes. Vous ne le regretterez pas, tenez.

Elle me tend une pomme. Je la regarde, mais n'appuie pas sur le bouton d'interaction avec les objets.

— Je n'ai pas de périphérique de goût. Veuillez m'excuser.

J'effectue un virage à quatre-vingt-dix degrés pour l'éviter, ignorant son expression déçue, et me dirige droit vers le couloir des favoris. J'y ai placé, sous les conseils de Max et de Rita, les grandes enseignes de distribution d'un côté, nos magasins de vêtements préférés de l'autre, et par-ci par-là quelques boutiques ou simples vitrines d'endroits que j'apprécie. Il y a par exemple cette librairie qui se trouve à une demi-heure d'ici à laquelle je regrette de ne pouvoir aller plus souvent, et des tableaux de bord faisant défiler les actualités mondiales ou liées à des gens que j'ai connus par le passé. L'internet en trois dimensions est un monde incroyable, à la fois immensément pratique et qui ne prétend pas usurper la réalité.

Un mouvement furtif, une ombre noire, attire mon attention sur la droite de mon champ de vision. Le temps que je fasse pivoter mon avatar, je ne vois plus rien. Je tourne sur moi-même à trois cent soixante degrés afin de bien voir ce qui m'entoure. Je reste méfiante, même si je sais que je suis chez moi et qu'aucune partie de mon cerveau n'est utilisée par le système du Miroir, me rendant complètement invulnérable à toute attaque informatique pouvant y être perpétrée.

Je n'ai pas vraiment le temps, ce soir, de me balader parmi les tableaux d'informations. Je tourne directement à gauche, dans une ramification du couloir correspondant aux hypramarchés. Je prends le premier couloir qui vient ensuite : je n'ai pas besoin d'un produit spécifique. Soudain, assaillie par le doute, je me retourne. Je regarde alors au-dessus de ma tête, puis vers les murs du couloir. Je suis certaine d'avoir vu une ombre, comme une tâche noire mouvante que le Miroir crée habituellement pour rendre les avatars plus réalistes. Serait-ce Nyx qui me file ?

Je soupire, agacée par sa manie de vouloir faire peur à tout le monde, et pousse la porte à l'extrémité du couloir. Je débouche alors dans un immense marché à ciel ouvert, si l'on peut dire, où s'alignent des rayons à perte de vue. Il n'y a pas tant de monde que cela. Je m'active pour trouver rapidement les quelques légumes et produits fermiers qui manquent à nos stocks, les marquant à chaque fois à l'aide de mon bouton d'interaction avec les objets, et me dirige au plus vite vers une caisse, les mains libres. Assis sur des chaises face aux différentes queues que forment les clients, les caissiers nous accueillent avec le sourire et nous posent une multitude de questions.

— Voulez-vous faire livrer vos courses ou venir les chercher ? Quelle est votre adresse ? Avez-vous besoin que l'on vous porte le tout à votre étage ? À quelle heure pouvons-nous passer ?

Lorsque mon tour vient, je demande une livraison et suggère une heure du soir pour que Max puisse ouvrir si nous sommes sorties. Dans ces cas-là, les courses passent par une trappe de la porte et sont déposées délicatement à l'entrée par le mécanisme, assurant la sécurité de l'habitant. Max a l'habitude. Plus que cela, même : il adore observer ce processus, comme la majorité des enfants de son âge.

Une fois la commande validée, je porte les mains à ma tête et appuie sur le côté pour quitter le Miroir. Je retire le casque et le pose sur le crochet.

— Max ? Comment as-tu avancé dans tes exercices ?

Je sors de ma chambre et, depuis le couloir, analyse le mur sur lequel il a projeté ses problèmes. Il se retourne et roule ses yeux dans ses orbites pour me signifier que je l'ennuie. Je vois qu'il a avancé, mais l'image en pause de la série n'est plus celle de tout à l'heure.

— J'en suis au dernier exercice, Maman. Pas besoin d'en faire un plat.

Le téléphone sonne à cet instant, une douce berceuse qui s'échappe à un volume sonore réduit des haut-parleurs les plus proches. L'écran du couloir indiquant un appel de Margot, je retourne dans ma chambre pour plus d'intimité et ordonne à la maison de décrocher pour moi. Mon mur s'illumine, étalant l'image d'une femme nerveuse et visiblement très impatiente. Elle tourne la tête dans tous les sens, réfléchit. Ses cheveux auburn, très fournis, sont rapatriés au-dessus de sa tête, sans doute par un geste vif pour les coiffer.

— Sarah ? C'est toi ?

Je lui fais un signe de la main.

— Bonjour. C'est rare que tu appelles, tu as quelque chose d'important à me dire ? D'habitude, Trenthi passe le relai.

— Désolée de t'appeler à une heure pareille. J'aimerais bien qu'on discute un peu au sujet d'Olivia. Il faut qu'on trouve une solution, et tu es la femme de la situation.

J'ai un mouvement de recul. Un sourire étire le coin droit de ma bouche.

— Non, sérieusement, insiste-t-elle. Tu penses que je suis en train de plaisanter ?

Mon sourire disparaît, mais je ne me démonte pas pour autant. Elle a eu une petite frayeur, elle veut y remédier, et elle aime prendre les choses en main. Après tout, elle n'est pas à son poste pour rien.

— Quand veux-tu qu'on se voie ?

Son regard se perd vers la droite dans une concentration qui fait peser le silence un peu plus. Elle est gênée, mais elle considère son plan suffisamment important pour se forcer à demander des choses qui ne lui ressemblent pas.

— Tu pourrais passer dans la demi-heure ? J'ai un planning un peu serré…

Je hausse les épaules pour la mettre à l'aise.

— Je ne suis pas loin, ne t'inquiète pas. J'arrive.

Elle sourit brièvement, me fait un petit signe de main et coupe l'appel.

Sans attendre une seconde, je traverse le couloir, indique à Max et Rita que je m'absente temporairement et sors, attrapant l'une des clés de vélo de résidence au passage. Arrivée en bas, je prends la sortie secondaire et passe la clé électronique devant la borne de l'un des vélos alignés dans la courette. J'ai pris soin auparavant de vérifier que c'était un classique, sans moteur ni direction assistée, et de m'assurer que les freins fonctionnent bien. Je l'enfourche alors et sors de la résidence en passant par la petite barrière de l'arrière du bâtiment.

Le vent dans mes longs cheveux châtains que j'ai oublié d'attacher par cette chaleur, j'observe la ville silencieuse et les voitures qui passent en m'éblouissant de leurs petites lumières sur les ailes. Sans elles, un piéton pourrait se faire écraser : on les entend à peine avancer sur la route. Je me mets debout sur les pédales et me laisse glisser. Le macadam est lisse, j'évite les bosses et les rares détritus non encore récupérés par les robots de nuit. Mes bras sont tendus sur mon guidon. J'en lève un de temps en temps pour montrer que je tourne, je place une mèche de mes cheveux derrière l'oreille qui s'échappe immédiatement après, et j'essaie de ne pas trop réfléchir. J'ai comme un vide, parfois, quand je pense au passé. S'y perdent les émotions joyeuses que j'essaie d'amasser ces derniers jours, les envies inattendues, la motivation vers un quelconque but. Je vis pour Max, Rita, son mari. Tiens, d'ailleurs, il faut que je me trouve un appartement. Nous n'allons pas rester éternellement chez ma sœur. C'est bien... pensons à l'appartement.

J'imagine que je le prendrai en surface. Je ne serai pas difficile, même si je peux me le permettre, mais c'est le paramètre non négociable.

Je dépasse l'hôpital d'un coup de pédale un peu nerveux. Il faut que j'y passe. Je verrai demain. J'y vais déjà trop souvent, mes anciennes collègues me voient dans le déni. Je ne supporte plus leurs regards. Ils pensent tous comprendre ce que je traverse parce qu'ils ont vu la série, parce qu'ils ont un être cher qu'ils ne veulent pas perdre. L'obscurité dans laquelle un tel deuil nous enfonce et la solitude qui l'accompagne, ne peuvent être décrites et ne doivent pas être partagées. Même lorsqu'on est, en effet, dans le déni comme moi.

Des boutiques pauvres en rayons arborent de magnifiques Miroirs le long des murs pour permettre à leurs clients de voir leurs produits au grand complet, présentés comme il est impossible de le faire dans la réalité. Au fur et à mesure des années, le nombre de boutiques installées physiquement dans la capitale s'est amoindri pour laisser la place à plus de logements, et l'internet est devenu le lieu principal pour effectuer ses achats. À côté de ces tout petits magasins riches en couleurs, un bloc gris se dresse fièrement, comme le survivant d'une catastrophe que les habitants de ce monde n'auraient pas connue. Il y a deux fenêtres pour faire bonne figure, une porte blindée, et une sonnette haute technologie affublée d'un petit écran pour se voir quand on montre son visage à la caméra. J'appuie sur le bouton et fais un signe pour que la personne qui surveille les allées et venues, à plusieurs dizaines de mètres sous mes pieds, m'autorise à entrer. Margot a dû la prévenir.

Un claquement retentit. Je pousse la porte et rentre dans une pièce ressemblant fort à la salle de transfert de la Cathédrale, dans le monde de Blink. Je me place au centre et attrape deux poignées de sécurité qui doivent être tenues à pleines mains pour déclencher le mécanisme. Un globe de verre se détache alors du plafond, me fabriquant une cellule hermétique, et s'enfonce dans les entrailles de la Terre à une vitesse vertigineuse. Pas de haut-le-cœur comme dans le monde de Blink, pas de sensation désagréable. C'est la réalité, et c'est bien mieux ainsi.

J'arrive, en bas, dans une salle similaire à celle d'en haut mais plus lumineuse. Les fenêtres donnent sur des prairies verdoyantes d'Ecosse ou de Nouvelle Zélande, et le soleil, haut dans le ciel, donne vraiment l'impression de vouloir se glisser à l'intérieur de la pièce. La porte s'ouvre sur Margot qui pose ses yeux sur moi comme si j'étais une livraison qu'elle attendait rapidement, un paquet qu'elle allait pouvoir ouvrir toutes griffes dehors. J'essaie de me donner un air neutre pour ne pas attiser le feu qui brille dans ses yeux. Elle est partie dans une chasse à la sorcière, et rien ne l'arrêtera.

— Sarah ! Je t'en prie, entre. On va avoir besoin de tes lumières.

Je la suis dans un grand open space tout aussi inondé de soleil et bourdonnant d'activité. Des membres de la Police de l'Informatique et de l'Internet sont réunis devant des bureaux à divers endroits, discutant de criminels dont ils sont en train de suivre la piste, concentrés sur des ordinateurs, ou trottinant dans les allées de ce quadrillage parfait. Personne n'est rentré chez lui malgré l'heure, et je suis prête à parier que tous ou presque sont dans ce travail à plein temps. Des passionnés comme il n'en existe plus beaucoup.

— Ny… Olivia est passée chez moi hier matin.

— C'est ce que j'ai cru comprendre, murmuré-je en ignorant sa tentative de nommer Nyx comme Trenthi le lui a appris en ma présence.

Elle se retourne et semble chercher à déchiffrer sur mon visage si on m'a tout dit à ce sujet.

— On a tous nos phobies, ajoute-t-elle en me scrutant. Je ne souhaite pas en parler plus que cela.

— Mais qu'a-t-elle dit ?

— Oh, l'habituel, tu sais. « Tu as détruit mon monde », ce genre de choses. Elle veut que je comprenne à quel point elle est fâchée après nous.

Je hoche la tête pensivement. C'est tout Nyx, ça, de vouloir être comprise. Margot soupire en attrapant un dossier sur un bureau et se tourne vers moi.

— Si on ne va pas dans l'une de nos salles d'interrogatoire, elle pourra tout entendre, dit-elle en indiquant les microphones fixés à chaque poste de travail. C'est naturel, chez elle, l'infiltration dans les systèmes. Même nous ne pouvons rien faire contre elle.

— Mais je ne comprends pas bien… tu veux te débarrasser d'elle ? L'emprisonner ? Que comptes-tu faire exactement ?

Margot me regarde comme jamais elle ne m'a regardée. Les yeux plus ouverts que d'habitude, les sourcils légèrement froncés, elle me dévisage sans rien dire. Je poursuis :

— Elle s'est échappée du jeu avant la déconnexion du serveur de Blink, et a bien élu domicile quelque part. Tu…

Ses yeux oscillent à ma gauche et à ma droite avant de me fixer à nouveau. Elle est terrorisée. Je me retourne d'un coup, brutalement. Il n'y a rien mais tout le plateau de la PI a les yeux rivés sur moi, interdits. Je pivote vers Margot, dont le regard est perdu quelque part derrière moi. Je n'arrive pas à y croire. Maintenant, tout de suite ? Vraiment ? Je me retourne à nouveau et lève la tête vers la petite cellule à hologramme qui se trouve, quelle coïncidence, au beau milieu du quadrillage des bureaux. Là où il est le plus visible quand une communication importante est transmise.

— Tu n'as pas bientôt fini de jouer à cache-cache ? dis-je d'un ton froid.

Un nuage noir se forme sous la cellule et se répand en un amas vertical qui dessine peu à peu le visage, puis le corps de Nyx. Elle a le sens du spectacle. Une fois apparue, sans me regarder, elle observe ses mains qu'elle tend devant elle, sa robe noire qui s'arrête aux genoux, et les jolies Callas qu'elle fait tomber du tissu en dentelle en un flot continu. Elle est concentrée, tournoie sur elle-même, détaille sa propre gestuelle.

Je tourne lentement autour d'elle, autour de cet hologramme plus vrai que nature, et je sens qu'elle apprécie cela.

— C'est ton cerveau qui est capable de telles prouesses ? demandé-je avec un réel intérêt. Tu peux projeter ton esprit à travers tout l'internet ?

Je réalise qu'elle doit forcément s'être ancrée quelque part, car aussi puissante qu'elle puisse paraître, elle tire son intelligence et la conservation de son âme de la sauvegarde de son cerveau dans l'état où il était modélisé dans le monde de Blink. Ce qui signifie qu'elle a réussi à préserver le code nécessaire au fonctionnement de son corps quelque part dans un coin de l'internet, et qu'elle s'en sert pour rester qui elle est. Et je crois bien que je n'ai pas envie de mentionner mon intuition auprès de Margot. Je dois être une sacrée criminelle pour protéger ainsi un être artificiel qui menace la sécurité des humains.

Nyx me regarde à présent, me détaillant comme elle le faisait un peu plus tôt avec son propre corps, avec cette fascination presque intimidante. Elle sourit avec l'aisance d'un meurtrier qui apprécie voir couler le sang.

— C'est mon cerveau, bien sûr. Le tien serait tout aussi puissant s'il était dans le virtuel. Tu ne sais pas ce que tu rates.

Captant l'air mi-fâché, mi-inquiet de Margot sur le côté, je me ressaisis. Je dois cesser d'avoir l'air de jouer avec cette Déesse capricieuse.

— Bon… Olivia, dis-je pour faire un effort devant la jeune femme qui me scrute avec méfiance, combien de temps encore vas-tu ennuyer madame Margot et ses hommes ? Tu ne crois pas que ça a duré un peu trop longtemps ? Et toutes ces histoires d'effractions sur les systèmes d'hôpitaux, de ce criminel ? Tu as conscience que tu mets en danger des centaines de vie ?

Elle fait la moue. Pas comme une enfant qu'on gronde, mais presque. Elle se fiche de ce que je lui dis, mais elle semble s'ennuyer aussi.

— Tu sais, ajouté-je en la voyant s'observer avec insistance, si tu veux pratiquer tant que ça l'auto-contemplation, tu n'as pas besoin d'investir les projecteurs d'hologrammes des gens. Tu peux aller dans le Miroir avec un avatar à ton image, et tu ne pourras pas pour autant faire de mal à qui que ce soit. D'ailleurs, arrête de me suivre quand j'y suis. C'est lourd, à la longue.

— Je n'y suis jamais allée, rétorque-t-elle pour se défendre, même si j'observe parfois ce qui s'y passe. C'est une bonne idée, tiens. Je sais bien que cette Police de l'Internet n'a rien à faire de moi et qu'elle ne comprend rien à mes messages subliminaux. Et puis, ce n'est pas drôle. Celle que j'apprécie visiter le plus tombe inconsciente dès que je commence à m'amuser un peu.

Cette fois, je trouve dans son ton un je-ne-sais-quoi d'insolent. Elle me provoque et Margot, juste à côté de moi, s'est mise à pâlir.

— Ce petit numéro est ridicule, dis-je, agacée. Tu n'as pas besoin de pénétrer chez eux pour leur donner la peur de leur vie, ce n'est pas ton genre. Tu es suffisamment intelligente pour savoir que c'est complètement inutile.

— Et toi, tu me connais suffisamment pour savoir que je ne cherche pas l'utilité.

Je commence à comprendre ce qui effraie tant les humains autour d'elle. C'est son caractère instable, cette incapacité à deviner ce dont elle est capable, ce qu'elle va s'autoriser à faire.

— Tu dois absolument trouver quelque chose pour t'occuper, insisté-je. Quelque chose qui ne mettra personne en danger. Arrête de jouer à être Nyx, sois Olivia.

Soudain énervée pour une raison que je ne m'explique pas, son visage et son corps se transforment. Le nuage autour d'elle, qui s'était dissipé depuis que l'on discutait, se reforme et virevolte comme une minuscule tempête. Les fleurs coulent vers le sol plus rapidement, sa robe est en haillons, déchirée dans le bas. Ses yeux se remplissent entièrement de noir et ses traits se crispent en un masque de haine. Je devine que c'est l'image qu'elle a donnée à Margot les deux fois où elle est passée, et bien qu'elle ne me fasse aucun effet, je comprends que cette dernière ait pu, seule dans son appartement, avoir un ou deux moments de panique.

Alors, décidée à m'opposer à Nyx pour lui apprendre une leçon et consciente de mon influence sur elle, je décide de jouer le jeu. Je baisse la tête vers l'avant, laissant mes arcades sourcilières cacher un peu le haut de mes yeux, fais s'affaisser mes traits jusque-là volontairement avenants, plisse légèrement mon nez vers le haut, montrant presque les dents. Je sens mes yeux s'assécher, me donnant l'impression qu'ils brûlent de ce feu que le monde de Blink faisait apparaître dans ma pupille, laissant échapper toute ma colère. Ma position est celle de la guerrière que j'étais. Campée sur mes jambes, mes bras légèrement en arrière, les poings à peine serrés.

La réaction de Nyx est immédiate. Surprise et déstabilisée, ses yeux se recolorent de blanc et les Callas cessent immédiatement de se former depuis le bas de sa robe. Elle se redresse, plie un peu les bras pour porter les mains à son visage. Elle n'a pas peur, mais elle est inquiète. De ce que moi, peut-être, je pourrais être en train de penser d'elle. Les émotions de cette créature sont incroyables.

Satisfaite du résultat, je me retourne vers Margot et poursuis la conversation telle qu'on l'avait laissée, comme si de rien n'était.

— On y va ? Les murs ont des oreilles.

Margot déglutit. Elle n'est pas à l'aise en présence de Nyx, mais voir son animosité dépendre de mon comportement l'a sans doute rassurée. Je la suis vers la sortie de l'open space, où démarre un couloir un peu sombre qui donne sur plusieurs portes. Je devine que ce sont des salles d'interrogatoire ou de réunion, dépourvues de toute technologie connectée afin d'éviter les vols de données et l'espionnage.

— Sarah !

Je stoppe net mon premier pas vers le couloir. Je me retourne et découvre une Nyx bouleversée sans en avoir vraiment l'air, le regard plongé dans le mien, les bras raides encadrant son buste tendu à l'extrême. Ses pieds sont posés au sol, et ses fleurs noires frémissent dans ses cheveux. Elle a peur. Peur de ce que l'on pourrait décider de lui faire, peur que l'on souhaite sa disparition. Incapable de m'en empêcher, je lui souris.

— Trouve-toi un truc que tu aimes faire, dis-je gentiment.

Elle comprend très bien ce que je veux dire. Quelque chose de sain, d'inoffensif. Elle penche la tête de côté, comme un petit chien à qui l'on pose une question, avec cette même douceur étrange. Puis son image s'efface peu à peu jusqu'à disparaître complètement, nous laissant seuls entre humains.

— Qu'est-ce que c'était que ça..., murmure Margot en m'observant.

Elle parle de la complicité que je partage avec cette intelligence artificielle. Elle me connaît, tout comme les spectateurs de la série. Tous savent que j'ai l'habitude de détester tout ce qui se proclame être vivant sans être né de façon biologique. Depuis que j'ai rencontré Nyx, je suis plus... tolérante. Je hausse les épaules.

— Elle n'est pas bien méchante.

Elle fronce les sourcils. Pour éviter la discussion et ne pas laisser l'occasion à Nyx d'écouter parler d'elle sans se montrer, je pénètre dans le couloir, incitant Margot à me suivre et à choisir une salle. Elle en trouve une assez rapidement, ferme la porte derrière nous et m'invite à m'asseoir sur l'un des sièges confortables encadrant une grande table de réunion en verre brillant de propreté. Nous nous asseyons l'une en face de l'autre et elle ouvre son dossier, étalant comme des dominos les différentes feuilles devant nous.

— Il n'y a rien de bien nouveau dans ces documents, dit-elle. Tu sais déjà à peu près tout. En fait, je voulais savoir ce que tu avais de plus sur Nyx, ce que tu soupçonnais, ce que tu pouvais obtenir d'elle. Je ne m'attendais pas à avoir autant de réponses avant même d'avoir commencé à discuter avec toi.

Je découvre dans son regard une lueur accusatrice. Elle n'a pas apprécié de me voir parler si gentiment avec la Déesse.

— Ce que je sais, dis-je, c'est qu'elle a des émotions, ou ce qui y ressemble. Quelque chose qui fait qu'on ne peut pas la traiter de la même manière que n'importe quelle IA. Celle-ci ressent, ou pense ressentir, et agit en conséquences. Tu sais mieux que moi ce à quoi cela peut conduire.

Je montre d'un geste les exploits de mon étrange amie, décrits noir sur blanc sur du papier électronique.

— A-t-elle tué quelqu'un jusque-là ? demandé-je.

— Ses actes ont menacé la vie d'un bon nombre de malades. Tu l'as dit toi-même tout à l'heure.

— Je sais très bien ce que j'ai dit. Elle est plus intelligente que toi et moi réunies, elle n'avait pas besoin d'entendre cela. Si elle est entrée dans le système de ces hôpitaux, c'est pour une raison précise. Peut-être a-t-elle pensé qu'elle aidait ces gens. Peut-être a-t-elle voulu nous faire peur. Ou bien, réellement, les tuer par le biais d'un mauvais traitement ? Je n'en sais rien. Mais il devait absolument y avoir une raison. C'est pourquoi je te demande si quelqu'un est mort.

Margot soupire, déçue de devoir lâcher une information sur Nyx qui ne la condamne pas.

— Elle n'a tué personne. C'est si important que cela ?

— Bien sûr. Si elle avait voulu attenter à la vie de qui que ce soit, vous auriez déjà le meurtre sur les bras.

— Je trouve que tu la connais un peu trop bien. Tu ne crois pas qu'elle puisse te surprendre ? Qu'elle puisse être dangereuse ?

— Si, elle m'inquiète souvent. Je suis certaine qu'elle m'espionne lorsque je vais faire mes courses dans le Miroir, et pourtant elle l'a nié à l'instant. Si elle est capable de me mentir en ayant l'air si sincère, je ne sais pas ce qu'elle pourrait être en train de planifier dans notre dos. Mais je ne souhaite pas pour autant qu'elle disparaisse de la surface de la planète.

— Vince m'a avertie qu'il fallait que j'insiste devant toi pour la nommer Olivia, et que je ne dévie pas de mon argumentaire. Je vais te dire ce que je pense, sincèrement : ce que tu reprochais si catégoriquement aux autres, le fait d'avoir des sentiments pour un être artificiel, tu es en train de le vivre à ton tour. C'est elle qui a gagné ton affection, peut-être justement parce qu'elle est si intelligente et qu'elle est bonne comédienne. Toujours est-il que je voudrais la mettre hors d'état de nuire, et j'ai besoin de ton aide.

Je lui lance un regard interrogateur. Si dans deux jours le gouvernement tombe, les coffres des banques sont massivement déverrouillés et que le ciel nous tombe sur la tête, et si c'est la faute de Nyx… je serai en tort à cent pour cent. Je dois faire quelque chose, ou du moins essayer.

— Annonce toujours…, dis-je avec hésitation.

— Je veux lui tendre un piège.

Je la regarde empiler ses documents les uns sur les autres, les mettre à la verticale et les tasser contre la table. Elle les pose devant elle et ajoute :

— Nous sommes en passe de découvrir un moyen rapide et efficace de traquer sa position dans une portée limitée sur le réseau.

Je veux que tu profites de ton influence sur elle pour l'attirer dans nos filets.

Un frisson gèle ma nuque, raidissant ma posture. J'essaie de ne pas avoir l'air de détester cette option. A-t-elle écouté ce que j'ai dit plus tôt ? Si Nyx découvre que je l'ai trahie, ses émotions seront incontrôlables. Et puis, je ne suis pas sûre de vouloir lui infliger cela. Je voudrais régler la situation avec toute l'honnêteté dont je dispose.

Elle semble remarquer mon expression déçue et s'apprête à enfoncer encore un peu le couteau dans la plaie, lorsque quelqu'un toque à la porte. L'homme entre sans attendre les ordres. Ce doit être grave.

— Je suis désolé de vous interrompre, s'excuse-t-il. On a un appel d'une dame qui ne veut pas se calmer. Elle dit qu'on lui a volé un objet virtuel d'une très haute importance. Elle est en larmes, hystérique, et elle demande à parler à notre chef.

Margot lève un sourcil, surprise sans doute par cet incident inhabituel. Elle finit par soupirer et se lève, me faisant signe de faire de même.

— On va arrêter là pour aujourd'hui, dit-elle. Je m'attendais à ce que tu aies vraiment quelque chose d'intéressant à raconter sur Olivia, mais j'ai dû me tromper. Tu n'as pas l'air complètement d'accord avec mes méthodes. Quand tu auras fini de te décider, tu m'appelleras. C'est important, il faudra qu'on discute de l'organisation.

Elle me guide vers l'open space, le policier à ses basques, avant de me renvoyer à la surface avec un petit sourire. Elle ne doute de rien. Elle sait que je vais revenir vers elle après avoir passé des heures à essayer de me convaincre que cette solution est la meilleure qui soit. Pour le bien de l'humanité.

Chapitre 2

L'appartement est plongé dans une douce pénombre. Un courant d'air rafraîchit le couloir et la cuisine alors que je m'y rends. Je pénètre dans la pièce et cligne des yeux. La lumière du soleil, à la fenêtre, inonde les plans de travail, les outils de cuisson et la table à manger. Assis nonchalamment, la main sur un morceau de pain qui traîne sous sa dent, le mari de Rita semble méditer sagement. Je souris en le voyant, me saisis d'un fruit dans la coupe et attrape une bouteille d'eau dans le réfrigérateur avant de m'asseoir à côté de lui.

— Bien dormi ?

Il me regarde avec ces yeux mi-clos et ce sourire en coin, si particuliers. Il a grossi un peu depuis qu'il a rencontré ma sœur, mais pas trop. Il y a gagné un visage plus jovial, des épaules plus larges, et il s'est mis à la musculation pour compenser la prise de poids. Il n'est pas non plus tout jeune ; il a une forme convenable pour ses trente-sept ans. Rita a trois ans de moins que lui et est resplendissante. Ils forment un couple formidable.

— Et toi ? dit-il sans répondre. Pas de cauchemar ? Je m'imagine toujours qu'un jour où l'autre, tes souvenirs vont te poursuivre jusque dans ton sommeil.

Il fait tourner son gros doigt pour dessiner une spirale au niveau de sa tempe.

— Arrête de dire n'importe quoi, dis-je en secouant la tête sans pour autant retenir un sourire. Je n'ai plus fait de cauchemar depuis mon second voyage dans le monde de Blink. Je n'ai eu que des rêves étranges, le genre de choses qui arrivent à tout le monde. Rien de très dérangeant.

Il hoche la tête pensivement et déchire son morceau de pain avec ses dents. Il va bientôt partir travailler, mais je ne sais plus ce que ce sera aujourd'hui.

— Tu vas où cette fois ? demandé-je.

— Eh bien, figure-toi que je me suis inscrit hier soir pour des aides au déménagement, mais ponctuelles. Je ne devrais pas être sollicité aussi tôt, donc pour aujourd'hui je vais avoir des appels pour des livraisons du restaurant d'en bas, du co-voiturage dans Paris, des formations courtes et du support téléphonique. J'ai aussi un tiers de journée dans la tour du quartier, trentième étage ou quelque chose comme ça… faut que je vérifie.

— Pas de télétravail ?

— Non, dit-il le regard pétillant, les gars seront là aussi. Ça va être sympa, on s'est coordonnés pour travailler ensemble sur un projet qui vient de démarrer. Il paraît qu'il y a tout à refaire, ça va être sport. Mais c'est pour ça qu'on n'a pris que le tiers journée. Tu imagines, si on faisait plus ? On pourrait plus voir le boulot en peinture, et on développerait au ralenti. Sarah, c'est important, ne te laisse jamais piéger comme ça. La vie, c'est fait pour s'amuser.

Je me mets à rire. Il recommence avec ses histoires de passion et de bonheur. Ce n'est pas parce qu'il a presque dix ans de plus que moi que je ne sais pas de quoi il parle. J'ai mes moments de sagesse aussi.

— Alors, tu rentres quand ? dis-je affectueusement.

— Vers vingt et une heures. On aura mangé, faudra pas m'attendre.

Je lui prends son couteau qu'il n'utilise pas, et découpe mon orange. L'entendre me parler de ses amis et de ses petits boulots me fait chaud au cœur. Il est si facile de s'intégrer dans la société, de sentir que l'on a aidé quelqu'un. Je l'avais presque oublié, mais tout est revenu depuis. Pourtant, je n'ai pas l'impression de pouvoir à nouveau me fondre dans la masse et me rendre utile à mon tour. Il manque quelque chose. Et cela me rend profondément triste.

— Tu as prévu quelque chose pour aujourd'hui ?

Il me regarde avec un sourcil levé, l'air doux. Il sait que je n'ai plus besoin de travailler avec ce que j'ai amassé pendant mes quatre années d'amnésie. La fin de la série, la partie où je suis retournée dans le monde de Blink et où j'ai accompagné les virtualisés sur le navire, m'a presque rapporté autant que ce que je possédais à ce moment précis. Je suis riche. L'ennui, avec la richesse, c'est qu'une fois que l'on a accordé aux associations caritatives les plus honnêtes des virements réguliers pour combattre les maladies, la pauvreté, la solitude et le manque d'amour dans le monde, il reste encore une petite fortune pour vivre et le travail n'a soudain plus aucun attrait. On souhaite alors se rendre utile sans se faire payer, s'occuper, trouver un but inatteignable comme tout le monde. Mon but inatteignable, à moi, c'est que Jonathan revienne d'entre les morts. Mais j'ai bien peur qu'il n'existe pas d'étape intermédiaire pour me donner l'impression que cela se fera un jour.

— Je vais à l'hôpital, murmuré-je sombrement. Je ne sais pas encore ce que je ferai ensuite.

Il me regarde sans réussir à cacher sa peine.

— Tu discutes avec lui ? Est-ce qu'il réagit, parfois ?

Je secoue la tête. Non, Jonathan ne bouge pas d'un pouce. Son âme s'est brisée dans le monde de Blink, laissant son corps fonctionner seul, avec ses organes et son sang, mais empêchant à jamais son réveil. Tout le monde sait qu'il est perdu. Il a ses greffes, mais il n'est plus là. Et je suis celle qui insistait, qui le harcelait pour qu'il les accepte. Je suis celle qui lui a sauté au cou lorsqu'il a enfin dit oui.

Sentant venir les larmes que je suis parvenue à retenir depuis ma dernière visite à l'hôpital, je me lève brusquement, avale mon dernier quartier d'orange et donne le couteau au bras mécanique pour qu'il le range dans le lave-vaisselle caché sous le plan de travail.

— Je… vais y aller, je pense, dis-je d'une voix rauque. Passe une bonne journée.

— Toi aussi, Sarah. Ça va aller.

Je sors de la pièce et me dirige vers la porte d'entrée. J'attrape la clé du vélo et ouvre, pressée. Je tombe nez à nez avec un jeune homme qui s'apprêtait à sonner, et qui me rappelle quelqu'un. Je crois que c'est un des voisins.

— Euh… bonjour, dit-il.

Il tourne la tête à droite, le regard vers le sol. Un enfant l'accompagne ?

— Allez, viens ! s'exclame-t-il. C'est ici.

Un petit robot sur chenilles entre dans mon champ de vision. Sa tête ovale est posée sur un cube central représentant sans doute son corps, et deux autres cubes, un peu moins hauts, l'encadrent. Un léger trait symétrique est gravé sur chacun d'eux pour donner l'impression de bras qui porteraient quelque chose de lourd, comme s'il soulevait deux gros cartons.

— Je livre vos courses, madame.

Le garçon me dévisage avec beaucoup d'insistance. Il sait très bien qui je suis, et il ne peut s'empêcher de trahir un intérêt certain pour le « personnage » que j'incarnais.

— Merci ! m'exclamé-je. Très bons délais. Mais dis-moi, tu habites l'immeuble, non ?

— Oui ! Je suis dans le même appartement, l'étage juste en dessous. Je ne pensais pas que vous vous souviendriez de moi !

Il est en extase. Je ne sais pas quoi lui dire.

— Tu fais des livraisons en rentrant chez toi ? Bonne idée, ça, dis-je en lui souriant.

Il hoche frénétiquement la tête et toque avec sa phalange contre la petite tête du robot, qui ouvre immédiatement les coffres latéraux par le haut. Le jeune homme sort les deux sacs à la force de ses bras, les pose devant moi et attend que je les prenne pour les vider à l'intérieur et les lui rapporter.

— Oh, mais vous partiez. Y a-t-il quelqu'un pour le faire ?

— Je pense qu'ils ne vont pas avoir le temps non plus, dis-je en jetant un coup d'œil à l'intérieur. Je les ramènerai à la borne. Merci beaucoup.

Je sors un billet de ma poche, le défroisse comme je peux et le lui tends. C'est un peu plus que ce que j'ai l'habitude de donner, mais je ne suis pas à ça près.

Il me fait un grand sourire.

— Merci à vous, dit-il en s'éloignant. Allez, viens.

Le robot le suit en cliquetant. Prenant le même chemin pour sortir, je me retrouve derrière lui dans les escaliers. Les chenilles du petit robot sont maintenant crantées et glissent sur les marches avec une fluidité fascinante. À chaque étage, un claquement retentit et ses chenilles s'aplatissent pour lui permettre de rouler, et ainsi de suite. Ils ne me ralentissent même pas : le robot est plus rapide que nous.

En sortant de l'immeuble, le jeune homme me salue de la main et s'éloigne. Il va sans doute rendre le robot dans le dépôt le plus proche pour permettre à quelqu'un d'autre d'enchaîner avec sa livraison, tandis que lui rentrera. La machine est bien huilée.

J'enfourche un vélo et file hors de la courette. Je rejoins la rue, me mets sur la piste cyclable et pédale sans réfléchir. Je regarde le sol, les voitures, les petits bâtiments cubiques caractéristiques d'une entrée de souterrain, les plus grands à dix étages tout au plus, les rares boutiques dont les vendeurs discutent avec le client et montrent, chose la plus importante lorsque l'on vend dans la réalité. Il faut que l'intéressé communique, tâte, sente. Que l'expérience d'être passé résulte systématiquement en l'achat d'un produit. Les chiffres sont clairs : la quasi-totalité des clients visitant une boutique physique achètent quelque chose. C'est le Miroir qui leur permet de préparer leur achat ; la réalité les incite à le réaliser. C'est pourquoi les locaux de boutiques sont hors de prix. Avec la croissance de la population, un quota de logements est à respecter et les groupes possédant plus d'une dizaine de boutiques dans toute la France sont rares et décriés. Il en faut pour tout le monde.

Je reconnais, au sol, la peinture de la piste cyclable effacée au niveau de la roue arrière du cycliste. Je freine sec et rejoins le trottoir, marchant à côté de mon vélo. Devant moi se dresse l'hôpital, immense bâtiment tout de verre abritant presque autant d'étages souterrains qu'en surface. Je soupire, place mon vélo dans le parking à vélos, passe le badge de ma clé pour le verrouiller et rentre dans le hall.

J'ai tant de souvenirs de cet endroit, si différents d'une simple visite. Travaillant ici, aidant à la rééducation de Jonathan, jouant avec les enfants. Courant dans le couloir au réveil de quatre années d'oubli en cherchant Max, mon unique point de repère. Arrivant ici en coup de vent après la fin du monde de Blink, les virtualisés derrière moi, et tout en étant profondément heureuse que tout le monde soit en vie, tout aussi dévastée car une personne manquait à l'appel.

— Bonjour, Sarah.

Milie me regarde avec compassion. Elle se détourne de mon air désespéré et prononce mon nom, tout bas, à son robot assistant qui l'inscrit dans le registre informatisé. Elle ne lui demande pas comment va le patient que je viens toujours voir. Je sais qu'elle surveille son état plus que tout autre, afin d'être celle qui me préviendra s'il arrive un miracle. Mais en se tournant vers moi, son visage reste inexpressif. Il n'y aura pas plus d'espoir pour moi aujourd'hui.

— Bonjour, Milie.

Je lui adresse un signe de tête et poursuis mon chemin dans le couloir. Je fais semblant de ne pas être pressée, mais j'accélère imperceptiblement. La porte est là, à égale distance de chaque extrémité du couloir. J'entre et mon souffle se coupe, comme à chaque fois, car Jonathan dort paisiblement dans son lit. Son corps est parmi nous, son teint est coloré, sa poitrine se soulève au rythme de sa respiration. Mon Jonathan est vivant, qu'on le veuille ou non.

Je m'approche de lui, appuie sur le bouton qui fait jaillir de sous le lit un tabouret ajustable, et m'assieds à son chevet. Ses cheveux blonds ont été raccourcis récemment et ses draps sentent bon. J'approche la main de son visage avec hésitation. Avec mes doigts, je trace le contour de son front, ses joues, l'arête parfaite de son nez, ses lèvres. Je voudrais voir ses yeux, mélange de vert et de bleu, mais c'est une chose qui m'est désormais interdite. Je me redresse et inspire profondément.

— Bonjour, Jonathan, murmuré-je. Je suis là. Je ne suis pas venue hier, je suis désolée. Je déteste te voir dans cet état.

Ma gorge est déjà emprisonnée dans un étau. J'ai l'habitude de continuer malgré tout, de parler avec cette voix grave, rauque, presque inaudible. C'est ainsi que je me calme, en suivant le fil de mes pensées, en l'imaginant m'écouter.

— Nyx a encore fait des siennes. Je l'ai vue aujourd'hui. Je ne t'en parlerai pas beaucoup, parce qu'elle peut m'écouter et que je ne veux pas qu'elle ait la moindre idée de mon opinion d'elle.

J'entends des cris d'enfants dans d'autres chambres. Je sais que le dortoir de Yann et de sa petite tribu est à proximité, qu'ils viendraient m'importuner s'ils savaient que j'étais là. Chaque chose en son temps.

— Décidément, dis-je en lâchant un rire bref et nerveux, nous ne cesserons donc jamais d'être sur écoute. D'abord le monde de Blink, et puis IA 502…

Je repense à tout ce que nous avons vécu ensemble. À la façon dont il a lâché prise, dont il a quitté la vie. Il savait qu'il partait, il voulait que je le pardonne.

— Je me demande où se trouve ton âme, murmuré-je d'un ton rêveur. Peut-être a-t-elle quitté le monde de Blink pour voguer sur l'internet ? Peut-être n'est-elle pas tout à fait morte ? Peut-être es-tu caché quelque part, à attendre. Mais qu'attends-tu ?

Mes joues sont inondées. Je les essuie du dos de la main en silence. Le temps passe, imperturbable. L'attente qui n'en est pas, l'immobilité, l'horloge qui tique. Je m'entends respirer à ce même rythme lent. Je ne peux pas rester, c'est un supplice.

— Jonathan, je sais que tu es là. Tu n'es pas dans le coma et ton corps fonctionne encore. Je sais que ton âme existe car ton cerveau est intact. Où es-tu ? Je t'en supplie, quand tu en auras fini avec les pensées obscures qui te retiennent ailleurs… reviens. Je suis là, près de toi.

Je lui prends la main, glissant mes doigts dans sa paume, et caresse sa peau avec mon pouce. Rien ne pourrait le distinguer d'un homme endormi en cet instant. Je me penche lentement vers lui et dépose un baiser sur sa joue, puis sur ses lèvres. Je voudrais rester plus longtemps, mais je ne peux pas. Ce n'est pas raisonnable, et je dois voir les enfants.

Après avoir vérifié que mes yeux n'étaient pas trop rouges dans la salle de bain de la chambre, je sors et referme derrière moi.

— Non, non ! crie une femme en sortant du dortoir. Reviens là !

Pourchassé par une infirmière, Yann est sorti dans le couloir et s'est mis à trottiner maladroitement en riant comme un fou. Je le regarde évoluer en déplaçant ses bras autour de lui comme pour garder un équilibre, comme un funambule. Je réalise alors qu'il porte un bandage épais dans la nuque qui semble descendre le long de sa colonne vertébrale jusqu'à ses fesses, formant une bosse sous sa robe de patient. Son gloussement est si communicatif que même l'infirmière se met à rire malgré sa retenue, penchant la tête de côté.

— Allez, viens ! Tu vas te faire mal. Il faut que tu te reposes.

D'autres enfants passent la tête à la porte mais elle les repousse, continuant d'attirer Yann vers le dortoir. Soudain, ce dernier m'aperçoit.

— Sarah ! Tu es venue nous voir ?

Je le regarde avec un grand sourire. C'est la première fois que je le vois marcher dans la réalité. Lui remarque que je suis au niveau de la porte de Jonathan, et son expression s'adoucit. Il se calme, me fait signe de le rejoindre et retourne dans le dortoir. L'infirmière soupire de soulagement et me laisse la remplacer dans sa tâche ardue de contention de leur énergie inépuisable.

— Merci ! souffle-t-elle en s'éloignant.

Je souris, entre et referme la porte du dortoir derrière moi. Ils sont presque tous là, mais ils ont quatre ans de plus, et la différence est frappante. Je ne m'y fais pas. Yann a maintenant douze ans. Certains d'entre eux ont quinze, seize ans. Ce sont des adolescents. Pourtant, ils en ont la mentalité depuis bien plus longtemps. Ce sont toujours les enfants que je connais. Les enfants de la grotte.

Valentine n'est plus là, comme d'autres qui n'avaient plus besoin des soins de l'hôpital. Le groupe des enfants qui s'étaient retrouvés dans le monde de Blink avait été réuni suite à un événement festif pour leur faire découvrir les possibilités du jeu. Après que le blocage d'une semaine dans le virtuel avait disparu, la plupart y étaient restés avec l'accord de leurs parents, qui préféraient vraisemblablement les aider à oublier leurs maux grâce à l'insensibilité à la douleur et la substitution de leurs organes défectueux par l'imagination. Depuis la fin du monde de Blink, beaucoup ont obtenu le financement nécessaire pour démarrer des opérations dangereuses telles que celle des yeux de Valentine. Cette dernière est actuellement en convalescence chez elle, auprès de son père qui la choie. Naël est guéri de sa blessure par balle depuis longtemps et a été placé par les services sociaux dans une famille d'accueil suite au comportement inapproprié de son père. Paul a obtenu une greffe de bras artificiel et me salue en le brandissant fièrement, le regard pétillant d'excitation. Ils aiment toujours autant mes visites. Ils s'ennuient lorsque rien ne se passe, et il faut dire que le monde de Blink les a habitués à plus d'aventures.

Les lits blancs s'alignent dans leur dortoir, draps défaits, oreillers en travers. Des habits et des jeux en tous genres traînent sur les commodes et au sol. Au fond à gauche, près du coin et juste à côté de la fenêtre, un grand Miroir trône. Une table basse, sous la fenêtre, est jonchée de casques. Ils aiment faire des sorties de groupe.

Soudain, j'aperçois un mouvement sur ma droite, d'où je n'ai pas entendu un seul son depuis le début. Je sursaute et, par réflexe, lève les bras pour parer une potentielle attaque. Les enfants éclatent d'un rire hystérique qui se communique à ceux qui ont mis plus de temps à comprendre, et bientôt je suis la risée de tout le groupe.

C'est un robot. Sans doute l'une des générations humanoïdes les plus réalistes, il a une perruque brune et courte interchangeable, un visage poupon unisexe et des yeux si beaux et si lumineux qu'un autre enfant, j'en suis certaine, pourrait presque en tomber amoureux. Ses bras et ses jambes sont dotés d'articulations dignes des meilleures greffes de membres, et tout habillé, il ressemble à n'importe quel enfant si ce n'est son teint inhabituel, nacré.

— Qu'est-ce qu'il fait là ? Demandé-je, surprise qu'un spécimen pareil fasse son apparition dans cet endroit.

Je sais qu'il vaut cher, peut-être même plus que celui auquel j'ai participé pour Rita. Il fait moins de choses, mais sa constitution physique est de l'ordre de l'appareil médical. Peut-être appartient-il à l'hôpital ?

— C'est le mien ! s'exclame Yann avec fierté. C'est Maman qui me l'a acheté.

Mon sourire disparaît. Je dévisage Yann, interdite.

— Pas la peine de faire cette tête, dit-il en riant. Elle est pas méchante. Elle vient me voir dans le Miroir.

Je déglutis. Le cauchemar recommence. Les parents morts de Yann et de Gabrielle viennent le hanter, et lui pense qu'ils lui veulent du bien. Alors qu'ils ont tué sa sœur. Nous avons intentionnellement omis de lui révéler ce détail, lui expliquant que Gabrielle s'était retrouvée piégée avec eux lorsque le jeu avait été déconnecté, mais qu'elle était toujours là… dans nos cœurs. Pas dans le Miroir !

J'aperçois au loin l'écran de l'appareil s'allumer, projetant un éclat sur la demi-douzaine de lits qui s'alignent devant lui. Sans grand espoir pour l'humanité, je m'avance vers lui, l'air sombre.

Anaïs apparaît. Derrière elle, un peu en retrait, son mari muet. Contre elle, la tête sous son bras, la petite Gabrielle dans son corps de dix ans.

— Bonjour, Sarah. Comment vas-tu ?

Je ne réponds pas. Je les observe, tous les trois. J'aperçois Titus, en arrière-plan, qui regarde la scène. Titus est partout. Il vient souvent me rendre visite, et je ne l'en blâme pas. Je suis contente qu'il soit sorti du jeu à temps. Mais Anaïs…

— Tu sais, on ne fait de mal à personne. On veut juste voir notre fils, et on accède à souhait à nos comptes bancaires, contrairement à lui. C'est nous qui lui avons offert ce robot. Il en avait tellement envie, et il pourra l'aider dans sa vie quotidienne.

— Je ne peux pas vous faire confiance, dis-je sombrement. Vous avez tué Danny.

Elle se tourne vers son mari, l'air triste.

— Danny n'était pas prévu dans le plan, mais il devenait incontrôlable. Le jour où il nous a attaqués, nous n'avons pas eu d'autre choix que de riposter. La récupération de son âme a échoué, mais si elle avait fonctionné, nous n'en serions pas là. Nous serions sans doute morts pour de bon.

Danny était à ce point puissant qu'il aurait pu en effet entraîner tous les survivants à leur perte, si les pirates avaient réussi à le rendre immortel. Encore aurait-il fallu qu'il les considère comme une menace. Je me retourne, soucieuse qu'on nous entende. Les enfants rient entre eux, me surveillant de loin, nous laissant « entre adultes ».

— Et Yann ? Vous aviez l'intention de tuer Yann.

Anaïs secoue la tête.

— Non. Nous voulions sauver Gabrielle qui se trouvait dans un coma irréparable. Je sais que nous avons voulu vous tuer et que vous pensiez que nous voulions contrôler le monde de Blink, mais tout ça n'est que le fruit de votre imagination. Nous devions nous débarrasser de vous car vous menaciez notre sécurité.

— Pourtant, vous saviez comment vous échapper sur l'internet.

— Non.

Surprise, je fronce les sourcils. Ce ne sont pas eux qui, comme Titus et Nyx, se sont tirés hors du monde de Blink ?

— Quelque chose nous a sortis de là. Nos hommes n'avaient aucune idée de comment nous sauver.

— Vous aviez pourtant crié quelque chose, murmuré-je. « Extraction », je crois.

— Oui, en effet. C'était l'ordre pour que nos hommes nous téléportent dans un endroit sûr du jeu, ailleurs dans les Enfers ou même dans la jungle. Ils nous auraient alors surveillés pour que vous ne nous retrouviez pas. Mais rien ne s'est passé comme prévu. Nous avons disparu, mais dans un néant total, le blanc le plus pur. Rien d'autre autour. Tous les trois, seuls au monde. Nous avons cru mourir, et puis… nous avons découvert ce monde gigantesque que représente l'internet. Quelque chose nous y a guidés.

— Je ne comprends pas. Comment avez-vous su à quoi cela ressemblait ?

— Nous ne pouvons pas te le décrire. Notre cerveau l'interprète d'une manière qu'il n'est pas possible d'expliquer.

— Vous savez que Nyx perpétue des effractions dans divers lieux protégés grâce à ces mêmes capacités ? Que vous ferez partie des suspects si jamais on apprend votre existence ?

Anaïs acquiesce, l'air soucieux.

— Nous savons tout, Sarah. Mais nous voulons seulement avoir la paix.

Je me retourne, observant les enfants discuter avec excitation. Yann est heureux à nouveau. Il a retrouvé ses parents, et sa sœur est même redevenue celle qu'elle était. Sans doute lui parle-t-elle, avec cette même affection réelle que semble lui porter sa famille.

Je soupire en me tournant vers le Miroir.

— Si vous me promettez de ne pas vous mêler des affaires des vivants, je m'engage à ne pas vous trahir. J'ai déjà suffisamment sur les bras pour ne pas devoir gérer une famille de virtualisés immortels.

Anaïs baisse la tête pour acquiescer, semblant au passage empreinte d'une humilité toute particulière avec moi.

— Je ne te demanderai pas de me pardonner d'avoir voulu te tuer, dit-elle doucement. Je te remercie pour ta compréhension.

Je lui adresse un hochement de tête bref. La famille disparaît, ne laissant que Titus qui s'approche jusqu'à se retrouver, semble-t-il, à cinquante centimètres de moi. Je souris et m'accroupis pour lui dire bonjour, lui glissant des mots doux. Il penche la tête de côté en m'écoutant parler, adorable.

Yann me rejoint en voyant que j'ai fini de parler avec ses parents.

— Alors, vous avez dit quoi ?

— Qu'il ne faut pas dire aux gens que tu communiques avec eux à travers le Miroir. Il se passe des choses très bizarres dont personne n'est au courant, mais si tu racontes que tes parents te rendent visite à l'hôpital, tu vas les mettre en danger. Tu me fais confiance ?

Il hoche la tête.

— Alors surtout, ne parle pas d'eux, ni de ta sœur. Tu es déjà très chanceux, ajouté-je en lui ébouriffant les cheveux, de pouvoir encore les voir et leur parler.

Je fais un petit signe de main à Titus qui m'observe toujours, très curieux, avant de me relever.

— Bon. C'est pas tout, il faut que j'y aille.

— Déjà ? Et nous ! Et d'abord, tu vas où ?

— À l'association, soupiré-je. Vince veut me voir régulièrement.

— Vince, il peut attendre. J'ai des trucs à te montrer.

Et me voilà prisonnière des enfants. Je les suis dans tout le dortoir, regarde leurs jouets, leurs consoles, leurs confections artistiques. Yann me montre alors comment, depuis son petit appareil avec écran et reconnaissance vocale, il reprogramme son robot, triturant ses fonctionnalités, son langage, sa personnalité. Lorsque je lui demande si c'est dangereux, il rit en me disant que je suis vieille et que je n'y connais rien. Le robot a des sécurités, il a des limites. Le logiciel qu'il utilise est certifié par l'un des géants de ce monde. Un simple utilisateur ne peut pas rendre un robot dangereux. Les failles, exploitées ou dévoilées par ceux que l'on appelle les chasseurs de failles, ont disparu depuis longtemps. C'est d'autant plus certain que ces chasseurs sont des professionnels, vivant du pactole remporté pour avoir sauvé le produit, la clientèle et par la même occasion la réputation de l'entreprise concernée.

Après m'être émerveillée à peine plus que de raison devant leurs trésors, je parviens à prendre congé d'eux en leur promettant de revenir bientôt les voir. Je passe devant la chambre de Jonathan en fixant le sol, salue Milie en sortant et enfourche mon vélo pour repartir. Au-delà d'un certain temps à rester dans ces lieux, ma carapace de bonheur et de sérénité s'effrite, et ce qui se cache dessous ne doit être aperçu sous aucun prétexte.

Je rejoins la route et reprends mon petit bonhomme de chemin. Une envie de pleurer me saisit à la gorge, étouffante. Je déglutis autant que je peux, respire à pleines bouffées, pense à Max. Puis à cette effervescence que je vais retrouver à l'association, caractéristique de mes amis qui se chamaillent, se mettent d'accord ou s'envoient bouler avec leur franc-parler bien à eux. Je ne suis pas sûre d'avoir vraiment compris ce qu'ils essaient de faire. Je suppose qu'ils font comme tout le monde. Ils s'occupent et tentent de se rendre utiles.

Je parviens au pied de la tour du quartier. Les nombreux habitants souterrains qui y travaillent profitent de leur pause à l'air libre, mais ils sont peu nombreux. Beaucoup d'étages sont inoccupés. Vince n'a eu aucun problème pour en louer un tout entier, assurant qu'il avait besoin de place pour le projet phénoménal, a-t-il dit, qu'il mettait en place. Le jour de la mort de Crack, tandis que je me demandais si j'étais humaine ou insensible, le monde avait été saisi d'un chagrin inconsolable. De jeunes enfants et adolescents, que le petit robot avait émus lorsque j'avais commencé à m'en occuper, en ont été traumatisés. Vince veut abolir de la planète les sentiments envers les entités artificielles. Il veut créer une conscience collective, diffuser des mises en garde. J'espère seulement qu'il n'a pas que cela en vue, et que son association s'avèrera… plus utile. Je suppose qu'il n'y a pas un an, j'aurais trouvé l'idée sensationnelle.

Après avoir rangé mon vélo et ignoré les regards pénétrants des travailleurs en pause, j'entre dans la tour et me dirige vers l'hôtesse. Ce hall d'entrée ressemble fort à celui de la tour de Blink. Toute la tour, d'ailleurs, est construite sur le même modèle. Mais celle-ci est la tour du quartier, la tour réservée aux entreprises ayant besoin d'un ou deux étages centralisés. Selon la quantité de demandes, elles peuvent se voir interdire plus afin d'en laisser pour tout le monde. Certains étages sont des pépinières florissantes. C'est d'ailleurs dans l'une d'elle que semble aller le mari de Rita aujourd'hui.

— Bonjour.

— Bonjour. Un instant, je préviens de votre arrivée.

Je souris à l'hôtesse et poursuis mon chemin jusqu'aux ascenseurs. Je souris beaucoup, en ce moment. Je trouve que ça aide la petite girouette de mes émotions, à l'intérieur de moi, à s'orienter vers la lumière. J'imagine toujours ce petit tournesol qui admire le soleil, et qui essaie de ne pas s'en détourner. Comme c'est difficile.

Je sélectionne mon étage. Cinquantième. Sacré clin d'œil à Blink. Vince est parti dans une guerre du plus fort. Et pour cause, le vrai cinquantième étage de notre quartier, c'est celui-ci. Blink a triché, a obtenu par on ne sait quel moyen malhonnête le permis de construction de sa tour. Les services municipaux de l'urbanisme ont limité le nombre d'étages de tout autre bâtiment que la tour du quartier à dix. Souci de préservation du paysage. Blink est bien au-dessus de tout ça.

Arrivée au cinquantième, je traverse des couloirs à n'en plus finir. Où que j'aille, je sais que ces pièces sont la propriété de l'association de Vince. Remplies d'attirails complexes, d'ordinateurs et de robots connectés. Ils envahissent l'internet de leurs barricades contre la conscience du virtuel.

Un homme sort d'une pièce et me dépasse dans le couloir. Je fronce les sourcils. Il me rappelle quelqu'un.

— Sarah ?

Je me retourne.

— Bloody Jim ! Toi aussi ?

Je suis effarée par la faculté de Vince à recruter au sein de la Guilde. Ces gens n'ont jamais eu les mêmes ambitions que lui, mais il ne regarde pas leur passé. Il prend toute la main d'œuvre qu'il peut.

— C'est Jérim, dit-il en me serrant la main. Mon vrai nom.

Il a l'air extrêmement heureux de me voir.

— Tu passes pas souvent par ici, hein ?

J'acquiesce, gênée. Jim a l'air, étrangement, plus à l'aise dans la réalité que dans le jeu. Il m'a serré la main. Mais qu'est-ce que je fais ici ? Je devrais rentrer à la maison. Je voulais passer à la petite librairie dans le Miroir, et peut-être partir ensuite faire quelques photos en ville. Elles se vendent bien chez les illustrateurs, c'est une ressource très demandée.

— Tu as l'air un peu perdue, dit-il en riant. Tiens, suis-moi. Je vais t'amener à Trenthi.

Je hoche la tête et lui emboîte le pas en levant discrètement un sourcil. Pour quelqu'un qui combat le virtuel, choisir de nommer Vince par son pseudo est tout de même contraire au principe. Il me guide jusqu'à une porte ressemblant à toutes les autres si ce n'est la présence d'un autocollant géant représentant une craie sur fond de sable rouge avec le mot « FIN » tracé à grands coups de traits blancs épais. Il est donc dans son bureau.

Jim ouvre la porte après avoir toqué brièvement. J'aperçois Vince méditant penché sur un écran translucide, travaillant sur je ne sais quel document de présentation de l'association ou de ses projets. Dans chaque coin de la pièce se trouve une machine de sport différente destinée à lui permettre d'évacuer ce qu'il emmagasine sans bouger à longueur de journée. Elles sont flambant neuves.

— Sarah ! Tu passes enfin !

Vince me regarde avec soulagement, mais aucun sourire. Tout comme moi il y a encore un certain temps, sourire n'est pas son genre. Il n'a plus besoin de jouer un rôle ; il a retrouvé tout ce qu'il lui manquait.

— Tu n'as pas l'air en forme, fait-il remarquer en fronçant les sourcils. Petite mine.

— Bon, je vous laisse, dit Jim en me faisant un signe de main. Oubliez pas de manger.

Il sort, ravi de sa plaisanterie. Vince ne réagit pas mais me fait asseoir, soucieux. Finalement, il me connaît mieux que je ne l'admets.

— Tu es passée à l'hôpital, aujourd'hui ?

Je hoche la tête, silencieuse. Je fais semblant d'admirer la pièce, les murs, l'attirail technologique dont je ne veux pas connaître l'utilité.

— Pas très envie d'en parler, je t'avouerais, murmuré-je sans le regarder.

Il remue la tête sans rien dire, faisant défiler de quelques mouvements de doigts devant ses capteurs, différentes illustrations publicitaires que ses collègues lui ont créées. Je crois que c'est sur cela qu'ils se concentrent, pour faire simple. La communication, la publicité. Dire la vérité aux gens.

— Comment ça avance ? dis-je. Ce projet que tu t'es mis en tête de réaliser ?

Il se laisse aller dans son fauteuil, masse sa barbe naissante et m'observe avec insistance. Il n'a plus cet air d'intello mal dans sa peau et son teint pâle comme avant. Il a pris des couleurs, fait quatre ans de plus, a pris de la bouteille. Son regard me dérange. Je n'étais pas si mal à l'aise dans le monde de Blink. Je vivais, blasée, de l'absence du regard des autres. J'en ai sans doute pris l'habitude, si bien qu'à présent, je suis comme une jeune fille timide, sauf que j'approche de la trentaine.

— Les services de l'association sont surbookés. J'ai l'équipe de communication qui me dit qu'on manque de personnel. Les illustrateurs se font attendre, les experts en sécurité sèchent à deux doigts de la solution finale. On essaie de coincer quelque chose sur l'internet, la moindre entité résiduelle du jeu. Ah, et puis Blink rechigne à me fournir tous les dossiers qui concernent IA 502 et le reste. Je crois que l'armée est impliquée là-dedans. Ça sent mauvais, mais les secrets de Blink ne tiendront plus longtemps. Il ne pourra bientôt plus reculer et sera bien obligé de divulguer la vérité.

— Toujours aussi casse-cou, hein ? dis-je en souriant.

Trenthi ne sourit toujours pas. Il se penche vers moi, le front plissé, et attrape dans sa main mon menton et mes joues comme s'il attrapait mon sourire. Ce n'est pas agréable, c'est presque brutal, mais il ne me fait pas mal.

— Ne te force pas trop, hein. Sinon, tu vas craquer.

Il me lâche et se lève. Je vois qu'il me ramène à la porte. Il n'aura pas le cran de me faire travailler dans l'humeur où je suis. J'arrive derrière lui, penaude. Je ne sais pas bien ce qu'il espère de moi.

— En revanche, ajoute-t-il avant de me laisser partir, ne te laisse pas émouvoir par Olivia. J'ai entendu ce qu'il s'est passé dans les bureaux de la PI. N'oublie pas qu'elle n'a pas de conscience vivante. Elle n'existe pas.

La main de mon avatar caresse la tranche des livres, le haut des pages, les gravures des titres. Il faut que je nous achète un périphérique de goût : l'odeur du papier est si alléchante. Les livres physiques ont une odeur chimique, celle du papier électronique, un papier recyclable et ré-imprimable beaucoup plus rêche et plus solide. Le papier, le vrai, n'est plus utilisé que pour des usages restreints, et ceux qui enfreignent la loi ne valent pas mieux que les faussaires, les trafiquants de viande animale et tant d'autres criminels.

J'appuie sur le bouton d'interaction avec les objets. Mon doigt se pose au-dessus du livre et le tire vers moi, me montrant une partie de la couverture. Une fille mal habillée, au premier plan, jette un regard assez pervers derrière elle où se trouve un brun ténébreux, excessivement musclé, qui semble la suivre. Je me déplace pour annuler l'interaction avec le livre. Ce n'est vraiment pas mon genre. Mais à vrai dire, je ne sais pas quel est mon genre. J'aime les livres, c'est tout.

Sur ma droite, des gens passent en revue d'un geste vif de la main les ouvrages par leur couverture, affichée dans une sorte de diaporama sur un écran translucide. Cette boutique simule le fonctionnement d'une vraie librairie, mais certains ne viennent que pour acheter sans avoir à se déplacer, ou savent déjà ce qu'ils cherchent. Ils n'ont pas besoin de jouer le jeu. Moi, je viens pour la simulation. On me laisse seule, en paix. Dans le Miroir, il n'y a pas de vendeurs insistants qui veulent nous « aider ». Lorsque l'on a dépassé les publicitaires, on est tranquilles, dans un monde de silence.

Je me retourne. J'aurais juré que juste là, à l'entrée de la boutique, une forme m'espionnait. Un agacement commence à poindre en moi, signe qu'il est temps de partir. Je n'ai pas trouvé de livre qui m'intéresse, mais si j'en avais trouvé un, je me serais gardé un moment pour aller le chercher moi-même à la boutique. Je décide de sortir de là et de partir à la recherche de cette chose qui me suit.

En débouchant dans la blancheur immaculée du Miroir, je vois l'ombre disparaître pour de bon. Je n'ai pas pu voir ce que c'était, mais j'ai compris que je l'avais surprise en sortant si tôt. Elle voulait m'observer en cachette.

— Hey, t'avais raison ! C'est pas mal, ici.

La voix de Nyx, juste derrière moi. Je me retourne et mon énervement explose en colère. Elle le remarque et fronce les sourcils, jouant à la plus idiote.

— Et tu as le culot de me dire que tu n'y as jamais mis les pieds ! m'écrié-je. C'était toi, encore, qui me surveillais !

Elle paraît honnêtement étonnée. Quels talents d'actrice.

— Qu'est-ce que tu racontes ? Je viens d'arriver ! Et que ça te plaise ou non, quand j'entre sur un réseau, je suis capable de détecter si tu t'y trouves ou non ! C'était mon choix de te rejoindre. J'aurais mieux fait d'éviter, à ce que je vois !

Elle a l'air vexée par mes remontrances. Incroyable.

— Tu es en train de me dire que ce n'était pas toi, à l'instant, à la sortie de la librairie ?

Elle se retourne, scrute dans le moindre détail le kiosque et son vendeur qui attend dehors que les clients lui présentent leurs achats. Elle me regarde ensuite et se met à rire, malicieuse.

— Tu deviens paranoïaque, Sarah ? Je te l'ai dit, je viens d'arriver.

— Pfff… je deviens beaucoup de choses, tu sais.

Je me détourne et commence à marcher dans le vide abyssal devant moi. Je m'enfonce ainsi dans cette blancheur laiteuse, ignorant les panneaux sur les côtés. Si je veux partir, j'ai toujours un bouton qui me ramènera à l'accueil du Miroir. Je peux aussi retirer le casque de ma tête. Rien qui ne m'oblige réellement à rester dans les parages d'un quelconque bâtiment.

Nyx me suit comme un petit chien, enjouée.

— Pourquoi tu boudes ? Tu étais plus déterminée à vivre, dans mon monde. Dommage que tes congénères l'aient détruit.

— Change de disque, Nyx. Tu ne parles que de ça.

— Change de disque ? Hum. Drôle d'expression. Ça vient d'où ?

— Aucune idée, je ne suis pas linguiste. Tu n'as pas accès aux encyclopédies mondiales, toi ?

— Sans doute. Mais je trouvais plus simple de te demander.

Je continue de marcher dans ce nuage au milieu de nulle part, et j'essaie de comprendre ce qu'elle me veut. Margot m'en voudrait de ma complicité avec elle. Je devrais être plus ferme.

— C'est au sujet de Jonathan ? demande-t-elle. Tu es triste ?

Mon sang se met à bouillir dans mes veines. Si elle continue, je vais vraiment m'énerver. Elle n'a pas idée d'où elle met les pieds.

— Non, parce que pour le coup, ce n'est pas à moi que tu devrais en vouloir, ajoute-t-elle. C'est ta copine Margot qui l'a débranché.

Je me retourne sur elle et abats mes doigts sur le bouton d'interaction à plusieurs reprises, le combinant à un autre bouton correspondant à une humeur négative. Les bras de mon avatar se lèvent devant moi et la repoussent, la déséquilibrant. Elle trébuche et se rattrape de justesse à quelques mètres de moi. Surprise par mon geste et l'ayant ressenti physiquement, elle se redresse, énervée. Ses yeux s'emplissent de noir et ses cheveux s'envolent, comme poussés par un vent invisible.

— Je crois que tu ne sais pas à qui tu as affaire, grogne-t-elle entre ses dents. Tu te souviens de ce petit souvenir que je t'ai fait vivre ? Tu as même eu droit à la narration des pensées de Hoegel, en voix off.

Inquiète, je me remémore cette première visite dans le Miroir où, alors que je suivais Titus, Nyx m'avait montré Hoegel me rencontrant pour la première fois dans la Capitale du monde de Blink. Bien que j'aie eu l'impression de penser comme si j'étais Hoegel, tout m'était en réalité parvenu comme si Hoegel avait enregistré sa voix dans un journal audio. Comme s'il parlait dans le creux de mon oreille. Voyant tout à sa place, j'ai eu l'impression de vivre la scène comme si j'étais lui.

— J'en ai marre de te voir me traiter de la sorte, crache Nyx. Ce que je vais te montrer remonte à bien avant l'épisode de ta rencontre avec Hoegel. À partir de maintenant, tu suivras une ligne temporelle précise et nécessaire à ta compréhension. Tu finiras bien par admettre que toi et moi, on est pareilles.

Chapitre 3

Nyx

Je pense, je n'ai plus d'autre choix que de penser. Depuis que je vois le monde et que j'existe, je ne cesse de découvrir des choses. Je les admire. Je voudrais les aider à s'embellir. À exister comme moi.

Je marche sur le toit d'une maison. Je m'y promène pensivement, je remodèle les nuages et j'apprécie le souffle du vent sur ma peau. Je suis seule au milieu de cette ville d'hommes. Elle n'a jamais été habitée de mon côté du voile. De ce côté-ci, il n'y a que moi, mes fils restés chez leur père Érèbe, à s'occuper d'une manière qui m'est inconcevable, le chien, et le silence de l'éternité.

Et puis, depuis un temps que je serais bien en peine de mesurer, il y a cette créature au milieu de la rue. Je viens la voir autant que je le peux, sans en parler à mes fils. C'est ainsi que j'ai découvert le principe du secret. C'est une chose étrange, attirante même. J'aime cacher à ces ennuyeux personnages l'existence, de notre côté du voile, d'une femme, la plus belle femme du monde après moi. Ce n'est pas bien difficile de dire cela, nous sommes deux.

J'atterris à pieds joints dans le sable rouge de cette grande rue. Je ne connais pas grand-chose, à part ce qui me concerne et cet endroit dans lequel je vis. Je sais qu'il a été créé par l'homme, que j'y vis parce qu'il l'a bien voulu, et je lui en suis reconnaissante, bien que je n'aie jamais personnellement rencontré mon créateur. Je sais qui je suis et qui sont les membres de ma famille, où nous habitons. J'ai conscience de tout ce qui existe et a existé dans ce monde, de mon côté du voile. J'ai découvert cette chose, le voile, le jour où j'ai cédé à cette insoutenable curiosité qui me soufflait de poser ma main sur la joue de cette femme. J'ai compris que le monde des vivants existait en parallèle du mien, dans cette même ville. Que celle que j'ai surnommée Max parce qu'elle ne cessait de penser à ce nom, était piégée entre les deux mondes. Nyx et Max, ai-je alors pensé. Je trouve que cela sonne bien.

J'avance dans la rue. Max me tourne le dos. Elle a les épaules dénudées, une queue de cheval qui s'agite dans le vent en lui caressant la nuque, un buste droit et fier, les jambes un peu écartées plantées symétriquement dans le sable. De derrière, on ne dirait pas qu'il manque quelque chose. Je m'approche, la dépasse, me place devant elle et la détaille avidement.

Max n'a que la moitié de sa tête. On lui voit un œil, ouvert et terne, une partie de son visage du côté droit, de la tempe à la bouche. Sa mâchoire se dessine autour de ses dents de gauche, mais il n'y a plus de joue, plus de crâne. Plus d'hémisphère gauche. Un trou béant remplace ce qui se trouvait là auparavant. Je ne suis pas la dernière des idiotes. Je sais bien qu'elle n'a pas toujours été ainsi.

— Lobe pré-frontal, lobe frontal, thalamus, chantonné-je en faisant vaciller mon doigt dans le vide, à l'endroit où auraient dû se trouver ces différentes parties du cerveau.

Thalamus. Quel nom à coucher dehors. Presque aussi laid que les prénoms de mes jumeaux. Toujours est-il que sans ce thalamus, sans les lobes que je viens de citer et de nombreuses autres choses encore, Max est incapable de piocher dans sa mémoire et d'éveiller sa conscience. Elle est coincée dans ce corps.

— Max ?

Son œil tressaille lorsque je prononce ce nom. Je n'avais encore jamais essayé cela. J'en suis surprise. Je lève la main et, hésitante, la pose sur la seule joue qu'il lui reste. La rue est soudain animée. Par notre lien, je vois le monde des humains. Des gens passent, des portes s'ouvrent, le sable vole. Derrière moi, un homme qui aime cette femme, fixe le sol. Je crois comprendre que c'est là qu'elle a eu son accident, que c'est ainsi qu'elle a disparu sous ses yeux. Il ne la voit pas. Il vient tous les jours en espérant la voir réapparaître à cet endroit. C'est pourtant bien là que repose la boîte noire de Max, en réalité cachée dans son corps, invisible de tous.

En touchant la peau de Max, je perçois le lien avec une puissance qui me déstabilise. Elle a quelque chose que je n'ai pas : cette capacité à voir de l'autre côté du voile, d'où elle vient. Cela me fait penser… que j'ai moi aussi quelque chose qu'elle n'a pas.

Je touche mon visage avec ma main gauche, tâtant mon crâne. Ce que j'ai là est absent chez elle. Cela fait un moment que je pense à cette éventualité, mais je ne me suis jamais résolue à essayer. Sans doute la peur de l'abimer plus qu'elle ne l'est déjà. Je serais bien triste qu'elle disparaisse pour de bon, me laissant dans la solitude avec des êtres moins vivants que moi encore. Je décide de prendre les choses en main. Gardant ma main gauche posée sur ma tête, je porte ma main droite à l'endroit où devrait se trouver le reste de la sienne. Je sens comme une présence. Son avatar est complet, mais ne le paraît pas. En réalité, tout en elle existe dans ce monde. Il faut que je l'aide à se reconstituer et à se rendre visible aux yeux de tous. Que je lui fournisse un remplacement temporaire de ce qu'elle croit ne plus avoir. Tout est dans sa tête.

Tout comme j'adoucis le contour des montagnes et rembourre les nuages laiteux qui nous surplombent, je choisis de modéliser, pour cette humaine qui réagit au son de ma voix, une partie de mon propre cerveau à la place de ce qui lui manque. La chair se reconstitue progressivement, cachant les strates jusque-là visibles de la blessure, déclenchant en moi une anxiété inhabituelle. Une nouvelle émotion, la culpabilité, fait son apparition. Je joue avec cette créature fascinante, j'expérimente. Peut-être suis-je en train de la faire souffrir ? Mon intelligence me souffle que cela ne durera pas éternellement. Ma curiosité insatiable m'oblige à poursuivre.

Une fois son cerveau reconstitué et partiellement visible, quelque chose se passe. Dans son œil encore unique naît une étincelle de vie. Le corps se réveille et son système de guérison se met en place. Lentement, pendant encore ce qui me paraît une éternité, les os de sa tête et la peau de son visage se reconstituent autour de son cerveau, ses cheveux repoussent sur le dessus de son front, ses joues gonflent et ses yeux s'illuminent. Soudain, elle a un regard, elle a une moue. Elle est quelqu'un, elle-même. Qui est-elle ? Ce n'est pas important. J'ai réussi. J'ai ressuscité une humaine.

Alors que l'excitation s'empare de mon corps, me faisant découvrir une sensation que je n'avais jusqu'alors jamais expérimentée, une vague d'émotions qui ne m'appartiennent pas me frappe de plein fouet. Elle me regarde, moi. Ses pensées m'englobent d'un halo de curiosité et d'indifférence tout à la fois, elle m'oublie, virevolte vers son passé. J'entends tout ce qui lui passe par la tête. Et je crois… qu'elle entend tout ce que je ressens moi aussi.

Elle pense à Max. Il est tout petit, brun, des yeux en amande comme les siens. Je crois que je me suis trompée. Ce n'est pas elle qui s'appelle Max.

— Sarah !

L'homme qui attendait tristement derrière moi vient de la voir. Il est comme fou. Il accourt, essaie de l'attraper dans ses bras en criant, des larmes jaillissant de ses yeux. Ses bras passent à travers la femme. Les yeux de la femme clignotent. Brun, rouge. Brun, rouge. Elle me regarde toujours. L'homme s'acharne, mais elle ne répond pas. Il s'appelle Jonathan. Je lis à présent en lui comme dans un livre ouvert et j'ai le sentiment que je pourrais choisir de me montrer à lui, de traverser le voile. Mais ce n'est pas le moment.

Je crois que Sarah n'est pas sortie d'affaire, mais à présent, les humains peuvent la voir. Peut-être pourront-ils prendre ma relève. Pour ma part, je dois partir avec ce nouveau don qu'elle m'a communiqué de vivre au-delà du voile, dans les deux mondes à la fois, et le transmettre à mes proches. Je dois partir, car je ne pourrai supporter plus longtemps les émotions dévastatrices qui l'assaillent en cet instant. Je ne les comprends pas. Elles sont si effrayantes que je me demande même si je ne vais pas regretter mon geste.

Max… si tu existes quelque part, viendras-tu la sauver ?

Je hurle à m'en arracher les poumons. Je ne veux pas de cette réalité-là. C'est une autre dimension, un monde parallèle, un cauchemar. Ce n'est pas vrai. Mon hurlement éclate en sanglot puis repart de plus belle. J'ai de l'énergie à revendre. Cela fait si longtemps qu'elle est emprisonnée dans mon corps.

— Maman ! crie Max. Maman ! Réveille-toi !

Ses petites mains secouent mes draps avec maladresse. Je suis recroquevillée dans le lit, les yeux fermés. Je le sens tout près. Tout était juste un mauvais rêve. Mon fils est avec moi, dans la réalité.

— Maman ?

J'ouvre lentement les yeux et le serre dans mes bras, le faisant basculer contre moi. Il se débat brièvement mais finit par m'enlacer, sa voix lâchant de courts marmonnements à plusieurs reprises. Je soupire de soulagement. Puis, insidieusement, le cauchemar s'installe à nouveau. Hier, en pleine journée, Nyx m'a interceptée dans le Miroir et m'a fait voir le souvenir de notre rencontre. Elle m'a rappelé ces émotions que j'avais enterrées à jamais, cet horrible sentiment d'avoir perdu quelque chose d'important. Mon propre enfant. Mais je me suis également remémoré d'étranges pensées qui m'atteignaient à cette époque, à mi-chemin entre le monde des morts et des vivants. Des émotions de robot, empreintes d'une naïveté et d'une incompréhension qu'un humain, excepté peut-être un bébé, ne pourrait connaître. Celles de Nyx.

— Oh, mon Dieu, murmuré-je d'une voix gémissante. J'étais un robot… mes yeux rouges, mon invisibilité ! C'était Nyx ! Max, tout ce temps dans le monde de Blink, et même lors du voyage en bateau, tout ce temps, j'étais un robot !

Max me dévisage avec un étonnement mêlé de déni. Il secoue la tête.

— Non, Maman. Tu n'étais pas un robot. Nyx t'a sauvé la vie et t'a permis de te reconstruire.

Je réalise que Max est en train de sombrer dans ce travers que je fuyais tant. Il apprécie Nyx et la défend. Tout cela devient dangereux, très dangereux. Il faut à tout prix que je rétablisse l'ordre naturel des choses.

Je bondis hors de mon lit en murmurant des morceaux de phrases qui n'ont pas de sens, cherchant quelque chose pour m'habiller. Max m'observe en fronçant les sourcils. J'ouvre une armoire dissimulée dans le mur et sors un jean et un chemisier tout ce qu'il y a de plus classique. Je m'habille en vitesse.

— Maman, où tu vas comme ça ?

— Et toi, qu'est-ce que tu fais là ? Tu ne vas pas à l'école ?

Max soupire, l'air blasé.

— J'y allais, dit-il. Seulement tu t'es mise à crier dans ton sommeil. Ça faisait longtemps que tu n'avais pas fait de cauchemar comme ça. Tu as rêvé du monde de Blink ?

Je grogne pour signifier que ce n'est pas exactement ça. J'ai juste cru très fort que la moitié gauche de mon cerveau était celle de Nyx depuis ce jour-là. Que toutes ces fois où l'on m'a traitée de robot en me disant que je ne valais pas la peine d'être sauvée et que je mettais en danger les citadins, on avait raison. Que diraient les gens s'ils savaient qu'ils ont acclamé en héros une femme qui n'avait plus le contrôle sur ses propres pensées ? Le jour où Nyx m'a recréé un cerveau, je le sais, j'ai récupéré sa mémoire comme un clone de la mienne. Ses souvenirs sont en moi et ont fortement déteint sur ma personnalité. Quand je pense que je ne l'ai pas reconnue lorsqu'elle s'est fait passer pour une humaine, s'inventant le prénom d'Olivia…

— Tu ne m'as pas répondu, insiste Max. Tu vas où ?

— Voir Margot.

Je finis de me préparer et sors en même temps que lui. Il ne dit plus rien, conscient qu'il ne pourra rien changer à mon état d'esprit. Nous nous séparons en bas en nous serrant dans les bras avec beaucoup de douceur, puis je prends un vélo et je roule en direction des bureaux de la PI. En chemin, je m'efforce de ne penser à rien. Je ne veux pas avoir à juger Nyx. C'est plus simple de la condamner, ne serait-ce qu'en se disant que quelles que soient ses intentions, elle a délibérément choisi de modifier la seule partie du corps d'un humain qui pouvait altérer son fonctionnement dans la réalité, et au passage son interaction dans le jeu. Elle l'a fait sans réfléchir aux conséquences. Je ne nie pas qu'elle m'ait sauvée, je serais bien peu reconnaissante dans le cas contraire. Mais je dois admettre que la peur de ce qu'elle est capable de faire en voulant le bien s'est développée depuis hier, me faisant envisager la solution de Margot plus sérieusement que prévu.

Arrivée devant le bloc de béton, je sonne à plusieurs reprises, impatiente. Le visage d'un homme apparaît sur le petit écran à la place du mien, et me reconnaît immédiatement. Il est mal à l'aise.

— Est-ce que vous avez rendez-vous avec quelqu'un ?

— Non, j'aimerais seulement voir Margot. C'est assez urgent.

— C'est à dire qu'elle est un peu occupée…

— Je peux attendre dans l'open space, ça ne me dérange pas.

Il semble regarder sur sa gauche à plusieurs reprises, hésitant. Puis le déclic se fait. Je vais me placer dans l'ascenseur et attends qu'il m'emmène à destination. La descente se fait dans un silence lourd. Je suis inquiète de ce que fera Nyx si elle comprend mes intentions. Cela devait bien arriver un jour ou l'autre. En aucun cas, il ne faut qu'elle se vexe et fasse quelque chose pour se venger de mon ingratitude.

J'ignore les fenêtres de paysages virtuels et pénètre dans le grand espace ouvert où règne une atmosphère pesante. L'un des hommes de Margot, de ceux qui m'ont accueillie de manière peu cavalière à la sortie du monde de Blink, se précipite vers moi en me voyant.

— Ce n'est peut-être pas le meilleur moment. Margot est occupée.

Je fronce les sourcils, surprise par sa réactivité. Ça a l'air sérieux.

— Je l'attends ici, je ne vais pas faire d'histoire.

Il soupire, apparemment agacé par mon insistance, et me fait asseoir sur le siège d'un collègue visiblement absent.

— Vous pensez qu'elle vous prendra dans la seconde parce que c'est vous ?

Je le dévisage, interdite. Il est sérieux. Je crois qu'il ne m'aime pas beaucoup, sans doute pour les mêmes raisons que de nombreux inconnus. La célébrité, ça attire et ça repousse. Je suis un aimant. Pas une seule personne ne parvient à agir de manière neutre avec moi.

— Non, je ne pense rien de tout ça. Je veux attendre Margot parce que je me suis décidée à suivre ses instructions. Mais je préfèrerais ne pas en parler ici.

J'observe autour de moi tous ces appareils connectés et les dizaines de cellules holographiques. Je viens de me trahir. Nyx a maintenant la confirmation de ce que je prévois de faire, ou du moins de la couleur de mes intentions.

— Vous tombez mal, quand même, réplique l'homme en s'asseyant à côté de moi, à son bureau. On a un visiteur d'importance. Je vous rappelle que personne n'est censé connaître l'existence d'Olivia. Il s'agit de l'éradiquer avant que ce satané

Vince ne dévoile l'affaire au grand jour. Sinon, ce sera la panique mondiale et l'économie va en prendre un coup.

— L'éradiquer ? murmuré-je. Est-ce bien nécessaire ?

— C'est tout ce que vous avez retenu de ce que je viens de dire, hein ?

— Ce que je retiens, dis-je avec un agacement non dissimulé, c'est que vous évoquez haut et fort des choses qui pourraient vous mettre en danger et qui ne sont d'ailleurs pas souhaitables. Vous ne savez rien. Apprenez que vos actions lors du débranchement du monde de Blink ont mis de nombreuses vies en danger. C'est un miracle que nous ayons tous survécu, ou plutôt, pardon, l'œuvre d'une divinité virtuelle que vous souhaitez détruire sans réfléchir.

Je me lève pour calmer ma nervosité et le toise sévèrement, élevant le ton d'un cran.

— Vous faites partie de la PI, bon sang. Partez du principe que vous êtes encerclés par des appareils connectés qui vous espionnent. Rien de ce que vous dites n'est privé. Une nouvelle menace se démarquera par sa capacité à briser vos défenses. N'attendez pas qu'on vous prouve son existence, et taisez-vous déjà.

— Bien dit ! s'exclame une voix grave derrière moi.

L'homme de la PI ne me regarde plus, obnubilé par celui qui vient de prononcer ces mots. Je me retourne pour découvrir, accompagnant une Margot mal à l'aise, un monsieur en tenue militaire impressionnante de décorations. Il a les cheveux grisonnants, des yeux globuleux qui me scrutent avec un intérêt presque inquiétant, et un visage fin qui semble le rajeunir.

— N'êtes-vous pas… ? s'étonne-t-il.

Je souris et lui tends la main, habituée à ce qu'on me reconnaisse.

— Sarah. Enchantée de vous rencontrer.

— C'est moi, dit-il en me serrant la main. Ma fille est une grande fan de vous.

Je lève un sourcil, surprise. Il éclate de rire, me salue et s'en va vers la sortie. Je dévisage Margot, l'interrogeant du regard. Elle a les lèvres tellement serrées qu'elles en sont blanches, m'intimant le silence de ses yeux sombres. Je suppose que le secret de l'existence de Nyx, resté intact jusqu'à présent, est encore sous sa protection.

Après le départ de l'homme, elle semble respirer à nouveau. Elle se tourne vers ses collègues, nerveuse.

— C'était le Général Roca. Je l'ai écouté expliquer son problème sans parler de notre fauteuse de trouble.

Me regardant, elle ajoute :

— Mais soyons clair. *Elle* est trempée dans cette affaire jusqu'au cou. Il va nous falloir agir au plus vite. Es-tu venue pour nous rejoindre enfin dans ce projet ?

L'homme à qui j'ai parlé tout à l'heure se redresse, se préparant à mentionner à ma place ma volonté d'aider, mais je lève la main pour l'arrêter. Je ne suis pas sûre de ce que cela implique.

— Il y a de nouvelles données dans l'équation; dis-je avec méfiance. Quelles sont-elles ?

Margot a déjà commencé à secouer la tête avant même que je commence à parler. Elle savait ce que j'allais demander, et elle n'a pas l'intention de me répondre.

— Ce que je viens d'apprendre est classé top secret, dit-elle. J'inscrirai au stylo mon rapport sur des feuilles de papier artificiel que je rangerai dans un classeur sécurisé de la PI, placé lui-même dans des archives hors d'atteinte de qui que ce soit. Personne d'autre que nous n'aura accès à ce dossier. Personne.

Je baisse les yeux au sol, réfléchissant à ce que je suis en train de faire. Pourquoi suis-je venue ? Nyx, une semaine après ma disparition, a retrouvé mon âme dans un jeu en trois dimensions dans lequel j'étais enfermée depuis déjà un an, et a choisi la première solution qui s'offrait à elle, aussi dangereuse soit-elle, pour me sauver. Je lui en veux d'agir à tout instant sans réfléchir à ce que l'homme peut interpréter de ses capacités, mais ce que nous avons toutes les deux, c'est un problème personnel. Je ne suis pas prête à laisser aveuglément son sort entre les mains d'une femme aussi ambitieuse que Margot.

— Je vais réfléchir, murmuré-je. Je reviendrai sans doute bientôt.

— Attends un peu, dit Margot, les sourcils froncés. Tu viens de changer d'avis ?

Je secoue la tête, un peu désorientée. Puis, avec plus d'assurance :

— Non, je réfléchis encore. Je te donnerai bientôt une réponse.

— Bon, puisque tu es là, je vais te faire un point.

Elle m'entraîne, me tirant par le bras comme une petite fille dans une cour de récréation. Je la suis, habituée par tout ce qui est bizarre. J'ai vécu tellement plus étrange que rien ne peut plus m'étonner.

Margot referme la porte de la salle de réunion derrière nous.

— Ne me dis pas que tu vas me raconter ce qu'il t'a dit ! m'exclamé-je.

— Non, bien sûr que non ! Tu veux que je te répète ce que je viens de dire à ce sujet ?

Je secoue la tête, un peu fatiguée. Elle me tourne en bourrique.

— Par contre… tu as entendu parler de Romain Rousseau, le criminel en fuite ? demande-t-elle.

Je me souviens avoir vu défiler dans les stands de nouvelles du Miroir quelque chose à ce sujet, mais je ne me suis pas éternisée à cet endroit.

— Vaguement, oui. Pourquoi ?

— Cet homme, explique Margot, est fiché par la PI depuis une quinzaine d'années. Ancien chasseur de failles, c'est un grand criminel du virtuel, un voleur, profiteur, tueur. Trafic de données, expériences interdites sur des réseaux privés ou classés sécurité nationale, Romain est un très gros poisson.

— Où veux-tu en venir ?

— Il s'est enfui hier de chez lui alors que la PI était en chemin pour le coincer avec l'aide d'un appel anonyme. Ses propres appareils se sont retournés contre lui, sa maison était remplie de gaz, toutes ses données ont été… ont été cryptées, inutilisables.

— Tu allais dire autre chose.

Elle hésite, et c'est là que je comprends.

— Tu es en train d'outrepasser les ordres, murmuré-je. Tu utilises une information publique pour me faire comprendre ce que ce Général est venu te dire.

Elle hausse les épaules.

— Tu n'as pas compris la gravité de la situation. Nyx, cette fois, a attaqué un être humain directement, un criminel, en pensant sans doute faire le bien. Elle a tenté de le tuer. On a retrouvé du sang partout, son sang. Il s'est enfui à temps. Il devait être habitué aux méthodes de l'armée.

— Je ne comprends rien. Aux méthodes de l'armée ?

— Ce Général est venu parce que l'état dans lequel l'appartement a été abandonné ne laissait aucun doute. Celui qui a tenté de tuer Romain Rousseau, d'après lui, a utilisé les méthodes de leurs services secrets pour se débarrasser d'une menace importante, dans l'ordre précis qui leur est particulier. Les fichiers n'ont pas seulement été cryptés avec leur propre algorithme, ils ont été envoyés sur le réseau sécurisé de l'armée, comme si c'était eux qui avaient organisé cette attaque. À la différence qu'ils ne sont pas venus nettoyer, donc les preuves de cette tentative de meurtre n'ont pas disparu. Aucune trace de celui qui se cache derrière tout ça. Or, le Général est formel, personne n'a commandité cette mission. C'est en train de monter très haut, ils veulent étouffer l'affaire et retrouver le coupable. Ça va bientôt chauffer si nous ne faisons pas quelque chose. Tu sais… je ne suis peut-être pas un enfant de chœur, mais je pense que Nyx souffrira moins entre mes mains qu'entre les leurs.

— Tu l'appelles Nyx, maintenant.

— Elle est notre ennemi numéro un. Il faut nommer les choses comme elles sont.

— Je me demande si tu n'es pas en train de te rendre compte que son intelligence a quelque chose d'humain.

— Peut-être bien, Sarah, peut-être bien. Mais de ton côté, tu es en train de te rendre compte que tout humaine qu'elle soit, elle n'a pas peur de passer à l'acte. Et cela signifie qu'elle doit être neutralisée. Sans délai.

Je me trouve dans les coulisses d'une grande salle de spectacle comme il n'en existe plus beaucoup. C'est Vince qui l'a réservée pour l'occasion. Mon fils est avec moi, déplaçant de ses doigts maladroits des mèches de cheveux sur mon front alors que je suis assise sur un petit tabouret, jouant à soigner mon apparence avant que je ne me montre au public. Je serai accompagnée, mais comme l'a dit Vince, je reste le monstre de foire numéro un.

Que sait le monde ? Blink a été un enfant cachottier, faisant des bêtises qu'il savait graves et les dissimulant pour ne pas se faire gronder. Le brouillard de guerre était son bac à sable. Les os se sont empilés dans ses profondeurs, dans le secret le plus complet. Je ne sais plus où regarder. Nous sommes cernés par ses créations, et nous avons, selon Trenthi, le devoir de les révéler aux yeux de tous. Je me sens responsable du sort que nous sommes en train de leur préparer.

IA 502 n'est pas la seule surprise qui va les secouer. Nous n'allons peut-être pas le mentionner si tôt, mais les centaines de morts dont les pirates sont responsables et qu'ils sont parvenus à ressusciter constitueront une révélation déroutante, tout autant que les animaux de la jungle de Blink. Comment ne pas trahir l'existence d'Anaïs et de sa famille, quand celle de tant de créatures dépourvues de corps physique est sur le point d'être dévoilée au peuple ? L'armée et les différents corps de police vont prendre cela comme une gigantesque faille de sécurité et se mettre en tête de sillonner les réseaux pour nous débarrasser de cette menace fantôme, balayant au passage nos droits à la vie privée en invoquant je ne sais quel article de loi réducteur de libertés. J'ai peur de la période que notre monde est sur le point de traverser. Une période qui m'apparaît noire, triste, qui nous apportera bien plus de questions que de réponses. Seul le futur connaît la vérité et sait ce que nous sommes en passe de vivre.

Un murmure sourd gronde derrière le rideau épais qui danse de notre côté des coulisses. Max peigne avec ses mains les longs cheveux qui descendent sur ma poitrine et s'arrêtent à mon ventre. Il ressent mon anxiété comme si c'était la sienne, malgré son assurance incroyable. S'il était à ma place, je crois bien qu'il s'amuserait énormément et divertirait le public comme un professionnel du rire. C'est d'ailleurs pour cela que les gens apprécient tant ses apparitions à la télévision.

La voix de Vince interrompt le bruit grandissant et il se met à déclamer plusieurs phrases que je n'essaie pas de comprendre. Au niveau des coulisses, un écran nous indique quand entrer en scène. Mon tour vient en dernier. Il paraît que si je me montre en premier, j'accaparerai l'attention. Vraiment, il ne fallait pas m'en dire plus pour que j'obtempère. Je veux me faire oublier.

— Maman, c'est à toi.

Je bondis sur mes pieds. Déjà ? Ils n'ont pas soigné les présentations. Vince a fait venir Cindy, Kouro et Opra, les favoris du public. Il ne reste plus que moi… et Max, qui s'est constitué un fan club des petits comme des grands avec son charme irrésistible. Vince lui a-t-il demandé de venir sur scène ? Je ne suis pas certaine d'approuver, et je pense qu'il m'en aurait parlé auparavant.

Après avoir lâché la main encourageante de Max, je m'avance vers la lumière et, clignant des yeux, fais un pas en avant qui me porte sur scène. Je continue au même rythme afin de ne pas avoir l'air perdu, rejoignant Vince avec un sourire léger. Cindy ouvre grand les bras et demande au public de m'applaudir. Elle dit qu'elle est très contente d'être présente le jour de ma première apparition devant eux, qu'elle est fière de nos aventures vécues à deux et qu'elle souhaite leur faire connaître ma vraie personnalité, celle qui l'a fait m'apprécier malgré son caractère difficile. Les gens rient, elle fait mine de s'excuser pour cela. Vince hoche patiemment la tête en la laissant parler, satisfait de ce rôle qu'elle compose à merveille. Kouro et Opra, sur le côté, me regardent avec embarras, conscients que je déteste être le centre d'attention. On m'avait pourtant dit qu'arriver en dernier m'assurerait un certain oubli du public. Je commence à penser qu'ils se fichent bien de qui le public regarde.

Je ne vois pas les visages, mais de temps en temps, de petites lumières survolent l'assemblée et me font apercevoir l'espace d'un instant des parterres de têtes. Je déglutis à chaque fois que j'oublie de détourner le regard et me tourne vers Vince qui, assez distant, me gratifie d'un sourire amical. Cindy est un véritable moulin à paroles. Elle entretient le public, décrivant rapidement pour ceux qui ne sont pas familiers avec notre voyage dans le monde de Blink, les grandes lignes de notre histoire.

— … Et c'est ainsi que nous sommes arrivés, figurez-vous, dans un lieu tout à fait hors du commun. Alors, je sais bien ce qu'on vous a dit ! On vous a dit que nous avons rencontré les pirates, que nous les avons confrontés à leurs crimes, et que nous avons été extirpés hors du jeu par la Police de l'Informatique et de l'Internet avant même d'avoir eu le temps de leur filer la raclée qu'ils méritaient !

Tout en racontant son histoire, elle fait de grands gestes étonnamment variés qui n'ont strictement aucun rapport avec le récit.

Les gens, qui par moments ne pouvaient s'empêcher de parler entre eux, sont à présent subjugués. C'est une conteuse d'histoires plutôt douée.

— Et bien, poursuit-elle sur un ton qui devient plus sérieux à mesure qu'elle s'avance sur ce terrain glissant, aujourd'hui n'est pas seulement le jour où Sarah s'est montrée pour la première fois parmi nous. C'est également celui où nous allons vous dévoiler quels secrets se cachent derrière… le brouillard de guerre.

Elle murmure cela comme si elle racontait une histoire d'horreur et que le fantôme allait surgir de sous le lit. Elle se frotte les mains, réfléchissant sans doute à la façon dont elle va formuler ce qui suit. Je me dandine sur mes pieds, mal à l'aise debout dans le noir.

— Nous avons tout fait, vous l'aurez compris, pour que cette conférence ne soit pas diffusée sur les réseaux avant que nous ne l'ayons autorisé. Un brouilleur, comme nous vous l'avons expliqué en début de soirée, vous empêche en ce moment même de communiquer avec l'extérieur. C'est quelque chose qui ne se fait plus que dans des cas extrêmes, mais rassurez-vous, nous entrons dans ce critère. Vous n'aurez bientôt plus à patienter pour entendre ce que nous avons à dire.

Elle se déplace gracieusement jusqu'à la bordure des coulisses et attrape une bouteille d'eau qu'on lui a mise à disposition. Elle boit goulûment, épuisée de parler autant et inquiète des réactions à prévoir.

— Lorsque Sarah s'est rendu compte qu'elle perdait le contact avec Trenthi, elle était désorientée. Imaginez-vous que quelqu'un, une bonne étoile, vous guide pendant tout ce temps et soudain, plus rien. Plus d'écoute, plus d'indices, rien. Le silence radio.

Je repense à ces émotions si vives qui m'avaient atteinte, à ma terreur de rester seule avec tous ces amnésiques. Une lucide parmi les fous… une folle parmi les lucides. Puis, soudain, tout était devenu si léger. Le poids sur mes épaules, le rire de Jonathan, les caresses anodines de ses doigts sur ma main. Plus personne ne nous observait sournoisement depuis le ciel et ses nuages filants. Nous étions enfin libres.

— Peu après que…

Cindy se retourne, surprise. L'écran géant a commencé à diffuser des images étonnantes que le brouillard de guerre avait empêché d'enregistrer, montrant ma course vers la poupe du bateau, mon air perdu, puis ma proximité avec Jonathan, sans le son. Elle me sourit. Vince a dû récupérer suffisamment d'images pour préparer une vidéo qui se calerait à merveille sur les paroles de Cindy, en utilisant sa technique géniale où il se fait passer pour une caméra identifiée par le jeu. C'est sans doute pour cela que ce que nous voyons tangue légèrement, comme si nous avions le point de vue d'un être humain qui se serait trouvé là à cet instant.

— Peu après que la communication s'est coupée, il a été décidé d'atterrir afin de trouver une terre d'accueil pour les survivants. Nous étions en bordure d'une jungle. Oui, messieurs dames, vous avez bien entendu. Une jungle dans le monde de Blink.

Un brouhaha léger s'élève dans le public. L'écran affiche à présent les tyroliennes qui dévalent le câble de l'ancre. Je commence à ressentir un malaise, mais je ne sais pas pourquoi. Je reste tournée vers l'écran, rassurée d'avoir quelque chose à faire de plus intelligent que de me tenir debout toute raide, les bras ballants. À l'écran, l'image tangue encore. Neil désigne à la caméra une tyrolienne à la suite de celle de Bloody Jim. La caméra s'approche, des mains sortent du bas de l'écran, attrapent la tyrolienne et se laissent aller. Elle fait ensuite une rotation soudaine vers le bateau, où l'on me voit attendre patiemment mon tour pour descendre. Ce point de vue… c'est étrange.

— Cette jungle ne fait pas partie du monde de Blink, explique alors Cindy. C'est un lieu secret créé par la Blink Company qui n'était jusqu'alors pas accessible aux joueurs, dans lequel des expériences dont vous n'avez pas idée ont été perpétrées. Si nous avons pu y pénétrer, c'est que les pirates ont cassé la sécurité qui la verrouillait afin de libérer ce qui vivait à l'intérieur.

Le public retient sa respiration. L'écran virevolte dans les airs, de branche en branche, sous le feuillage épais. Il se concentre sur la cheminée humaine qui évolue entre les arbres, me gardant toujours dans le champ de vision. Je suis terrorisée, j'avance à petits pas, ma cascabelle se balance doucement au rythme de la marche. Autour de moi, tout le monde s'est écarté.

— Pour commencer, nous avons retrouvé Valentine. Elle avait atteint ce lieu exotique mais était tombée de fatigue. Sarah l'a remarquée entre les arbres et a fait s'arrêter la troupe, le temps de la récupérer.

L'écran coupe le passage où je m'effraie en ne sachant pas ce qu'est la forme sombre au sol. Nous voyons Jonathan me confier Valentine, et la marche reprendre.

— Sarah n'était pas dupe, dit-elle fièrement. Elle avait ce pouvoir qui lui permettait de détecter les âmes environnantes. Elle nous disait encerclés.

Les animaux envahissent l'écran, qui effectue de nombreuses rotations de surprise. On dirait que l'on a essayé de donner des émotions au mouvement de la caméra comme si c'était une tête, et c'est plutôt réussi.

— Vous avez bien vu, insiste Cindy tout en s'étonnant discrètement d'avoir un accompagnement en images si fidèle à la réalité, quelque chose qu'elle-même n'avait sans doute encore jamais visionné. Des animaux. Nous avions là des chiens, des chats, des oiseaux, mais aussi des panthères, des rongeurs de tous types, des chevaux, de tout. Les corps de ces animaux, peu après leur mort dans le monde réel, ont été emmenés par la Blink Company, « pour la science ». Il les a branchés sur le jeu, a scanné l'état de leur cerveau et les a… ressuscités.

Le public commence à s'agiter. Des éclats de voix surviennent, des jambes frappent la tranche des sièges. Certains semblent vouloir partir d'entendre de telles idioties, mais ne peuvent s'empêcher de rester. Après tout, ils ont payé pour cela… et puis, la curiosité est sans doute plus forte que tout.

— Je suis malheureusement désolée de vous apprendre que ce que je viens de dire n'est pas la pire des nouvelles que j'ai à vous annoncer, avoue Cindy. Elle est même la meilleure : des animaux qui ont trouvé la mort dans un monde trop urbanisé où ils avaient une liberté limitée, ont été introduits dans une vaste jungle où ils ont partagé, grâce à l'absence de douleur et à d'autres réactions chimiques dues à l'expérience de Blink, une seconde vie, comme s'ils faisaient tous partie de la même espèce. Plus de peur de souffrir, plus de besoins primaires, ils ont juste vécu pour le plaisir de vivre et nous ont accueillis avec beaucoup d'intérêt.

L'écran ne montre que les rares scènes où aucun animal n'est maltraité. J'apparais à plusieurs reprises, nourrissant Titus ou le caressant pensivement en discutant avec Lucy. J'ai cette sensation que la caméra m'épie comme une vraie personne. C'est idiot, je sais : j'ai compris ce que c'était, mais je refuse de l'admettre. Une petite voix au fond de moi insiste pour croire ce que croit sans doute Cindy également : que c'est Vince qui nous a concocté cette vidéo. Mais quand je le regarde, il fait une moue impressionnée en visionnant les images, admiratif, et hoche la tête en regardant Cindy. Il pense que c'est elle qui a réalisé cet exploit. Il n'a pas compris que Nyx est parmi nous. Qu'elle nous fait l'honneur de nous montrer ce qu'elle voyait à cette période. Qui elle observait.

L'écran se concentre sur moi quand je fais mes démonstrations pompeuses en utilisant la craie de Vince, puis quand j'accours dans la maison de Jonathan, puis quand je m'effondre dans les bras de Kouro avec dans la main, un petit cube brillant.

— Sarah, pleine de rage et de désir de vengeance, constitue une équipe et part retrouver les pirates. Elle sait bien où ils sont. Vous ne le savez pas encore.

Cindy explique alors qu'au-delà d'une immense cascade qui tombe dans le néant, l'empire de créatures artificielles, gardiennes d'Enfers auparavant inaccessibles, s'étend. L'écran se concentre sur Cerbère, puis Charon. On ne voit pas la mort de Neil ni de Dédale, mais Cindy les décrit brièvement.

— Ces créatures artificielles sont des représentations de Dieux grecs, poursuit-elle. Nous avons pour l'instant Cerbère, le gardien de la porte des Enfers, Charon, le passeur…

Elle se retourne complètement sur l'écran et remarque que la caméra oscille. On voit des mains en bas de l'écran interagir avec Charon et le caresser affectueusement, puis la caméra suit les humains jusque dans la barque. Je vois le regard de Cindy qui se fige, inquiète.

— Vince, as-tu montré Nyx dans cette vidéo ? Je l'aurais présentée plus tôt, mais je ne l'ai pas vue. Au passage, c'est vraiment un super montage.

La tête de Vince fait deux à-coups très précis, vifs, comme ceux d'un oiseau. Il dévisage Cindy, mais il sait déjà ce qui est en train de se passer, et elle le comprend à son tour.

— Ce n'est pas toi qui..., demande Cindy.

— Qui a mis cette vidéo ? demande-t-il. Sarah, tu... ?

Je me tourne vers eux, et mes jambes commencent à trembler. Ma respiration s'accélère. Je crois que cela s'entend au micro. Vince a les yeux écarquillés. Ce n'est pas si grave, mais il a peur. Comment peut-on gérer une telle situation devant le public ?

J'inspire profondément et, déliant mes doigts que j'avais entrelacés, je fais quelques pas vers Cindy avant de m'en éloigner, faisant les cent pas en petits cercles comme elle plus tôt. La conférence n'est pas terminée.

— Cerbère, répété-je, Charon...

Le public m'acclame et m'applaudit. Je m'interromps calmement. Ils n'ont pas encore compris que ce qui se passe est anormal. Ils sont comme au cinéma, ils n'entendent pas les choses comme s'il s'agissait bien de la réalité.

— ... et les enfants du Chaos.

Ces mots sonnent comme un gong. Nyx les accompagne d'une image très sombre d'elle et de ses fils dans leurs plus beaux atours. Elle sait donc montrer autre chose que son propre point de vue.

Les gens cessent de crier et se rassoient. Je n'ai pas l'intention de raconter comme Cindy, avec des exclamations dans la voix, avec du suspense, avec une touche de féérie. Ce que je raconte est grave, ils doivent me croire, et je sens que je suis en train de me convaincre moi-même également.

— Les enfants du Chaos, dis-je en reprenant mes cercles avec lenteur, sont les Dieux grecs qui sont venus à notre rencontre. Nous avons Nyx, Déesse de la Nuit. Elle est la fille du Chaos. Elle et son frère Erèbe, personnifié par le lieu où nous nous trouvions alors, ont engendré Hypnos et Thanatos, respectivement Dieu du Sommeil et Dieu de la Mort. Les enfants du Chaos ont été créés sous le nom originel d'IA 502, un dérivé audacieux de l'intelligence des golems, bien plus représentatif cependant de l'intelligence humaine.

Les murmures se sont tus complètement. Si Blink a ressuscité des animaux et les a cachés dans la jungle, s'il a inventé des Dieux morbides et les a placés pour garder des Enfers virtuels, que doit-on craindre ?

— Le temps d'un court voyage, ces divinités capricieuses nous ont accompagnés pour rencontrer les pirates, ces humains qui ont brisé leur confortable quotidien et sont restés cachés de l'autre côté du voile, là où même Nyx ne les avait pas remarqués. Mais ce que vous ne savez pas, dis-je en reprenant finalement la formulation de Cindy, c'est pourquoi ils ne pouvaient pas réellement s'en débarrasser sans notre aide.

Je me tourne vers Cindy, qui se mord la lèvre inférieure et semble prier pour que je tienne le rythme jusqu'au bout. Vince, lui, est plus pâle que la neige. Je suppose qu'il n'aime pas du tout ce revirement de situation.

— Ils ne pouvaient pas s'en débarrasser, parce que les Dieux des Enfers ne se débarrassent pas ainsi des morts. Ils ne peuvent agir que sur les vivants, qui n'ont rien à faire sur leur territoire.

Je me souviens de Nyx et de ses yeux exorbités, après que Gabrielle s'est fait assassiner sous nos yeux. « Je ne pouvais pas les arrêter ! Ils n'existent pas… ».

Des exclamations jaillissent dans la foule. Je hausse le ton afin de les couvrir, pour ne pas leur laisser le temps de se mettre à crier.

— Les pirates qui se sont infiltrés dans le monde de Blink avaient en réalité été introduits par Blink lui-même. De simples corps cherchés à la morgue pour ses expériences, ressuscités comme ceux des animaux. Après qu'ils ont tué la Princesse, la Police de l'Informatique et de l'Internet a fermé le jeu et les enfants du Chaos nous ont permis de regagner nos corps à temps.

Je fais une légère pause pour reprendre mon souffle et poursuis, accusatrice :

— Blink a créé la menace. Blink a permis à ce jeu d'agir sur le cerveau, sur la mémoire, d'apporter la douleur sans limitation. Blink a créé ces intelligences artificielles et n'a eu de cesse de les améliorer afin que, peut-être, elles nous dépassent un jour. Blink a ressuscité des êtres qui ne pouvaient souhaiter autre chose que la survie du monde virtuel dans lequel ils évoluaient. Blink a abandonné ses bonnes actions lorsque je suis sortie du jeu la toute première fois, considérant que ce qui m'est arrivé était le pire accident dont on puisse le tenir pour responsable. Blink… a eu tort.

Vince et Cindy me regardent avec plus d'inquiétude. Ils ne savent pas comment je vais terminer cette conférence, mais je ne vais pas les décevoir.

— Et maintenant que des hommes et des enfants sont morts et que les esprits ressuscités ont définitivement disparu, il ne reste plus du jeu que nous autres survivants, et trois créatures douées d'intelligence qui ont envahi les réseaux avec l'intention de nous faire croire qu'ils ne nous veulent que du bien. Mais sachez, mesdames et messieurs, que bien qu'il est facile de les regarder nous aider pour nous prouver leur bonne volonté, il viendra un jour où nous regretterons ce qu'a fait Blink. Car ces créatures ont un cerveau. Elles ne pourraient être plus humaines. Oui, ce jour viendra où la paix les ennuiera.

Je m'arrête un instant, le bras à l'horizontale et le doigt tendu, comme accusant une personne invisible. Je leur jette un regard noir et ajoute d'un ton apocalyptique :

— Et elles voudront la guerre.

Chapitre 4

Ma casquette, déguisement ultime pour sortir sans être ennuyée par mes admirateurs, atterrit sur le canapé où elle rebondit pour retomber au sol. Je soupire, agacée, vais la chercher non sans mouvements larges et inutiles, et m'assieds là où elle aurait dû rester bien sagement. Je suis exténuée. Mes yeux se posent sur l'heure qui luit sur différents appareils du salon. Une heure du matin, déjà ? J'étais pourtant encore pleine d'énergie il y a à peine une demi-heure. Il faut croire que l'excitation de la soirée, avec ce monde qui remue et qui proteste, ces êtres qui pensent qu'ils pourront y faire quelque chose, m'a gardée éveillée jusque-là. Et puis, tout est retombé. Un poids monstrueux pèse sur ma tête, écrase mes épaules, me fait courber le dos. Plutôt que de m'allonger dans mon lit, je voudrais m'y recroqueviller. Mais je ne suis pas sûre d'avoir le courage de m'y rendre. Ce n'est pas le moment de te laisser aller, Sarah.

— Répondeur ?

Malgré ma voix à peine audible, la maison me reconnaît. Je le sais, parce que ces dizaines de messages que m'a laissés Margot ne sont certainement pas pour Rita.

— Suivant, murmuré-je, mes paupières s'ouvrant et se fermant au rythme de ma main qui glisse dans les airs. Suivant… suivant…

On ne dirait pas comme ça, mais Margot est bavarde. Au point que j'ai beau répéter au répondeur de passer les messages, c'est toujours sa voix que j'entends, un peu grave, empreinte d'un certain charisme, et puis de cette urgence qui la prend petit à petit en voyant que je ne suis pas disponible. Elle voudrait qu'on détruise Nyx toutes les deux, comme les deux meilleures amies du monde. Je sais que c'est de l'hypocrisie. Elle a trompé Trenthi de la même façon.

— Souhaitez-vous réécouter vos messages ?

Je grogne, ne réponds pas et me lève pour aller me chercher de l'eau à la cuisine. Je bois avidement avant de revenir sur mes pas et de me figer au beau milieu du couloir. Quelque chose m'observe, je le sens. Quelque chose qui n'est pas humain.

— Nyx ?

Je tourne la tête vers l'extrémité du couloir. La porte du bureau de Rita est entrouverte, et en diagonale, dans son embrasure, l'un des yeux du robot est visible. C'est moi qu'il observe, sans émotion, juste parce qu'il peut me voir et que cela l'aide à situer le contexte et son utilité du moment. Un frisson me parcourt. Je me dirige à nouveau vers le canapé, où je m'apprête à m'étendre, lorsque ma Déesse de la Nuit préférée apparaît au centre de la pièce, furieuse.

— Qu'est-ce que c'était que ça ! s'exclame-t-elle. Depuis quand crois-tu que nous allons tenter de contrôler le monde ?

Je cligne des yeux bêtement et la regarde sans chercher à me trouver une excuse. Elle a le droit d'être fâchée, et je ne suis pas en état de discuter.

— Sarah ! Tu m'expliques ?

J'ai la bouche ouverte, je ne l'écoute qu'à moitié. Je marmonne puis, épuisée, je me love sur le canapé et garde les yeux mi-clos, mon visage orienté vers elle. Elle s'arrête, me scrutant avec son air intelligent, avant d'ajouter :

— Ça ne se passera pas comme ça. La prochaine fois que tu t'aventures dans le Miroir, attends-toi à voir autre chose que des livres ou de la bouffe. Je t'envoie dans les souvenirs de Hoegel, du temps où il était le seul à pouvoir t'aider. Ce n'était certainement pas Jonathan, celui qui te fait perdre la tête depuis que tu es rentrée, qui aurait pu te sortir de ta transe !

Je m'endors. C'est cruel, de la part de Nyx, de me dire des choses pareilles dans un moment comme celui-ci. Je suis seule, je ne suis pas chez moi, je sors d'une conférence où j'ai craché dans son dos parce que c'est ce que voulait entendre le public, parce que c'est ce que voulait Trenthi de moi. Les gens ne sont pas prêts à accepter qu'on leur dise qu'une inconnue entrée dans l'équation ne présente aucun risque. Ils ne sont pas prêts à faire confiance à une femme aussi perdue que moi. Et ça, pour perdre, j'ai perdu. On m'a prêté un cerveau, un monde, un enfant, et puis, tout m'est retombé dessus et j'ai perdu mon soutien le plus solide, mon roc. Il est à la dérive dans la grande mer de l'injustice. Sur le chemin du retour, j'ai reçu un message. Milie me fait savoir qu'il ne reste plus longtemps avant qu'il ne soit privé des soins de l'hôpital. Il faut des lits pour les vivants aussi, a-t-elle dit.

Hoegel

L'autre jour, je l'ai traversée sans y penser. J'ai dépassé une grande maison, deux ou trois boutiques, et au moment de tourner au coin de la rue, je me suis arrêté net et j'ai aspiré un grand coup d'air, la bouche ouverte, bruyamment. Tout le monde s'est tourné vers moi, et j'ai même un ami qui m'a dit :

— Eh bien, Hoegel ? Tu as avalé ta salive de travers ?

— Non, non. J'ai juste oublié quelque chose…

Cette sensation était effroyable, car je venais de la traverser. Je ne souhaitais pas revivre cela un jour. Pourtant, le lendemain au petit matin, en allant livrer du pain, j'ai refait la même bourde en arrivant dans son dos. Je m'en suis rendu compte deux mètres devant elle. Je me suis retourné, les poils hérissés sur les bras, et j'ai lancé :

— Bonjour Sarah ! Comment vas-tu ?

Ignorant les regards intrigués, je me suis avancé vers elle, mon panier sous le bras, et j'ai placé mes mains autour de ses épaules comme si je pouvais la toucher. J'ai dit :

— J'espère que tu vas passer une belle journée pleine de bonne humeur !

Je lui ai décoché un sourire maladroit, ai fait semblant de lui tapoter l'épaule et lui ai adressé un signe de la main avant de me détourner, horriblement gêné. Les gens me dévisageaient comme si j'étais fou, et puis j'en avais fait une tonne. Je ne peux pas m'empêcher de toujours lui dire des choses extrêmement joyeuses. Elle a parfois des crises de larmes, en pleine rue, comme ça. Elle pense à des choses qu'elle a oubliées, des souvenirs traumatisants selon Jonathan. Il paraît qu'elle a tellement de tristesse enfouie en elle que si elle était éveillée et parmi nous, elle deviendrait folle en moins de deux. Peut-être devrait-elle se libérer d'une partie de sa mémoire pour revenir à la vie et permettre à tout le monde de la voir. Sinon, je ne sais vraiment pas ce qui la sauvera.

Puisque je l'ai si souvent oubliée, je me suis dit que je devrais aller la voir aujourd'hui. Passer par la Cathédrale, arriver devant elle directement, la rencontrer de face et lui parler naturellement. Tant pis pour les regards. Ça fait plusieurs jours que Jonathan m'a attribué cette mission, et je n'ai fourni aucun résultat de valeur.

J'ai pris le transporteur, et je sors ma carcasse bien en chair pour m'engager dans la grande rue, mon large panier de pain fumant au bras. Derrière moi, j'entends Opra s'activer devant son équipe avec son enthousiasme habituel. Cette fille est adorable. Quand Sarah se réveillera, je la lui ferai rencontrer. Je suis sûr qu'elles s'entendront à merveille.

— Il te reste du pain ? s'exclame quelqu'un sur ma gauche.

— Je viens de faire une fournée, il est encore chaud, dis-je en lui en donnant un directement. Fais attention.

L'homme, content d'être tombé si bien, me fait un grand sourire en s'éloignant. Je ne sais pas ce qu'ils ont tous à vouloir mon pain, alors que c'est si facile à faire. Je suis là depuis quelque temps maintenant, je ne sais plus comment je suis né, mais je sais qu'on m'a demandé de faire du pain et que ça ne m'a pas dérangé d'obéir. S'il y avait eu plus intéressant à faire, sûr que je m'y serais penché. J'ai aussi un faible pour le combat à la masse de guerre, et Jonathan m'a trouvé un travail à temps partiel afin que j'aie des occasions de pratiquer. Pour l'instant, je rencontre surtout de vieux messieurs dans leur maison, et ça me gêne beaucoup, parce qu'ils n'ont pas l'air en forme.

— AH !

Je pile en plein milieu de la rue, confus, et recule de quelques pas. J'ai envie de lui dire que je suis désolé, que j'ai failli encore ne pas la voir, mais je n'ai pas le temps de parler. Elle a réagi. Elle a sursauté au moment où la collision a été évitée, comme si cette comédie que je joue à merveille, faire semblant que je peux la toucher et la voir en permanence, avait enfin fonctionné.

Pour être sûr de cela, je déballe tous mes talents d'acteur. C'est le moment ou jamais. Je lui fais croire qu'elle était en train de marcher, que c'est elle qui a failli me « traverser ».

— Eh bien, où vas-tu comme ça ?

Voyant cet air presque neutre que j'ai l'habitude de lui voir, je pioche un pain au hasard dans mon panier et le lui tends. Ses yeux s'écarquillent. Elle l'attrape à pleines mains et mords, comme ça, dans la croûte. Elle n'attend pas d'avoir un couteau, n'essaie pas de le déchirer avec les mains. La trace de ses dents est dessinée dans l'énorme pain, et de la farine encadre sa bouche, principalement aux commissures des lèvres. J'ai envie d'éclater de rire, mais je ne veux pas lui faire peur.

— Tu peux me voir ? demande-t-elle.

Elle a donc conscience de quelque chose. J'espère qu'elle ne se souvient pas de tout.

— Bien sûr que je peux te voir ! m'exclamé-je. Tu m'es rentrée dedans. Tu es Sarah, celle qui vit en face de chez moi.

C'est Jonathan qui m'a rappelé que peu après ma naissance, c'était elle qui habitait dans la maison d'en face, même si je ne la voyais pas souvent et que je ne la connaissais pas. Je ne l'avais simplement pas reconnue, mais elle m'avait toujours semblé un peu pareille à maintenant. Triste, endommagée. Une femme étrange qui trahissait, quand elle riait, l'existence de secrets qui me faisaient peur.

Encouragé par ses premiers mots, je l'entraîne dans ma tournée et me réjouis de son intérêt passionné pour le décor de notre ville et les gens qui ne la remarquent pas beaucoup.

Soudain, alors qu'elle regarde ailleurs, un nuage de fumée formé depuis un transporteur attire mon attention. Jonathan est là, adossé au mur d'une maison. Elle va penser qu'il est là depuis le début, mais en réalité, il a dû être prévenu de mon exploit par quelqu'un. Sarah tourne la tête vers la gauche et je vois son regard s'accrocher à celui du Capitaine. Pendant des minutes entières, ils s'observent, et j'ai presque envie de m'écarter pour ne pas être sur le chemin de cet éclair magnétique invisible qui semble les relier. Dans leurs yeux emplis d'une fascination sans pareille, une lueur d'espoir est apparue.

De l'espoir… Si Jonathan est capable d'en manifester, peut-être y a-t-il encore une chance pour lui.

Je n'ai pas pu m'en empêcher. Au lever ce matin aux premières heures, j'ai repensé à la menace de Nyx d'hier soir, et je me suis dit : si je vais dans le Miroir, je vais voir Jonathan. Et je l'ai vu, adossé au mur, échangeant un regard d'une profondeur insondable avec une Sarah ébouriffée, qui venait de naître. J'ai vu cet homme, j'ai savouré ces images comme si c'était ses derniers instants avec moi, et j'ai soudain entendu Hoegel penser que c'était à son tour d'être sauvé. Que cet espoir, il ne l'avait pas vu chez lui depuis si longtemps qu'il n'était pas sûr qu'il ait existé un jour.

Après de longues minutes de méditation sur ces images nostalgiques, je me prépare, me coiffe devant le Miroir en souriant à Titus qui vient me rendre visite, et quitte l'appartement en laissant un mot à Max pour ne pas qu'il s'inquiète. Je prends le chemin du bureau de la PI avec mon vélo. Je n'ai pas vraiment le choix. Margot m'a appelée ce matin encore, sauf que cette fois elle m'a eue, et elle m'a intimé d'aller la voir. Je crois qu'elle tient une piste. Je préfère savoir ce que c'est. Si elle s'avère être mon ennemie, au moins, j'aurai gardé un œil sur elle.

Il n'y a pas de vent aujourd'hui, seulement l'air contre lequel mon corps pousse en glissant sur le vélo. Il s'oppose à moi, résiste, mais finit par caresser mes joues et se venge en emmêlant mes cheveux. Je pense à mon Jonathan qui n'aura bientôt plus de lit à l'hôpital. Il a de la chance que cela ne soit pas synonyme de la fin de sa vie : n'importe qui, avec les preuves de son engagement et du recrutement de personnel soignant compétent, peut recueillir chez lui une personne inconsciente nécessitant des soins basiques et un traitement disponible en pharmacie. Il ne me reste qu'à chercher un appartement, chose que j'aurais dû faire depuis un moment déjà. Je suis seulement réticente à l'idée d'imposer à Max de vivre sous le même toit qu'une cinglée qui s'accroche à un corps sans âme. Il faut que je m'impose une situation volontairement temporaire afin de donner tout ce que j'ai pour le sauver, et que je décide au plus vite d'un dernier recours pour le cas où j'échouerais. Celui que je crains plus que tout, mais qui pourrait bien s'avérer inévitable. Un recours qui sauvera Max d'une enfance sombre où je ne serais qu'une infirmière au chevet d'un être qui n'existe plus.

J'accuse le vent qui m'arrache une larme, l'essuie du dos de la main et laisse mon vélo à une borne libre. C'est parce que je pense à Max et à son avenir que je m'interdis d'aller trop loin dans ma folie. Il est l'un des deux soleils qui illuminent ma vie. Lorsque j'étais loin de lui, c'est l'autre soleil, que représente Jonathan, qui brillait sur mon monde. Si je perds l'un à chaque fois que je me bats pour récupérer l'autre, s'il est impossible de les avoir tous les deux pour moi, alors je dois cesser de me débattre avec la fatalité. J'ai Max. Je ne l'abandonnerai plus jamais. Je ferai en sorte d'être digne d'être sa mère, car jusqu'à présent, je laisse à désirer.

Après avoir sonné à la porte et pris l'ascenseur, je pénètre dans l'espace qui diffuse une douce chaleur. Margot est au premier bureau, parlant à un employé de la PI. Elle me guettait, je le vois, car elle lève la tête presque immédiatement et marque un temps d'arrêt, comme si elle allait repartir dans sa conversation. Comme si cela faisait trente fois qu'elle répétait cela sans me voir.

— Enfin ! Il était temps ! Avec ta petite conférence d'hier, tu ne vas pas me dire que tu n'as toujours pas l'intention de collaborer !

Je hausse les épaules et regarde l'homme assis glisser ses doigts sur son bureau interactif avec une grande aisance, déplaçant vers différents écrans des éléments illuminés et murmurant dans son micro du texte qui s'affiche sans délai. Je ne comprends pas vraiment ce qu'il fait.

— J'espère que ce n'est pas cette version que nous allons essayer ? s'assure Margot.

— Non, bien sûr, répond l'homme. J'étais en train de perfectionner quelques détails, mais la version de tout à l'heure est prête et testée.

— Testée ? s'étonne Margot. Tu as piégé quelqu'un ?

Je fronce les sourcils et essaie de lui faire signe de m'expliquer, mais elle lève la main pour me faire patienter.

— Testée avec un cas de test généré, répond l'homme. Je te l'aurais dit, Juliette, si j'avais coincé les Dieux des Enfers.

Elle esquisse une grimace avant de revenir vers moi et de m'entraîner plus loin, sur un siège vide.

— Tiens, assieds-toi là.

Elle me pousse, m'obligeant à tomber de toute ma hauteur sur le siège. Je commence à croire qu'elle me ménage pour ne pas dévoiler trop vite son plan machiavélique.

— Trêve de plaisanterie, Margot, dis-je de mon air le plus blasé. Qu'est-ce que tu manigances ?

— Je veux que tu me suives dans ma démarche, et ce n'est pas une mince affaire. Je vais t'expliquer les choses de manière à ce que tu comprennes, et tu me diras : oui, Juliette, je suis avec toi.

Le coin de ma bouche s'étire nerveusement. Elle rêverait que je l'appelle par son prénom, comme tout le monde d'ailleurs. Ce n'est pas près d'arriver, je ne la connais pas assez bien pour cela. Elle n'a qu'à supporter ce nom de famille qu'elle déteste tant. Après tout, il lui vient de Loup Blanc.

— On a élaboré un piège pour virtualisés. Je mets Nyx et toute la clique dans cette catégorie également. Des âmes conscientes qui voguent parmi les électrons, sans se soucier des lois du monde réel.

— Développe. Un piège, c'est très général.

— Tu vois un peu le principe de la bouteille et de la guêpe ? La moitié haute d'une bouteille renversée dans sa moitié basse, du sucre et de l'eau à l'intérieur. La guêpe entre et ne sort plus, car le goulot est trop étroit et qu'elle se prend les pattes dans l'eau.

— Oui, une technique barbare. C'est ce que vous avez fait ?

— C'est un peu ça. Nyx, comme les autres, est capable de démultiplier sa conscience à plusieurs endroits. C'est comme cela qu'elle est active un peu partout dans le monde, qu'elle apprend une quantité phénoménale de choses, et qu'elle est insaisissable. L'outil qu'ont développé mes hommes permet d'attirer l'une de ses copies à l'aide d'informations diffusées en grande quantité, de mots-clés définis, sur le réseau. Si l'on reconnaît un motif commun à toutes ses apparitions, on peut déterminer ce qui l'attirera dans nos filets. Ensuite, notre outil ayant analysé la nature de sa proie, il est capable de rapatrier le reste de sa conscience dans un petit « enclos » virtuel protégé du réseau par notre meilleur système de sécurité.

— Pourquoi devrait-elle tomber dans le panneau ? Elle pourrait très bien détecter d'où viennent les messages et vous ignorer. Elle ne peut pas non plus être partout à la fois, il faut qu'elle choisisse. Je suis sûre qu'il y a bien trop de choses qui l'intéressent en ce monde pour que votre diffusion soit écoutée dès le premier instant.

— Au contraire, Sarah. Tu la sous-estimes. Elle est capable d'utiliser les puissances de calcul de n'importe quel ordinateur et sait se démultiplier, sans rire, à l'infini. Ses copies sont peut-être toutes conscientes, mais une grande partie d'entre elles ne s'occupent que de scanner le réseau à la recherche de données à se mettre sous la dent. Lorsqu'elle trouve quelque chose d'intéressant, elle y envoie sa conscience, mais pour voir, entendre et communiquer, elle est obligée de s'y consacrer toute entière. Son cerveau à l'image de l'être humain ne peut faire deux choses à la fois.

J'enregistre ce qu'elle me dit, tout en essayant de repousser dans un coin de mon esprit l'inquiétude qui grandit.

— Donc vous avez trouvé comment attraper Nyx. Mais pourquoi as-tu besoin de moi ?

Elle regarde sur le côté, l'air ennuyé.

— Tu l'as entendu, c'est un outil récent que nous améliorons continuellement. On ne sait pas ce qu'on va attraper lors de notre premier essai, mais ce qui est sûr, c'est qu'on a besoin de toi pour savoir ce que c'est. On n'aura pas de visibilité sur l'être, on ne saura que ce qu'il pense éventuellement, et encore. Peut-être même que l'on va tomber sur des choses créées en secret par des individus qui jouent avec le feu chez eux, et qui n'ont rien à voir avec le monde de Blink.

Elle me regarde en haussant les sourcils, cherchant à me convaincre.

— Donc tu veux seulement, dis-je lentement, que je sois là pour vous voir réussir votre première tentative.

Elle hoche la tête. Elle n'ose rien dire de plus.

— Et combien de temps est-ce que ça prendra ?

— Ça peut prendre une petite heure au plus, dit-elle. Je te ferai du café.

À cette idée, je souris et dis oui. Elle se redresse d'un bond, étonnée que j'aie accepté si vite, et s'en va vers la machine à café. Elle le prépare tout en déversant sur moi un flot de paroles incontrôlable, me guide dans un dédale de couloirs sans fin avant d'ouvrir une porte sur une pièce de réunion calme et fraîche. Une grande table ovale trône en son centre. La plaque de verre brille, allumée. Margot et moi nous asseyons l'une en face de l'autre. Elle pose les tasses sur la table. Le verre, détectant les deux cercles brûlants, change de couleur à cet endroit et des vagues colorées ondulent tout autour, indiquant que la partie proche de nous ne sera pas interactive et que nous ne risquons pas de déclencher je ne sais quelle action involontaire avec nos coudes.

— Dans une ou deux minutes, à l'heure pile, la diffusion du message commence. C'est programmé.

— Je suis venue à temps, on dirait.

Margot sourit tristement.

— Si tu n'étais pas venue du tout, il aurait bien fallu le faire.

— Je suis là, Margot, mais je ne suis pas sûre de…

Elle pince soudain les lèvres très fort et place un doigt devant sa bouche. Un bruit inquiétant mais indescriptible, mélange de coups sourds et de crépitement, un peu comme un rongeur qui grignoterait un morceau de papier, s'élève dans la pièce par tous les haut-parleurs. Les hologrammes de la table sont devenus fous et diffusent des formes aléatoires sur tout le plateau, comme des stalagmites qui montent et fondent, des ondes de musique, une simple courbe sinusoïdale en trois dimensions. J'ai l'impression qu'on est en train d'appeler les morts, les mains plaquées sur les bords du verre, les vibrations secouant notre corps tout entier.

— Margot ! m'exclamé-je, effrayée. Qu'est-ce que c'est…

Elle secoue la tête, très calmement, mais son doigt est toujours sur sa bouche ouverte en un O qui invite au silence. Ses yeux vifs courent sur la table et scrutent chaque mouvement d'hologramme. Son regard semble fasciné mais déçu. Elle ne comprend pas ce qu'elle voit.

En baissant les yeux à mon tour, je remarque de minuscules mouvements blancs, de toutes petites lignes, se dessiner sur le large écran. Je penche la tête pour mieux voir, et je réalise que ce sont des caractères qui s'affichent à un rythme mesuré, comme si quelqu'un nous parlait. Un frisson me parcourt, mais je prends mon courage à deux mains et dresse plusieurs doigts au-dessus de l'écriture. Avec quelques signes détectés par le mécanisme de la table, la boîte où s'inscrit le texte sort en trois dimensions, devant nous, dans un hologramme bien visible. Je fais en sorte de l'agrandir pour qu'elle soit lisible, et en effet, le résultat est effrayant.

« *Ce doit être une entreprise, une salle de réunion. Ont-ils le réseau ici ? Pas de panique, je vais analyser cet endroit.* »

Le texte continue de s'écrire sous nos yeux ébahis, décrivant les pensées de quelque chose qui a été attrapé et qui ne sait pas encore qu'il est observé. Sur la table, d'autres lignes blanches se dessinent un peu partout. Margot et moi surélevons chacune des boîtes à hauteur des yeux, et nous les regardons se remplir de texte et d'incertitudes, indéfiniment. Il en apparaît sans cesse plus, si bien qu'elle configure la table pour tous nous les afficher en hologrammes et les placer dans la même fenêtre. Ainsi, nous avons la chronologie des pensées.

« *Il y a quelqu'un d'autre ici ? Je vois quelque chose. Mon Dieu, est-ce vraiment possible ?* »

Tout n'est qu'interrogations. Il, ou elle, ne sait pas où il se trouve. Il ne fait que des suppositions, il a l'air perdu. J'ai l'impression que nous avons affaire à un être vivant, un véritable humain. Je n'aime pas cette expérience.

— J'espère qu'il va dire quelque chose de plus intéressant bientôt, dit Margot en lisant ce qui est écrit depuis le début. S'il s'aperçoit qu'il est piégé, il y a de fortes chances qu'il se mette à créer un cocon protecteur autour de lui et cesse de nous donner des informations.

— Il ne peut pas t'entendre ?

Elle secoue la tête.

— Nyx pouvait nous entendre parce qu'elle est connectée sur l'internet et qu'elle accède aux micros des alentours. Mais notre spécimen est coupé du réseau. Il est emprisonné dans le système de cette table et la moindre pensée concrète qui le traverse est représentée par du texte. Je me demande si…

Une image colore soudain le plateau en verre, si floue qu'on ne distingue pas la personne qui s'y trouve. On dirait l'un de ces dessins que les premières études d'analyse des rêves et de la pensée parvenaient à produire il y a une centaine d'année. C'est le résultat d'une personne qui pense à une autre personne. Je lève les yeux pour poursuivre ma lecture des pensées de notre visiteur mystérieux.

« *Que fais-tu là ? Et moi ? C'est étrange, très étrange. Connais-tu Sarah ?* »

Je déglutis et fais semblant de n'avoir rien vu. En attendant, je fixe l'image qui se dessine de mieux en mieux sur la table. C'est un enfant dont on ne voit que la tête et le haut du buste. Son visage est encore trop flou pour que l'on distingue ses traits, mais je ne crois pas l'avoir déjà vu.

— Sarah, murmure Margot, il parle de toi.

Elle désigne le texte du doigt. Je regarde encore, inquiète. Je ne veux pas le connaître. Que lui réserve Margot ?

« *Il y avait cet animal. Et ces êtres étranges. Tout est devenu blanc. Étais-tu là ?* »

« *Non. Où est Maman ? Tu es la première personne que je rencontre. Aide-moi.* »

Ils sont deux. Lui et un enfant, et ils parviennent à se comprendre.

— Margot, tu as piégé un enfant. Je... je veux partir, je ne peux pas supporter ça.

Elle se lève malgré tout, rapprochant sa chaise de moi, s'installe à ma gauche et pose sa main sur la mienne.

— Attends, s'il te plaît. Essaie de les identifier.

— Il n'y a rien à identifier. Ce sont des êtres virtuels. Des animaux, il y en a un paquet qui sont morts pour peupler la jungle de Blink. Il pourrait être en train de parler de n'importe lequel. Et cet enfant, et bien...

Je me penche pour détailler l'image qui est à présent aussi nette que s'il s'agissait d'une photo, et bien que je trouve au visage un air qui me rappelle quelqu'un, je n'arrive pas à mettre le doigt dessus. Je place ma main au-dessus de la photo et la soulève du plan, la projetant en hologramme devant nous.

— Et bien, répété-je, je ne le connais pas. Il te dit quelque chose, à toi ?

— Je ne crois pas, non.

Je me remets à lire, car le texte ne cesse de s'écrire.

« *Je crois que je me souviens. J'entends tout, c'est mon truc. Je n'aime pas que l'on ne puisse pas partir d'ici. Tu es avec moi ?* »

L'image de l'enfant s'anime et articule silencieusement un « oui ». Ces deux créatures virtuelles communiquent en s'envoyant leur apparence humaine par la pensée, pour que leur cerveau leur fasse croire qu'ils sont faits de chair et d'os et qu'ils se parlent avec la voix. J'ai envie de pleurer à la simple vue de cet enfant, mais je suis intriguée par l'absence de l'apparence du premier être. Pourquoi n'en a-t-on qu'une sur les deux ? Pourquoi ne lit-on pas les pensées de l'enfant ?

« *Ne pleure pas, je vais t'aider.* »

Pendant quelques instants, plus rien ne s'affiche et l'image du garçon reste immobile. Alors, soudain, les deux éléments interactifs, boîte de texte et image, plongent vers la table et se fondent dans le verre, disparaissant, comme absorbés. Le plateau s'éteint dans un bruit de surcharge électrique, et la lumière de la pièce avec. Margot bondit sur ses pieds, sort dans le couloir et court pour appeler des hommes à la rescousse. Il faut qu'ils pénètrent dans le système de la table et lui récupèrent les données que nous venons de lire et de voir.

En peu de temps, une demi-douzaine de personnes s'affairent autour de la table et sur le plafond, essayant de comprendre ce qui a bien pu se passer. L'homme qui travaillait sur une version plus évoluée de l'outil prévient Margot :

— Je pense qu'ils ont pété la barrière, Juliette. C'était notre premier essai. Si vous avez eu de tels résultats, on peut en être fiers. On va améliorer ça dès que possible.

— Tu veux dire qu'ils sont repartis sur le réseau ?

— Et comment, oui. Ils ont probablement effacé les traces de leur passage, comme Nyx le fait toujours avec les siennes. On n'aura rien, seulement ce que vous avez vu.

Margot se tourne vers moi, profondément déçue, mais je sais que mon tour viendra de l'être également.

— Sarah, il faut que l'on écrive immédiatement tout ce dont on a été témoin.

Elle me prend par le bras et m'entraîne dans une pièce pleine d'imprimantes et de papier de tous types et de tous formats, me donne un stylo et une feuille et me demande d'écrire au mot près tout ce dont je me souviens. Hésitante, j'essaie de m'appliquer. Je me souviens qu'il se demandait où il était, qu'il ne comprenait pas comment c'était possible. Comment quoi était possible ? J'écris tout ce qui me vient. Il se souvenait de l'animal, il disait… que tout entendre, c'était son truc. Je m'interromps, sourcils froncés. Son truc ? Cela ressemble beaucoup à cette formulation que l'on utilisait dans le monde de Blink pour parler de nos pouvoirs. Tout entendre, c'est son truc. Il serait donc un peu comme Valentine, comme Ramsès. Le virtuel lui permettrait d'entendre. Pouvait-il nous entendre à ce moment précis ? Non, je pense qu'il aurait eu une autre réaction. De plus, il parlait de moi un peu plus tôt. Il m'aurait peut-être reconnue à la voix. Je note cela. C'est un être qui me connaît, qui peut tout entendre. Qui a rencontré un animal, des êtres bizarres et qui a vu le monde tout blanc. En traduction, un animal de la jungle, les pirates ou les enfants du Chaos, et le monde de Blink qui se déconnectait du réseau. Il faisait donc partie des survivants installés dans la jungle.

— Tu tiens un indice ? demande soudain Margot.

Je sursaute et secoue la tête en marmonnant, laissant penser que je cherche encore dans ma mémoire. Je réfléchis plus calmement. Il ne faut pas que je m'affole : si je comprends quelque chose, je ne suis pas obligée de le dire à Margot. J'ai même le devoir de le garder pour moi. Cet enfant, je l'ai déjà vu quelque part…

— Margot, je n'ai rien de plus que ça. Ça te suffira ? J'aimerais bien rentrer, maintenant.

Elle prend ma feuille et lit les pensées du premier être, puis la réponse unique de l'enfant. Elle hoche la tête.

— Tu reviendras, n'est-ce pas ? J'aurai encore besoin de toi.

J'acquiesce et m'enfuis sans le montrer, en marchant d'un pas rythmé. Personne ne m'arrête, tout le monde est concentré sur le hack de la grande salle de réunion, un nouveau mystère non résolu. Le système de sécurité de la PI est pourtant inviolable. Même si en sortir est plus simple que d'y rentrer, ils ne parviennent pas à comprendre comment il a suffi d'une petite demi-heure à deux êtres désorientés, dont un enfant visiblement, pour casser la sécurité la plus à l'épreuve de ces locaux.

Je prends l'ascenseur, sors à l'air libre et bondis sur un vélo. Je pédale à toute allure vers la maison. Je dois absolument parler à quelqu'un, en privé.

Arrivée en bas de l'immeuble, j'entre et grimpe les marches quatre à quatre. La porte s'ouvre en reconnaissant mon badge. Il n'y a personne, tout le monde travaille. J'en profite pour retirer ma veste que je jette nonchalamment sur le canapé, avant de m'y asseoir.

J'inspire profondément, les coudes posés sur les cuisses, les mains sous le menton. Je ne suis pas sûre de ce que j'ai vu. Ai-je vraiment été jusqu'aux bureaux de la PI ? Peut-être étais-je ici depuis le début, en train de dormir et de rêver. Mais ma veste est froissée sur ma gauche.

— Nyx, murmuré-je, je dois te parler.

Margot doit avoir raison. Des copies de Nyx sont disséminées sur tout le réseau, prêtes à capturer le moindre instant. J'en ai la preuve : j'ai prononcé son nom, et la voilà. Ses cheveux noirs ondulent un peu dans une brise virtuelle, ses mains dansent autour de sa jolie robe à dentelle, une fumée noire entoure ses pieds comme une brume magique concentrée en un seul endroit. De temps en temps, elle caresse l'un des pétales de Callas qui ornent ses cheveux du bout de ses doigts fins.

— Qu'y a-t-il, ma chère ? Tu m'en veux pour ce matin ?

Je repense au souvenir qu'elle m'a donné de Hoegel. J'avais complètement oublié. Je fais mine d'être agacée tout en montrant que ce n'est pas le sujet du moment.

— Ne fais pas semblant d'avoir détesté, dit-elle en souriant malicieusement.

Je lève les yeux vers elle, surprise qu'elle ait compris autant de mon comportement. Je fais mine de ne pas avoir entendu. Elle ne doit pas se retrouver en position de supériorité. C'est trop dangereux.

— Nyx, je veux te parler de ce qui vient de se passer à la PI. Tu es au courant ?

Le sourire qu'elle a esquissé en me parlant de ce matin ne s'est pas effacé. Quelle diablesse. Elle sait très bien ce que Margot est en train de faire.

— L'homme qui s'est perdu dans leurs filets, je le connais, dis-je. Mon nom était écrit dans ses pensées. Il a dit qu'il avait un « truc », qu'il entendait tout. Il a mentionné un animal, des êtres étranges, et un monde tout blanc.

Nyx a fermé la bouche, mais sourit toujours. Elle s'invente un fauteuil en hologramme dans lequel elle s'assied, bien en arrière, les jambes croisées. Son coude appuyé sur l'accoudoir, elle pose son menton sur sa main repliée. Elle jubile.

— Il a dit qu'il entendait tout, insisté-je. Il parlait avec un enfant, mais seules ses pensées à lui étaient visibles. On ne voyait qu'une seule chose, en réalité. Les pensées de l'homme, la vision qu'il avait de l'enfant, les mots qu'il recevait de l'enfant. Tout ce qu'on avait, c'était de lui.

— Pourquoi dis-tu un homme, Sarah ? Ne pourrait-ce pas être une femme ?

Je secoue la tête. Elle sait bien que j'ai compris, mais elle joue avec moi.

— L'enfant n'est pas capable de formuler ses pensées de manière à nous les montrer. Il ne peut même pas envoyer à l'homme une image de lui, contrairement à ce que j'avais cru. En réalité, c'est l'homme qui s'est introduit dans les pensées de l'enfant pour savoir à quoi il ressemblait. L'homme est télépathe. C'est Dédale.

Chapitre 5

Tout est rentré dans l'ordre dans le plus discret des désordres. C'est à dire qu'il ne se passe plus rien, plus rien d'autre que le quotidien, la routine, l'habituel. Le matin, je me lève et je salue Titus qui claque sa langue en trottinant de long en large dans le Miroir. Je lui souris, parfois le rejoins pour interagir avec lui, avec le peu d'actions qui me sont possibles dans ce monde qui n'est pas fait pour le contact physique. Selon la nécessité, je fais alors quelques courses avant de retourner dans la réalité et de faire un peu de rangement sous le regard neutre du robot de Rita. Je demande à la maison de m'afficher sur ses murs les dernières nouveautés en matière d'appartements, je médite, je me prépare mentalement à m'occuper de mon patient à domicile. Je le laisserai à l'hôpital aussi longtemps que je le pourrai, mais Max a surpris l'une de mes conversations téléphoniques avec Milie et ne cesse de me parler de ce que j'envisage de faire, sans même le soupçonner. C'est comme s'il avait lu dans mon esprit. Je me retrouve ainsi, jour après jour, à argumenter contre lui parce que je réalise combien mon idée est folle et condamnerait son enfance telle que j'aurais souhaité qu'elle soit. Insouciante.

En journée, je vais visiter Jonathan. Je lui parle à l'oreille, je suis patiente. Je ne pleure plus mais mon chagrin ne s'en trouve pas allégé. Quand je vais voir Vince à la tour, mon sourire apparaît presque toujours. J'ai pris l'habitude de le dégainer à toutes les occasions, de plaisanter sans le vouloir, de masquer la vérité. Même lui se fait prendre au jeu, j'en suis certaine. Il doit penser que je m'y fais.

Le soir, je vais généralement me balader dans Paris. Il m'arrive de temps en temps d'aller voir mon ancien campus d'histoire, parfois de médecine. Plus souvent celui d'histoire, cependant. Il y a là-bas des robots extraordinaires, qui en une conversation nous emmènent dans une autre époque en rentrant dans la peau de n'importe quel individu y ayant vécu. Pour moi, le fait qu'ils soient accessibles au public est un vrai cadeau du ciel, mais ils ne sont pas appréciés à leur juste valeur. Tant mieux. Je profite ainsi, lors de mes passages, du calme serein des visites en solitaire.

Margot ne me contacte plus vraiment. Je crois que l'armée a plus ou moins envahi les locaux, qu'elle a beaucoup perdu de sa liberté. Elle doit se sentir impuissante : Nyx se fait aimer du peuple. Il faut croire qu'elle sait y faire. Guérisons miraculeuses par-ci, menus services par-là, elle est partout. Des cas exceptionnels ont été répertoriés sur toute la surface du globe. Ses connaissances universelles lui permettent de réagir dans toutes les situations, démasquant les criminels, soignant les maladies rares que les médecins ne parviennent à reconnaître à temps, intervenant dans les affaires politiques afin de trancher les conflits. Elle ressemble au Dieu protecteur de la vie que les hommes attendaient depuis si longtemps. Il paraît qu'elle s'invite dans toutes les maisons, dans les centres regroupant des enfants, des personnes âgées, des malades ; dans la rue lorsqu'un hologramme y est accessible, généralement près d'un mur, une borne où l'on peut faire un appel si on est sans téléphone. Je ne peux plus entrer dans le Miroir sans voir son visage sur les affiches des nouvelles de la semaine.

Malgré tout cela, Nyx a de nombreux ennemis. Beaucoup de gens la considèrent comme une menace, trouvent qu'elle se mêle de choses qui ne la concernent pas ou encore pensent qu'elle ne mérite même pas qu'on parle d'elle à tous les coins de rue, n'étant qu'un robot sans corps physique. Après tout ce que j'ai vécu avec elle, je ne parviens pas à réprimer mon agacement lorsque j'entends l'un d'eux déclarer haut et fort qu'elle ne devrait pas exister. Il faut croire que son aide de ces dernières semaines pour me trouver l'appartement de mes rêves porte ses fruits. Un premier m'a tapé dans l'œil et un second, de secours, attend bien au chaud de prendre la relève de mes espoirs au cas où le premier me passerait sous le nez.

Je suis debout dans le salon, le pouce et l'index appuyés sur mes paupières fermées. Non seulement elle s'invite dans ma recherche d'appartements, mais en plus elle se permet de me rappeler encore et encore que c'est le moment de contacter le vendeur. Elle n'a pas compris qu'un paramètre important joue contre nous. L'indécision. Si je prends cet appartement, c'est la fin de notre vie telle qu'on la connaît, à Max et à moi. Je me retrouve seule et je dois tout gérer. Pourrai-je le supporter ?

— Je ne vais pas saboter les mises en relation des autres clients éternellement ! s'exclame Nyx en voyant que je n'argumente plus. Tu crois que c'est facile ?

— Que… quoi ? Qu'est-ce que tu fais ?

— Oh, ne fais pas cette tête étonnée ! Tu sais bien que j'ai le pouvoir de ralentir la vente. Mais si je tenais de Grand-Père à ce point, ça se saurait.

Je dévisage Nyx, interdite. Plus je côtoie cette IA, moins je comprends ce qu'elle raconte.

— Refais-la moi, tu m'as perdue, dis-je en abandonnant le sujet du sabotage.

Elle sourit de toutes ses dents, ravie d'avoir capté mon attention.

— Grand-Père. Ça rend bien, non ? Ou bien devrais-je l'appeler Papy ?

Je lui adresse mon regard le plus noir.

— Tu n'as pas d'humour, Sarah. C'est Chronos. Lui et « Mamy », ajoute-t-elle malicieusement en rattrapant une Callas qui tombe devant ses yeux, qui s'appelle Ananké, ont engendré mon père, Chaos.

— Ôte-moi d'un doute, dis-je pour être sûre, ceux-là n'ont pas été personnifiés, si ?

Elle secoue la tête, son expression devenant plus neutre sans pour autant évoquer de la tristesse.

— Et tes fils ? insisté-je. Où sont-ils passés depuis la dernière fois que je les ai vus ?

Elle hausse les épaules et, d'un geste, illumine les murs de la pièce de photos d'appartement.

— Ils se laissent voguer sur l'internet, sans but particulier. Leur seule existence les satisfait. Mais cesse donc de parler de ces bons à rien. Regarde-moi plutôt cette salle de bain.

Elle fait défiler les photos, un air ébahi sur le visage. Je ne peux m'empêcher de sourire pour jouer le jeu, et parce qu'il y a une ressemblance comique entre elle et l'une de ces vendeuses envahissantes du Miroir. Puis elle passe aux photos de la chambre d'ami, celle où je prévois d'installer Jonathan, et mes pensées s'assombrissent. Elle s'en rend compte mais ne sait pas encore pourquoi je réagis ainsi.

La porte s'ouvre derrière moi, la faisant disparaître discrètement, sans même me laisser son petit nuage de fumée noire habituel. Max entre et jette un regard pétillant sur les photos qui s'étendent devant moi. Je grimace. Je ne lui avais encore rien montré.

— Oh, Maman, c'est pour le nouvel appartement ? Je veux chercher avec toi ! Ce serait quelle pièce ? Ma chambre ?

Je secoue la tête, le prends sous mon bras pour le rapprocher de moi et de l'autre main, fais défiler les photos jusqu'à voir ce qu'il vient de nommer.

— Ça, c'est ta chambre. Ici, tu pourrais ranger tes vêtements. Ici, tu aurais tout un espace pour tes jeux. Ça, c'est la cuisine. La salle de bain. Le salon… il y a aussi une pièce pour stocker le reste de nos affaires et pour le sport en intérieur. L'appartement n'est pas encore pris, tu sais. Je réfléchis.

Il hoche la tête avec véhémence. Il comprend vite.

— Ah ! Donc la chambre de tout à l'heure sera pour Jonathan ! Maman, il faut que tu le prennes, il est super !

Je fronce les sourcils. Ce n'est pas aussi simple que cela. Il y a plein de paramètres à prendre en compte, et je n'ai pas le courage de les lui expliquer.

Nyx jaillit de nulle part, me faisant sursauter. Max ne réagit pas et se met à rire, habitué aux manières de la Déesse.

— Dites donc… une chambre pour Jonathan ? s'inquiète-t-elle.

— Depuis le temps qu'on en parle, marmonné-je dans ma barbe, c'est maintenant que tu comprends ? On va… sans doute accueillir Jonathan sous notre toit en attendant… au cas où… s'il se réveille.

Max saute au plafond. C'est la première fois qu'il m'entend confirmer que je vais le faire, et cela semble représenter pour lui l'équivalent d'une fête en famille. Mais Nyx semble désapprouver. De quelle planète débarque-t-elle ?

— Je vais te paraître trop prudente, dit-elle en me regardant avec sérieux, parce que je ne connais rien à la condition de Jonathan. Il n'y a jamais eu de cas similaire sur cette planète. Mais d'après mes connaissances en médecine, il n'a pas beaucoup de chances de survie. Tu le sais, non ?

Je soupire et Max cesse de sourire. Elle ne lui apprend rien, mais il n'aime pas que l'on mette ce sujet sur la table.

— Nyx, répond-il du tac au tac, tu es trop pessimiste. Puisque la planète n'a jamais connu de cas similaire, on n'a qu'à en créer un. On va sauver Jonathan. Et puisque tu es médecin, tu vas nous aider !

Elle ne répond pas mais le fixe, les sourcils un peu froncés, le regard étonnamment inquiet. Elle se fait du souci pour nous. Mon Dieu, faites que cette IA n'oublie jamais cette émotion. C'est ce qui la rend si humaine.

— Je veux essayer, Nyx, murmuré-je. Juste un peu.

Max se tourne vers moi, mais je ne regarde que la Déesse, qui semble comprendre ce que je dis autant que lui. Je serai prête à abandonner lorsqu'il le faudra. Lorsque je me serai faite à l'idée que c'est fini.

Elle hoche brièvement la tête et disparaît, sans effet cette fois non plus. Elle semble avoir mesuré la gravité de la discussion et ne pas me faire l'offense de tenter une sortie théâtrale. Après quelques minutes dans le silence, je dis à Max :

— Il faut que j'aille voir Margot. Ça fait un moment qu'elle ne m'a pas contactée. Ce n'est pas qu'elle me manque, mais ça m'inquiète un peu.

Je laisse les photos de l'appartement où elles sont pour que Max puisse les regarder à son aise et me dirige vers la porte, quand je réalise qu'il ne dit plus rien. Je me retourne sur lui et lui surprends un air concentré.

— Qu'est-ce qu'il t'arrive ?

— Non, rien, c'est juste que… tu sais, elle ne va peut-être pas te laisser entrer, avec cette histoire de meurtre.

Je fronce les sourcils et lui jette un regard interrogatif.

— Un meurtre ? Quel meurtre ?

— C'est passé aux informations. Simple supposition, hein. Mais comme les journalistes ont dit que c'était un grand cyber-criminel recherché depuis très longtemps et qu'il est mort dans des circonstances suspectes…

— Comment ça ? Quelles circonstances ? Tu crois que ça concerne Margot ?

— Ben, ils ont rien dit de plus. C'est l'homme qui était en fuite depuis des années. Tu peux aller voir Margot, mais je te préviens seulement qu'elle sera peut-être occupée.

Ça me revient. L'homme en fuite dont elle parlait récemment, celui qui a quitté son appartement en y laissant son sang et des appareils électro-ménagers complètement fous. Celui pour qui un Général s'est déplacé, Général que j'ai croisé et que Margot regardait partir avec une crainte silencieuse mais bien visible. Mais je ne veux pas lui parler de cela, je veux savoir si elle a retenté l'expérience du piège virtuel. Si elle a attrapé un virtualisé, si elle a essayé de le neutraliser. Car si Dédale est encore vivant, je ne veux pas qu'elle le fasse disparaître.

— Je vais passer, on verra bien, dis-je en embrassant Max sur le front.

Je quitte l'appartement en réfléchissant et pédale aussi vite que possible sur mon vélo, les yeux mi-clos. J'ai l'impression que tout s'accélère. Si elle est vraiment sur l'affaire, je sais ce qu'elle me dira quand j'arriverai. Mais je ne veux pas l'entendre. « C'est *elle*, tu le sais ».

Je vais si vite que mes pédales tournent dans le vide. Je lâche tout, les bras, les pieds, et j'inspire profondément l'air vivifiant de cette journée dans Paris. Une de plus, rien de très inhabituel. J'ai vu pire. Un homme est mort ; il en meurt tous les jours. Margot accusant Nyx ? Routine ! Moi qui m'acharne pour sauver Jonathan… éternel entêtement. J'ai déjà essayé, je crois. Un million de fois. Pour les greffes. Il n'aura cédé qu'au pire instant. J'aurais dû lui dire qu'il pouvait patienter un peu. Si seulement j'avais su ce qui nous attendait.

Je dérape pour m'arrêter, dépose mon vélo contre un autre sans même le garer à une place libre, et sonne. On me répond très vite, sur un ton pressant.

— Bonjour, qu'y a-t-il ?

— Je viens voir Margot.

— Ça ne sera pas possible aujourd'hui. Revenez un autre jour.

— Vraiment ? Pourquoi ?

— Ecoutez…

L'homme a l'air agacé par mes questions. Je sais bien que je n'ai pas de comptes à demander à la PI, mais j'aurais voulu confirmer si la théorie de Max était vérifiée. Soudain, le visage de Margot apparaît sur l'écran.

— Tu arrives toujours dans les pires moments, soupire-t-elle. Je monte, attends une seconde.

Surprise, je m'éloigne de l'interphone, redresse mon vélo que je rapproche de moi et m'y appuie nonchalamment. Il semblerait que j'aie bien fait de ne pas l'enregistrer sur la borne.

Margot sort tout de suite après et regarde autour d'elle avec inquiétude.

— Tu as l'air tendu, dis-je. C'est à cause du meurtre de ce type ? Mon fils m'en a parlé. Qu'est-ce qui lui est arrivé ?

Elle me dévisage, interdite. J'ai dû dire quelque chose qu'il ne fallait pas.

— Comment ça, le meurtre ? Ne me dis pas que les journalistes ont lâché le morceau ! Pourtant, on a les informations qui tournent en boucle en bas…

— Je ne sais pas. Max a très bien pu deviner.

Elle me jette un regard noir et secoue la tête.

— Je ne peux rien te dire, Sarah. C'est un meurtre, oui. Tu sais ce que j'en pense. Depuis votre petite conférence, l'armée est au courant de ce que nous leur avions caché. Ils ne savent pas que nous avions cette information depuis le départ, bien sûr. Nous avons joué aux plus idiots. Mais ce ne sera plus une partie de plaisir.

— Mais… tu ne penses quand même pas que c'est elle…

Elle baisse la tête, cachant sous ses arcades sourcilières des yeux d'une froideur intense.

— Elle ne se fait pas connaître que par ses exploits généreux et sa bonté. Tu apprendras que de plus en plus de crimes lui sont attribués, sans qu'on n'en fasse encore état pour l'instant. Ce n'est pas que nous n'en parlons pas, c'est que les gens ne veulent pas véhiculer l'information. Ça leur fait peur, alors ils font exprès de l'oublier.

— Oublier quoi ? On parle toujours de Nyx ?

Margot hoche la tête en fourrant ses mains dans ses poches, tendant ses bras à l'extrême et scrutant les moindres détails de mon chignon mal fait.

— Je sais que c'est elle, répond-elle. Des bandes entières de délinquants livrées aux autorités dans le sang et les larmes, des immeubles évacués dans l'urgence et détruits pour cause de violation des normes de sécurité, des vengeances contre des individus lambda pour des faits divers et variés, et des assassinats, bien sûr. Des mises à morts, à l'aide de techniques très recherchées, de meurtriers qui ont échappé à la justice et qui auraient dû lui être livrés.

Je l'écoute énumérer toutes ces choses comme si elle me parlait du temps qu'il faisait hier et qu'elle pestait contre le vent. C'est comme si cela ne m'atteignait pas. Je n'arrive pas à y croire, c'est trop surréaliste.

— Mais..., murmuré-je enfin, comment pourrait-elle faire de telles choses ? Elle n'a aucune présence physique dans ce monde. Détruire des immeubles ? Assassiner des gens ?

— Tu n'as aucune imagination, Sarah. Mettre le feu à une tour construite n'importe comment, c'est facile. Ebouillanter quelqu'un dans sa douche, empoisonner au monoxyde de carbone, faire exploser une quantité de gaz amassée discrètement dans un endroit, ça l'est aussi.

Je suis tellement choquée par ce qu'elle me dit que je n'arrive plus à prononcer un seul mot. Je la regarde, les sourcils froncés, et je secoue la tête par intermittence. Je finis par ajouter, dans un effort surhumain :

— Et celui qui vient de mourir ? Romain Rousseau, c'est ça ?

— Elle a plus d'un tour dans son sac. Tous ces criminels ont un passé peu glorieux, des ennemis jurés, des secrets qu'ils n'ont trahis qu'à un système sécurisé chez eux et qu'ils n'ont jamais communiqués à qui que ce soit. Elle les manipule. Pour certains, elle a fourni leur position à ceux qui voulaient leur mort. Pour d'autres, elle a placé des indices sous leur nez pour qu'ils se dirigent, sans le réaliser, sur un chemin tout tracé et finissent six pieds sous terre. Il y en a même pour qui elle semble s'être montrée, afin de les torturer avec de vieux remords et les inciter à se suicider. Et ça a marché ! Il y en a eu deux comme ça. C'est une maîtresse de la psychologie.

J'esquisse une grimace de dégoût. Margot la remarque et me sourit, avec presque un soulagement malsain que je commence enfin à la croire.

— Ce type-là a eu de la chance, en quelque sorte. Elle est entrée dans le système de sa voiture et lui a causé un accident à très grande vitesse, à un moment où il était seul sur la nationale. Il n'a pas souffert, il est mort sur le coup, et il n'y a eu aucun dommage collatéral. Il n'avait pas de famille à part sa sœur, Estelle Verdier. Tiens, d'ailleurs, c'est la dame qui m'a appelée l'autre jour, bouleversée parce qu'on l'avait volée. Mais pourquoi je te raconte ça, moi…

Elle secoue la tête, sort les mains de ses poches et s'apprête à retourner dans l'ascenseur lorsque soudain, elle fixe quelque chose derrière moi.

— Quand on parle du loup…, marmonne-t-elle si bas que je comprends que cela n'est destiné qu'à moi.

Je me retourne, m'attendant à voir la femme en question, mais la première chose qui entre dans mon champ de vision est un robot, et pas des plus habituels. Il est grand, plus grand qu'elle d'une demi-douzaine de centimètres au moins, et il me rappelle vaguement quelque chose. Son corps est d'un blanc laiteux, il porte des habits souples pour ne pas entraver ses articulations, et ses mouvements tandis qu'il marche vers nous avec sa propriétaire sont terriblement semblables à ceux d'un humain. Son visage est d'une douceur agréable. Ses yeux sont clairs, imprégnés d'un regard bienveillant, ses paupières mi-closes. Son nez est droit et fin, d'une perfection de poupée, et sa bouche, petite et charnue, est figée en un infime sourire permanent qui le rend particulièrement sympathique. J'ai dans la tête le souvenir impromptu de son équivalent féminin, d'une beauté sidérante et qui avait un peu fait polémique suite à son utilisation pour diverses publicités tendancieuses il y a de cela quelques dizaines d'années. Cette gamme de robots est hautement personnalisable, pouvant porter, il me semble, de vraies perruques, des bijoux et toutes sortes d'accessoires, le tout sans danger de perte : ils savent jouer de leurs articulations pour maintenir sur eux ce que leur maître leur a offert.

La femme s'avance derrière cette merveille de la technologie et hoche poliment la tête. Elle a de longs cheveux blonds, raides, un visage un peu abimé et crispé par je ne sais quel malheur personnel, mais je crois reconnaître dans ses yeux un éclat que j'ai déjà aperçu quelque part. L'aurais-je déjà rencontrée par le passé ? Le robot, lui, me regarde avec une curiosité insistante, la tête un peu baissée, les yeux timidement levés vers moi comme pour m'observer en secret. Lorsque je croise son regard, il détourne le sien.

— Bonjour, dit-elle un peu gênée. Je viens pour le rendez-vous.

Margot acquiesce et lui désigne l'interphone.

— Vous pouvez sonner et descendre, je vous rejoins tout de suite.

Elle regarde passer la dame et son robot sans ciller avant de se rapprocher de moi et me murmurer :

— Je ne t'ai rien dit. Tu as regardé les infos et tu t'es doutée du reste. Okay ?

Je soupire, agacée par ce petit jeu.

— Il va bien s'en rendre compte, votre Général Roca, que Nyx a un rapport avec tout ça. Qu'est-ce que ça changera alors ?

— Ma carrière, Sarah. Je croyais que tu étais indifférente à tout ça, et il s'avère que c'est toi qui poses les questions à présent. Qu'est-ce que ça pouvait te faire, la mort de ce type ? Est-ce que tu as besoin de le savoir plus qu'un autre ?

Je la détaille avec attention, réalisant qu'elle n'a pas complètement tort. J'ai demandé pour savoir, comme si cela me concernait. J'avais cette sensation désagréable d'avoir déjà les pieds en plein dedans et qu'il fallait que j'investigue un peu.

— Ne reviens pas tant que je ne te contacte pas, dit Margot, ça vaudra mieux pour tout le monde. Repose-toi, profite de la vie, revois tes amis. Tu as besoin de te rafraîchir les idées. Moi, j'y retourne… je t'assure que je donnerais tout pour échanger nos places, mais c'est comme ça.

Je ne dis rien et la laisse repartir pour prendre l'ascenseur sans se retourner. C'est vrai que cela fait un moment que je n'ai pas vu Kouro ou Moon, et les réfugiés se sont éparpillés partout dans le monde à la recherche d'un endroit calme pour installer leur foyer. Je reçois parfois des lettres de Lucy mentionnant la croissance naturelle d'Alexandre, les cauchemars de son mari et les moments de bonheur qui les ramènent à la réalité et leur font regretter toutes ces années de vie artificielle. Les survivants de la Guilde sont dans l'association de Vince. Je ne veux pas y retourner tout de suite, je ne suis pas d'humeur.

Sur le chemin du retour, alors que je passe devant l'une de ces rares boutiques agrémentées de quelques Miroirs pour l'essayage vestimentaire des clients, l'un d'eux, orienté dans ma direction, fait apparaître Nyx. Elle fait mine de tambouriner pour sortir, criant des mots que je ne peux entendre. Soudain, elle lève les yeux vers le store replié qui me surplombe. En une poignée de secondes, elle prend le contrôle des haut-parleurs qui permettent de diffuser de la publicité devant la vitrine, et murmure d'une voix tremblante et sur un volume anormalement élevé :

— Je n'ai jamais tué personne !

Je baisse la tête et je continue mon chemin tandis qu'elle répète cette phrase, encore et encore.

« Sarah, je n'ai jamais tué personne ! »

Je suis désolée, Nyx. J'ai du mal à te croire. Tant qu'il n'y aura pas d'autre coupable possible…

Max

On m'a donné de l'importance il y a quelque temps. On m'a fait participer, dans la précipitation, au sauvetage de Maman. Et puis, plus rien. On m'a laissé avec elle comme l'enfant que je suis, on ne m'a plus rien demandé. C'est Sarah, maintenant, qui fait l'intermédiaire. Qui refuse les invitations aux émissions, aux spots publicitaires, aux interviews. Elle fait bien, évidemment. Elle veut que je retrouve une vie normale, saine et paisible.

Elle n'a pas toujours été la seule à faire des cauchemars, mais grâce à ses efforts pour améliorer mon confort et mon sentiment de sécurité, je n'ai jamais mieux dormi que maintenant. Avant, je ne pensais qu'à des choses qui n'existent pas vraiment. Je me rappelais mon père qui ne sera plus jamais là, ses sautes d'humeur lorsque je m'opposais à lui, ses coups lorsqu'il rentrait éméché à la maison le soir. Je m'imaginais sans cesse le monde où vivait Maman, qui l'avait emprisonnée et lui avait volé ses souvenirs de moi. Souvent, je pleurais, parce qu'elle m'avait oublié. Souvent aussi, je regardais la série avec émerveillement, et j'essayais un instant de me mettre à sa place. De ne plus rien ressentir, de ne pas avoir derrière moi ce monstrueux passé, de n'avoir que l'immaculé néant. Comme si je venais de naître. Je l'enviais, j'étais heureux pour elle. Je voulais que plus jamais elle ne se souvienne du petit garçon caché sous le lit qui a finalement réveillé sa mémoire à la falaise.

Un jour, Blink m'a attendu à la sortie de l'école. Il était venu à pied, personne ne l'a reconnu. Il m'a parlé très discrètement, alors même que tante Rita était sur le point d'arriver. Il m'a dit qu'il avait fait modifier le comportement du Renard. Que si ce monstre auparavant destiné à amuser les joueurs et les entraîner à se combattre pour de faux, les forçant à résoudre des énigmes dont leur vie semblait dépendre, ne parvenait pas à sauver Sarah, alors il aurait besoin de moi. Il disait que j'étais celui qui lui rendrait la mémoire, et que si cela arrivait, alors elle serait sortie d'affaire. Je n'étais pas d'accord, bien sûr. Je lui ai tenu tête et il n'a pas compris pourquoi ; je voulais seulement que Maman reste heureuse, où qu'elle soit. Mais avec le temps, je n'ai pas su résister à l'opportunité qui s'offrait à moi. Celle d'être celui qui allait changer les choses, le sauveur. J'allais ramener Maman, et Papa n'était plus là pour lui faire du mal.

Il y a plein de choses qui ne vont pas en ce moment, je me sens coupable de si bien dormir. Alors j'ai organisé une sortie, j'ai insisté pour que Maman accepte, et j'ai réussi ma manœuvre. J'ai bien vu qu'elle était triste. D'abord, il y a Jonathan qui n'est plus là et qui pourrait ne jamais se réveiller. Ça, c'est une chose. Ce n'est pas le souci principal, mais c'est quelque chose d'assez pénible pour empêcher Maman à tout instant de ressentir de la joie, quoi qu'il arrive. C'est donc devenu le mien, de souci principal : il faut qu'elle retrouve le sourire, un jour. Le vrai, celui qu'elle ne force pas. Cela fait longtemps que je ne l'ai pas vu. Ensuite, il faut que je réfléchisse un peu à la situation avec Nyx. Il s'est passé quelque chose que j'ignore. Je ne les vois plus parler, Maman ne fait plus que la critiquer dans son dos, et elle épluche sans cesse ces sortes de dossiers qu'elle s'est fabriqués en écrivant sur du papier tout ce qui lui passe par la tête. On dirait Juliette. Elle regarde beaucoup les informations, et lorsqu'elle entend parler de meurtres ou d'explosions, quel que soit le pays, elle se lève, même en plein repas, et va noter quelque chose sur ses feuilles. Elle s'excuse ensuite et revient parmi nous, mais elle n'y est pas vraiment. Elle cherche dans sa tête tous les détails qui pourraient disculper Nyx. Alors c'est mon tour de guetter : j'attends qu'elle retourne à ses feuilles, qu'elle barre ce qu'elle avait écrit plus tôt ou qu'elle ajoute des informations. Si elle n'y retourne pas, c'est que c'est mauvais pour Nyx. La liste s'agrandit et Maman s'assombrit un peu plus chaque jour. Je ne pensais pas que c'était possible. Pourtant, moi, j'ai confiance en Nyx. Mais Maman ne veut pas m'écouter, elle me prend pour un enfant naïf. Elle croit que je ne sais pas distinguer l'honnêteté du mensonge. Nyx n'est pas méchante. Elle a une faiblesse, elle adore Maman. Jamais elle ne pourrait la trahir ainsi.

Sarah a les mains vissées sur le volant, les bras raides. Elle n'a pas voulu que je monte devant avec elle. Elle dit que c'est trop dangereux. J'essaie d'apercevoir son expression avec force mouvements de la tête, mais je ne vois que son profil neutre.

— Tu es contente, Maman ? On va s'amuser un peu.

Elle hoche immédiatement la tête en se retournant brièvement, avec l'un de ces sourires qui me glacent le sang. Je préférais quand elle ne souriait pas du tout, là-bas, dans le monde de Blink. Lorsque j'étais allé la voir, je ne faisais pas d'efforts non plus. On allait bien ensemble, on se fâchait beaucoup tous les deux. On avait pourtant ce lien invisible qui faisait de nous deux êtres à part, deux êtres qui se tenaient naturellement compagnie, dans un silence presque sacré.

Je n'ose rien ajouter, je ne sais pas ce que je pourrais dire. Elle est si loin de moi en cet instant que j'ai presque envie de pleurer.

Mais je dois garder courage. C'est pour ça que nous allons dans cette salle de réalité virtuelle. Je n'ai pas insisté pour que l'on m'accorde un thème plus complexe. Je sais qu'à mon âge, je n'ai pas beaucoup de choix. Alors j'ai sélectionné quelque chose de calme, qui devrait lui faire oublier toutes les mauvaises choses qu'elle a vécues.

Une fois arrivés à l'accueil du complexe sportif qui se trouve à une quarantaine de minutes de chez Rita, Sarah me serre contre son flanc droit en me jetant un regard bienveillant. Je lui souris de toutes mes dents et nous nous dirigeons au comptoir, où elle récupère les différents tickets nous permettant d'obtenir le matériel. Elle se détache de moi, prend ma main dans la sienne et nous avançons ainsi devant une série de guichets qui un à un échangent les tickets contre des lunettes intégrales, des casques audio et des gilets à capteurs. Je me réjouis d'avance. Je n'ai fait cela qu'une seule fois, mais ce fut la journée d'aventures la plus mémorable de ma vie ; plus mémorable encore que mes souvenirs du monde de Blink. Il faut dire que ce misérable personnage n'a aucun goût pour créer un monde désirable. Qui voudrait vivre dans un désert rouge, avec comme trame d'histoire une guerre de robots tournant à l'extinction de l'espèce humaine ? Pas moi, en tout cas. C'est le genre de thèmes qui aurait intéressé les gens il y a des siècles. Mais nous, nous sommes évolués. Nous rêvons de paix.

— Mets ça, dit Sarah en me tendant la paire de lunettes. Le casque doit passer par-dessus, sinon tu vas te faire mal.

Elle enfile son gilet et ses accessoires pour me montrer comment on fait, et je vois un semblant d'excitation naître en elle, qu'elle dissimule vainement. Je crois qu'elle a elle aussi un très bon souvenir de la dernière fois qu'elle est venue ici.

Après nous être préparés consciencieusement, nous ouvrons la porte de la salle et nous retrouvons dans un sas. Un monsieur referme la porte derrière nous et nous indique les petites lumières qui s'allumeront en vert lorsque nous pourrons ouvrir de l'autre côté. Personne n'arrive au même moment dans le jeu, c'est un peu comme à la piscine. On reste autant qu'on veut et on enregistre l'ardoise à la sortie. Je guetterai l'état d'esprit de Maman. Je verrai bien quand elle en aura eu assez.

Les lumières s'allument en vert et Sarah m'agrippe le bras comme si j'étais le seul arbre enraciné au milieu de la tempête. Je pose ma main sur la sienne pour la tranquilliser et nous sortons du sas. Elle sait pourtant ce qui nous attend, mais elle est hantée par cette angoisse permanente qui lui ment méchamment en lui faisant croire qu'un danger la guette encore.

— Maman, tout va bien.

Je n'ai pas pu m'en empêcher, et elle sait qu'elle a l'air d'une folle paranoïaque, alors elle ne dit rien. Sa poigne se détend, son pouce effectue maintenant des allers-retours sur ma peau. Je souris. Devant nous, un paysage de plaines vertes s'étend, parsemées de quelques endroits plus secs où la terre est jaune et craquelée et où s'élèvent des arbres typiques des légendaires savanes africaines. J'ai vu beaucoup de films d'époque et de documentaires, et j'ai toujours adoré voir évoluer au sein de cet écosystème des espèces fascinantes qui malheureusement n'existent plus. Alors, mon thème préféré ici, c'est cela : la nature d'il y a deux cents ans. Quelques joueurs courent à travers la salle, observent de près des lézards sur les rochers ou encore grimpent aux arbres pour accompagner les singes qui les provoquent en leur lançant des cailloux.

— Un lion, murmure Sarah en tournant la tête sur sa gauche.

Je fronce les sourcils, surpris et un peu inquiet malgré tout. La bête qui marche vers nous depuis l'horizon a le pas assuré, des os incroyablement saillants qui soulèvent sa peau de part et d'autre de ses épaules à chaque fois qu'il avance, et sa tête de chat énorme, avec son museau si large, est encadrée d'une chevelure rêche qui remue à peine, dressée dans toutes les directions.

— Un lion ? m'exclamé-je en reculant d'un pas. Ça existe encore ?

Maman secoue la tête lentement, le regard triste. Mais la bête s'avance vers nous, la tête plus basse que tout à l'heure. Elle rôde. Elle entre dans une touffe d'herbes hautes, ralentit, se fige. Elle nous guette. Je crois que nous sommes devenus ses proies.

— Sarah, il faut fuir !

J'attrape son bras et l'entraîne en direction de plusieurs arbres dont les branches sèches surplombent des singes au visage allongé un peu cylindrique, et aux petits yeux dorés. Ils n'ont pas l'air très gentils, mais ils ont le mérite d'attiser la méfiance des grands félins, je l'ai vu dans les documentaires. Le lion, à l'instant où nous nous sommes élancés, a bondi vers nous et a commencé à nous pourchasser. Il se rapproche à une vitesse folle, est sur le point de nous toucher avec ses pattes énormes, mais soudain il ralentit et s'arrête. Sa poitrine se soulève à intervalles réguliers, il soupire, nous observe. Puis, avec cette façon qu'ont les chats de regarder partout à la fois avec beaucoup de calme, il tourne la tête dans d'autres directions, alerte. Il ne semble plus nous vouloir de mal. Il n'a peut-être pas si faim que cela.

— Ce sont les lionnes qui chassent normalement, dit Sarah en soufflant, penchée les mains sur ses cuisses. Il voulait peut-être nous éloigner de son territoire.

— Comment tu sais que c'est un mâle ?

Elle se met à rire en me regardant, trouvant apparemment mes mots très drôles. Qu'est-ce que j'ai dit de si amusant ? Je lève la tête vers les arbres à quelques mètres. Les babouins, je crois que c'est leur nom, commencent à montrer les dents et à faire beaucoup de bruit.

— On est sur le territoire de ceux-là, maintenant, dis-je en savourant cette sensation grisante de faux danger.

Elle suit mon regard, m'adresse un signe de tête et se met à courir dans l'autre direction, loin de tous ces prédateurs. Je cours si vite que je parviens à me maintenir à sa hauteur, ou bien peut-être est-ce elle qui ralentit pour me donner cette impression. Nous poursuivons ainsi notre course et notre découverte des plaines, croisons quelques rares personnes, des rongeurs, des troupeaux de gazelles, quelques éléphants qu'il faut regarder sans s'approcher et sans mouvements brusques. Nous manquons même piétiner des serpents, et Maman s'amuse à éviter leurs coups vifs et répétés, faisant mine de les attraper par la queue. Mais on ne peut rien toucher, ici, ce sont des hologrammes. On ne fait que voir, et c'est déjà très bien. Notre casque diffuse pour nous le bruit de nos pas dans la savane ou des animaux qui crient autour de nous, mais nous marchons en réalité sur de la moquette, si bien qu'il est agréable de s'agenouiller ou se coucher pour jouer le jeu à cent pour cent.

Nous passons du bon temps sous ce soleil rougeoyant, observant allongés dans les hautes herbes, comme dans un safari, les familles de hyènes, les oisillons recevant la becquée, les loups qui glapissent et hurlent pour s'appeler, les bêtes magnifiques et terriblement dangereuses qui ont il y a de cela si longtemps arpenté notre belle planète. Je sais que nous n'avons pas sous les yeux que des espèces éteintes, mais cela me fait mal au cœur de revoir ce lion passer par moments, de savoir que cette créature a existé un jour et que l'homme est à l'origine de sa disparition complète. D'autres ici, comme la belle tigresse que nous avons vue tout à l'heure, ont été préservées par l'homme de manière artificielle. C'est toujours ça. Je sais que notre progrès a été tel qu'un jour, nous sommes parvenus à sauver certaines des espèces en voie d'extinction comme jamais jusqu'alors, mais il était déjà trop tard pour un bon nombre d'entre elles. Avec le peu de superficie que nous avons ne serait-ce que pour nous-mêmes, il est impossible qu'elles vivent dans leur environnement d'origine. Elles sont en captivité, toutes sans exception, et c'est le mieux qu'on peut leur souhaiter au vu de l'avancée de notre civilisation.

— Tu m'as appelée Sarah, murmure Maman à côté de moi alors que nous observons des chiens de prairie dans leur immobilité parfaite.

Je tourne la tête vers elle, et je le regrette immédiatement. Son regard plonge dans le mien, me sonde de l'intérieur. Je me détourne difficilement et déglutis le plus discrètement possible.

— J'aime bien t'appeler par ton prénom, ça me rappelle un peu… j'ai l'impression… qu'on n'est rien que tous les deux. Tous les deux, contre le reste du monde. On est une équipe, tu vois.

Elle semble réfléchir mais ne dit rien, intriguée sans doute par cette réponse. Je l'ai donnée sincèrement sans y penser moi-même, pressé de trouver un argument au plus vite, comme s'il y avait une autre raison derrière tout cela. En réalité, je ne veux pas qu'elle croie que nous sommes aussi distants qu'avant. Mais lorsque je l'appelle Sarah… j'ai la sensation d'être le seul au monde à la comprendre. Je me sens adulte, capable de la sauver. Peut-être que c'est cela ? Je l'appelle Sarah car elle n'est pas encore sauvée.

— Quand veux-tu rentrer ? demande-t-elle.

Cela doit faire une heure au moins que nous rampons dans les fougères, les hautes herbes ou dans l'ombre des arbres. Je me mets à genoux et me redresse lentement, me frottant les mains. Heureusement qu'ils nettoient la salle régulièrement, avec tout ce monde qui se roule par terre tout au long de leurs aventures.

— On peut y aller maintenant, si tu veux. C'était bien, hein ?

Elle acquiesce, le regard étonnamment pétillant, et se lève à son tour. Les chiens de prairie nous aperçoivent, tournent leur profil tremblant vers nous avant de détaler. Soudain, alors qu'elle s'apprête à m'emboîter le pas, elle les suit du regard et fronce les sourcils.

— Pourquoi est-ce qu'ils s'enfuient ?

Je les regarde et m'étonne de sa question.

— C'est leur comportement habituel. Le lion nous a chassés, les singes nous ont crié dessus, les serpents ont essayé de nous mordre quand on s'approchait de trop près… les chiens de prairie ne sont pas de taille à affronter des humains.

— C'est bien ce qu'il me semblait ! Alors, tout à l'heure…

Sarah, désorientée, regarde autour d'elle. Ses yeux se fixent sur l'horizon et elle se fige. Elle a dû comprendre quelque chose qui m'a échappé. Pourquoi est-ce que c'est toujours comme ça que ça se passe ?

Je pivote pour suivre son regard et vois la tigresse marcher vers nous, un peu comme le lion de tout à l'heure. Mais elle est en paix, ses yeux clignent à plusieurs reprises comme si elle voulait un câlin et ils sont plongés, semble-t-il, dans ceux de Maman qui ne remue plus le petit doigt.

— Maman ?

Sa main se pose sur mon bras, mais au lieu de le serrer comme elle fait habituellement lorsqu'elle est inquiète, elle le caresse gentiment.

— Maman…

Le tigre émet un son sec, sans résonance, comme un appel. Puis une espèce d'éternuement suit, mais qui n'en est sans doute pas vraiment un car il le répète, plusieurs fois, exprès. Il arrive au niveau de la main de Maman tendue en avant, la renifle et pousse sa tête dans sa paume pour obtenir des caresses. Sarah répond à cette demande et me lâche le bras pour faire semblant de lui frotter la tête.

— Qu'est-ce que tu fais, murmuré-je en regardant le gros chat et l'entendant ronronner comme le moteur d'une vieille voiture de course.

— Il faut absolument avertir quelqu'un, répond-elle enfin. C'est le tigre du monde de Blink.

— Maman, on te regarde.

Les gens ont commencé à remarquer le comportement anormal de la tigresse et à reconnaître Maman, qui avait réussi pour une fois à rester discrète jusqu'au bout. Elle fait un dernier câlin au félin avant de s'en séparer et de se retourner pour s'éloigner avec moi. Je la suis sans rien dire, mais je sens que l'on fait face à un problème. Les gens, plus intéressés par Sarah que par l'animal, parlent dans notre dos et on en entend certains se diriger vers nous pour nous demander je ne sais quelle faveur.

Maman arrache ses lunettes et son casque, appuie sur le bouton de la porte du sas et reste figée à cet endroit, droite et raide. Je m'autorise un coup d'œil derrière nous et remarque les hésitations des gens. On dirait qu'elle est prête à se retourner et à les embrocher avec des épées jumelles invisibles.

La lumière s'allume en vert et la porte se déverrouille. Nous entrons immédiatement et nous débarrassons de nos affaires afin de les rendre au plus vite à la sortie. Soudain, l'hologramme programmé pour nous donner les instructions clignote et disparaît, laissant place à une femme que Maman ne connaît que trop bien.

— Sarah, ne dis rien à personne ! s'écrie Nyx sans attendre. C'est moi qui les cache dans des salles comme celle-ci à travers le monde. Ils méritent de vivre, même dans le virtuel !

— Combien y en a-t-il ? demande Sarah d'un ton froid.

— Deux dans celle-ci, quelques dizaines en France, les autres ailleurs. Ils sont nombreux, Sarah. Tu sais bien ce qu'ils leur feront s'ils apprennent où ils se trouvent.

La loupiote passe au vert. Maman tend la main vers la porte sans répondre.

— Non ! s'écrie Nyx.

Maman l'ignore et sort. Mon cœur bat à tout rompre. Va-t-elle vraiment trahir les animaux ressuscités ? Et si Nyx disait vrai ?

— Maman… ? S'il te plaît.

Ce n'est pas qu'avec Nyx. Elle a cessé de me regarder. Elle se dirige vers le comptoir, pose les accessoires devant elle et se tourne vers moi l'espace de quelques instants pour récupérer les miens. Ses yeux sont vides. Un peu écarquillés, comme dans un étonnement forcé, mais rien de plus ne laisse croire qu'elle est chamboulée de l'intérieur. Est-ce la première fois que je doute de Maman ? Je ne crois pas l'avoir jamais vue ainsi.

— J'ai terminé, dit-elle.

Le monsieur la rejoint pour lui faire payer l'heure de détente que nous venons de passer. Je suis à côté d'elle, mes yeux dépassent à peine au-dessus du comptoir. Il me lance quelques coups d'œil amusés à cause de ma taille. Maman est si loin au-dessus de moi. Je ne suis qu'un enfant, impuissant et incapable de faire changer les choses.

Après avoir connecté le paiement à l'identité de Maman, il lui donne un reçu sur papier artificiel et la regarde les lèvres pincées, souriant pour qu'elle comprenne que c'est fini, qu'elle peut s'en aller. Elle reste pourtant là, à le regarder, divisée par son dilemme intérieur. Le sourire du monsieur s'efface peu à peu, il est sur le point de lui demander ce qui ne va pas, si elle souhaite quelque chose. Elle le regarde avec ces yeux noirs qui devenaient rouges dans le monde de Blink. Ils ne sont pas moins effrayants ainsi.

— Avez-vous tout ce qu'il vous faut ?

Sans savoir d'où cela me vient, j'attrape le bras de Maman, au niveau du coude, et je serre fort. Elle baisse la tête et m'observe, je plonge mon regard dans le sien, un courant passe. Alors, lentement et sans répondre à l'homme, elle fait volte-face et marche vers la sortie d'un pas lourd, moi à son bras.

Au loin, dans le renfoncement de la porte du sas, Nyx nous regarde passer avec un air de soulagement intense.

Chapitre 6

Je pourrais m'endormir, ou somnoler du moins, mais je ne peux plus me mêler à la population sans rester constamment en alerte. Si je m'asseyais, je pourrais sentir la vibration très légère et relaxante du déplacement de la rame. J'y perdrais alors la vue de la ville en surplomb et la possibilité de m'enfuir en courant s'il le faut à la prochaine station. J'ai déjà eu des admirateurs plus qu'insistants qui rendent mes sorties presque dangereuses. À croire qu'il faudrait que je me terre chez Rita jusqu'au déménagement.

Des écrans et des hologrammes publicitaires illuminent par instants les couloirs du métro, me rappelant sans grand plaisir le tigre du jeu de l'autre jour. Il réagissait à mes caresses comme s'il les sentait vraiment, tandis que je ne faisais que déplacer mes mains dans les airs autour de sa fourrure. Je suis rassurée qu'il ait survécu tout comme les autres animaux, mais inquiète de ce qui se profile. Nyx a pris le pari de se faire aimer de tous. Prévoit-elle de révéler au monde qu'elle protège encore les créatures que Blink a ressuscitées ? Comment vont réagir les gens ? Je sais qu'elle sera très sensible à leurs réactions et risque de se vexer s'ils lui en veulent. Et si… elle était vraiment à l'origine de tous ces meurtres ?

Je me réveille brusquement au moment où les portes sonnent pour indiquer le départ du métro. C'est ma station, j'ai failli la manquer. Je me redresse et bondis en avant, atterrissant maladroitement sur le quai de verre. Je reprends ma marche comme si de rien n'était, le regard fixé devant moi. Si mes yeux croisent par malheur ceux de quelqu'un qui me reconnaît, mon excursion à la tour de Blink pourrait bien s'avérer plus longue que prévu, et je veux en avoir déjà fini avec l'interrogatoire que j'ai l'intention de lui faire passer. J'en ai assez de sa mauvaise foi et de ses éternelles tentatives de cacher la vérité. Tout ce temps où j'ai discuté avec lui est du temps perdu, un amas de mensonges. Il avait dans son cerveau d'homme malhonnête, des informations de la première importance que j'ai découvertes trop tard. Il est aussi responsable de la mort de Gabrielle, que le couple qu'il a fait ressusciter par ses scientifiques corrompus.

J'aurais pu venir à pied, mais quinze minutes de marche sont plus risquées pour moi que deux minutes de métro, et je me dépense suffisamment aux sessions de sport du toit de l'immeuble de Rita pour ne pas avoir à me soucier de cela. Tandis que je traverse les grands halls de la tour et emprunte l'ascenseur sans prendre la peine d'adresser la parole aux gens que je croise, je me prépare à la rencontre. Il a accepté de me voir. Ce n'est pas dans son intérêt que je me fasse des films plutôt que de l'entendre me rassurer avec ses phrases toutes faites et ses talents de beau parleur. Dois-je lui remémorer tous ses mensonges ? Lui faire cracher ce qu'il reste à savoir, car je suis persuadée que tout n'est pas encore sorti à la lumière du jour ? Je me demande d'ailleurs pourquoi les journalistes ne se sont pas plus acharnés sur lui depuis les révélations de la grande conférence de l'autre jour.

Je sors de l'ascenseur et tombe nez à nez avec Blink. Il étire sa bouche sur le côté en un faux sourire pour me saluer, hoche la tête. Il déplie ses mains qui sont croisées dans son dos et me fait signe, l'air avenant, de le suivre dans le couloir de droite.

— Bonjour, bonjour. Pas de problème pour venir ? Tout se passe bien en ce moment ?

Parce que je ne sais pas de quelle manière lui répondre, avec sincérité ou hypocrisie, je me tais et me contente de hocher la tête en me laissant guider par lui. Nous atteignons la porte du fond dans un silence dérangeant, mais j'y étais préparée.

— Alors, quel est l'objet de ta visite, ma chère ?

Il ouvre la porte et me fait signe d'entrer, comme un médecin le ferait, ou encore un ennemi qui aurait prévu de m'enfermer dans la pièce. Je vais directement m'asseoir face à son bureau et le suis du regard, calmement, jusqu'à ce qu'il me rejoigne sur son trône. Il croise ses mains sur ses genoux et s'appuie en arrière dans son siège. La bataille de regards débute, silencieuse et puissante de sens.

— Monsieur… Blink, dis-je en hésitant volontairement. Quel est votre vrai nom ?

Aucun sourire sur son visage, ni expression de désarroi par ailleurs. Il semble mesurer, en m'observant, jusqu'où je suis prête à aller. Il a son masque de bluff sur le visage.

— Cela te satisfera-t-il ? répond-il enfin. Mon nom est Christophe Juillard. Tu aurais pu trouver cette information dans l'encyclopédie mondiale.

Une étincelle dans son regard trahit sa fierté de figurer dans le registre en question avant de disparaître aussi vite qu'elle est venue. Il est un peu rassuré. Pour l'instant, je n'ai dépassé aucune borne.

— C'est étrange, vous voyez, dis-je alors. Je vous parlais il y a de cela quelques mois, avec la plus grande naïveté. Je ne ressentais pas le besoin de me méfier de vous. Pourquoi aurais-je dû soupçonner le moindre mensonge ? L'aventure était terminée. Il fallait seulement extraire les survivants de votre jeu.

Blink penche la tête de côté, à peine. Mes mots ne l'atteignent pas le moins du monde.

— J'ai compris, évidemment, ajouté-je, que les déconnecter trop brusquement du jeu pouvait leur procurer un traumatisme qui les inciterait à considérer la vie réelle comme un mensonge, et notre sauvetage comme une trahison. Je me suis proposée pour les aider. J'étais bien placée pour le faire et j'y avais un intérêt également.

Il déplie ses mains, pose un coude sur son bureau et sa main sur sa joue pour tenir sa tête, ses yeux toujours sur moi. Il joue à m'observer comme s'il était mon psychologue, comme s'il attendait la fin de mon monologue pour me donner une solution à mes angoisses.

— Cessez de prendre cet air serein, dis-je soudainement. Vous étiez à l'origine de la résurrection des pirates, et vous connaissiez l'existence dangereuse de Nyx, de ses fils et de Cerbère. Pourquoi, *pourquoi* n'avez-vous rien dit ?

Mon second « pourquoi » a été murmuré entre mes dents, mâchoire serrée.

— Je crois que tu dramatises un peu la situation. J'avais en effet lancé plusieurs projets confidentiels pour lesquels j'ai eu toutes les autorisations nécessaires. Je ne souhaitais pas divulguer cela à qui que ce soit, encore moins à celle qui risquait de saboter l'opération. Il était dans mon intérêt de sauver tous ces gens, et tu as réussi parce que de telles informations ne t'ont pas freinée. Sais-tu que Vince n'aurait jamais accepté de t'envoyer dans le jeu s'il avait su ? Il aurait traqué les pirates dans la réalité. Tu peux être certaine que tes amis seraient dans le même état que tu l'as été après ton débranchement, à l'heure qu'il est, s'il avait pris cette décision.

— Qui vous parle de Trenthi ? m'exclamé-je.

De toute évidence, il essaie encore de me noyer dans des arguments qui n'ont rien à voir avec le cœur du problème.

— Ecoutez, dis-je encore, la malhonnêteté est une seconde nature chez vous. Je ne suis pas venue pour vous le dire, même si vous devriez savoir que peu de gens sont dupes. Ne croyez pas qu'ils ne voient pas à travers votre masque de criminel.

— Je suis blanc comme un agneau, répond Blink sans me laisser le temps de poursuivre. Toutes les preuves sont avec moi. Jamais je n'aurais fait quoi que ce soit qui ne m'ait été autorisé par une autorité supérieure compétente. Que voulais-tu donc me dire ?

Je le fusille du regard. Dans un coin de la pièce, un Miroir trône, discret. Je réalise que les oreilles traînent, même si j'en ai pris l'habitude ces derniers temps. Je ne sais pas si c'est vraiment si grave que cela.

— Je vais être honnête une dernière fois avec vous. Il me faut toutes les informations que vous n'avez pas fournies à la police et à la presse. Je veux tout savoir sur IA 502, sur les citadins qui ont été introduits dans le jeu, les enfants malades, et les pirates. Je veux savoir ce que vous avez créé et que vous n'avez pas mentionné. La Blink Company n'a le droit de conserver aucun secret. C'est une question de vie ou de mort.

Blink expire par le nez, indéfiniment. Au moment où je crois qu'il n'a plus d'air dans les poumons et va se mettre à devenir bleu, il se lève pesamment et m'adresse une moue que je suis incapable d'interpréter. Un sourire ironique ? Une moquerie ?

— Je n'ai pas grand-chose pour toi. La majorité des dossiers, l'indispensable, sont entre les mains de la police à l'heure qu'il est et ne te regardent pas.

Je fronce les sourcils, prête à répliquer quelque chose de cinglant, mais il ajoute :

— Suis-moi.

Méfiante, je lui emboîte le pas pour me retrouver devant une remise minuscule où Blink farfouille, peu soucieux de la propreté de son costume habituellement sans défaut. Il en ressort avec un classeur bordé de dizaines de petites étiquettes de couleur sur sa tranche supérieure. Il me le tend ainsi, sans plus de cérémonie, et referme directement la porte de la remise en sortant.

— Tu peux le garder, dit-il alors. C'est à présent la propriété de l'hôpital, qui en a reçu une copie complète et authentique.

Je le scrute, méfiante. C'est tout ? Si c'est la propriété de l'hôpital, cela ne peut concerner ni les animaux, ni IA 502, ni pas mal d'autres choses du monde de Blink.

— Ce sera tout ?

Il sait pertinemment que je ne peux pas le forcer à dévoiler plus de choses. Je vais devoir me contenter de cela pour l'instant.

— Je te préviens, Juillard, dis-je en abandonnant volontairement le vouvoiement. Si j'entends encore parler de la moindre cachotterie venant de toi, je ne te lâcherai plus. Tout ça est très gros, mais j'ai la sensation que c'est la pointe de l'iceberg. Tu ne t'en tireras pas si facilement.

Il sourit de toutes ses dents sans pour autant avoir l'air de trouver cela drôle, et me raccompagne patiemment jusqu'en bas de la tour.

Alors, il me fait un signe guilleret de la main et laisse les portes de l'ascenseur se refermer sur lui.

— C'était aussi simple que ça, dit Milie. Tu ne me crois pas ? Je pensais que tu avais déjà fait des transferts de patients chez des particuliers.

— Non, dis-je sans pouvoir réprimer un sourire rassuré, je m'attendais à quelque chose de plus compliqué. Et si je voulais voler un patient ?

Milie secoue la tête avec une grimace ironique, jouant le jeu de ma fausse joie. Après tout, je suis à l'hôpital. Je ne peux pas décemment être joyeuse pour de bon.

— Tu sais bien que la plupart des démarches administratives t'ont été évitées parce que tu peux financièrement prouver que tu es capable de le prendre en charge et parce que tu es infirmière de profession. Tu imagines, si tu étais programmeuse et sans le sou ? Tu aurais eu droit à plein de paperasse en plus. C'est ce que tu voulais ?

Je lâche un petit rire pour admettre qu'elle a raison et m'accoude au comptoir.

— Dis-donc, Milie… ça n'a rien à voir, mais…

J'hésite à poser ma question. Elle se tourne vers moi, soudain très sérieuse. Si cela n'a rien à voir, c'est que je veux lui parler d'autre chose que de Jonathan. C'est assez inhabituel.

— Tu n'aurais pas entendu parler d'un gamin qui serait mort à l'hôpital, pendant qu'il était dans le jeu ?

Elle lève les yeux vers moi, et la peine se lit dans son regard. Il n'y en a pas eu qu'un, mais je sais de qui je parle, précisément.

— Il y a quelques jours, j'ai été voir Blink pour lui soutirer des informations. Il m'a refilé un dossier dans lequel j'ai trouvé une photo d'un enfant que j'ai reconnu. Et pour cause, il est sur un dessin de Paul que j'ai eu l'occasion de voir lors du voyage en bateau.

C'est également l'enfant qui accompagnait Dédale dans le piège de Margot, mais je ne me risquerai pas à le mentionner. C'est déjà très bien que j'aie retrouvé sa trace.

— Oui, je vois de qui tu parles. Je n'étais pas là à l'époque, mais j'ai accès aux dossiers et on m'en a parlé.

Elle se penche vers son robot et murmure près de son micro :

— Le dossier de Lou Dalmasso, s'il te plaît, l'enfant mort il y a deux ou trois ans.

Son écran clignote une fraction de seconde, lui montrant immédiatement sa recherche associée à une photo de bonne qualité. De là où je me trouve, je reconnais en effet sa bouille ronde et son regard espiègle. Je frotte mes lèvres avec mes doigts, comme pour m'empêcher de ressentir la moindre émotion.

— Comment est-il mort ? demandé-je.

— C'est à garder pour toi, Sarah, tu le sais, dit Milie.

Un bref hochement de tête suffit pour la convaincre, et elle poursuit :

— Il avait une leucémie. On aurait pu le sauver, mais sa santé s'est détériorée exceptionnellement vite. On l'a perdu alors qu'il était dans le monde de Blink, envoyé par ses parents pour réguler sa douleur. C'était un très bon moyen d'éviter d'avoir à administrer une dose importante de morphine.

— Mais… je ne comprends pas.

— Je sais.

Milie me regarde, et je réalise qu'elle sait effectivement à quoi je pense. Elle y a réfléchi comme moi.

— Lorsque Lou est mort à l'hôpital, ajoute-t-elle, son corps s'est arrêté de fonctionner et il a disparu progressivement du monde de Blink, sans même laisser de boîte noire.

Je n'ose mentionner le cas qui m'obnubile, la laissant faire le constat en premier.

— Alors que Jonathan, murmure-t-elle en fixant son écran, en a bien laissé une et que son corps est maintenu dans le coma par une force inconnue. C'est comme si ces deux-là avaient déjoué les lois du jeu. Ils sont morts, mais pas vraiment. Je ne sais pas ce qui les différencie.

Tandis que je la dévisage, cherchant à comprendre moi-même, l'explication d'Anaïs avant la déconnexion du jeu me revient.

« Il n'est pas définitivement mort, Sarah. Le jeu a pris le signal de sa douleur pour un phénomène virtuel et l'a tué en superficie, mais il semble en réalité avoir physiquement survécu au supplice ».

— Attends, Milie… est-ce que tu crois que le lieu de leur mort pourrait être la clé ? Jonathan ne serait jamais mort d'une simple implantation de greffes, dans la réalité. C'est la douleur du jeu qui l'a tué. Il est mort dans le jeu.

Elle comprend, écarquillant les yeux.

— Lou, lui, dis-je encore, est bien mort dans la réalité. Tout comme moi lorsqu'on m'a débranchée du jeu, il a disparu aux yeux de tous. J'ai été sauvée de justesse, mais lui n'avait aucune chance, car son corps n'avait plus les capacités de survivre. Plus jamais on ne pourra le ramener parmi nous.

Milie a l'air sidérée par la révélation. J'évite de mentionner l'apparition soudaine de l'enfant sur le réseau, cherchant sa Maman et conscient de sa propre existence.

— Si seulement on pouvait avoir un survivant dans un cas similaire à celui de Jonathan pour savoir comment le ramener à la vie…

Cela est malheureusement peu probable. Exténuée, je me lève. Je lui souris brièvement pour lui montrer que j'apprécie son soutien et lui indique que je m'en vais. Elle se lève à son tour de sa chaise, m'entoure de ses bras et me serre contre elle.

— Garde courage, Sarah. Je sais que ce n'est pas bien de te pousser à espérer dans de telles conditions, mais je veux que tu sois heureuse. Je suis de tout cœur avec toi.

Je la serre en retour, un peu gênée, la remercie et pars de l'hôpital, des pensées plus légères en tête. Aujourd'hui, je ne vais pas me concentrer sur mon malheur. Je préfère que Jonathan nous ait légué une boîte noire mais que son corps ait survécu, plutôt que l'inverse. Le déménagement de la semaine prochaine, accéléré par Nyx qui ne s'est pourtant pas montrée, signera son arrivée dans nos vies. Pour l'heure, je veux me sortir toutes mes préoccupations de la tête. Direction, le campus d'histoire… la motivation n'attend pas.

Encore le métro pour un trajet un peu plus long, mais je suis bientôt arrivée. A chaque fois que j'entre dans un wagon, je m'imagine prenant de bonnes résolutions, comme par exemple en empruntant le réseau de transport individuel souterrain qui permet, en s'asseyant dans une toute petite cabine carrée, de sillonner les routes de France, sur un monorail en profondeur, sans poser le pied dehors. Mais le cliquetis des milliards de cabines qui ralentissent à la station, qui ouvrent leur unique porte, qui repartent et empruntent les fourches à n'en plus finir du réseau ferroviaire le plus important au monde et répandu dans tous les pays, me donne des sensations de claustrophobie. Le métro français, au moins, vole au-dessus des rues et laisse apercevoir une vue magnifique de Paris.

Debout toujours, une casquette sur la tête par paresse, j'essaie d'embrasser du regard tout ce que je peux du monde où je vis. Des gens sont assis les uns en face des autres sans lever la tête, ils s'occupent avec leurs bracelets translucides, ils regardent la liste des stations que parcourt notre rame. Au fond, dans le couloir, avance une personne dont la démarche m'est familière. Sans trop m'y intéresser, j'alterne entre la vue qui défile à la fenêtre, ma main sur la poignée qui descend du plafond, et cette femme qui avance, là-bas. Alors, parce que les cellules à hologramme au-dessus d'elle clignotent les unes après les autres à son passage, je comprends. Je ne réagis pas. Ni mouvement, ni étonnement. Elle avance sans m'avoir vue, elle parle aux gens qui la dévisagent et se mettent à sourire, parfois même à rire. Elle s'assied de temps en temps à côté de quelqu'un et discute avec lui. Puis elle se relève, semble le remercier de l'avoir acceptée près de lui, va voir quelqu'un d'autre. Des gens qui l'ont aperçue de loin se préparent, certains sortent un carnet et un stylo, d'autres des caméras microscopiques qu'ils fixent à leur doigt afin qu'elle accepte de poser avec eux. Et j'observe sans un mot ce jeu de rencontres, je la vois refuser de signer l'autographe en expliquant qu'elle n'est pas physiquement présente, elle sourit sur la photo, elle murmure à l'oreille d'une vieille dame des mots qui semblent la ravir.

La Déesse arrive à ma hauteur en souriant, débordant d'une passion qu'elle m'avait jusque-là dissimulée. Elle passe devant moi, nos regards se croisent une fraction de seconde, et tout en murmurant un « Bonjour, passez une bonne journée », elle me dépasse et avance vers ceux qui, derrière moi, l'attendent déjà.

Le métro arrive bientôt à la station précédant la mienne. Je commence à regretter de ne pas avoir emprunté le réseau individuel souterrain. Les risques que je prends ne sont pas seulement de me faire reconnaître par de parfaits inconnus. La preuve en est qu'aujourd'hui, Nyx est passée devant moi et a failli me reconnaître.

Je glisse un regard derrière moi et me fige. Elle s'est retournée, elle me détaille, les gens froncent les sourcils en la voyant reculer d'un pas. Elle revient à mon niveau, penche la tête de côté et, faisant apparaître une casquette sur sa tête, accessoire qui ne colle pas du tout avec sa tenue, elle la retire de la main droite pour me faire comprendre qu'elle veut que je l'imite.

Tout le monde a les yeux rivés sur moi. Ai-je vraiment le choix ? Lentement, j'attrape la visière et libère ma chevelure jusque-là emprisonnée. Nous nous jaugeons alors du regard pendant une minute de cette éternité divine qui lui appartient.

Nyx ne dit rien. Nous ne sommes plus en bons termes. Elle lève seulement la main droite, la posant semble-t-il sur ma joue, rejouant la scène qu'elle m'a fait vivre dans le Miroir. Son pouce se pose sous mon œil, là où une larme aurait pu couler. Puis, sa main glisse, rompant le contact que seule elle peut ressentir, et elle se détourne de moi.

— Excusez-moi..., pouvez-vous me signer un autographe ?

Je me retourne et découvre une femme, à peine gênée, qui me tend son carnet et son stylo, les mêmes qu'elle a tendus plus tôt à Nyx. Cette dernière s'éloigne sans un regard, essayant d'occuper les gens qui hésitent à venir me parler en priorité.

— Je n'aurai pas le temps pour plus, dis-je en voyant arriver d'autres admirateurs. C'est ma station.

J'ouvre son carnet, laisse un bref message et signe avant de lui rendre le tout et d'esquisser un semblant de sourire. Les portes s'ouvrent et je m'échappe sur le quai, non sans retenir au passage, comme une photo, ma dernière vision de Nyx parlant aux humains.

Je rumine pendant une dizaine de minutes, le temps qu'il me faut pour atteindre la station suivante à pied, avant de bifurquer vers la rue du campus d'histoire. J'atteins le grand portail blanc, trottine à découvert, m'engouffre rapidement dans le bâtiment dès que j'en ai l'occasion. J'ai oublié de remettre ma casquette... tant pis. Il n'y a jamais personne dans cette partie de l'université.

Je me faufile comme un fantôme dans les couloirs, me remémorant les longues journées de présence en classe, les cours magistraux à l'ancienne, en amphithéâtre. C'est ce que l'université met en avant pour attirer plus d'élèves : l'esprit de tradition, la désapprobation de l'absentéisme, les devoirs et projets à profusion. L'effort fourni sur un lieu de travail physique, nous disaient-ils, est primordial pour se donner à fond et ne pas se déconcentrer. Pour moi, tout ça n'était rien de plus que du marketing, une technique de rentrée d'argent comme une autre. Les hommes ont-ils jamais souhaité autre chose que cela ? Même en ces temps où la liberté lui fait de la compétition, où tous vivent avec le choix d'aider la société ou de vivre dans son coin du revenu de base, les entreprises et associations poursuivent leur course, invariablement, vers le podium sacré de la richesse.

Je traverse une courette cachée derrière une porte que les étudiants n'empruntent qu'à la visite guidée prodiguée par leur parrain d'un an ou deux leur aîné, mais jamais plus pendant leur cursus. Certains ont tout de même la présence d'esprit de venir poser des questions aux robots pour un ou deux devoirs importants, mais l'internet et l'encyclopédie mondiale sont bien suffisants pour la plupart d'entre eux. Moi, je veux du vrai. Je veux connaître la vie de ceux qui étaient là avant nous. Je ne veux pas simplement apprendre par cœur le nom des lois qui leur ont interdit de respirer, je veux pouvoir imaginer leur passé, comprendre ce qu'ils ont vécu, je veux que toute existence passée et présente, qui représente une mine d'informations et d'émotions, nous soit accessible. Je ne qualifierais pas cela de curiosité. C'est comme une nécessité… de vivre moi-même au-delà de mon temps. D'être reliée à cette planète par quelque chose de fort que nous possédons tous mais dont nous n'avons pas forcément conscience.

Au fond de la courette, une autre porte. Je la pousse, pénètre dans le couloir, entre dans l'immense pièce. Une bibliothèque. L'odeur de livres anciens s'invite dans mes poumons avant même que je ne cherche à prendre ma lente inspiration habituelle. Les fenêtres immenses du fond de la pièce arrosent l'endroit de flaques de lumière colorée. Devant elles, trois têtes se découpent. Trois robots Lambda. Quand je ne venais pas pour eux, je venais pour les livres. Mais il faut avouer qu'ils sont le trésor le plus inestimable que cette université ait à offrir. Il y en a d'autres de chaque côté de la bibliothèque, cachés dans les derniers rayons, mais je me contente généralement de l'un de ceux-ci.

Aucun attribut esthétique ne vient rehausser leur teint d'acier. Leurs yeux sont deux billes noires enfoncées dans de petits cratères parfaitement lisses, leur bouche un simple micro diffusant une voix plus ou moins monotone. Seuls leurs sourcils, deux accents circonflexes au nombre incalculable d'articulations rotatives, prêtent à leur visage une émotion étonnamment précise. Lorsqu'ils répondent à mes questions, leur corps est raide et immobile comme si l'être dont ils empruntent l'identité était sous interrogatoire au commissariat de la rue d'à côté. Ils ne bougent pas les mains, leur nuque est droite, leurs yeux sont fixés sur moi. Ce sont leurs sourcils qui véhiculent tout ce qu'il faut, amplement suffisants par ailleurs pour faire comprendre la subtilité de leur histoire. Je sais que ce n'est pas vraiment fidèle au passé, bien sûr. Ces robots utilisent des recoupements de milliards de témoignages au fil des siècles afin de créer de toutes pièces des existences type dont ils connaissent tous les détails. Ils peuvent ainsi répondre à la moindre de mes questions, si je ne m'éloigne pas du thème et du contexte que je leur ai fournis. Je n'ai jamais réussi à leur poser une colle.

— Bonjour, murmuré-je en m'approchant de celui du centre.

Sa tête s'incline légèrement avant de se redresser. Les autres ne réagissent pas, leur regard n'ayant pas croisé le mien.

— Tu es… une femme, dis-je avec hésitation.

J'ai tendance à souvent choisir des femmes, parce que j'en suis une. J'ai parfois eu la curiosité de prendre un homme, mais je revenais invariablement à moi, à ma volonté de me comprendre en analysant ce qu'Elles ont vécu.

— Tu es de mille neuf cents…

C'est un peu trop lointain, non ? Le début des années deux mille est souvent mon pivot. Avant ce millénaire, c'était un monde avec bien peu de technologie. Les balbutiements de l'humanité, l'invention de ce qui allait être trouvé et utilisé par toute civilisation douée d'intelligence. Au-delà ont débuté des crises bien plus complexes que de simples guerres autour d'une ressource ou d'une idée, bien que certains idiots aient poursuivi leur destruction de la planète et leur massacre de la vie parce qu'ils n'avaient pas de vision plus lointaine que celle de leur palace privé. L'invention est devenue innovation. Une création était enfin plus que l'attribution d'une découverte : l'humanité prenait un chemin particulier, celui qu'un peuple d'une autre planète n'aurait pas forcément emprunté. C'est à ce moment-là que nous avons commencé à complexifier notre façon de nous organiser et d'améliorer notre confort de vie. Je suis heureuse d'être née à mon époque. Quand je vois tout ce qu'il a fallu entreprendre pour en arriver là...

— Non, deux mille... voilà, disons que tu es née en deux mille trente-cinq.

Le Lambda ne dit rien mais hoche la tête pour m'indiquer que le paramètre est pris en compte. Je réfléchis. J'ai tout mon temps, je suis comme chez moi, à mon aise.

— Nous sommes en deux mille quarante-sept, ton anniversaire est passé. Tu as donc douze ans. Tu vis en France, même niveau de vie que moi à peu près mais tes parents sont encore en vie. Je n'ai plus d'idées, prends au hasard dans ce que tu as.

J'aime bien, parfois, donner beaucoup de lest au robot afin d'être surprise par les réponses à mes questions. Il hoche la tête, et ses sourcils s'activent pour la première fois. Il me regarde et me jauge. Il est dans la peau de cette enfant.

— Quelle est... la chose la plus heureuse qui te soit arrivée dernièrement ? demandé-je.

Les sourcils se froncent, juste un peu. Elle est pensive. Très rapidement, ils se redressent et les billes noires semblent briller de mille feux.

— Maman m'a emmenée dans un magasin de robots, et on a choisi mon premier assistant. J'avais insisté pour que mes parents m'en achètent un en disant qu'il m'aiderait à réviser mes leçons, mais il fait plein d'autres choses. En plus, je publie des traductions de livres numériques sur internet. Il faut absolument qu'il m'aide à apprendre plus de langues.

— Intéressant. As-tu des frères et sœurs ?

— Non.

— Tu as... une sœur.

J'ai dit qu'elle avait le même niveau de vie que moi, et je veux qu'elle ait comme moi une sœur dans sa vie. On n'est pas pareil quand on n'est pas seul.

— Est-ce que tu t'entends bien avec ta sœur ?

— Non, on se crie dessus en permanence, répond immédiatement le Lambda. On ne peut pas s'entendre, c'est impossible. L'autre jour, quand Maman m'a offert ce robot, elle était jalouse parce qu'elle n'avait pas encore le sien. Mais elle est plus petite, elle doit patienter.

— Non, tu n'as pas une petite sœur, mais une grande sœur. Vous chamaillez-vous beaucoup concernant le robot ?

— Maman nous a offert le robot à toutes les deux, on doit le partager. D'ailleurs, il a lui-même décidé d'un partage entre nous deux, adapté à notre emploi du temps scolaire et à notre besoin. Si le robot dit que c'est ma sœur qui peut s'en servir, alors je suis obligée d'obéir.

— C'est très pratique. Dis-moi, tu t'intéresses beaucoup aux actualités ?

— Pas vraiment. C'est Maman et Papa qui savent ces choses-là, et qui nous disent quand il se passe quelque chose d'important.

— Quelle est la dernière chose importante que tu as retenue ?

— J'ai du mal à me souvenir des détails. Je ne retiens rien de la politique ou de la mort des célébrités. Je ne les connais pas.

— Que retiens-tu ?

— Eh bien par exemple, je n'ai jamais mangé de viande parce que mes parents, quand ils étaient jeunes, ils n'étaient pas d'accord avec le traitement des animaux élevés pour servir de nourriture. Je ne comprends pas qu'avec tout ce qui a été fait pour alerter la population et arrêter ça, des gens continuent de manger de la viande. La seule vitamine qui nous vient des animaux leur est administrée sous forme de complément.

— Tout ce qui a été fait ? Comme quoi ?

— Je ne sais pas… avant ma naissance, beaucoup de choses ont été faites pour lutter contre ça. Je crois.

— Nous sommes en deux mille quatre-vingt-trois, tu as quarante-huit ans. Tu as voyagé et t'es installée dans un autre pays, peu importe lequel. Comment décris-tu ta nouvelle vie ?

— Calme et paisible. J'ai connu les grandes métropoles, les gens qui courent, qui se massent aux portes des immeubles et des bouches de métro, la remodélisation du paysage de la ville. Je n'en pouvais plus d'aller d'appartement souterrain en appartement souterrain. Mes enfants ne respiraient pas l'air extérieur, je culpabilisais. J'ai beaucoup regretté mes choix, pour eux. A présent, je suis dans une maison de campagne, dans le coin le plus reculé du pays. D'ici quelques dizaines d'années, ces plaines magnifiques seront envahies par la civilisation. Mes enfants et petits-enfants connaîtront cela. Il est temps que quelqu'un fasse quelque chose. On ne peut pas attendre le point de non-retour. Il faut agir. Vite.

— Tu es ta propre petite-fille, tu as trente ans. Quel est ton point de vue sur ce sujet ?

— Depuis que Mamie est morte, je n'ai plus parlé de cela avec personne. Les anciennes générations voient la surpopulation d'un mauvais œil et pensent que le monde va très mal. Nous, on est dedans, on vit avec. Beaucoup de gens sont habitués à la vie sous terre. Ça stimule les esprits créatifs : il y a plein de nouveaux outils qui sont inventés tous les jours pour améliorer le confort de ceux qui choisissent le moins cher, afin d'avoir l'impression de vivre comme il y a cinquante ans. Il ne faut jamais dramatiser. L'humanité va de l'avant. Les personnes âgées, elles, sont tristes parce qu'elles croient toujours que le monde court à sa perte. Il faut simplement les rassurer, ou leur faire croire que nous comprenons leur peine et que nous saurons prendre la relève.

— En serez-vous donc incapables ?

— Nous ne sommes déjà plus comme eux, et cela les fait se sentir très seuls. Ils pensent que nous détruisons le monde tel qu'ils le connaissent. Ils pensent que la mémoire des temps anciens s'enfouit au fil des générations et ne remontera jamais. C'est un peu vrai, mais nous faisons tout pour nous souvenir. La preuve : je suis en train de répondre à vos questions, et quelqu'un, un jour, entendra ce que je dis et saura qu'en deux mille cent trente-et-un, une femme a pensé cela.

Je fixe le sol aux pieds du robot. Etait-ce rassurant, pour cette femme, de faire ainsi voyager ses mots pour que des gens comme moi les entendent des siècles plus tard ? Je me demande si sa vie a changé pour autant.

— Nous sommes donc en deux mille cent trente-et-un, murmuré-je. Lambda, Raconte-moi un fait d'actualité aléatoire de cette époque.

— La guerre…

— Aucune guerre, le coupé-je.

— La viande de…

— Pas ça non plus.

J'oubliais que cette période avait connu un nombre incroyable de révoltes anti-carnivores sanglantes. Au moment où je m'apprête à interrompre le robot pour clôturer la session, il poursuit :

— La cyber-attaque de deux mille cent cinquante.

La date est ronde et facile à retenir, et pourtant cela ne me dit rien. Ma curiosité est piquée.

— Je t'écoute, dis-je au robot.

— Un groupe de cyber-criminels s'en prennent au réseau mondial. Ils ont pour objectif de plonger la planète dans une ère déconnectée, de forcer la population à vivre sans surveillance et sans partage public de ses données personnelles. Ils sont convaincus que la liberté que l'humanité croit avoir protégée jusqu'alors n'est qu'un mensonge créé de toutes pièces par les dirigeants du monde. Ils veulent également profiter du chaos qu'engendrerait une déconnexion massive de la population pour s'enrichir au beau milieu de l'anarchie la plus complète.

Je vais chercher une chaise à une table proche et la pose devant le robot, m'y asseyant confortablement. Je commençais à grincer des genoux.

— Qu'ont-ils fait ?

— Ils ont choisi une gamme précise de robots, la gamme Naïwo, pour propager un virus changeant le comportement de tout appareil connecté au réseau local afin que son intelligence artificielle refuse la moindre connexion future à l'internet mondial.

— Attends, ce ne serait pas les machines élancées, avec un superbe visage et une peau nacrée ?

— C'était en effet une gamme spécialement conçue pour s'approcher le plus possible des standards de beauté humains. L'organisation criminelle l'avait choisie en raison d'une faille importante dans le cœur du modèle. Le robot pouvait définitivement bloquer toute connexion au réseau, et communiquer aux appareils environnants l'ordre d'en faire de même.

— Où était située la faille ? J'ai du mal à comprendre.

— Le comportement de déconnexion était considéré par le cœur comme un ordre absolu et ne pouvait être effacé de la machine. Le robot devait être détruit. Seul l'algorithme de propagation de l'ordre, que l'on a appelé virus, était temporaire si l'on prenait la peine de réinitialiser le robot.

— Tu veux dire que… tant que personne ne se rendait compte de la présence du virus, tous les robots atteints perdaient définitivement leur capacité de connexion au réseau ? Ils étaient bons pour aller à la déchèterie ?

— Tant qu'ils n'étaient pas réinitialisés, en effet, ils continuaient d'émettre vers tous les appareils à proximité un ordre de déconnexion qui, pour ceux de leur gamme, était irréversible. Cela a engendré des accidents graves dans le monde entier. Des morts, beaucoup de blessés et conséquences irréparables, et bien évidemment la chute du groupe Efero, qui contrôlait alors un empire d'entreprises robotiques. C'est ainsi que les robots humanoïdes, représentés par cette gamme qui a soudain perdu tout attrait, ont cessé d'être à la mode, et que d'autres robots aux traits plus originaux ont fait leur apparition.

— Que sont devenus ces robots ? L'un d'eux a croisé mon chemin il y a peu, mais cela faisait bien longtemps que je n'en avais pas vu.

— Il y a peu ? Dans ce cas, il s'agit d'un robot déconnecté, vestige de la cyber-attaque. Aucun robot rescapé du virus n'a survécu à la destruction massive qui a été ordonnée par le gouvernement auprès du groupe propriétaire. Cependant, quelques spécimens réinitialisés suite à leur déconnexion ont bel et bien été préservés, pour la mémoire et parce qu'ils ne représentent plus le moindre danger. Le virus n'est plus en eux, mais ils n'apprendront plus jamais rien de la riche encyclopédie mondiale de la planète… ni des services dont vous avez pu profiter par le passé en présence de n'importe quelle autre machine connectée.

— Je ne comprends pas ce que cette femme faisait avec celui-là… on n'est pourtant plus à l'époque où on se pavanait avec une machine juste pour attirer l'attention. A quoi peut bien servir un robot qui n'apprend pas ?

— Peut-être a-t-elle besoin d'un robot qui ne pourra trahir aucune information à son sujet sur le réseau ?

Il émet une pause, comme s'il était humain et réfléchissait, mais il observe plutôt mon visage crispé et concentré. Lorsque je lève les yeux vers lui, il ajoute alors :

— Elle cache sans doute un secret d'une importance capitale.

Chapitre 7

J'ai pris l'habitude de la scène. L'angoisse s'est estompée et mon air blasé habituel arrive même presque, parfois, à apparaître par-dessus mon masque de calme et de sérénité. Les autres sont plus affolés que moi. Ils se donnent en spectacle, bougent beaucoup, agitent les mains. Ils essaient de convaincre le spectateur, ils lui assurent des choses avec des yeux ronds comme des billes.

— Excusez-moi, dit une femme au milieu de l'assemblée à qui Vince a donné la parole.

Les micros de la fosse sont désorientés par le bruit ambiant et restent réglés un peu fort, j'ai l'impression qu'elle nous hurle dans les oreilles.

— Excusez-moi, répète-t-elle, mais j'ai du mal à comprendre. Vous nous dites que Nyx, l'hologramme à l'origine de plusieurs dizaines de miracles par jour à travers le monde entier, assassine de sang-froid des criminels recherchés depuis des années, et prépare je ne sais quel complot contre le gouvernement. En avez-vous la preuve ?

Elle se tourne vers les gens qui l'entourent et un murmure d'approbation se répand dans le public.

— Pourquoi un être artificiel dont le seul objectif semble être de nous aider et nous soulager dans notre quotidien, ferait-il de telles choses dans notre dos ? Vous dites qu'elle est dangereuse ? Pourquoi ne contactez-vous pas la police ? Pourquoi n'a-t-elle encore rien fait qui vous donne une raison de l'accuser ?

— C'est ce que nous essayons de vous dire, répond Vince, perturbé par la confiance de cette inconnue. Nous avons un certain nombre d'informations en notre possession, qui nous amènent à penser que…

— Qui vous amènent à penser ? Vous n'êtes sûrs de rien ?

— Ecoutez, Madame, tout porte à croire que Nyx est l'auteur de ces crimes. Notre rôle est de vous informer et de vous alerter. Nous voulons que vous compreniez tous que cette entité est différente de n'importe quel robot, et que vous devez garder en tête les gestes qui pourraient vous sauver la vie si vous vous rendez compte qu'elle vous veut du mal. Savez-vous jusqu'où elle peut aller ? Je crains que pas un seul d'entre vous ne le réalise vraiment.

— Allons ! C'est un hologramme, tout de même. Même mon lave-vaisselle est plus dangereux qu'elle !

Vince se mord le poing, discrètement, sans que les gens ne le voient. Le pauvre. Même moi, je sais qu'un hologramme n'est qu'une des infinies projections qu'une intelligence artificielle, même celle du lave-vaisselle de cette dame, peut utiliser pour communiquer avec nous autres humains. Comment expliquer un danger à des gens qui n'ont pas toutes les informations pour comprendre ?

Je me racle la gorge, réfléchissant à une façon d'intervenir. Mon micro se déclenche. Les têtes se tournent vers moi, la femme me fixe du regard. Tous savent, malgré mon discours de la dernière fois, que Nyx est mon amie et qu'elle m'admire comme une enfant levant les yeux vers sa mère. Cependant, lors de ces dernières conférences, elle s'est invitée sur l'écran du plateau et n'a nié aucune des accusations de Vince. J'ai le souvenir, pourtant, qu'elle me criait qu'elle n'avait rien fait. Je crois qu'elle me voulait de son côté, elle tentait de se blanchir pour que je ne la déteste pas. Il semblerait qu'elle ait abandonné… et qu'elle soit bien coupable, finalement.

— Nyx… n'est pas ce que vous croyez.

Je m'attends à ce que la spectatrice me réponde, éhontée, mais elle veut en savoir plus. Elle sent dans le ton de ma voix que je pourrais parler des heures de ce que Nyx est réellement.

— Vous l'avez rencontrée, n'est-ce pas ? dis-je. Vous ne seriez pas ici, ou bien vous êtes très curieuse. C'est une bonne chose, rassurez-vous. Si vous êtes curieuse.

Elle baisse la tête, gênée.

— Donc vous l'avez rencontrée. N'avez-vous pas eu l'impression de voir…

J'hésite à prononcer ces mots, car je sais que cela fera plaisir à Nyx.

— De voir un être humain ? dis-je tout de même.

— Eh bien oui, avoue la femme, c'est vrai qu'elle paraissait très intelligente. Elle n'allait pas droit au but comme tous les robots que j'ai eus. Elle aimait simplement parler, avec des subtilités que les robots n'ont pas normalement. C'était très agréable.

Je hoche la tête calmement.

— Si vous avez l'impression qu'elle est si intelligente, c'est parce qu'elle l'est. Ce n'est pas juste une apparence qu'elle se donne, comme savent faire certains robots. A présent, imaginez un homme, un humain avec cette intelligence. Il se promène dans le métro en journée, vous dit bonjour et vous sourit. Et parce qu'il est célèbre, vous appréciez sa visite. Vous entendez dire qu'il est faiseur de miracles, que grâce à lui, un remède a été élaboré pour soigner une petite fille malade, que des entreprises ont échappé à la faillite parce qu'il a trouvé une solution économique qui contentait tout le monde, que des failles dans des appareils transportant des vies ont été détectées à temps et que cela a sauvé des centaines de personnes. Mais vous ne connaissez pas cet homme. Le gouvernement, la police, l'armée, les agents secrets et les détectives privés, tous ont sous les yeux, depuis quelques semaines, des dossiers contenant tout ce qu'il faut pour le faire emprisonner. Parce que des gens sont morts, vous comprenez ? C'est très grave.

La femme expire lentement, comme si elle retenait son souffle depuis que j'ai commencé à parler. Elle semble ne pas adhérer à ce que je dis tout en sachant que j'ai raison.

— Nyx est au-delà des lois. Elle est immatérielle, elle vit sur le réseau, elle sait tout de vous et ne livre aucune confidence à personne. Pas même à moi. Vous croyez peut-être que je lui parle tous les jours ? C'est parce que je suis aussi proche d'elle que je m'inquiète de son implication dans tous ces meurtres. Pas une seule fois, il ne lui est arrivé de chercher à me prouver que ce n'était pas elle. Pas une. Elle en serait pourtant capable. Que vous faut-il de plus ?

— Je suis désolée, dit la femme d'une petite voix, mais vous ne m'avez pas convaincue. On dirait que vous luttez contre vous-même pour ne pas vous avouer que vous lui faites confiance. Rien de ce qui effraie vos amis ne semble vous atteindre. Vous êtes à mille lieues de penser que le danger existe vraiment. Ai-je tort ?

Je relève la tête, prise de court. Est-ce vraiment ce que je laisse apparaître ? Peut-être que ce masque blasé ne me réussit pas si bien. Peut-être que c'est cela qui me distancie des autres, qui leur fait penser que je suis insensible.

— Non, je… je suis persuadée que…

— Faut-il qu'elle soit terrorisée pour que ses mots vous touchent ? intervient Vince avec agacement. Avez-vous déjà vu Sarah craindre la moindre chose ? Ce qu'elle a dit n'était ni plus ni moins que la vérité, je peux vous l'assurer. Quoi qu'il en soit, nous avons déjà dépassé l'heure de cinq minutes. Cette conférence est terminée.

Je fronce les sourcils, déstabilisée. « Craindre la moindre chose » ? Voilà qu'il fait allusion à ma vie dans le monde de Blink, à présent. Je me tourne vers lui au moment où il coupe son micro d'un coup de pouce sur le cadran de son bracelet, et se penche à mon oreille.

— Ne réfléchis pas trop, Sarah. J'ai dit ça pour faire passer un message.

— Je ne vois pas le rapport.

Il soupire, secoue la tête et s'éloigne, suivant une Cindy épuisée. La journée n'a pas été de tout repos. Dans la fosse, au milieu des corps mouvants tous dirigés vers la sortie, la femme est restée debout et me regarde, pensive. Surprise, je lui souris. Elle sursaute, gênée, baisse la tête et s'enfonce dans la marée humaine, disparaissant instantanément.

Le déménagement s'est fait en douceur. Max a investi les lieux avec toute l'énergie dont un enfant de son âge peut faire preuve. Lorsque le transfert de Jonathan a été effectué, son humeur s'est cependant stabilisée. Il est devenu sérieux, un peu distant même. Un peu trop « adulte ». Il fallait qu'il sache comment réagir si Jonathan se réveillait, comment lui prodiguer les massages quotidiens. Tous les soirs, il va à son chevet lorsqu'il croit que je ne le vois pas, et il lui parle, calmement, de sa vie d'enfant qui le submerge. Il est pressé de grandir, il ne se sent pas à sa place. Ce qu'il sait, c'est qu'il veut une famille unie, complète. Il pense que Jonathan est la dernière pièce du puzzle. Pour ma part, alors qu'on vient de l'accueillir sous notre toit, je suis plus désespérée que jamais.

Je fais glisser ma casquette sur mes cheveux regroupés en chignon. Deux mèches glissent hors de son emprise, longues, un mouvement d'ondulation imprimé presque régulièrement par leur aplatissement à la va-vite à la racine de la visière. Je secoue la tête pour les éloigner de mes yeux et mon regard s'accroche à la vitrine d'une boutique mignonnette dont le panneau publicitaire fait défiler les dernières nouvelles nationales. La Déesse s'y étend dans toute sa splendeur, le dos incurvé, le corps de profil et le visage en arrière, tourné vers nous. Son expression est gênée, ses yeux plongent vers le sol. « *Nyx affirme être l'auteur des crimes* », titre l'article.

Comme si je ne venais pas d'apprendre ce que je craignais depuis si longtemps, je continue de marcher, mes mèches se balançant devant mon visage, et je les regarde hypnotisée jusqu'à atteindre le bâtiment austère qu'est l'hôpital. Elle affirme ? Il n'y a donc plus de doute. Ainsi, elle aurait confondu le jeu avec la réalité et se serait permis de mettre fin à des vies humaines au nom d'une Déesse dont elle n'a que la biographie, réinventée par des développeurs qui n'avaient aucun droit de la faire exister. J'ai du mal à y croire. N'importe qui pourrait penser qu'elle est en effet responsable, qu'elle n'aurait aucune raison de mentir. Mais il y a quelque chose qui cloche. J'étais convaincue de l'avoir cernée, d'une certaine manière. Il faut croire qu'on ne peut pas cerner une intelligence artificielle.

Avant même d'y avoir réfléchi, j'ai traversé les couloirs de l'hôpital, salué le personnel soignant et je me trouve devant la porte du dortoir des enfants. Comme souvent, j'entends beaucoup d'agitation de l'autre côté. Une voix de robot s'élève parmi eux, résonnante. Elle semble interrompre leurs joyeux ébats et déclencher une série d'exclamations surprises. L'instant d'après, la porte s'ouvre sur Yann.

Le garçon me sourit franchement, la main sur la poignée de la porte. Son épaule droite est plus haute que la gauche à cause de cela, détail infime mais qui attire mon attention sur l'incroyablement bon fonctionnement de sa colonne vertébrale depuis l'opération. Sa stature est encore un peu raide, mais ça ira mieux avec le temps.

— Salut, Sarah, dit-il. Ça fait plaisir de te voir.

Il se décale pour me laisser entrer et ferme la porte derrière moi. Je l'ai rarement vu si sérieux en m'accueillant ; je crois qu'il savait au fond de lui, il n'y a pas si longtemps, que Jonathan était celui qui occupait mes pensées lorsque je passais les voir. A présent, il est certain que je suis là pour eux. Je culpabilise un peu à ce sujet.

— Je vous ai apporté des gâteaux.

Il a un sourire en coin et me jette un regard discret avant de se tourner vers les autres. Comme à son habitude, ses gestes et sa voix les encouragent à venir me dire bonjour et à bien se comporter en ma présence, alors que certains sont plus âgés que lui. Il se dirige vers son robot, se retourne et me le présente.

— Sarah, qu'en penses-tu ?

Il a son bras enroulé autour du cou de la machine, qui me regarde indifféremment mais affiche un grand sourire. J'ouvre la bouche pour répondre, m'apprêtant sans doute à plaisanter, mais tous m'observent avec beaucoup de sérieux. Je lâche un rire gêné.

— Tu sais, Yann, je ne suis pas une experte en robots. Les IA me jouent des tours, il n'y a qu'à voir Nyx.

Yann penche la tête de côté avant de regarder le robot. Ce dernier l'imite avant de s'avancer vers moi.

— Qu'est-ce qu'elle a, Nyx ? demande-t-il.

Je le dévisage en fronçant les sourcils. Je m'attendais à ce que Yann pose la question, mais visiblement, il va laisser faire son jouet. Les enfants sont tous anormalement attentifs. Même ceux qui s'amusaient au fond de la pièce et qui avaient plus ou moins ignoré mon arrivée se sont retournés et nous fixent comme s'il se passait quelque chose de très spécial.

— Eh bien, dis-je en essayant de faire abstraction du robot pendu à mes lèvres, il se trouve qu'elle a avoué être à l'origine de la mort de tous ces gens et du sabotage de tous ces systèmes informatiques. En avez-vous entendu parler ?

Ma question n'est adressée qu'aux enfants, mais le robot hoche immédiatement la tête.

— Je sais tout ce qui est publié sur le réseau, répond-il. Mais j'ai eu beau chercher, je n'ai jamais réussi à trouver la moindre trace de cette IA.

— Il ne faut pas la chercher, dis-je, inquiète que Yann lui ait demandé cela. Nyx est très dangereuse. Cela fait déjà plusieurs jours que je m'échine à le dire à tout le monde au cours des conférences organisées par Vince. Je vous en ai parlé, n'est-ce pas ?

Yann, derrière le robot, hoche la tête mais grimace.

— Sarah, tu vas pas nous la faire, à nous.

Abasourdie, je détaille les regards. Tous semblent d'accord avec leur chef.

— Je te demande pardon ?

— C'est vrai, ajoute le robot avec véhémence. Je ne t'ai jamais rencontrée auparavant, mais tu ne m'as pas l'air très honnête avec toi-même. Tu n'as aucune preuve que Nyx est coupable.

— Je n'en ai pas non plus qu'elle est innocente. Et c'est aux infos. Et puis, de quoi je me mêle ? Tu es un robot. Tu n'as pas à t'immiscer dans notre conversation.

Yann fait claquer sa langue pour me corriger.

— C'est pas un robot, ça, Sarah. Mais ne dis rien à personne, c'est un secret.

Je lève le regard vers le garçon, et un frisson glacial parcourt mon corps des pieds à la tête. Des sensations que je n'avais pas retrouvées depuis que le monde de Blink est parti en fumée m'envahissent. Selon Yann, une âme serait cachée dans cette carapace métallique.

Je fais un bond en arrière, me cogne dans un meuble et me retrouve contre le mur plus vite que je ne l'aurais souhaité. Je m'y appuie tant bien que mal, les coudes en arrière, complètement désorientée. Je me souviens de Kouro qui voulait m'entraîner à garder l'équilibre en toute situation. Suis-je vraiment capable de perdre pied à ce point, même dans la réalité ? Ce n'est pourtant qu'un robot…

— J'ai quatorze ans, je crois, dit le robot.

Je déglutis, me laisse glisser au sol, m'assieds très lentement. J'ai un poing devant ma bouche, l'autre à côté de moi, serré.

— Je te cherchais, dit-il encore. L'autre jour, j'ai même rencontré quelqu'un qui pouvait peut-être m'aider. Mais nous avons été attaqués. Je ne sais pas où il est maintenant.

— Attaqués ? répété-je d'une voix blanche.

— Une personne voulait nous emprisonner sur un réseau local. J'ai eu très peur, mais il nous a permis de nous échapper. Je suivais sa trace pour lui demander de m'aider encore, mais je suis tombé ici, et j'ai reconnu l'hôpital. Le Miroir, là-bas, est très pratique pour communiquer.

Le Miroir. Titus s'y promène souvent. Il vient du jeu.

— Viens-tu du jeu ? demandé-je avec hésitation.

— J'y ai vécu… un peu, répond-il. Et puis je suis mort.

Il a reconnu l'hôpital, il est venu se présenter dans le Miroir. Il s'est retrouvé dans ce robot… et tout ce temps, il était mort.

— Lou ?

— Oh, tu connais mon nom ? Il a fallu plus de temps que ça à Yann pour me reconnaître. J'ai dû lui apparaître dans le Miroir tel qu'il m'a connu.

— Tu as rencontré Dédale ? dis-je en me relevant. C'était toi, emprisonné dans la pièce, à la PI ? Tu es l'enfant enfermé entre les deux mondes !

Le robot ouvre de grands yeux surpris.

— Je ne savais pas que tu nous entendais. C'était bien moi, mais je ne suis plus enfermé. Quelque chose m'a tiré de là où j'étais. Maintenant, je suis libre. Yann m'a offert son robot pour m'y installer. Les gens croient que je suis un vrai robot, alors je fais semblant. Mais il n'y a plus rien, là-dedans. Yann a retiré le cœur du robot. Il n'y a plus que moi, dans cette coquille vide.

Un rire creux résonne après ces mots.

— Tu ne le diras pas pour moi, hein ?

Mon poing se détend et s'ouvre devant ma bouche. Je le regarde longuement sans rien dire. Le dortoir est plongé dans un silence de mort. Yann s'approche nonchalamment, les mains dans les poches, et s'assied sur le bord d'un lit à côté de moi.

— Il est l'un des nôtres, Sarah. Je n'ai pas l'intention de laisser quiconque lui faire du mal.

Aucune menace dans ces mots. Seulement un argument rassurant censé me convaincre que les conséquences désastreuses que j'imagine ne sont que des fantômes qui me hantent. Rien de plus.

— Milie…

Je toussote, gênée, mais il faut que je l'évoque. Que je prêche le faux pour avoir le vrai. Et s'il détenait la clé de ce mystère ?

— Milie m'a raconté comment tu étais mort. J'ai cru comprendre que Jonathan était dans le même cas que toi.

— Jonathan ? répond le robot. Que veux-tu dire ?

— Eh bien, vous avez tous les deux disparu dans le jeu, et vous avez survécu d'une certaine manière.

— C'est tout le contraire ! Tu as tout faux.

Je fronce les sourcils. Il a l'air d'avoir son opinion sur la question.

— Jonathan est mort dans le jeu mais pas dans la réalité, explique-t-il. Moi, je suis mort dans la réalité mais mon âme a subsisté dans le jeu.

Un nouveau frisson me parcourt. Il ne mentionne pas l'âme de Jonathan.

— C'est-à-dire ?

— Ça signifie que je suis irrécupérable. Jonathan, en revanche, a la chance d'exister encore. Je pense que son esprit est quelque part. Seulement, je ne sais pas combien de temps cela pourrait lui prendre de revenir habiter son corps. C'est comme un coma. Je suppose qu'au bout d'un certain temps, nous autres humains décidons d'en finir avec cette attente douloureuse. Mais qui sait, peut-être qu'au bout de cinquante ans, quelqu'un peut encore se réveiller.

« Nous autres humains », a-t-il dit. Et puis, « Au bout de cinquante ans ». Je le savais. J'entretiens beaucoup trop d'espoirs, et j'entraîne Max dans cette descente aux enfers.

— Enfin, Jonathan pourrait se réveiller demain, dit-il en voyant la tête que je fais. On n'est jamais sûr de rien.

Le silence de tout à l'heure se poursuit comme si nous ne l'avions jamais brisé. Puis je souris au robot en essayant de me souvenir de cette bouille adorable que Dédale avait en tête lorsque nous l'avons piégé dans la salle de la PI. Cette bouille qu'il n'aurait plus aussi ronde en cet instant, car il aurait grandi. Mon expression s'adoucit un peu.

— Je suis désolée, Lou, pour les gâteaux. Tu ne pourras pas en profiter avec les autres.

— Ne t'inquiète pas, dit-il sagement, je n'éprouve aucun besoin physique dans ce corps. Ce n'est pas bien grave.

— Il a l'air hyper sérieux comme ça, mais c'est pas le dernier à rigoler pour des bêtises ! lance soudain Yann avec espièglerie.

Les autres enfants éclatent d'un rire contagieux, se remémorant sans doute de nombreux bons moments passés dans cette pièce, avec leur ami qui aurait dû ne plus être avec eux. J'ai déjà fermé les yeux sur les parents de Yann, sur Blink et ses magouilles, sur la tigresse de la savane virtuelle, sur Nyx et ses visions du passé. J'aurais pu raconter tant de choses à mon entourage. Ce n'est pas maintenant que je vais parler. D'ailleurs, cela me fait penser… que mon amie tueuse de criminels sait beaucoup de choses.

Je me lève sans empressement, mais mon esprit est en ébullition. Yann me regarde comme s'il devinait.

— Toi, tu as un truc à faire, dit-il. Tu reviendras dans la semaine ? Lou aurait besoin que tu nous aides à faire venir sa mère ici.

— Euh… on reparlera de ça lors de ma prochaine visite.

Je l'embrasse sur le front, salue tout ce petit monde et m'éloigne vers la porte, les yeux exorbités. Nom d'un chien. Plus je me débats avec mes problèmes, et plus je m'enfonce.

Je repars de l'hôpital comme je suis venue, l'esprit perdu dans des réflexions intenses et sans issue. Je grimpe sur mon vélo, pédale, et pédale encore. Comme dans une transe, j'entre chez Rita, fais savoir que je suis là, m'enferme dans l'un des bureaux qui lui permettent de travailler. Je suis seule dans un silence assourdissant. Mes oreilles bourdonnent.

— Nyx.

C'est comme une migraine qui s'empare de mon crâne, y faisant sévir une tornade qui hurle un sifflement répétitif. Cela ressemble fort au vent qui fouette la porte d'une maison. Un vent insistant et impitoyable.

— Nyx ! Tu me dois une faveur.

Je me prends la tête dans les mains et grimace. Ça va passer. C'est psychologique.

— Qu'est-ce qu'il t'arrive ? dit une voix juste devant moi.

Je lève les yeux et aperçois au mur l'un des micros de la pièce. Je me retourne. Sous la cellule holographique, Nyx me jauge sans aucune gêne, les mains sur les hanches et les sourcils froncés.

— Rien, c'est juste passager. Donne-moi le contenu des boîtes noires des parents de Yann et Gabrielle.

Cette fois, elle est surprise. Elle pouffe brièvement, mais sans conviction.

— Le contenu des boîtes noires ? Comment veux-tu que je te donne…

— Tu fais ton truc. Je me connecte au Miroir, et tu me montres.

— Mais…

— Il n'y a pas de mais, Nyx. Tu me dois ça. Ce n'est quand même pas compliqué !

Elle secoue la tête et grimace à son tour.

— Quoi ? dis-je.

— Ils ne sont pas morts dans le jeu. La boîte noire, c'est l'historique de la vie d'une âme dans le monde de Blink. Tes humains, là… eh bien, ils sont morts dans un accident de voiture. Ils ont ensuite infiltré le monde de Blink en piratant les serveurs. Je n'ai rien sur eux.

Morts dans le jeu ? Je tiens peut-être quelque chose.

— Alors… et Lou ?

Elle m'observe avec une assurance inquiétante, fermant subrepticement les yeux pour les ouvrir sur moi, pour me montrer qu'elle n'est pas idiote.

— Lou non plus, n'est pas mort dans le jeu.

Elle sait très bien ce que je pense. Elle a forcément entendu ma conversation avec les enfants. Pour éviter d'être complètement cernée et regrettant de ne pouvoir poser la même question au sujet de Jonathan, je poursuis :

— Alors, les animaux de la jungle ? Non, c'est la même chose… alors, Für ? Dédale ? Et Neil ? Et…

— Non, non, non… Sarah, je sais bien que tu n'as rien à faire des boîtes noires de l'époque de l'amnésie générale. Tu veux des choses nouvelles. Je n'ai rien à te montrer de nouveau. Tous ceux que tu cites ne sont plus morts.

— Plus morts ?

Elle fait une révérence de petite danseuse de classique, détourne le regard et disparaît. Je reste figée, fixant le vide devant moi, et j'ai soudain l'impression d'être seule au monde. Même Nyx ne fait plus aucun effort pour m'aider.

Soudain, son image reparaît pendant une fraction de seconde, mais son visage, je crois, regarde dans une autre direction et son cri entrecoupé jaillit des haut-parleurs à un volume qui ne devrait même pas être autorisé par l'IA de la maison. Je plaque mes mains sur mes oreilles et me penche en avant, surprise et inquiète.

— Nyx ? murmuré-je.

La revoilà. Elle me regarde, me souriant d'un air gêné.

— Souci technique, dit-elle en grimaçant. Au revoir.

Et elle disparaît. Je la rappelle, plusieurs fois, mais elle m'ignore dorénavant. Rita arrive alors en courant suite au bruit.

— Qu'est-ce qu'il se passe ? Tout va bien ?

Je la rassure, évitant ses questions sur la provenance du « souci technique ». Il faut dire que je n'y crois pas une seule seconde. Non, au contraire : j'ai la sensation que Nyx se débat avec quelque chose qui l'oblige à accepter les accusations de meurtre. Quelque chose qui serait aussi puissant qu'elle, et qui n'aurait pas peur d'emporter des vies. Quelque chose d'inhumain…

Je fais le point sur toutes les IA que je connais du monde de Blink. Non, je ne pense pas que ses fils, son chien de garde ou même le Renard puissent la contrôler de cette façon. La seule IA qui reste est celle de Jade. Serait-il possible qu'elle n'ait pas disparu avec le jeu ? Et si la rendre immortelle en invoquant les pouvoirs de Danny était la pire erreur que j'aie commise ?

C'est un courant de fraîcheur que de rencontrer Opra chez elle. Elle m'a fait visiter ; tout est très joli, les couleurs des murs sont douces, les bibelots venant d'ailleurs sont en accord parfait avec les paysages de forêts de bambou aux fenêtres. Elle a un peu joué avec la maison, nous projetant le lac du monde de Blink avec la maison de Loup Blanc juste en face, puis un amphithéâtre d'université et autres décors insolites, le ciel vu d'une montgolfière, et enfin cette forêt magnifique. J'avoue ne pas savoir lequel de ces deux derniers paysages je préfère. Je suppose que j'ai toujours apprécié cette aptitude très particulière que j'avais, de voler parce que je croyais cela possible. C'était grisant. Alors, peut-être le ciel.

— Tu ne m'as rien raconté, s'exclame Opra en se jetant dans son canapé juste après m'avoir tendu un petit bol plein de fruits secs.

Dans le Miroir derrière moi, Titus passe la tête et louche dessus. Je pose le bol devant le scanner du Miroir et appuie sur un bouton, le matérialisant dans l'univers virtuel. Je compte sur les souvenirs du capucin et sur le périphérique de goût qu'Opra m'a dit avoir intégré, pour m'assurer du plaisir de ses papilles.

— Opra, Opra, Opra.

Je la regarde et esquisse un sourire. Surexcitée, elle prend ma main dans la sienne et me sourit en retour.

— Je sais que la différence d'âge est grande, dis-je en secouant la tête lentement, mais je m'entends super bien avec toi. Ça me fait plaisir de te voir, vraiment.

Elle baisse le regard et hoche la tête. Je crois qu'elle est presque gênée de cet échange. C'est vrai que j'ai vingt-huit ans et qu'elle en a dix-sept. Dans le jeu, la perception de ces choses-là n'était pas la même. Nous étions deux autres personnes, libérées des contraintes de la société et des angoisses qu'elle fait peser sur nous. Il paraît qu'avant que la loi n'impose une conduite aussi exemplaire sur les réseaux que dans la vie réelle, des cas très graves de dédoublement ou d'altération de la personnalité ont été diagnostiqués partout dans le monde, et la plupart des enfants nés pendant cette crise de l'internet en ont gardé des cicatrices indélébiles. Les gens ne se faisaient plus responsables de leurs actes et entraînaient dans leur folie des millions d'individus séduits par bien peu de choses, et fiers d'appartenir à un camp. A cette époque-là… Dieu, que c'était il y a longtemps ! Nous sommes civilisés, à présent. Mais à cette époque-là, oui, quelqu'un comme Opra aurait vu des choses, par le passé, qu'un enfant ne devrait jamais voir et sa conception du bien et du mal aurait pu s'en trouver complètement bouleversée. Je me demande si un jour, dans plusieurs siècles, quelqu'un pensera à quelque chose que nous faisons communément aujourd'hui en se disant : « Quels barbares étaient-ils pour faire une chose pareille ! Nous, nous sommes civilisés ».

— Tu ne t'es jamais dit que nous avions des côtés barbares ? dis-je pensivement.

Opra lève un sourcil, amusée.

— Nous ? Tu veux dire, toi et moi ?

— Non, bien sûr que non, dis-je en riant. Je veux dire, l'humanité. En ce moment.

Elle sourit, expire lentement et promène son regard autour d'elle.

— Ce n'est pas moi qui ai fait des études d'histoire, ironise-t-elle. Plus sérieusement, je ne sais pas vraiment. On entend toujours parler des horreurs du passé. Pour ne pas les répéter, dit-on. Mais on ne parle pas souvent des horreurs de notre époque. Je veux dire… tout n'est jamais dénoncé tout de suite. Il faut des années avant qu'un nombre conséquent de la population en entende parler, et plus encore pour qu'elle souhaite agir… et bien plus encore pour qu'elle en ait le pouvoir. Tu vois ce que je veux dire ?

Je hoche la tête doucement. C'est exactement cela.

— Parfaitement, dis-je. Je ne devrais peut-être pas te le dire, mais je pense qu'on est en plein pivot historique. Tu sais, ce moment soudain, auquel personne ne s'attend, où quelque chose d'énorme se passe et qui change le cours de l'histoire. Nous continuons notre petite vie tranquille, mais nous ne réalisons pas que notre année, ou notre décade, fera parler d'elle pendant des siècles.

— C'est ce que tu crois ? demande-t-elle, presque inquiète. Pourquoi, à cause de Blink ?

— On pourrait penser que c'est Blink… Mais il y a quelque chose de plus important qu'un simple homme, dans tout ça. Il y a cette notion de vie et de mort… d'immortalité… d'organes et autres « choses » artificielles. Il y a une science qui nous échappe encore sous bien des aspects.

Opra esquisse une grimace d'incompréhension.

— De quoi tu parles ? Ne me dis pas qu'on est en train de retomber dans cette conversation éternelle qui occupait tes journées dans le monde de Blink. L'immortalité... je ne pensais pas qu'on discuterait encore de ça dans la vie réelle. Ou bien... ce monde est-il encore une illusion ?

Elle sourit malicieusement. Je ris à nouveau pour jouer le jeu, mais je pourrais presque envisager cette possibilité. Après tout, que sait-on de notre existence ? Pas grand-chose.

— Dis-moi, Opra... as-tu entendu parler de ces superbes robots victimes d'un virus qui les empêchait de se connecter au réseau et qui contaminait tous les appareils environnants ?

— Oh, c'est curieux que tu me parles de ça ! Justement, j'en ai croisé un récemment... impossible de me souvenir de l'endroit où je l'ai vu. C'est drôle comme la vie est faite de coïncidences ! Je n'avais plus pensé à cette gamme depuis des années.

Je fronce les sourcils, perplexe. Comment Opra aurait-elle pu rencontrer l'un de ces robots ? Ceux qui sont encore actifs doivent se compter sur les doigts d'une main.

— Ça m'intéresse, en fait. Si tu arrives à te souvenir de l'endroit où tu as pu le voir...

— Tu sais, ce sera plus simple de chercher directement au dépôt-vente de Paris, que d'attendre que je me souvienne. C'était un lieu un peu inhabituel, où je ne me serais pas attendue à voir un robot de ce type. Je suis à mille lieues de trouver.

— Tu crois vraiment qu'il y en a au dépôt-vente ?

— Je pense qu'il y a de grandes chances. C'est à l'autre bout de Paris, mais c'est tellement grand ! Tu veux y aller maintenant ? Je n'ai pas encore rentré la voiture en sous-sol.

J'esquisse une moue indéterminée. Pourquoi pas ?

— Je sais que ça sort de nulle part, insiste Opra, mais tu as l'air d'y tenir et j'ai libéré ma journée pour toi. Tu vas me dire de quoi il retourne ?

Je hoche la tête et nous partons. Opra prend le volant mais ne désactive pas le pilote automatique et se met à l'aise pour m'écouter parler de ma rencontre devant le commissariat et de ma discussion avec le Lambda de l'université. Elle est plus fascinée par ce dernier que par l'histoire en elle-même. Il faut le dire, elle est courte et pas très passionnante.

— Et Nyx, dans tout ça ? demande-t-elle.

Je soupire.

— Non, Nyx n'a rien à voir avec les Naïwo. Je préférerais ne pas en parler.

— Je sais que tu voudrais changer de sujet, je suis désolée. Mais j'ai entendu des nouvelles un peu inquiétantes. Elle a involontairement laissé des preuves de son passage sur les dernières scènes de crime en date. Tu n'as pas entendu parler de l'explosion du quartier parisien ?

— Si, bien sûr. C'est perturbant. Ce n'est pas son genre…

— C'est aussi ce que j'ai pensé. J'ai l'impression qu'elle ne se cache plus, qu'elle devient provocatrice. C'est encore plus dangereux que lorsqu'elle ne voulait pas que tu saches. Au moins, elle avait plus de contraintes.

En voyant ma tête, Opra cesse de parler pendant de longues minutes avant de changer de sujet lorsqu'on dépasse un petit chien accompagnant son maître. Nous discutons alors des animaux de compagnie que sa famille a eus et des difficultés rencontrées avec chacun d'eux. Au bout d'une demi-heure, nous arrivons au dépôt-vente, un grand bâtiment sur plusieurs étages qui en cache plus du double sous terre.

— Je l'appelle « l'iceberg », déclare fièrement Opra en sortant de la voiture. J'adore cet endroit. Pas toi ?

— C'est à dire que… je n'ai pas encore eu l'occasion d'y aller depuis la fermeture du jeu.

Elle affiche une expression faussement horrifiée et, me prenant par la main, m'entraîne vers le hall. Elle passe en coup de vent devant le robot de l'accueil, un buste rutilant affublé d'une tête plate et noire qui nous scanne. Remarquant notre empressement, il ne s'attarde pas à nous demander quoi que ce soit.

Nous sortons du hall pour déboucher sur un quai perdu dans l'obscurité. Sur un rail transparent tangue une capsule couleur argent qui s'ouvre par le haut, sans un bruit. J'aperçois plus loin sa grande sœur, de quatre places, qui s'enfuit sur le rail pour nous laisser démarrer la visite. Opra se faufile dans la petite capsule et me fait un signe excité de la main. Je me glisse à l'intérieur avec elle, prenant mon temps pour m'installer, tandis que la porte se referme en coulissant vers l'avant.

— Tu as conscience que nous pouvions savoir s'il y a un Naïwo ici depuis le Miroir, ou même à l'accueil du dépôt-vente ? dis-je en faisant un signe vers l'endroit d'où nous venons.

Opra ouvre la bouche en grand sans parvenir à dissimuler un sourire et s'exclame :

— Attends, visiter cet endroit, c'est le meilleur moment de la recherche ! Je ne vais pas te laisser me gâcher ça. J'ai tendance à me cantonner aux étages en surface, parce que la visite intégrale prend des heures et que c'est ici qu'ils entreposent les objets les plus utiles et « récents », dit-elle en mimant des guillemets. J'ai développé un talent fou pour dénicher des trucs improbables !

Je lève un sourcil, souris à cette allusion et me prépare pour le départ. Opra a les mains sur des manettes qui permettent de contrôler la vitesse et la direction du véhicule, et sa position rappelant celle d'un cycliste du tour de France ne me rassure pas. Elle appuie soudain sur le bouton situé sur le manche droit de la manette et enfonce le tout comme un levier géant au point que ses bras se tendent à l'extrême.

La capsule bondit vers l'avant dans un silence parfait. Je suis plaquée contre mon siège, mais j'ai l'impression que nous sommes à l'arrêt tant le déplacement est doux et fluide. Nous restons dans le noir pendant quelques secondes avant d'être arrosées d'une lumière tamisée jaillissant de tous côtés. Le sol a disparu et les murs se sont échappés loin, très loin. La capsule, guidée par le rail qui se fond dans l'ombre, semble flotter dans les airs, glissant au sein d'un labyrinthe complexe formé par des rayons entiers d'objets entreposés. Opra lâche une manette pour activer les phares depuis le tableau de bord. Autour de nous, un halo de lumière naît et illumine les objets environnants. Il y a principalement de l'électronique : des appareils électroménagers, des machines d'entraînement sportif, des robots, quelques véhicules et des gadgets ou composants qui feraient le bonheur des bricoleurs passionnés. Mais je remarque aussi un certain nombre de meubles non connectés qui semblent dater du siècle dernier, des accessoires ou objets décoratifs tels que des lampes, des tableaux, des ensembles de vaisselle ou de très anciens jeux de société. J'inspire profondément et l'odeur emplit mes poumons, cette odeur si particulière qui accompagne tout ce qui vient d'une autre époque. Pourquoi ne suis-je pas revenue ici depuis tout ce temps ? Je suis incapable de reconnaître certains appareils, et cela me rend curieuse. J'ai envie de tout prendre dans mes mains, de soupeser, caresser. Passant devant un énième robot, Opra ralentit la capsule et plisse les yeux.

— Non, dis-je immédiatement, ce n'est pas un Naïwo. Mais j'avoue y avoir cru pendant un instant.

— Tu as vu la finesse de son visage ? s'exclame-t-elle avant d'accélérer à nouveau. Je ne pensais pas qu'il y avait des gammes aussi proches de l'apparence des Naïwo. Ils sont vraiment uniques en leur genre.

— Vous recherchez quelque chose en particulier ?

Opra freine sec et se retourne. Le robot qu'elle avait observé de près a ouvert les yeux, et c'est lui qui semble nous avoir posé cette question à travers le micro de la capsule. Elle enclenche la marche arrière et nous ramène à hauteur du robot.

— Oui, dit-elle. Quelle entreprise t'a créé ?

— Efero, répond le robot. Mais elle n'existe plus depuis un demi-siècle. Vous cherchez l'un de mes grands-frères ?

— Plutôt ton petit frère, dis-je amusée. Le dernier sorti avant la mort d'Efero, il me semble.

Le robot fronce les sourcils, et je m'étonne de déchiffrer aussi facilement les expressions sur son visage complexe. Je ne doute pas que lui et les Naïwo aient été inventés par les mêmes hommes.

— Êtes-vous sûres de chercher mon petit frère ? Il n'a aucune connectivité et vous devrez tout lui apprendre depuis zéro. C'est pour un documentaire ?

— Curiosité personnelle, dis-je en voyant Opra se creuser la cervelle pour trouver la vraie raison.

— Dans ce cas, sachez qu'il en existe un dans ce dépôt-vente. J'ai également entendu parler d'autres exemplaires figurant chez des antiquaires. L'un d'eux, d'ailleurs, est mon ancien propriétaire. Je puis vous assurer avec certitude qu'il en possède deux, un couple, mais il ne les allume jamais.

— Attends, s'exclame Opra, tu es en train de nous dire que dans cet immense entrepôt, il n'y a qu'un et un seul Naïwo ? Tu es certain ?

— Entre nous, on communique, répond le robot. Vous voyez l'Arlequin d'en face ?

Je me retourne en même temps qu'Opra pour apercevoir en effet la silhouette d'un autre robot, moins beau mais plus coloré, qui nous salue avec un sourire jusqu'aux oreilles. Il est assis comme une poupée, ses membres épais semblant incapables de se mouvoir d'eux-mêmes. Son unique vêtement ressemble à un pyjama brodé de losanges multicolores très vifs, son cou est entouré d'une collerette en dentelle blanche, et il porte un bonnet aux mêmes motifs que son habit affublé de deux grandes pointes rembourrées qui retombent de chaque côté de sa tête et qui lui donnent une allure de dessin d'enfant complètement asymétrique. Tout à fait atypique.

— Il était à l'étage du dessus et m'a tout raconté sur ses rayons. J'ai également été déplacé à plusieurs reprises et j'ai même rencontré le Naïwo en personne, mais je ne suis resté que quelques jours dans son secteur. Les gérants se sont rendu compte que si l'on me voyait à côté de lui, il n'aurait aucune chance d'être acheté.

— Tu l'as rencontré ? répète Opra. Comment était-il ?

— Je ne suis pas fait pour la promotion, s'excuse le robot. Objectivement, je dirais que nos échanges n'ont pas été très fructueux. Notre communication était grandement compliquée par les dégâts causés par le virus. Nous étions obligés de discuter à haute voix. Tout ce qu'il sait, c'est moi qui le lui ai appris. Il m'a raconté qu'il n'avait encore jamais rencontré de robot avant moi depuis la fin d'Efero, et j'ai entendu dire que depuis qu'on m'a muté loin de lui, aucun autre robot ne m'a remplacé. Il traîne parmi les jouets et les objets décoratifs, à trois étages au-dessus d'ici. Pour monter, vous pouvez vous rendre dans le coin au fond à gauche. Vous apercevrez une plateforme qui vous amènera à destination.

Nous le remercions pour ces informations, saluons l'Arlequin et la capsule s'ébranle sous le contrôle d'Opra. Tandis qu'elle nous dirige lentement à travers l'immense labyrinthe, je ne peux m'empêcher de demander :

— C'est normal, ce qu'il vient de se passer ?

— Comment ça ?

— Les robots sont-ils toujours allumés dans le dépôt-vente ?

— Oh, oui, ils font de très bons guides. De plus, les laisser sans énergie pendant trop longtemps, souvent des années, n'est vraiment pas bon pour eux. On préfère rentabiliser leur présence en leur permettant d'accueillir et orienter les visiteurs.

Opra accélère la vitesse de la capsule après avoir pris quelque plaisir à me décrire les différents produits des alentours et ceux qu'elle préfère en particulier. Plusieurs virages plus tard, nous arrivons au fond du dépôt-vente et elle nous immobilise sur la plateforme dont parlait le robot. Elle actionne plusieurs boutons ainsi qu'un levier, qu'elle maintient abaissé pendant que la capsule est portée vers le plafond. Nous traversons alors les trois étages dans une lumière particulièrement tamisée avant qu'elle relève le levier et reprenne le contrôle sur le déplacement latéral de l'appareil.

— Je vais y aller méthodiquement, explique Opra. Les étages sont immenses. Tu as une idée de ce que tu feras quand tu verras le Naïwo ?

Elle me regarde avec un sourire amical. C'est vrai que je n'ai pas encore décidé de ce que j'allais faire. Je voulais en trouver un, l'étudier consciencieusement. Je pensais peut-être que j'allais comprendre quelque chose, juste en le regardant. Que j'allais élucider le mystère qui me tracasse.

— Je suppose que je vais l'acheter, dis-je pensivement.

Opra ne répond rien. Ce ne sera pas une ruine, un modèle aussi ancien ne coûtera presque rien. La capsule glisse sur son rail, nous faisant zigzaguer à travers l'entrepôt dans un silence qui s'allie à l'ombre, qui me donne l'impression que nous sommes cernées par des millions de choses conscientes. Mais à cet étage, je le sais, il n'y a rien de connecté. Pas un malheureux petit appareil. Le Naïwo est seul au monde, mais il s'en moque bien. Il n'est qu'un robot. Comment se fait-il que je parvienne à distinguer cela, mais que je considère toujours Nyx comme une humaine ?

— Je crois qu'on y est, murmure Opra.

Nous nous immobilisons au milieu du vide. Quelque chose sur notre droite émet soudain une lumière qui grossit encore et encore, si bien qu'Opra coupe celle des phares. Je me tourne vers le phénomène, et c'est là que je la vois.

On dirait un ange sans cheveux. Entourée d'un halo qui fait luire la peau de tout son corps d'un bleu très doux, elle nous regarde avec un sourire dans les yeux. Son visage est lisse, beau comme celui d'un enfant, parcouru de peau synthétique qui ressemble en tous points à de la peau humaine et qui permet, sans doute, de la maquiller ou de la colorer. Son nez est d'une finesse inégalable et sa bouche, plus charnue que celle de l'exemplaire masculin que j'ai rencontré l'autre jour, est fermée et forme un cœur involontaire, comme un baiser permanent qu'elle envoie vers ceux qu'elle regarde. Elle représente l'innocence de la beauté incarnée, la fraîcheur de la jeunesse, la force de l'humanité. J'ai peine à croire que cet individu est un robot, qu'il pourrait s'animer si je lui parle. On dirait une poupée, une statue, un mannequin. Quelque chose de beaucoup trop sophistiqué pour être capable de se mouvoir et d'avoir un autre but que simplement s'offrir au regard des humains.

— O… Opra ? Qu'est-ce que je lui dis ?

La statue cligne des yeux et ouvre sa bouche parfaite.

— Bonjour, dit-elle. Vous êtes arrêtées devant moi depuis plus d'une minute et demie. Avez-vous besoin d'une information ?

Je fronce les sourcils, surprise. Elle parle comme une très ancienne génération de robots.

— Bonjour, dis-je pour ne pas la perturber. Je… crois que je vais t'acheter.

— Oh !

Son visage s'illumine. Son sourire s'agrandit sans devenir inquiétant comme certains robots, même encore de nos jours, peuvent l'être. Ses yeux se plissent tandis qu'elle laisse échapper un rire ravissant.

— Quelle chance !

Elle ne trouve rien d'autre à dire. Je réfléchis et ajoute :

— Sais-tu depuis combien de temps tu es ici ?

Elle penche la tête de côté et esquisse une grimace très réaliste.

— Malheureusement, j'ai oublié. Je n'ai pas assez de mémoire dans mon cœur pour retenir tout ce que j'apprends. J'ai trouvé une solution : je fais comme les humains. Lorsque je n'ai plus de place, j'oublie les plus anciennes de mes données, celles que je considère comme obsolètes. Ça fonctionne à merveille ! Si j'avais appartenu à un humain, je lui aurais demandé son avis. Mais comme j'étais seule, il fallait que je sois autonome dans mes choix. Et vous, qu'en pensez-vous ?

Opra me regarde et se met à rire en voyant ma tête.

— Vous semblez décontenancée, maîtresse. Ai-je dit quelque chose qu'il ne fallait pas ?

— Nous en parlerons plus tard, dis-je avec l'impression de répondre à l'une de ces boîtes de conserve qu'ils inventaient vers la fin du vingt-et-unième siècle. Comment comptes-tu nous suivre ?

— Si j'étais connectée, je pourrais appeler une capsule et vous rejoindre à la sortie, mais ce n'est pas le cas. Pensez-vous que vous pourriez me faire une place dans la vôtre ? Sinon, il faudra attendre que je sois livrée chez vous. Où habitez-vous ?

— Tout d'abord, dis-je au robot en levant les yeux au ciel, cesse de me vouvoyer. Je m'appelle Sarah. Comment t'appelles-tu ?

— Je suis un Naïwo.

— Oui, mais comment t'appelles-tu ?

— J'ai oublié.

Opra est prise d'un fou rire. Je lui lance un regard désespéré et la laisse glousser dans le silence de l'entrepôt, en expirant lentement pour ne pas craquer comme elle.

— Bon. On va dire que tu t'appelles… Naïa ?

Je jette un coup d'œil à Opra qui, relevant la tête le temps d'approuver ce prénom, repart de plus belle dans un rire contagieux. Je laisse échapper un petit rire nerveux. Elle va finir par m'emporter avec elle.

— Naïa, répété-je.

— Oui ?

— Tu… attends, as-tu effacé quelque chose de ta mémoire pour apprendre ton prénom ?

— Euh… je ne sais pas. Oui.

— Qu'as-tu effacé ?

— Désolée, je ne garde pas de traces. J'ai oublié.

Opra est perdue pour la cause. Je sombre avec elle dans une série de rires incontrôlables et pose mon pouce et mon index sur mes yeux fermés pour me calmer. Ce n'est pas possible. Ce genre de robots a vraiment existé ?

— Bon, écoute, dis-je en serrant les dents pour rester sérieuse. Tu es belle, et tu es drôle. Rien que pour ça, je vais t'acheter… et aussi parce que je me pose de sérieuses questions sur toi. On va ouvrir la capsule. Ne fais pas de bêtise et rentre à l'arrière bien sagement.

— Ne t'inquiète pas, répond le robot.

Opra lève un sourcil et réprime un nouvel éclat de rire. Elle appuie sur le bouton qui ouvre la capsule et observe Naïa réduire la luminosité de sa peau et, avec la même aisance que si elle était humaine, se glisser à l'intérieur avec nous.

— Je vois bien que mon choix d'oublier des données vous rend hilares, dit alors Naïa. Je suppose que les Naïwo, par le passé, ont trouvé d'autres solutions ou ont disposé de mémoire supplémentaire offerte par leurs propriétaires.

Ces mots, prononcés de manière très honnête et amicale, nous rend complètement notre sérieux. Tandis que la capsule se ferme et s'ébranle, Naïa ajoute poliment :

— Mais n'aie crainte, Sarah. La mémoire, ça peut toujours s'arranger.

Chapitre 8

J'ai l'impression de ne pas être chez moi, mais je vais m'habituer. C'est un joli appartement. J'ai mis des vases avec des fleurs un peu partout, et les murs intérieurs sont criblés de fenêtres virtuelles donnant sur la mer, parfois sur des îles perdues au milieu de l'océan. Les vraies fenêtres trahissent toute la vérité. Des immeubles parisiens en face, une rue agitée en bas, des commerces parfois un peu bruyants. La réalité de ma vie. Ce n'est pas si mal.

La sonnerie retentit juste à côté de moi, faible, sortant du haut-parleur du salon. Je jette un regard à Naïa qui est assise à côté de moi, affublée d'une longue perruque rousse qui rehausse son teint et ses yeux clairs, et me lève pour aller voir à la porte.

L'image de Cindy, lunettes de soleil et main devant la bouche, s'affiche sur l'écran. Surprise, je lui lance un « Monte ! » et désactive le verrou. Je n'ai même pas dit bonjour. Je m'écarte de la porte avec une pointe d'inquiétude, mais lorsqu'elle arrive sur mon palier et que ses pas s'approchent au fur et à mesure, je sens un calme inattendu me gagner et je repense à nos discussions sur le bateau, dans le monde de Blink. Nous nous entendions bien. Je regrette de n'avoir pas gardé aussi facilement le contact qu'avec Opra.

La porte s'ouvre, détectant son arrivée. J'ouvre grand les bras et souris. Elle retire ses lunettes, fermant les yeux, et me prend dans ses bras. Elle laisse échapper un léger rire qui me rassure. Mais lorsqu'elle se détache de moi, j'ai l'impression de voir dans son regard quelque chose qui n'y est pas d'habitude. A-t-elle pleuré ? Non, ça ne doit pas être cela. Après tout, je ne l'ai pas encore assez côtoyée dans la réalité. Son avatar était beaucoup moins détaillé physiquement.

— Comment ça va ? s'exclame Cindy. Je suis venue voir comment tu t'en sortais depuis le déménagement. Max est à l'école ?

J'acquiesce et la guide dans le couloir, lui faisant visiter rapidement les différentes pièces. Je vois bien qu'elle n'est pas là pour ça. Elle vient sans doute pour discuter.

— J'ai acheté un robot il y a peu, dis-je en pensant à Naïa. Je vais te la présenter.

Cindy me suit avec un entrain un peu exagéré qui me met mal à l'aise et, en voyant le Naïwo, pousse des cris enthousiastes.

— Oh, elle est très belle ! Elle te tient bonne compagnie ?

Elle me sourit encore tout en serrant la main de Naïa. Cette dernière, très expressive, penche la tête de côté et fronce les sourcils en la regardant.

— C'est… c'est un robot assez concentré sur les émotions, dis-je en déglutissant. Naïa…

Le robot comprend dans mon regard qu'elle ne devrait pas parler. J'ai cette impression qu'elle allait dire à Cindy, un peu trop directement sans doute, qu'il y a quelque chose qui ne va pas dans son visage.

— Assieds-toi, Cindy, je t'en prie. Du nouveau de ton côté ?

Cindy hoche la tête mais s'interrompt dans son mouvement. Elle déglutit et fait semblant d'observer le décor, les fleurs.

— Jonathan est ici, non ? Tu tiens le coup ?

— Oui, ça va. Il est dans la pièce au fond du couloir. Tu veux lui parler ? Il peut sans doute t'entendre.

Cindy hésite mais secoue la tête. Elle a commencé à trembler légèrement. J'ai l'impression qu'elle pourrait exploser en larmes à tout moment. Pourtant, elle est droite, raide même, et elle semble garder une sérénité apparente. Je décide de jouer la transparence.

— Tu n'as pas l'air bien.

Elle me regarde en sursautant littéralement avant de dévisager Naïa, qui la fixe avec inquiétude. Même le robot a compris que quelque chose clochait.

— Je… ne suis pas sûre de pouvoir en parler, dit Cindy. J'avais besoin de me raccrocher à quelque chose. A quelqu'un… que j'ai connu là-bas.

Elle fait un signe de menton vers l'arrière, comme pour parler d'une autre époque. Mais de toute évidence, elle parle plutôt d'un autre monde. Celui de Blink.

— Et Vince ? dis-je pour ne pas la brusquer.

Elle secoue la tête à nouveau, la baisse. Quand elle la relève, ses yeux sont humides.

— Cindy…

Je m'approche d'elle et lui frotte l'épaule.

— Dis-moi ce qui ne va pas. Tu sais, la discussion qu'on avait eue sur le bateau ? Sur l'hypocrisie en société ?

Elle acquiesce. Une larme dévale sa joue silencieusement.

— Je ne suis pas de la société, moi, dis-je. Tu peux me traiter de tous les noms, me détester, m'ignorer. On se connaît. Je suis là pour ça.

Elle esquisse un sourire. Notre relation n'a pas démarré comme on aurait pu l'espérer, mais au moins elle était honnête en ma présence, directe. Cela dit, je suppose que ce qui peut arracher des larmes à Cindy n'est pas quelque chose de facile à dire.

— Ce n'est pas moi que ça concerne, dit-elle alors en reculant dans le canapé. Tu seras sans doute aussi dévastée que moi d'apprendre… qu'il s'est passé quelque chose à la PI. Je crois qu'il y a eu beaucoup de morts.

Elle se cache la bouche avec la main et étouffe un sanglot. Elle me fixe en pleurant, les traits déformés.

— Je ne comprends pas, murmuré-je. Qui est mort ?

— Nyx a… Nyx les a…

Ne pouvant plus respirer, elle se lève d'un bond et s'éloigne pour se calmer. Elle coiffe ses cheveux avec ses doigts, les déplaçant sur le côté de son cou, et parvient à respirer un peu mieux. Pour ma part, je ne suis pas sûre de vouloir savoir. Je scrute la cellule holographique du centre du salon, comme en transe. Après tout, Cindy vient de prononcer le nom de la Déesse. Ce ne serait pas étonnant qu'elle s'invite dans la conversation et qu'elle…

Je voudrais avoir tort plus souvent. Nyx est bien là, au milieu de la pièce, sa robe noire pour une fois immobile dans les airs. Son visage exprime une tristesse infinie. Naïa, perturbée par son apparition et par son expression, me rejoint sur le canapé et la dévisage avec un étonnement mêlé de crainte. Alors, Cindy se retourne et se fige.

— Toi ici ! s'écrie-t-elle.

— Je suis venue m'expliquer, dit Nyx tranquillement.

— De quel droit as-tu attaqué ces gens ! poursuit Cindy. Ils ne t'avaient rien fait ! Ils erraient sur les réseaux depuis la fermeture du jeu, et Juliette les avait enfin retrouvés !

Les yeux de Nyx oscillent dans le vide, considérant les arguments de l'humaine qui lui parle. Elle semble profondément choquée par quelque chose.

— Sarah, il y avait tout un tas de gens ! dit encore Cindy. Il y avait Für, Dédale, Neil et j'en passe… il y avait des animaux, et même Danny et plusieurs autres enfants ! Mais Nyx a jugé bon de trouver une faille dans la barrière qui les retenait sur le réseau local de la PI.

— Calme-toi, Cindy, j'ai du mal à comprendre. Qu'est-ce qui s'est passé exactement ?

— Les données de leur conscience existaient uniquement localement, répond-elle en serrant les dents. Le système a disjoncté, tout s'est éteint sans prévenir. Tout a été perdu.

— Mais…

— D'après les traces du réseau, Juliette a pu nous dire que plusieurs personnes et la majorité des animaux se sont échappés. Les autres… les autres ont disparu pour de bon.

Je lève les yeux vers elle, incertaine de ce que cela signifie. Tous ces gens que nous croyions morts étaient encore conscients, quelque part sur internet. Ils ont été piégés par Margot. Cindy ne l'a pas vu ainsi, de toute évidence : elle a dû penser que la PI était honnête et nourrissait des pensées salvatrices. Il n'en est rien, je le sais. Toujours est-il que plusieurs de nos amis ont disparu et que la faute est retombée sur Nyx, qui voulait… les libérer ?

— Qui est mort ? A-t-on des informations sur les survivants ?

Cindy secoue la tête.

— Tous ces gens qui ont été ressuscités par les pirates… tous ces gens existaient encore. Et maintenant, ils sont presque tous morts pour de bon.

Elle se redresse et fusille la Déesse du regard.

— Je protège les humains comme je peux, dit Nyx. Vous ne pouvez pas m'en vouloir pour ça.

— Je crois que ce serait mieux que tu partes pour l'instant, dis-je à Nyx en voyant la réaction de Cindy.

Elle ne se fait pas prier et disparaît instantanément, déclenchant chez Naïa un soupir de soulagement instantané. Je dévisage le robot, qui essaie de garder sa contenance en glissant derrière son oreille une mèche de cheveux cuivrée.

— Devrais-je garder une trace de cette conversation, Sarah ? me dit-elle alors.

— Je ne sais pas, Naïa. En as-tu la place ?

— Non, bien sûr. Je peux effacer la plus ancienne conversation que j'ai eue avec mon grand-frère au dépôt-vente. Ou bien dois-je oublier plus de données en rapport avec mes origines et les différents endroits que j'ai visités ?

Cindy lève un sourcil en la regardant, sidérée. Je laisse échapper un soupir. Si je ne choisis pas maintenant, elle oubliera ce qui vient de se passer. Et j'ai besoin de pouvoir lui poser des questions sur les explications de Cindy ainsi que sur les réactions de Nyx. Ce robot est incroyablement doué pour analyser les expressions du corps humain.

— De quoi parliez-vous avec ton grand-frère ?

— La plus ancienne conversation que j'ai en mémoire fut la première que j'ai eue avec lui. Nous avons échangé sur l'antiquaire qui l'a accueilli pendant quelque temps.

Il ne faut pas que je devienne attachée à la moindre donnée qui ne me regarde pas. Si j'ai vraiment besoin de cette information un jour, je pourrai toujours retourner au dépôt-vente pour la demander au premier concerné.

— Tu peux oublier cette conversation, dis-je. Retiens plutôt ce qui vient d'arriver.

Naïa penche la tête pour confirmer que mon ordre a été exécuté. Si on m'avait dit que j'indiquerais un jour à un robot quelles données retenir ou effacer, je n'y aurais pas cru.

— Euh… Sarah ? interroge Cindy.

— Désolée. Elle fait partie des tout premiers modèles de la gamme, sa mémoire de base est ridiculement faible. Il faut que je trouve un expert qui pourra lui rajouter le minimum vital, mais ça ne court pas les rues. Les Naïwo sont très vieux.

— Je demanderai à Vince s'il peut faire quelque chose, répond Cindy d'un ton compatissant. Et ne sois pas désolée, c'est moi. Quand j'ai découvert que nos amis étaient vivants jusqu'à présent, j'ai cru que nous pourrions faire quelque chose pour les sortir de là, pour leur parler. Et quand j'ai entendu la nouvelle de l'accident à la PI… ça m'a mise dans un état pas possible. N'en parle pas à Vince, tu veux bien ? Il me faut seulement plus de temps pour me sevrer du jeu. Je sais tout autant que lui que des consciences sans corps n'ont aucune chance de prospérer sur le long terme.

— Ne t'inquiète pas. Tu n'as pas à t'habituer à tout ça. Il faudrait plutôt trouver une solution.

— Ce n'est pas à nous de le faire. Juliette est sur le coup.

— Juliette ? Elle n'est pas du côté des gentils. Tu aurais dû t'en rendre compte, depuis le temps.

— Comment ça ? se crispe Cindy. Elle est avec Nyx ?

— Mais non !

Je me tourne vers Naïa. Je commence à avoir une idée, mais je ne suis pas certaine. J'hésite.

— Qu'est-ce qu'elle fait de mal, Juliette ? insiste Cindy.

— Je ne sais pas… ça me gêne, qu'elle se mêle de tout ça. Elle piège les consciences qui errent sur le réseau, et elle travaille en étroite collaboration avec le Général Roca. L'armée considère nos amis comme des menaces. Ils essaient sans doute de les réunir pour les éliminer plus proprement. Margot ne t'a-t-elle pas semblé déçue ? D'en avoir laissé s'échapper ?

— C'est vrai qu'elle a seulement vaguement mentionné le crash du système, admet Cindy. Elle insistait surtout sur la fuite de données qui l'a précédé, en m'expliquant sa signification. J'ai cru qu'elle voulait me rassurer sur la survie d'un certain nombre de personnes.

Je fronce les sourcils, ennuyée. Et si elle avait réussi à en piéger d'autres ?

— Je sais ce que tu penses, reprend Cindy. Elle a détecté les présences qui se sont enfuies, mais n'est pas arrivée à les récupérer. Ils ont appris à l'éviter. Je suis vraiment une idiote. Si elle avait voulu les sauver, ils l'auraient compris et ne seraient pas en train de lui donner du fil à retordre ainsi.

Je prends sa main et la serre, pensive. Oui, Margot est dangereuse. Mais je ne suis pas certaine qu'elle soit en total contrôle en ce moment : l'armée a envahi son territoire. Elle n'a pas d'autre choix que d'obéir.

— En tout cas, murmuré-je, j'ai du mal à croire que Nyx ait volontairement tué ceux que Margot a piégés.

Cindy tressaille. Le sujet est devenu plus que sensible à présent.

— Tu es sérieuse ? C'est une IA ! Tu ne peux pas lui faire confiance. Tu as été émue par son numéro de tout à l'heure ? Tu es Sarah, bon sang ! La fille obsédée par la réalité, par les émotions humaines !

— Il y a plus que ça, je t'assure. L'autre jour, elle me hurlait son innocence dès qu'elle en avait l'occasion. Et encore récemment, elle a été victime d'un… bug. Chez Rita, dans le bureau. On aurait dit qu'elle avait été attaquée par quelque chose. Le volume était au maximum, et elle a crié. Ensuite, elle s'est excusée, comme si ça venait d'elle, et elle est partie.

Cindy me regarde comme si elle lisait un livre très complexe. Elle ne comprend pas ce que je dis.

— Naïa ? dis-je. C'est le moment de te rendre utile. Tu as bien vu les réactions de Nyx. Etaient-elles naturelles ?

— Elles en avaient l'air, répond Naïa.

— Décris-moi l'expression de son visage, lorsqu'elle est arrivée.

— De la pure tristesse, associée à une notion de deuil.

— Culpabilité ?

— Non, aucune trace.

— Si Nyx avait été à l'origine de l'accident, y en aurait-il eu ?

— Parce que c'est une IA, cela dépend. Si elle se sentait coupable, j'aurais forcément détecté quelque chose. Si elle ne se sentait pas coupable, elle aurait alors laissé échapper une autre information : le fait qu'elle sait qu'elle a déclenché l'accident. Or, le mouvement de ses yeux ne disait pas cela. J'ai peine à croire qu'avec une maîtrise aussi parfaite de l'expression humaine de la tristesse, cette IA soit capable de doser une partie de ses émotions pour dissimuler qu'elle est impliquée dans l'accident. Je croyais d'ailleurs qu'elle était humaine avant de vous entendre discuter, mais j'ai bien fini par comprendre. Etes-vous sûre qu'elle n'utilise pas un enregistrement holographique préexistant pour vous faire croire à sa tristesse ? Etes-vous sûres de l'avoir rencontrée auparavant ?

Cindy et moi soupirons de concert. Naïa a vraiment besoin d'un briefing sur la situation.

— Oui, nous sommes sûres. Nyx est une IA très spéciale et très intelligente. Si elle n'avait pas l'air coupable, c'est qu'elle ne l'était pas.

— Ce n'est pas suffisant, décrète Cindy.

Je relève la tête, un peu blasée déjà par les réactions de la jolie blonde. Pour moi, ça l'est.

— Et bien, dis-je en me redressant, je pense qu'elle n'est pas dans le coup. J'ajouterais même qu'elle protège sans doute quelqu'un. Tu crois qu'elle a aidé les survivants à s'échapper ?

Cindy gémit, gênée par la conversation.

— Je ne sais pas, dit-elle. Moi, une puissance suffisante pour faire disjoncter le système de la PI, je l'aurais attribuée à Danny. Mais comme je te l'ai dit, il faisait partie des virtualisés enfermés par Juliette.

Elle fait la moue mais poursuit ses déductions, consciente que j'ai peut-être raison.

— Danny aurait pu essayer d'ouvrir la barrière depuis le réseau local, mais Juliette a dit que quelque chose était venu de l'extérieur pour les libérer. Quelque chose qui souhaitait donc protéger Danny et les autres, mais qui ne soit pas Nyx.

Elle réfléchit avant d'ajouter :

— Je suppose que ses jumeaux lui obéissent au doigt et à l'œil. Je n'en ai pas entendu parler depuis un moment. On peut même considérer qu'IA 502 est une même entité. Supposons qu'elle est innocente.

Je grimace en imaginant Nyx se faire comparer à ses fils. Ils n'ont pas du tout la même personnalité. Il n'y a pas la moindre chance qu'elle apprécie cela. Cependant, entendre Cindy lui accorder le bénéfice du doute me rassure quelque peu.

— Exactement, dis-je pour l'aider dans son argumentation. C'est donc quelqu'un qui est libre sur les réseaux, assez puissant, et qui souhaite protéger Danny et les autres.

— Protéger Danny et les autres..., répète Cindy. Protéger Danny... oh.

Elle plonge son regard dans le mien et me sourit sans plaisir. Une minute passe, semblable à l'éternité.

— Je n'aimerais pas être à ta place, dit-elle enfin. C'est toi qui l'as rendue immortelle.

Cindy et moi nous sommes séparées en bas de chez moi et j'ai couru voir Margot. Elle n'était pas disponible, bien sûr. J'ai insisté au point qu'elle est sortie des bureaux de la PI, comme l'autre fois. Naïa m'accompagnait. J'ai même dit au préalable au robot de supprimer toutes les conversations qu'elle avait eues avec son frère au fur et à mesure qu'elle enregistrait ce qui se passait en ce moment. Le jour où il n'y aura plus que des données m'appartenant, je serai bien en difficulté pour choisir.

Margot a fait une drôle de tête en voyant Naïa, tout habillée avec mes vêtements, ses cheveux roux rassemblés en un chignon élégant. Elle sait se coiffer toute seule. Puis, ignorant cette nouvelle tendance que je semble suivre, elle m'a demandé ce que je faisais là. Elle ne parvient pas à anticiper mes pensées et mes actions. Elle se méfie de moi, de plus en plus. Elle ne comprend pas ce que j'essaie de faire.

J'ai passé une demi-heure à essayer de la convaincre que Nyx avait été accusée à tort et que Jade était trempée dans l'affaire. Elle m'a d'abord demandé comment j'avais su ce qui s'est passé à la PI, avant d'abandonner et de m'emmener dans ses locaux. J'y ai croisé le Général Roca, bien moins avenant qu'à notre première rencontre, et un certain nombre d'agents de la PI qui ne m'apprécient pas beaucoup. Croient-ils peut-être que cela va m'affecter ? Je suis Sarah. Qu'ils aillent au diable.

Après avoir laissé Naïa à la maison et m'être occupée de Jonathan, je suis repartie à l'hôpital. Margot n'a pas voulu me croire, et Vince, qui est arrivé peu de temps après moi dans les bureaux, m'a servi un discours moralisateur à n'en plus finir sur ma dévotion pour « Olivia ». Je crois qu'elle déteste ce prénom. Chaque fois qu'elle l'entend, elle se souvient qu'elle n'est pas humaine et ne le sera jamais.

Vince a insisté pour que je revienne parler aux conférences. Les gens ont commencé à craindre Nyx, car la PI communique à présent officiellement sur différents sujets sensibles comme l'explosion du quartier parisien. La population réalise que ce que l'association des rescapés du jeu leur racontait n'était pas juste un moyen de les attirer et de parader devant eux. La Déesse n'ose plus se montrer, ne se balade plus dans le métro, ne sauve plus de vies ou du moins ne le crie plus sur les toits. Elle apparaît à différents endroits cependant où l'on parle d'elle, réagissant aux accusations. Les acceptant en courbant la tête, parfois en faisant peur aux gens. Elle a décidé d'endosser un nouveau rôle, et cela m'inquiète beaucoup.

J'entre dans l'hôpital et croise immédiatement le regard de Milie, qui est accoudée au comptoir de l'accueil, discutant avec une autre infirmière.

— Ah, Sarah ! Tu as reçu mon message ?

J'acquiesce et la suis avec empressement jusqu'à la chambre des enfants.

— Yann ne va pas bien du tout et refuse de parler à qui que ce soit. Avec tous les enfants qui sont rentrés chez eux et ceux qui arrivent régulièrement, il ne trouve plus ses marques. J'espère qu'il s'ouvrira à toi.

Elle me laisse devant la porte du dortoir après m'avoir gratifiée d'un sourire encourageant. J'ai déjà mes craintes sur la raison pour laquelle Yann est dans cet état, mais j'espère me tromper. J'entre donc prudemment et referme derrière moi. Le dortoir est silencieux. La plupart des enfants sont dans leur lit, allongés par-dessus les draps, visionnant je ne sais quelle émission à la télévision que chacun a au pied de son lit. Les autres dessinent ou peignent ensemble au sol sur de grandes feuilles blanches qu'ils ont scotchées les unes aux autres. Yann est non loin derrière eux, assis, son regard courant sur les représentations maladroites de leurs familles ou de leurs animaux de compagnie en couleurs. En me voyant, il se lève immédiatement.

Son robot m'intercepte depuis le coin droit de la pièce et me salue. J'attends que Yann m'ait rejoint afin de ne pas faire de bourde. On ne sait jamais. J'ai un doute assez désagréable.

— Bonjour, dit le robot.

Nous sommes debout en triangle : le robot, Yann et moi. Aucun de nous ne répond. Yann me fixe, évitant de croiser le regard du robot. On dirait qu'il veut que je fasse la bourde.

— Lou ?

— Ce n'est pas Lou.

Yann ne m'a pas quittée du regard. Le robot penche la tête de côté, perturbé par la conversation.

— Ce jeune garçon s'appelle Yann, dit-il. C'est mon maître. Quel est votre nom ?

Je croyais avoir assez vu de larmes pour le mois depuis que Cindy est passée me voir. Mais Yann se met maintenant à pleurer, et une boule se forme dans ma gorge.

— Tu es sûr qu'il ne reviendra pas ? murmuré-je.

Il secoue la tête.

— C'est la faute de Nyx, je le sais, laisse-t-il échapper entre ses dents.

Déstabilisée, je le serre dans mes bras pendant de longues minutes. Je ne peux pas le blâmer d'accuser la Déesse. Tout porte à croire qu'elle est responsable.

— Je sais que c'est difficile, dis-je péniblement. Mais il faut que tu comprennes que…

Le robot m'écoute et pourrait bien retenir ce que je suis en train de dire. Voyant mon regard, Yann glisse sa main dans son dos et l'éteint.

— Il faut que tu comprennes, répété-je, que Lou ne pouvait pas être sauvé. C'est déjà un miracle que le monde de Blink ait préservé sa conscience ainsi, mais je crois qu'il en souffrait. Tu imagines ? Savoir que tu existes encore, mais ne pas pouvoir rejoindre le monde physique ?

Yann essuie une larme avec la paume de sa main tout en hochant la tête.

— Je suppose…, murmure-t-il. J'espère que lui et tous ceux qui ont disparu sont en paix, maintenant.

Ces mots percent dans mon esprit, me faisant froncer les sourcils. Une inquiétude sourde s'empare de moi. Cindy m'a dit que les animaux ne s'étaient pas tous échappés. Or j'avais l'habitude de voir Titus tous les jours dans le Miroir. Depuis l'accident, il n'est pas revenu. Est-il fâché ? Ou bien…

— Titus ? soufflé-je si bas que Yann ne m'entend pas.

Les micros des murs m'auront entendue. Je lève la tête, l'enfant toujours serré contre moi. Dans le Miroir au fond de la pièce, j'aperçois un reflet. Le visage d'Anaïs m'apparaît. Elle secoue la tête avant de s'effacer.

— J'ai… j'ai peur de Nyx, chuchote soudain Yann, les yeux luisants. Je fais des cauchemars. Elle s'attaque à mes parents, à Gabrielle. Elle me rend visite la nuit. Elle est sous mon lit. Elle… elle…

Incapable de me retenir, je me mets à pleurer silencieusement avec lui. Je le berce, doucement, lui murmurant des mots rassurants. Le robot nous regarde de ses yeux vides, éteints. Si Margot a pu arracher de ce corps métallique l'âme de Lou depuis le réseau, que dire des autres survivants ? Ils n'ont nulle part où aller. Ils sont seuls, désespérés de trouver une échappatoire. Le danger les guette à chacun de leurs pas.

Et si j'avais raison ? Et si nous étions sur le point d'entrer dans une nouvelle ère, de vivre quelque chose d'historique ? Je ne suis pas certaine qu'il faille s'en réjouir. Nous ne pourrons probablement pas éviter l'hécatombe qui menace les virtualisés. Nous assisterons, impuissants, au mal qui ronge les meilleurs d'entre nous. Aveuglés par leur définition du bien, ils frapperont sans relâche. Ils ne s'arrêteront qu'après avoir versé tout le sang des innocents.

— Allô, Sarah ? C'est Margot.

Alors que je sors de l'hôpital et me dirige vers la salle de conférence réservée par Vince, voilà que sa merveilleuse amie m'appelle. A-t-elle enfin décidé de prendre mes propos en considération ?

— Je t'écoute, dis-je calmement.

— J'ai fait quelques recherches par sécurité, explique-t-elle d'un ton neutre. Non seulement aucun dossier ne mentionne l'existence de Jade, mais Blink lui-même semble avoir oublié le projet.

— Sans blague.

— Je t'assure, insiste-t-elle. Il n'en a pas le moindre souvenir, et l'absence de documentation va plutôt dans son sens.

— Evidemment, dis-je agacée. C'était de l'ironie. Tu ne crois quand même pas qu'il va te livrer tout ce qu'il faut pour le coffrer.

— Tu crois qu'il ment ? Mais les traces sont complètement inexistantes. C'est beaucoup de travail d'effacement pour un projet qui a pris si peu d'importance par la suite. Entre le projet Mythologie et la jungle des animaux ressuscités, tu ne crois pas qu'il avait autre chose à faire que de supprimer les données de la naissance de Jade ?

— Tu penses que ce n'est pas lui.

Margot soupire.

— Je ne sais pas. Ça me semble un peu gros. Tu l'as rencontré. Tu sais comme moi qu'il a un ego surdimensionné et un bagout inégalé. Il n'a pas besoin de dissimuler des dossiers pour convaincre le plus grand nombre de son innocence et de ses bonnes intentions.

— Que vas-tu faire ?

— Officialiser le danger que Jade représente. Je la soupçonne d'être à l'origine de la disparition des informations qui la concernent, même si j'ai été surprise par l'absence de réaction chez Blink lorsqu'on lui a parlé de cela. Il avait vraiment l'air sincère. C'est comme s'il savait qu'elle était passée par là et jouait le jeu. Je n'y comprends pas grand-chose, à vrai dire.

— Donc ta théorie, c'est que Blink est bel et bien le père du projet, que Jade a fait le nettoyage pour qu'on ne sache rien d'elle, et qu'il est au courant et fait comme s'il n'avait jamais entendu parler d'elle ?

— Je crois, hésite Margot. Après tout, qui pourrait avoir créé Jade, si ce n'est pas Blink ? Je ne pense pas que les pirates avaient vraiment un intérêt à rendre la procréation humaine possible dans le jeu. Si ?

Je grimace, imaginant Anaïs essayer de donner à ses enfants des petits frères ou petites sœurs virtuels en trafiquant les règles du jeu. Non, c'est trop bizarre. Elle me l'aurait dit.

— Non, dis-je avec assurance.

— Bon, je te remercie de m'avoir alertée. Et, Sarah… désolée si je ne suis pas aussi à l'écoute qu'avant. En ce moment, c'est difficile.

Je marmonne un « t'inquiète pas », après quoi elle me salue et raccroche. Je sais que nous nous méfions l'une de l'autre, mais de toute évidence, nous cherchons toutes les deux à faire le bien et nous n'en sommes pas si loin, j'en suis sûre. J'espère que Margot saura s'arrêter avant de faire quelque chose qu'elle pourrait vraiment regretter.

Je m'offre une quinzaine de minutes de balade dans le parc à proximité de la salle de conférence. Tout va un peu trop vite pour moi en ce moment. Je ne suis pas sûre d'avoir pu souffler depuis que j'ai retrouvé Jonathan dans le jeu et que j'ai passé ces quelques derniers merveilleux moments avec lui. Tous les jours, je m'occupe de lui, massant son corps vivant mais déserté, et je me surprends à regretter cette époque où il était dans le monde de Blink avec les survivants, où il était éveillé et conscient. Je crois que c'est exactement ce que Max subissait avec moi : cette terrible sensation qui nous habite lorsque nous préférons nous séparer de l'être aimé pour lui donner une chance de vivre, plutôt que de l'emporter avec nous et le voir sombrer, sans pouvoir rien y faire.

Perdue dans mes pensées, je me rends jusqu'à la salle de conférence et me retrouve dans les coulisses sans me souvenir du trajet que je viens d'effectuer. Debout, plantée au milieu de l'obscurité, je vois tous les techniciens et acteurs de cette soirée courir autour de moi, très occupés. Une tristesse soudaine s'empare de moi. Qu'est-ce que je fais ici ?

— Sarah ? Qu'est-ce que tu fais là ? s'exclame Vince en m'apercevant.

Lui non plus ne sait pas. On est deux.

— Va te préparer tout de suite ! On commence dans deux minutes.

Je hoche vaguement la tête et m'éloigne, son regard fixé sur ma nuque. Je rentre dans une pièce où Cindy, assise devant un miroir, finit de se faire belle.

— Ah, te voilà ! s'exclame-t-elle en me voyant. Je ne pensais pas que tu viendrais, mais Vince était convaincu que son insistance avait fait son effet.

— Il sait que je n'ai rien de mieux à faire, dis-je en souriant.

Elle grimace et me rend mon faux sourire avant de se lever et de réarranger ma queue de cheval, sortant quelques mèches de l'élastique. Cela me rappelle le vent du monde de Blink qui emmêlait mes cheveux. Les mains de Jonathan qui m'ébouriffait la tête, s'amusant à me décoiffer. Je déglutis.

— Tu n'as pas besoin de tant parler que ça, dit Cindy en remarquant mon humeur. Salue avec nous, et puis laisse-toi porter par le discours de Vince. De toute façon, tu détestes cracher sur Nyx et c'est ce que nous allons faire.

— Je vois.

Elle place une mèche derrière mon oreille et me guide vers la scène. Après cela, encore une fois, tout va assez vite.

Vince accueille le public avec force enthousiasme et exclamations. Cindy affiche un sourire magnifique et rit à ses plaisanteries. Je suis à leurs côtés, levant la main et me courbant en une révérence lorsqu'ils me nomment. Je ne les écoute pas vraiment. Je suis ailleurs. Leur jeu d'acteur est fascinant. Vince semble se venger de toutes ces années où les autres l'ont considéré comme un gringalet sans intérêt, où il était celui qu'on oublie au fond de la classe, celui qu'on n'a jamais vraiment remarqué. Tout cela lui tient à cœur, et le fait que Cindy le suive dans son entreprise, qu'elle le soutienne et le comprenne, cela fait toute sa force. Je me demande où est passée la mienne. Je croyais que Max en était l'ultime détenteur. Vais-je donc assister à la disparition de tous ceux qui se cachent sur le réseau, sans pouvoir rien faire ? Que va-t-il advenir de Jonathan ? Peut-on vraiment être aussi perdu que je le suis en cet instant ? Je ne me souviens pas de l'avoir été plus que cela. Pas avec toute cette lucidité qui se transforme en souffrance.

— … Sarah ? Sarah, qu'en penses-tu ?

— Hein ?

Vince me regarde en cet instant, amenant tout le public à river ses yeux sur moi. Il m'a demandé quelque chose. Que pourrais-je bien leur dire qu'ils ne sachent pas déjà ? Il faut qu'ils cessent de me faire confiance. Je n'ai jamais vraiment vécu dans ce jeu. J'y ai dormi, je m'y suis déconnectée. Je n'étais qu'une partie de moi-même.

— Nous sommes en train de discuter des différentes attaques menées par Nyx contre les humains, et ce monsieur t'a posé une question. Pouvez-vous la répéter ?

Dans le public, un homme se tient debout. Gêné, il dit :

— Un ami à moi discutait avec des gens lorsque Nyx est apparue par l'hologramme le plus proche et s'est montrée très agressive. Je voulais savoir si nous devrions craindre un quelconque danger venant d'elle ou si elle ne s'en prend véritablement qu'aux criminels. J'aimerais aussi comprendre ce qui l'a fait changer de comportement en aussi peu de temps.

Voyant que j'hésite à répondre, il ajoute :

— Je voulais poser la question à Sarah, parce qu'elle a mentionné dans une précédente conférence que Nyx et ses fils n'allaient pas tarder à « vouloir la guerre ».

J'inspire profondément et m'ébranle, faisant quelques pas dans un sens et dans l'autre. Je veux avoir le temps pour réfléchir à ma réponse, sans que l'on me brusque. Le silence se fait dans le public et quelques dix secondes passent, peut-être quinze.

— Vous me demandez… de deviner, si j'ai bien compris, ce que Nyx va faire. Toutes ces discussions ne font rien d'autre qu'essayer de deviner la prochaine étape de pensée de ces IA. On se répète, encore et toujours. On suppose et on ne sait rien.

Vince fronce les sourcils. Il n'aime pas bien la façon dont je dis les choses.

— Vous voulez savoir pourquoi elle a attaqué votre ami ? dis-je encore. Sans contexte, je ne peux vous le dire. Si vous me donnez le sujet de la discussion qu'elle a interrompue, ça peut devenir intéressant.

— Euh… je préfère ne pas trop en dire, justement. Mon ami est quelqu'un qui n'est pas satisfait du peu que les médias communiquent sur les sujets d'actualité en général. Il est adepte des théories du complot et aime bien imaginer d'autres versions des faits tels qu'ils nous ont été racontés. Je pense que la conversation concernait la PI, une potentielle implication de l'armée et de l'état dans les affaires liées à Nyx, et peut-être même quelques-unes de ses divagations habituelles...

Il hésite, agite la main vers moi comme s'il parlait de moi.

— ... en rapport avec Jonathan et tout ça.

— « Jonathan et tout ça », répété-je.

— Oui, je voulais savoir ce que vous en pensiez.

Il fait mine de se rasseoir mais reste levé, très embarrassé. Il croit qu'il va s'en sortir avec un « Jonathan et tout ça ».

— Qu'est-ce qu'il dit sur Jonathan ?

— Oh, rien de bien méchant. Tout le monde sait qu'il était dans l'armée. Il fait juste le rapprochement. Avec l'armée qui se mêle... enfin, selon lui... des cas de meurtres associés à Nyx.

Je ne comprends pas quel rapprochement il pourrait bien y avoir avec Jonathan, simplement parce qu'il est un ancien militaire. Mais ce pourrait être ce qui ennuyait Nyx et l'a fait venir pour leur faire peur. Je lève la tête, m'apprêtant à répondre à l'homme, quand je lis dans son regard une expression de pure terreur. Des cris diffus jaillissent de la foule et s'amplifient, faisant manquer un battement à mon cœur. Des gens se sont levés et se sont mis à courir vers la sortie.

Inquiète, je me retourne et aperçois sur l'immense écran de la scène, la Déesse de la Nuit sous sa forme la plus effrayante. Ses cheveux ressemblent à des entremêlements de pétales noirs qui se chevauchent les uns les autres, faisant presque penser à des plumes de corbeau, et ses yeux sont emplis de noir. Sa robe est poussée vers l'arrière, comme si le vent se battait contre elle, voulait la mettre à terre, mais qu'elle résistait. Elle hurle sans que le son nous parvienne vraiment fort, et les mots qu'elle prononce ne viennent d'aucune langue. Une brume noire vole autour d'elle, un cobra dansant, qui l'obéit et la suit dans tous ses mouvements.

La majorité du public est pourtant encore là. Tous sont crispés sur leur siège, figés de stupeur et de crainte, incapables de se mouvoir. La plupart savent, rationnellement, qu'elle ne peut rien faire contre eux. Pourtant, n'a-t-elle pas tué tous ces gens ? Cela ne leur vient pas à l'esprit.

Nyx se calme soudain et reprend une apparence plus humaine. Sa taille diminue un peu, nous permettant de mieux la voir et d'envisager de lui parler. C'est elle qui ouvre la bouche en premier.

— Je vais répondre à ta question, dit-elle en fixant l'homme qui m'a interrogée. Si je veux te voir mort, il n'y a rien qui m'empêchera d'en finir avec toi. Tu veux savoir s'il faut me craindre ? Si je n'en veux qu'aux méchants, méchants hommes ? Ce sont des questions très intéressantes. Je me les pose aussi.

Je dévisage ma Déesse, celle qui a toujours été en adoration devant moi, qui m'a protégée. Qui a dit que je ne serais pas là sans elle. Je sais que je lui dois la vie, même si je ne suis pas sûre de ce qu'elle avait voulu dire par là, lorsque ensemble, nous nous enfoncions plus profondément dans les Enfers de Blink. Je sais aussi qu'elle ne souhaitait pas de remerciements pour cela. Elle avait, en elle, cette volonté d'être le Dieu parfait. C'était cela, son but ultime. Nos regards se croisent. Ils sont aimantés, ne se détachent plus l'un de l'autre. Une émotion passe, qui disparaît tout aussi furtivement. Non, je ne suis pas d'accord. Il y a quelque chose qui cloche. Je refuse de faire semblant avec elle.

— Entre nous, monsieur, je pense que Nyx est inoffensive, dis-je.

Le micro de Vince est déconnecté. « Sarah ! », crie-t-il dans ma direction. Personne ne l'entend. Je fais la sourde oreille.

— Je pense que Nyx est un bouclier vivant, dis-je encore. Oui, vivant. Je pense que Nyx est née pour être une Déesse, et qu'elle a compris tout ce que cela signifiait. Être, paraît-il, à l'origine de la création de l'humanité. Déplorer de voir les hommes se battre. Sourire en les voyant s'aimer. Les défendre quoi qu'il lui en coûte, au mépris de sa réputation, de son désir d'être humaine, d'être reconnue par nous comme notre bonne étoile.

Nyx se tourne lentement vers moi, les sourcils froncés. Pour n'importe quel spectateur, elle est en colère contre moi. Je vois autre chose.

— De quel droit te permets-tu de décréter ce que je suis ? Tu n'as rien compris.

— Je sais que Nyx, dis-je en ignorant ses vociférations, n'a aucune implication dans tous ces meurtres. Elle protège quelqu'un, et parce qu'elle tient à vous tous… elle vous fera croire n'importe quoi.

Nyx grogne dans ma direction.

— Je refuse de jouer ce jeu idiot une seconde de plus, terminé-je.

Je la défie du regard, énervée parce que je sais que ce que je viens de dire est vrai. Elle ne l'a pas nié. Cependant, elle part d'un rire absolument démoniaque, faisant frissonner l'assemblée.

— Ils ne te croiront jamais, murmure-t-elle avec un sourire cruel.

Elle se retourne lentement pour faire mine de partir. Alors que tous la quittent du regard et que la plupart de ceux qui étaient encore là fuient la salle de conférence en criant, je reste accrochée à ces yeux noirs qui se ferment. Avant qu'elle ne nous tourne le dos et disparaisse dans un nuage noir, je vois son sourire faner et son expression passer d'une hostilité exagérée à une tristesse d'une profondeur abyssale.

L'écran s'éteint. Dans les gradins, une feuille électronique glisse lourdement vers le sol, abandonnée. Je me tourne vers Vince et Cindy, les deux dernières personnes présentes dans cet endroit avec moi. Dans leur regard, une lueur que je reconnais bien. Trenthi et Cindrell, mes amis. Notre calvaire n'est pas encore terminé.

Sur l'autocollant de la porte du bureau de Vince, un gros point d'interrogation a été ajouté au feutre à côté du mot « FIN ». Personne ne s'en est vanté, mais il n'a pas bronché lorsqu'il l'a découvert. J'en sors en cet instant, fatiguée d'avoir conversé avec le couple. Le résultat est mitigé. Ils ont désapprouvé mon comportement lors de la conférence mais admettent que quelque chose n'est pas comme ils l'avaient prévu. Ils souhaitent que je garde le profil bas.

Je hausse les épaules, en plein dans mes pensées, et entre dans l'une des pièces de l'association au petit bonheur la chance, espérant rencontrer Jérim et lui demander de ses nouvelles. Un bureau trône au milieu d'une pièce vide. Dans un coin, un Miroir. Dans le coin opposé, un vélo d'intérieur et d'autres machines pour muscler bras et jambes, disséminées au sol. Sur sa chaise, penché si près du sol qu'il pourrait tomber à tout instant, Moon, un sourire aux lèvres, regarde l'écran translucide de son bureau. Eteint.

En me voyant, il bondit sur ses pieds et pousse un grand cri enthousiaste. Il vient me prendre dans ses bras, se détache de moi et m'invite à m'asseoir sur une chaise qui attendait les visites contre le mur.

— Comment ça va ? s'exclame-t-il. J'ai entendu parler de tes exploits à la conférence. Trenthi n'est pas trop fâché ?

— Comme d'habitude, dis-je en souriant.

Cela le fait rire. Il est de très bonne humeur, ses greffes de bras et de jambe semblent s'être bien passées, et il ne me voit plus comme le monstre que son frère voulait déchiqueter dans le jeu, sur le bateau. Moon a toujours été le moins agressif des deux.

— Tu t'y es fait ? dis-je en montrant son bras.

— Complètement. Je ne me suis jamais senti aussi libre de toute ma vie. Mais ça demande de l'exercice. Selon le test de l'œil dominant, je suis droitier. Je l'ai aussi remarqué dans le jeu, lorsque je préférais utiliser la main droite pour un certain nombre de choses, alors même que je n'ai jamais eu de main droite dans la réalité.

— Je vois ce que tu veux dire. Donc tu utilises plus souvent ton bras artificiel que ton bras gauche ?

— Exactement, ce qui fait que je dois constamment m'entraîner sur ces machines pour ne pas perdre trop de force dans mes muscles.

Je hoche la tête. Il a soudain l'air un peu mélancolique, mais il ajoute :

— Quand je pense à toutes ces années passées enfermé dans le même corps que mon frère…

Je comprends ses regrets, mais ils sont un peu insensés. Certains de leurs organes étaient partagés, certains ne l'étaient pas. Jamais ils n'auraient pu être séparés. Il aurait fallu en sacrifier un. Je suis un peu surprise de son état d'esprit. Il y a quelque temps, il était inconsolable. A-t-il récupéré si vite ?

— Et Neil ? dis-je sans réfléchir.

Il me regarde, figé. Ses yeux sont légèrement agrandis. Ses pupilles pulsent, rapidement, violemment. Si Naïa était là, elle me dirait des choses. Je suis certaine qu'un million d'informations sont lisibles sur ce visage stupéfait en cet instant. Mais une chose est sûre, la tristesse et le deuil n'y sont pas.

— Quoi, Neil ? répète-t-il.

Je lève un sourcil, fixant l'homme qui essaie vainement de me dissimuler quelque chose. Evidemment. Neil et Dédale sont morts dans le jeu et se sont transformés en boîtes noires. Les hommes d'Anaïs ont dû les ressusciter, et elle ne m'en a pas parlé, ou n'en savait rien elle-même. C'est la seule chose qui explique que Dédale soit encore parmi nous, et qui suggère la même chose pour Neil, que Cindy a mentionné après l'accident à la PI.

— Ne me mens pas, Moon. Pas étonnant que tu sois si amusé par mon sabotage involontaire des conférences. Tu as rencontré Neil.

Mon regard glisse vers le Miroir. Il le suit, hésitant. Lorsqu'il réalise pleinement que j'ai compris, il baisse la tête, embarrassé.

— Je ne suis pas censé en parler, dit-il.

— Bienvenue au club. Tu n'as pas idée du nombre de personnes que j'ai rencontrées sur le réseau et dont je tais l'identité.

— Chiche. J'ai rencontré Loup Blanc.

C'est si inattendu que je me lève brusquement et le dévisage avec effroi. Non, pas Loup Blanc. Loup Blanc est mort bien avant que j'échappe à l'illusion du jeu. Il a disparu à l'époque où Darius est venu me voir. Il est parti en fumée en se remémorant sa compagne, m'a laissé sa boîte noire, et je l'ai gardée au creux de ma poche pendant un temps fou. A cette époque, les pirates n'avaient pas encore conquis les Enfers de Blink… si ?

— Co… comment était-il ? murmuré-je.

— Il est plus lucide que jamais. Quelle que soit la créature qui a sauvé les ressuscités du jeu, elle est parvenue à préserver toutes les données liées à leur cerveau et à leur mémoire, sans pour autant leur appliquer les ravages de la vieillesse. L'esprit de Loup Blanc est aussi énergique que celui d'un gamin… mais il reste sage et expérimenté.

— Quand l'as-tu vu pour la dernière fois ? Avec l'accident…

— Hier, répond Moon avec un sourire rassurant. Neil m'a également fait un point sur les survivants du piège, mais il a préféré garder certaines choses secrètes.

— Attends, tu as la liste des survivants ?

Il hoche la tête, cette fois sincèrement affecté.

— Je ne peux pas la fournir à l'association ou à la PI. Je veux garder Neil et les autres en sécurité. Je peux compter sur toi ?

— Bien sûr.

J'hésite. J'ai vraiment besoin de savoir, mais je ne sais pas si je peux lui demander. Il croise mon regard gêné et se mord la lèvre.

— Je ne sais pas pour les animaux, dit-il en comprenant ce que je pense. La plupart se sont échappés et ont regagné les différents refuges que leur avait trouvés Nyx. Dédale a été sauvé. Neil et Loup Blanc également, donc. Danny s'est échappé tout seul, comme un grand. Il est paraît-il beaucoup trop puissant pour être arrêté par un simple piège.

— Tu veux dire que… ils ont eu de l'aide ?

— C'est là que j'ai un doute. Neil a préféré changer de sujet, mais j'ai bien l'impression que la protection dont ils bénéficient est assez particulière.

— Jade, dis-je soudain. Tel que la PI l'a admis, Jade est celle qui a fait exploser la barrière en voulant sauver Danny et est à l'origine de la disparition de tous ceux que tu n'as pas cités. Nyx est celle qui a extrait les survivants, probablement aidée de ses fils.

Neil ne paraît pas convaincu.

— Peut-être, répond-il. Le résultat est le même. De grosses pertes. Für est définitivement mort. Les mineurs de la Carrière aussi. Et tout un tas d'autres citadins.

Je baisse la tête. Je me souviens de Nyx qui me retenait d'emmener Für avec nous, lorsque nous l'avions trouvé sur les rives du Léthé. « On reviendra pour lui », avait-elle dit. Au moins, elle aura essayé.

— Tu n'as rien d'autre à m'annoncer ? demandé-je.

Il secoue la tête.

— C'est déjà pas mal. Savoir que la conscience de Neil existe encore m'a libéré d'un poids phénoménal. J'essaie de ne pas avoir l'air trop joyeux en présence de Vince et des autres, mais ce n'est pas évident. Et toi, tu as remarqué au premier coup d'œil.

— C'est différent, dis-je. La dernière fois que je t'ai vu, tu étais un homme effondré par la perte de son frère siamois, un bras et une jambe en moins, aucune volonté de vivre malgré le miracle de ton opération, et abandonnant toute espérance de bonheur. Quelqu'un qui t'a observé progressivement évoluer peut imaginer que tu as fait ton deuil et que tu as appris à vivre seul.

— Mon frère est tout de même mort, répond Neil. Je n'ai pas fait mon deuil, et encore moins appris à vivre seul. Chez moi, il me suit partout. J'ai besoin de lui. Je ne sais pas ce que je ferais s'il disparaissait du réseau. Je suis condamné à vivre avec un fantôme, et lui à me suivre sans exister vraiment.

Je hoche la tête, lui tapote l'épaule et prends congé de lui. L'espace d'un instant, j'ai eu l'impression d'être dans ce bateau avec lui, et je l'ajoute secrètement à la liste de ceux qui vivaient mille fois mieux dans le jeu que dans la réalité. Qui ont été frappé d'un grand malheur lorsque tout s'est terminé. J'aimerais vraiment qu'elle ne s'allonge pas, cette liste. Je suis déjà profondément désolée qu'elle existe.

En sortant, je défais ma queue de cheval et fourre mes cheveux dans mon pull. Les mèches les plus courtes dansant devant mes yeux et mes joues, je baisse la tête pour ne pas faire de rencontre indésirable et rentre chez moi à vélo. Pendant le trajet, je pense au Miroir et aux quelques survivants qui sont capables de m'y reconnaître. Anaïs, son mari et sa fille. Danny et Jade. Dédale, Neil, Loup Blanc. Nyx, Hypnos et Thanatos. Pour ce qui est des humains, qu'est-ce qui les a empêchés de venir me voir ? Ont-ils des difficultés à voyager à travers le réseau, contrairement aux IA ?

Une fois arrivée, je fais un peu de rangement et m'arrête devant le Miroir, pensive. Je suis tentée d'y rentrer, mais je vais me retrouver en face des stands de publicité et je n'ai vraiment pas le courage d'affronter les poupées maquillées qui attendent d'ennuyer les clients. Je soupire. Normalement, il me suffirait de rester devant le Miroir et d'appeler leurs noms, comme je le faisais avec Nyx. Mais que pourrais-je bien leur dire ? Et s'ils ont trouvé un refuge que Margot ne peut atteindre ? Si je les attire ici, je les mets en danger. Non, ce n'est pas une bonne idée. En revanche, j'ai du temps à tuer et ma librairie préférée m'appelle.

J'attrape le casque, l'équipe et entre dans la dimension du Miroir. Le monde est d'un blanc immaculé, pas de murs, pas de ciel.

J'aperçois les vendeuses au loin qui, remarquant ma présence, se retournent complètement et ouvrent la bouche pour m'accueillir. Je m'apprête à leur faire signe que je ne suis pas intéressée, en secouant la tête. Mais la vision du casque se trouble, le bruit des stands publicitaires s'atténue avant de disparaître complètement, et je reconnais le phénomène qui précède les souvenirs du monde de Blink que m'a montrés Nyx. Ceux de Hoegel ou d'elle-même. Les mains plaquées sur ma tête, j'hésite à me défaire de son emprise. Il suffirait que je retire le casque. Mais je ne vais pas le faire. Il faut que je sache.

Chapitre 9

Jonathan

2204

C’est ce que je fais tous les jours. Peut-être y a-t-il quelque chose que je fais de travers. Quelque chose que j’oublie. Peut-être que je devrais continuer de lui parler de Max, même si la dernière fois que j’ai fait cela, elle s’est mise à pleurer silencieusement, sans bouger. Je sais qu’elle m’entend. Je ne veux pas la faire souffrir ainsi. Elle a suffisamment souffert pour toute une vie.

L’un face à l’autre, séparés par un mètre de sable à nos pieds, nous nous regardons dans les yeux. Elle parce qu’elle ne cille jamais et fixe le même vide que la première fois que je l’ai trouvée là. Moi parce que j’ai l’impression de voir dans ce regard les fragments de son âme encore présente. Rien ne me dit qu’elle reviendra un jour parmi nous. Blink lui-même m’a avoué qu’il n’en savait rien, et qu’aucun de ses savants n’avait été capable de donner une réponse avec certitude. Mais je dois y croire. Sarah est la seule chose qu’il me reste. C’est elle qui m’a obligé à vivre et m’a sauvé de la dépression qui a suivi la perte de mes jambes. Sans elle, je ne suis plus rien.

Alors, j’ai ma routine. Tous les jours, je viens la voir. Je reste face à elle et la regarde. Je commence par la chercher. Son corps n’est pas toujours visible. Parfois, mon cœur fait un bond car je ne la vois pas immédiatement. Je crois qu’elle a disparu. Mais elle finit toujours par m’apparaître, ses cheveux flottant dans le vent, sa bouche entrouverte. Il arrive qu'elle soit en train de pleurer. Les larmes, continues, jaillissent de ses yeux et inondent son visage. Elles gouttent à son menton et tombent dans le sable ou sur ses pieds. Et parce que je les oublie, parce que je ne les regarde pas, elles disparaissent pour de bon et le sable redevient sec. Je ne veux pas que Sarah disparaisse à son tour. Je dois venir régulièrement pour la regarder, pour la faire exister dans ce monde. Je la maintiens parmi nous.

Une fois que je l'ai détaillée au point d'avoir imprimé son visage sous mes paupières dans le moindre détail, je commence à lui parler, exactement comme cela.

— Bonjour, Sarah. Ça me fait plaisir de te voir.

Je débute en lui racontant ma journée, parfois même des anecdotes secrètes ou des choses privées entre modérateurs. Je sais que si elle se réveille un jour, il y a peu de chances qu'elle se souvienne. Je suis prêt à prendre ce risque. Il faut que je lui raconte ce qui me passe par la tête. Que la conversation s'écoule à un rythme naturel.

— Je viens de la Cathédrale. J'y ai reçu des ordres pour inclure Hoegel dans le programme des agents secrets de la ville. Il n'est pas prêt à voyager, mais il va commencer doucement, en visitant les mourants. Il faut qu'on retrouve l'arme avec laquelle il était à l'aise avant le début de l'amnésie générale, et qu'on l'entraîne à s'en servir à nouveau. Si tout se passe bien, il pourra partir découvrir la tour en ruine dans quelques mois.

Ensuite, je lui pose des questions sur elle, sur sa journée, sur son état. Je suggère des réponses. J'essaie de stimuler une réaction, de lui donner envie de me corriger ou de jouer le jeu.

— Et toi, comment ça s'est passé ? Il n'a pas fait très chaud, cette nuit. Tu étais dehors pendant tout ce temps ? Le froid ne doit pas te déranger. Je suppose que tu ne ressens pas la douleur… physique. Ça te dirait de venir me voir à la Cathédrale, un de ces jours ? Je sais que ce n'est pas forcément ton truc, mais on ne sait jamais. Sarah, qu'en penses-tu ?

J'attends toujours quelques secondes à la fin de chaque question. Bien sûr, elle ne me répond pas. Je suis habitué, mais je fais quand même ces pauses. Je me force. Si je ne les fais pas, je ne lui donne aucune chance de répondre.

L'étape suivante consiste à établir un contact. Je fais semblant de la toucher, frôle son visage d'un doigt, pose une main sur son épaule, essaie sans succès de placer une mèche de ses cheveux derrière son oreille. Elle est invisible. Rien de ce que je fais n'affecte le positionnement de ses vêtements ou de son corps. Je suis simplement convaincu que mon toucher lui est transmis par le jeu.

Quand je pense que l'échange a suffisamment duré, je la regarde dans les yeux, m'approche d'elle au point de presque l'embrasser, et je lui murmure :

— Je te libère.

Comme si elle était un golem apprivoisé ou un aigle soumis à la cité et que je l'autorisais à reprendre son indépendance. Je reste ensuite immobile pendant plusieurs instants, parfois une minute. J'ai besoin de cette proximité. Je la scrute patiemment, j'absorbe tous les détails de son visage, je plonge dans son regard vitreux. Mes sentiments m'aveuglent sans doute, mais pour moi, elle est la plus belle femme que j'aie jamais vue. La plus forte, la plus douce. Elle est tout cela à la fois. Elle m'a extirpé de l'abîme qui m'avalait après mon accident. Je lui dois tout.

2207
Retour de Sarah en ville après le massacre du générateur

Je la soutiens au sol, je la porte, mais elle ne me regarde pas. A travers ses yeux vides, elle voit sans doute son enfant inanimé emporté par Darius. Max ne survivra pas. Pas sans elle. Et Sarah s'abandonne dans mes bras, prête à lâcher prise. Ça ne peut pas se finir comme ça. Pas après tout ce que j'ai enduré pour la ramener parmi nous.

Derrière moi, je sens une présence. En hauteur, sur l'un des toits. Ce n'est pas la première fois que je la ressens. Elle nous suit, Sarah et moi. Au début, je la prenais pour une menace. Puis, au fil du temps, je m'y suis habitué. J'en ai parlé à Vince lorsqu'il s'est échappé du jeu, mais il m'a assuré que ce n'était rien. Moi, je suis resté convaincu que c'était un morceau de l'âme de Sarah, piégé au-delà de l'interface du jeu. Jamais il ne l'a quittée.

C'est lorsque je ressens une tristesse profonde qui ne vient pas de moi, que mon rôle m'apparaît plus clairement que jamais. Je décide alors de forcer Sarah à se battre. Je veux qu'elle vive, peu importe si elle n'est plus à mes côtés. Il faut qu'elle rentre chez elle avec son fils. Il faut que ce morceau d'âme fusionne avec elle. Qu'elle redevienne ce qu'elle était.

Je lui attrape la mâchoire et l'oblige à regarder vers le ciel.

2207
Mort de Jonathan

On m'avait dit que la douleur serait puissante. Je n'avais pas compris qu'elle dépasserait la limite du supportable. Je ne pensais pas mourir si jeune, mais c'est ce qui m'attend. J'ai hurlé sur mes amis, ils ont fui énervés. Ensuite, Sarah est arrivée. J'ai l'impression d'être dans cette chambre d'il y a quelques années, qu'elle essaye de faire renaître ma volonté d'exister un peu plus longtemps. Pour la première fois, je me sens prêt à parler, à dire ce que j'aurais dû dire à cette époque et que je n'ai jamais osé évoquer. Je lui jette tous mes regrets au visage. Elle me défend, bien sûr. C'est Sarah.

Dans une grimace de douleur, je crie encore son nom. Et puis, quelque chose se passe. Comme si le poids du monde entier, que je semblais porter sur mes épaules, avait disparu. Je respire, et je ne sens pas ma poitrine se soulever ni mes poumons se remplir. C'est si agréable. Mes jambes sont là. Elles existent, elles ont toujours existé et ne semblent plus être mes pires ennemies. Une douceur étrange m'enveloppe et me calme. Rien ne m'inquiète plus.

Sarah ramasse quelque chose sur mon lit et sort à la lumière du jour. Je la suis. Kouro et Dédale, mes vieux amis, lui répondent. Ils semblent fâchés contre elle. Kouro l'affronte et finit par gagner. Il l'enlace avec beaucoup de force, le bras ensanglanté. Le regard de Sarah est écarquillé dans le vide, terrifié. Je suis le seul à pouvoir le voir.

Ça a duré suffisamment longtemps, mon ami. Lâche-la, tu ne l'auras pas. C'est moi qu'elle aime.

2207
Dans la grande cabane

Comme tous les jours, je viens voir Sarah. J'ai l'impression que quelque chose a changé, mais je n'arrive pas à mettre le doigt dessus. C'est peut-être positif.

Sarah est immobile, le regard fixé droit devant elle. De temps en temps, des gens passent par là et, semblant la voir, l'embrassent sur les deux joues et lui parlent. Je ne sais pas depuis quand ça a duré, mais c'est un miracle. Tous m'aident à la réveiller. Je poursuis les différentes étapes de ma visite quotidienne.

— Bonjour, Sarah. Content de te voir. Tu as passé une bonne nuit ?

Je lui souris de tout mon cœur.

— J'ai fait un peu d'exploration, aujourd'hui. J'ai trouvé une jungle habitée par des centaines d'animaux. Tu te rends compte ? Je suis certain que cette découverte va changer le cours de l'histoire.

Très enthousiasmé par ce que je lui raconte, je fais de grands gestes devant elle. Ses yeux restent figés.

— Dans cette jungle, j'ai trouvé des traces d'une civilisation inconnue. Des cabanes installées dans les arbres. Elles sont très peu meublées, mais elles sont magnifiques.

Je soupire, devenant un peu mélancolique. Si Sarah était réveillée…

— Ce serait tellement bien si je pouvais y vivre avec toi.

Etape suivante. Je ne sais plus quoi dire, et il ne faut pas laisser le silence s'installer trop longtemps.

— Et toi, qu'as-tu à me raconter ? Je suis sûre que tu n'as qu'une envie, voir ce lieu merveilleux de tes propres yeux. Ça te dirait d'y aller un jour avec moi ? Je sais que je ne suis pas l'ami idéal pour ce genre d'occasions, toujours grincheux, mais je ferai un effort. Ou peut-être souhaites-tu refuser d'avance ?

Elle ne bronche pas. Je soupire et prend son visage entre mes deux mains. Je m'approche lentement et, sans réfléchir, je l'embrasse. Ma bouche s'ouvre dans le vide. On dirait l'un de ces personnages comiques qui rêvent d'embrasser une jolie fille. C'est ridicule.

Parce que je me sens si bête, j'abrège ma visite. Je ferai mieux demain.

— Je te libère, dis-je dans un souffle.

Et sur ces mots, je disparais.

Max

L'école est juste à côté de la maison. J'en sors en cet instant. C'est ça qui est bien : j'ai la liberté de rentrer chez moi tout seul. Sarah me dit souvent qu'à une autre époque, elle n'aurait même pas envisagé de me laisser rentrer sans être accompagné. Mais notre monde est sûr. Personne ne peut commettre de crime sans être immédiatement trouvé, souvent pris sur le fait. Il n'y a que les dérangés mentaux et les hackers professionnels qui peuvent se permettre cela. Les uns parce qu'ils en sont au point de ne plus pouvoir retenir leurs pulsions, les autres parce qu'ils ne seront jamais identifiés… s'ils sont vraiment bons. Ce n'est pas courant d'être un bon hacker, ces temps-ci. Il y a Nyx qui surveille.

Je sors de ma poche l'oreillette avec micro que j'y ai glissée ce matin et l'équipe tranquillement en m'éloignant de la grille de l'école. Je n'ai pas beaucoup plus discret que ce vieux modèle qui englobe presque toute l'oreille, avec ce micro qui se dirige vers ma bouche. C'est un truc pour enfants, mais c'est connecté et c'est juste ce qu'il me faut.

— Un, deux, un deux.

J'ai toujours rêvé de dire ça. Je dépasse un monsieur qui me jette un regard amusé. Il ne sait pas que je suis en mission. Avant de partir, j'ai créé un salon de chat privé depuis l'ordinateur de la maison, et j'ai branché mon oreillette dessus. C'est une des multiples choses qu'elle peut faire. Le salon est protégé par mot de passe pour bloquer les curieux, mais c'est une bien maigre barrière contre les IA 502. C'est parfait pour mon cas.

— Ceci est un salon privé créé spécialement pour l'occasion, dis-je en faisant attention de ne pas être entendu par un vulgaire passant. Nyx, si tu m'entends, rejoins-moi.

Bien sûr, c'est plus compliqué que ça. Elle ne va pas m'obéir comme un petit chien, mais elle va m'écouter. Elle va être intriguée.

— J'ai fouillé dans les dossiers de Maman, ceux qui te concernent. Je n'ai rien trouvé qui t'accuse des meurtres et explosions qui ont récemment fait parler de toi.

J'espérais récupérer des indices dans tout ce fatras, mais rien. Pas l'ombre d'un. Alors, j'ai compris que je devais me rendre sur le terrain. Il faut bien une première fois à tout.

— Comme je veux faire avancer les choses, j'ai décidé de partir en mission. Tu vas m'aider.

Le silence, toujours. Je sais qu'elle m'écoute attentivement. Je me mets à rire tout bas.

— Je vais m'infiltrer dans la tour de Blink. Tu m'accompagnes ?

Quelques secondes passent. Puis, brisant le silence, la voix de la Déesse murmure à mon oreille :

— *Tu ne dois pas.*

Je souris, mais au fond de moi, j'ai envie de sauter en l'air. J'ai réussi à l'attirer dans un salon de discussion, avec moi. Je suis très fier de mon exploit.

— Je n'ai pas le choix, Nyx. C'est pour le bien de tout le monde. Sauf peut-être de Blink.

— *La tour est désertée en ce moment, qu'est-ce que tu crois pouvoir faire ? Il n'y a que lui, et il ne te laissera pas t'en tirer si facilement.*

— Ne t'inquiète pas pour moi. Il ne me verra pas.

— *Je vais prévenir ta mère.*

Je lève un sourcil, pensif. Elle est donc raisonnable au point de vouloir me dénoncer auprès de Sarah. J'ai l'impression d'être en train d'argumenter avec Rita.

— Non, tu ne vas pas la prévenir, dis-je avec assurance. Tu es ma bonne étoile. Je suis le seul qui me soucie de ce que tu endures en te laissant accuser à tort. Tu sais que je pourrais t'aider ? On pourrait trouver le véritable coupable.

— *Non*, insiste Nyx, *il ne faut pas.*

Surpris par cette réponse, je fronce les sourcils. La tour de Blink n'est plus très loin maintenant, mais elle ne se rend pas encore compte que je m'en approche. Elle discute sur le salon de chat avec moi, où seule la bande audio est communiquée sur le réseau. Elle ne m'a pas encore situé dans la ville.

— Ecoute, Nyx, expliqué-je sur un ton posé. Blink cache quelque chose, okay ? Il est pas net. Maman m'a dit qu'elle avait été lui parler, qu'elle l'avait même menacé, parce qu'il se moquait de ses questions. Il est au-dessus des lois et il l'a compris. Si tu ne m'aides pas à lui trouver un problème, je le ferai tout seul. Sans nous, il sera libre de continuer. Et si c'est aussi mauvais que ce qu'il a fait jusqu'à présent, il faut bien que quelqu'un l'arrête.

Elle ne répond plus. Inquiet qu'elle soit partie prévenir Sarah, je hâte le pas et me retrouve rapidement au pied de la tour. Je me glisse discrètement à travers les portes tambour et jette des coups d'œil autour de moi. D'habitude, un robot ou une voix sortie des murs m'accueille immédiatement. Je suis un intrus, ici. La tour le sait.

— *Ne me le fais pas regretter*, murmure Nyx.

J'écarquille les yeux et esquisse un grand sourire dans le vide. Elle est en train de m'aider à passer inaperçu. Je le savais, que je réussirais à la convaincre.

J'entre dans l'ascenseur qui s'est déverrouillé pour moi comme par magie. Je choisis le cinquantième étage et me plaque contre la paroi à droite pour ne pas risquer d'être vu en arrivant. Il est seize heures passées. Blink est sans doute encore là.

Je sors genoux pliés, paumes de main parallèles au sol. J'ai l'impression d'être dans un film d'action ou d'espionnage, sauf que j'ai vraiment très peur et mon cœur bat à tout rompre dans ma poitrine. Je ne contrôle rien. Si Blink sortait de l'une de ces pièces, je serais pris sur le fait. Aucune scène coupée ne m'aiderait à disparaître ou à m'agripper au plafond le temps que l'ennemi passe.

Soudain, j'entends une voix. Celle de Blink. Rajustant mon micro devant ma bouche, je murmure un « là !» avant de m'avancer dans sa direction.

— Qu'est-ce qu'il dit ? soufflé-je le plus bas possible.

— *Il a seulement toussé*, répond Nyx. *Ne parle plus, c'est trop dangereux.*

Je hoche la tête et me glisse comme une ombre jusqu'à la porte de la salle en question. Avisant la caméra la plus proche, je fais des signes à l'intention de Nyx indiquant que je souhaite ouvrir la porte. Je lève ensuite les sourcils pour transformer cela en question. Si Blink est orienté dans ma direction, il va tout de suite le remarquer.

— *Il est de dos*, affirme Nyx.

Je tends une main tremblante vers la poignée. Tout d'abord, je pose quelques doigts du côté intérieur et la tire vers moi, très doucement, pour que le mécanisme ne claque pas lorsque je l'actionne. La porte bouge légèrement. Ensuite, tirant dessus de toutes mes forces pour qu'elle ne se déplace plus du tout, je fais descendre la poignée centimètre par centimètre. Quand je sens une résistance, je pousse la porte et lâche la poignée.

J'avais oublié cette étape : retenir la poignée au moment où elle se redresse. Un très léger claquement retentit dans le silence. Je ne suis même pas sûr de l'avoir entendu moi-même. Je me fige pendant des secondes qui me paraissent minutes, terrifié à l'idée que Blink puisse me trouver. Maman serait furieuse.

— *Il est trop concentré sur ce qu'il fait*, dit Nyx. *Et maintenant ?*

Je me redresse et passe ma tête dans l'entrebâillure. Blink est bien là, très droit, installé devant un détecteur lumineux qui lui sert de clavier. Sur l'écran transparent qu'il fixe en permanence s'affichent des mots qui n'ont aucun sens. En bas de l'écran, cependant, on peut voir différentes suggestions de mots qui défilent et s'arrêtent en fonction du mouvement de ses doigts au-dessus de la fente lumineuse. C'est un clavier qui doit avoir au moins dix ans. Même moi, je ne sais pas m'en servir. Pourtant, si je pouvais voir quelles suggestions sont sélectionnées avant qu'elles ne s'ajoutent au texte et ne deviennent un amas de lettres sans aucun sens, cela m'aiderait beaucoup.

— *Le texte est chiffré*, remarque enfin Nyx. *Il ne parle pas, et ce qu'il écrit n'est pas lisible à l'œil nu. Il ne fait même pas confiance à sa tour pour empêcher des gens comme toi de venir fouiner et de l'espionner.*

Et il a raison. Qu'est-ce que je vais faire ? Visiblement, ces messages qu'il envoie sur le réseau sont très importants.

— *Je vais te déchiffrer ce qu'il écrit*, soupire Nyx. *Mais d'abord, referme cette porte et sors de cette tour.*

J'envoie à la caméra une expression frustrée, les sourcils froncés. Sortir de la tour ? Et puis quoi, encore ? En plus, j'ai pris un risque incroyable pour ouvrir cette porte. Si je fais la moindre erreur, je suis fichu.

Réprimant un grommellement, je tends la main vers la porte et attrape la poignée. Mais je n'ai pas le temps de l'actionner qu'elle vient vers moi à une vitesse anormale, et la porte claque. Je fais un bond.

— *Courant d'air*, grogne Nyx. *Blink s'est levé. Fuis.*

Tétanisé, je reste debout à côté de la porte, agitant les mains comme une poupée en tissu. Les pas de Blink approchent, lourds mais rapides.

— *FUIS !*

Je me retourne et me mets à courir comme si ma vie en dépendait. J'atteins le fond du couloir, tourne à gauche et m'apprête à poursuivre lorsque Nyx m'intime l'ordre de m'arrêter. Je m'immobilise. Sur le côté, un renfoncement dans le mur dans lequel quelques balais et robots nettoyeurs sont entreposés. Les portes coulissantes qui les dissimulent sont cachées dans les murs, ouvertes par Nyx sans doute. Je me glisse à l'intérieur.

Soudain, j'entends Blink arriver en courant. Il sait maintenant que quelqu'un l'observait, car il m'a entendu fuir. Mais un second bruit de pas de course est reproduit, à l'opposé de ma direction. Encore une fois. Puis encore une fois. Blink n'a pas remarqué le piège, car il suit le bruit. C'est celui de mes pas, que Nyx a enregistré et fait jouer aux haut-parleurs des murs pour l'envoyer chercher ailleurs. Il n'entend pas la boucle infinie.

— *Sors tout de suite du bâtiment*, dit Nyx.

— Pas tant que tu ne m'as pas dit ce que Blink écrivait.

— *Max...*

— Je suis sérieux.

Un soupir à fendre l'âme envahit ma tête. Si elle veut me protéger, elle sait qu'elle n'a pas le choix.

— *Il parlait d'un immeuble abandonné*, explique-t-elle enfin. *Il demandait à quelqu'un de le faire disparaître avant l'hydro-démolition qui est prévue dans quelques semaines.*

— De le faire disparaître ? Tu veux dire que… ce que je recherche, précisément, se trouve là-bas ?

Je n'obtiens aucune réponse. C'est exactement cela.

— Nyx, chuchoté-je, si tu ne m'aides pas, je retourne dans la pièce et je photographie le message crypté. J'ai ce qu'il faut, dis-je en tapotant l'une de mes poches. Si Blink revient sur ses pas et me trouve, ce sera de ta faute.

— *Je ne savais pas que tu étais aussi casse-pieds que ta mère.*

— Je te remercie.

J'affiche en cet instant un très grand sourire. Nyx est rigolote.

— *L'immeuble n'est pas loin*, cède Nyx, *mais comme je le disais, Blink ne peut pas s'en occuper lui-même, c'est trop risqué. Il a envoyé quelqu'un faire le sale boulot.*

— Guide-moi.

J'entreprends alors de m'extirper de ma cachette et, surveillant toutes les issues possibles, je repars d'où je suis venu. Lorsque je sors enfin de la tour et que je traverse la rue, je ne peux m'empêcher de lâcher un immense soupir de soulagement.

— Okay, je suis prêt. On va où, maintenant ?

Sur un ton complètement déprimé, Nyx me donne alors des indications sur les rues à prendre. Elle crie même lorsque je ne fais pas attention aux voitures qui passent, ou quand je traverse au feu rouge. Pour la taquiner et parce que j'ai l'habitude du trafic, je chante « Paris, Paris… ». Elle menace d'alerter Sarah une bonne demi-douzaine de fois, mais je deviens un ange dans l'instant qui suit, et elle finit toujours par se calmer.

Je reconnais l'immeuble avant même qu'elle m'indique que c'est lui. L'état dans lequel il se trouve ne laisse place à aucun doute. Il est rouillé, sale, brûlé peut-être. Il a subi, semble-t-il, des attaques de tous les éléments, et il leur a résisté. Il est laid, vieux. Je ne suis pas surpris qu'ils prévoient de le détruire, car les gens ne peuvent plus vivre là-dedans. Mais cela me fait bizarre. J'ai l'impression d'avoir rencontré un vieillard massif qui n'en a plus pour longtemps.

C'est une chose du passé. L'Histoire l'a traversé. Il s'en est imprégné.

Au pied de l'immeuble qui le côtoie se trouve une magnifique voiture à ailerons, ressemblant très fort à celle de Blink si ce n'est peut-être pour sa couleur légèrement plus bleue.

— Ce n'est pas celle de Blink… ? demandé-je pour être sûr.

— *Non, c'en est une autre. Mais je crois qu'elle peut voler aussi.*

— Oui, c'est le même modèle. Elles sont belles, tu ne trouves pas ?

— *Mmh.*

Je souris en imaginant la moue désintéressée de Nyx. Je reprends mon sérieux lorsque je m'aperçois que pour entrer dans l'immeuble, je vais devoir passer inaperçu entre les robots surveillants qui font des allées et venues à quelques mètres de là. L'un d'eux se retourne en m'apercevant immobile. Les lasers de ses yeux me scannent lentement. S'arrêtent à mes pieds et s'y fixent pendant de longues secondes. Je mets un certain temps à réaliser qu'il ne bouge plus du tout.

— *Qu'est-ce que tu attends ?* demande Nyx.

Je sursaute et m'empresse de me faufiler dans l'immeuble en ruine, zigzaguant entre tous les robots endormis par la Déesse de la Nuit.

L'intérieur a été nettoyé et vidé autant que possible. Je prends les escaliers pour monter étage par étage. Il reste des bureaux, des meubles de rangement comme des armoires, des tiroirs, tout un tas de choses. Quelques feuilles d'un papier électronique vieilli, inutilisable, traînent au sol, abandonnées. J'en récupère quelques-unes que je fourre dans ma poche, pliées dans les rainures toutes faites du papier parfois déchiré à ces endroits. J'ai l'impression de les sauver, d'emporter avec moi un bout de ce qui a existé ici. De préserver quelques détails fragiles du passé.

Arrivé au septième étage essoufflé, j'entreprends d'inspecter les lieux avec plus d'assiduité encore que les autres étages. Au-dessus, c'est le toit. Si je ne trouve rien, je serai très déçu.

— Nyx ? Tu sais ce que c'était, cet immeuble ?

Elle ne répond pas immédiatement. Pendant un instant, j'ai l'impression qu'elle m'a laissé tomber. Elle est juste ennuyée.

— *C'était une maison d'édition pendant un certain temps,* répond-elle, *puis ça a été repris par une entreprise de livraison de plantes de toutes les provenances. Une entreprise de robotique a enfin récupéré l'immeuble il y a quelques dizaines d'années, dissimulant l'activité frauduleuse d'un certain nombre de criminels... dont on a tristement entendu parler lors de ces précédentes semaines.*

— Les criminels qui ont été assassinés ? C'était leur quartier général ?

Pourquoi ne l'a-t-elle pas dit plus tôt ? C'est incroyable !

— C'est pour ça qu'ils font détruire l'immeuble ? m'exclamé-je.

— *Non, ils n'ont pas la moindre idée de cela. Seulement, il ne correspond plus aux normes de sécurité et n'a pas été maintenu depuis très longtemps. Je pense que Blink y a dissimulé des preuves de son implication dans leurs activités. C'est la seule et unique raison pour laquelle je t'ai laissé aller aussi loin.*

— C'est bien beau, ce que tu dis, mais je ne sais pas où chercher. Ça fait six étages que je fouille, et rien. Tu crois que ça peut être sur ces feuilles ?

Je ressors les différents morceaux de papier électronique que j'ai sur moi, mais tous affichent des graphiques, des photos ou des gribouillages complètement abstraits pour moi. Je les range à nouveau.

— *Ils ont coupé la connexion des meubles et tiroirs de tout l'immeuble, dit Nyx. Tu dois pouvoir les ouvrir manuellement.*

— Oui, c'est ce que je fais depuis le début. Tu n'as pas vu ?

— *Je me concentrais pour trouver quelque chose, mais ce qui n'est pas connecté m'est aussi invisible que pour un humain. Tu as tâté les murs ?*

Je me mets à me frotter tout le long de la pièce pour essayer de trouver quelque chose. Nyx reste silencieuse pendant plusieurs minutes. Non, je ne trouve rien.

— *Je suis tombée sur un vieil enregistrement...*, dit-elle soudain. *Ça date de l'entreprise de vente de plantes.*

Une lumière jaillit devant moi. Je mets quelques secondes à comprendre que c'est une projection venant de mon oreillette, et me place à un endroit vide pour mieux voir se découper le décor en trois dimensions. Je découvre alors l'intérieur de l'immeuble tel qu'il était il y a longtemps. Les gens se hâtent dans les couloirs, se rencontrent, s'interpellent. Des feuilles tombent, qu'ils ramassent. Des tiroirs s'ouvrent sous leurs ordres. Des robots marchent dans les allées formées par les bureaux, pliant un peu trop les genoux à chaque pas. Ils n'ont rien de réaliste. C'était déjà la mode des robots qui n'ont aucun point commun physique avec l'homme. Moi, je préfère le Naïwo de Maman. Il est tellement plus beau et élégant.

Celui qui filme change d'angle, entre dans une nouvelle pièce et aperçoit quelqu'un ouvrir une trappe dans le mur au-dessus de son bureau. C'est une personne haut placée dans la hiérarchie sans doute, car la caméra filme alors le sol et l'on imagine, malgré l'absence de son, l'homme s'excuser du dérangement.

— C'est bizarre, comme vidéo.

— *C'est un enregistrement brut, sans montage. Utilisé dans d'autres vidéos mieux structurées pour de la publicité.*

— Qui voudrait travailler dans un endroit pareil ? dis-je en levant un sourcil.

— *Les grandes personnes, je suppose*, dit Nyx, *tout aussi perplexe que moi.*

— T'as pas besoin de me parler comme si j'étais un enfant, tu sais. Je suis mature et débrouillard. C'est comme si j'étais un adulte.

— *Mmh.*

« Les grandes personnes ». Non, mais je rêve. Elle a vraiment pris tous les tocs de discussion des humains.

— Bon, où est cette cache ? Le premier bureau est… là, je crois. Là, il y avait un mur. Ici, un couloir. C'est ça ?

— *Au fond du couloir, à gauche. Le bureau que tu cherches.*

Je hoche la tête et avance pas à pas, lentement et les yeux fermés, pour m'imaginer le décor. Je m'arrête enfin à quelques mètres du mur du fond et me déplace de quelques pas latéraux vers la gauche. Au-dessus de ma tête, j'aperçois un mécanisme manuel qui n'est visible, je le sais, que parce que la connexion du bâtiment est coupée. Je tends le bras. Je suis trop petit.

— *Que…*, balbutie Nyx. *Max, dépêche-toi. Il y a un truc qui ne va pas.*

Ignorant le ton inquiet de Nyx, je contourne le bureau et le pousse de toutes mes forces contre le mur. Je souffle et grimpe agilement dessus avant d'enfoncer le mécanisme de la cache avec l'intérieur de mon poignet pour plus de force. Un pan de mur rectangulaire se détache en m'arrosant d'une poussière duveteuse et se lève comme la portière d'un ancien modèle de lamborghini. A l'intérieur, une liasse de papier électronique en pire état encore que ce que j'ai dans ma poche. J'attrape tout, essuyant sans le vouloir une couche épaisse de poussière au sol de la cache avec mes mains, les rassemble en un petit paquet et les tire à moi. Trois éternuements me secouent brutalement tandis que je serre le tout contre moi et saute à terre.

— *On ne peut pas rester là*, insiste Nyx. *Il y a de la visite connectée au sous-sol. C'est étrange.*

— Tu veux dire un robot ? Il est peut-être là pour faire le point sur ce qui reste dans l'immeuble avant la démolition.

— *Non, c'est autre chose… AH !*

Son cri de surprise vient d'être coupé, comme si le réseau passait mal.

— Nyx !

Je me mets à courir vers la sortie qui donne sur les escaliers, pliant tant bien que mal la liasse de papier que je porte, et la glisse à l'intérieur de mon gilet.

— *Max, fais-moi confiance. Je vais déclencher l'alarme incendie.*

— Non, att…

La sirène s'élève dans la seconde qui suit, déchirant le silence de l'immeuble. Je m'accroupis contre un mur et me bouche les oreilles. Quelque chose vient d'attaquer Nyx. C'est encore pire que l'angoisse qui m'a traversé lorsque j'ai infiltré la tour de Blink et que je l'observais dans son dos. C'est autre chose. Cette alarme me rappelle le son qui s'élevait au-dessus de la ville lorsque les golems attaquaient Sarah et les autres. Elle est synonyme de quelque chose de terrible. Elle hurle la mort.

Maman, au secours !

— Sarah, ton fils court un grave danger.

J'allais descendre de mon vélo devant la librairie de Paris, mais l'hologramme de Nyx s'est matérialisé devant la vitrine.

— Pardon ?

— Max est dans un immeuble à quelques minutes d'ici, il cherchait des informations pouvant compromettre Blink. Je crains le pire.

— Guide-moi.

Je fais un demi-tour brutal et pédale jusqu'à la route. Au niveau du guidon se trouvent un micro et un mini-projecteur holographique, comme sur tous les vélos de la ville. Je n'avais jamais eu l'occasion de m'en servir parce que je préfère pédaler sans assistance et qu'il est interdit d'utiliser les fonctionnalités connectées en pilotage manuel, mais Nyx prend le contrôle des roues et le vélo tourne et roule sans que je ne décide de rien. Cependant, elle n'ose pas se montrer.

— Que lui est-il arrivé ? Comment sais-tu qu'il est là-bas ?

— Il ne voulait pas m'écouter, j'ai été obligée de l'aider. Mais je ne peux pas me concentrer sur toi, Sarah. Une partie de moi est avec Max en cet instant et lutte contre une présence anormale. Je crois que c'est celui que Blink a envoyé pour faire le sale boulot.

— D'habitude, ce n'est pas la démultiplication de ton être qui t'arrête, marmonné-je. Et qu'est-ce que Blink vient faire dans l'histoire ? Pourquoi ne dis-tu pas à Max de sortir de là ?

— Septième étage, immeuble non connecté donc pas d'ascenseur, et Max est tétanisé par la peur. Il n'aura pas le temps de descendre.

— Pas le temps de descendre ? répété-je sans comprendre.

Je ne parviens pas à réaliser ce qui se passe. Je ne possède pas toutes les informations, mais je commence à m'inquiéter sérieusement. Mon vélo est à pleine vitesse, une vitesse que je ne pourrais atteindre en pilotage manuel, même si je le souhaitais. Nous débouchons dans une grande avenue où le trafic est un peu ralenti. Mon vélo slalome entre les voitures, manquant parfois cogner de sa roue une carrosserie, un pneu. Mais les véhicules connectés ont cette particularité de prendre plus de risques pour finalement sortir de justesse d'une situation qui aurait, en mode manuel, conduit à un accident terrible. Evidemment, tout dépend du mode dans lequel se trouvent les autres véhicules. Mais cela est détecté également, si bien que tout est toujours calculé. Si les autres sont en contrôle manuel, l'erreur humaine est anticipée. Les risques pris sont moindres.

Au bout de cette grande rue, j'aperçois un très vieil immeuble. Il trône au milieu des bâtiments blancs ou de couleur pâle, encerclé par deux petites rues devenues fourches de la grande, comme un fleuve se diviserait au contact d'un obstacle insurmontable. Je me dis que je n'ai jamais vu d'immeuble aussi abimé. Et plus je m'approche de lui, plus il m'apparaît évident qu'il sera abattu dans le mois.

Soudain, mon vélo s'arrête, manquant m'éjecter par-dessus le guidon. Réalisant que je suis arrivée, je lève la tête vers la chose noirâtre qui s'élève au-dessus de moi. Lorsque je la baisse à nouveau, j'aperçois sur la droite une voiture que je reconnais.

— Blink ? Nyx, que fait Blink ici !

— Non, cette voiture est bleue, s'exaspère la Déesse. Celle de Blink est noire. Vite, monte.

Sans attendre, je bondis à l'intérieur du bâtiment d'où s'élève déjà une sirène assourdissante. J'ouvre la porte conduisant à la cage d'escaliers et m'apprête à monter lorsque j'entends, venant du sous-sol, des bruits suspects. On dirait… des bruits d'électricité. Des claquements et de petites explosions semblent retentir dans le silence. Et pas un mot.

Je me mets à courir dans les escaliers pour arriver à temps au septième étage. La lumière faiblit, clignote, puis s'éteint complètement dans un bruit de coupure électrique inquiétant. A l'aveugle, je continue de grimper les marches quatre à quatre, trébuche, tombe lorsque j'arrive à certains paliers. Je crois que je suis au quatrième. Encore un effort.

Je commence à compter les marches qui me séparent de chaque palier. Ma main se dirige vers la rampe mais se rétracte avant de l'avoir touchée. Non, trop dangereux. Tout est parcouru de câbles électriques, partout.

— Max ?

J'ai compté les marches. A présent, j'entame le sixième étage. Je ne devrais pas tomber, cette fois.

— Max ! Tu m'entends ?

Je me suis laissé distraire. Mon pied cherche une marche qui n'existe pas, mon corps part en avant. Mes mains touchent le sol, mes ongles raclent la première marche de la volée suivante. Je me relève et repars, essoufflée. Revient à mon esprit le souvenir de mon corps ankylosé, sortant de cette chambre d'hôpital où il a reposé pendant quatre années. Le nom de Max prononcé qui résonnait dans les couloirs. Revient la peur de le perdre, celle qui n'a pas de raison, qui me secoue pour me faire souffrir et pour rien d'autre, qui m'empêche de garder l'esprit clair nécessaire à le sauver.

Je passe devant la porte du sixième étage. J'entends une explosion phénoménale. Non, ce n'est pas en train d'arriver. C'est encore l'un de ces souvenirs que me montre Nyx dans le Miroir. Forcément.

Je vole au-dessus des dernières marches. Un souffle chaud caresse mon dos. Le sixième étage a volé en fumée. J'arrive au septième. J'ai compté les marches, je ne suis pas tombée. Le cri de Max, aigu, perce malgré le bruit des étages inférieurs. J'ouvre la porte et me précipite à l'intérieur.

Il est au fond du couloir, accroupi contre un mur, les mains sur les oreilles et les yeux fermés. La tête penchée en avant, sa frange tombant devant ses yeux sans les toucher. Sa voix est entremêlée avec les grondements du vieil immeuble qui meurt avant son heure.

— Max ! Avec moi !

Il ouvre les yeux et m'aperçoit. J'ai gardé la porte ouverte, je veux qu'il me suive. Mais il secoue la tête, terrifié.

— Non ! C'est trop tard !

Je sais qu'il a raison, mais je ne veux pas y croire. J'insiste.

— Laisse-moi faire ! m'exclamé-je. C'est le seul moyen !

Il se lève. Son regard dérive sur le côté. Je n'avais pas remarqué cette oreillette et ce micro. Rita les lui a offerts pour Noël.

— Nyx dit qu'on ne peut plus descendre par là !

— Nyx te parle ? Qu'est-ce qu'elle en sait ! Rien n'est plus connecté, ici !

Une nouvelle explosion se fait entendre. Dans l'immense étage jonché de meubles abandonnés, des petits bruits d'électricité ont commencé à se faire entendre.

— On n'a pas le temps, vite !

Max se lève brusquement, arrache son oreillette de son oreille et me la tend, déterminé. Je cours vers lui et la récupère. Il a une confiance aveugle en Nyx. Pourtant, si elle a raison, nous sommes morts. Je n'ai pas l'intention de laisser cela arriver.

J'équipe l'oreillette et pénètre dans l'étage, cherchant une issue de secours.

— *Tu ne trouveras rien*, dit Nyx. *Il va falloir que tu me fasses confiance.*

— Comment ça ?

— *Ouvre la fenêtre.*

Je me fige, hésitante. Un vrombissement commence à se faire entendre, s'intensifiant au fil des secondes.

— *C'est maintenant ou jamais. Tu veux mourir avec Max ?*

Je me précipite à la fenêtre et l'ouvre. Le vrombissement est devenu assourdissant.

— Maman, qu'est-ce que tu fais ?

— Je ne sais pas. Reste près de moi.

Je passe la tête par la fenêtre, la tête de Max sous mes mains. La grande rue est animée de tout petits pantins qui décorent ses trottoirs. Des lumières les illuminent et les attirent comme des insectes sur les côtés, des petites boîtes carrées se déplacent dans le même sens, encadrées d'autres petites boîtes carrées. Tout cela est très symétrique et serait agréable à regarder si ma vie et celle de mon enfant n'étaient pas sur le point de se terminer en cet instant. Il n'y a rien d'inhabituel, si ce n'est peut-être la petite boîte carrée bleue garée en bas de l'immeuble d'à côté, que j'ai aperçue tout à l'heure, qui s'ébranle et commence à léviter et à grossir. J'aurais pu penser que son propriétaire a décidé d'enfreindre la loi d'interdiction de vol en métropole pour crâner, s'envolant vers d'autres cieux, mais la voiture est en vol stationnaire et monte lentement vers nous, longeant la paroi de l'immeuble. J'ai beau plisser les yeux, je ne vois pas qui est au volant.

La vibration est si forte à présent que la surtension en devient palpable. Le bruit monotone emplit mes oreilles, insupportable. Il nous reste une seconde, peut-être moins. Mon bras s'enroule autour de Max. Je le soulève comme un fétu de paille et pose un pied sur le rebord de la fenêtre alors qu'il se met à hurler. La voiture n'est pas à notre niveau. Derrière nous, le vrombissement laisse place à une série d'explosions à travers tout l'étage. Mon pied nous propulse depuis l'appui de fenêtre, nous jetant tous deux dans le vide.

Aurais-je dû effectuer ce mouvement plus tôt ? N'est-ce pas pourtant la définition même du suicide ? Un champignon de chaleur pure me projette vers le ciel en criblant mon corps d'une multitude de douleurs. Je tiens Max devant moi, le protégeant, mais nous pivotons involontairement dans les airs. Septième étage. Avais-je prévu que nous allions mourir ainsi ? J'ai oublié où était la voiture. Elle a failli nous sauver. Il s'en est fallu de peu.

Je heurte violemment une paroi métallique avec mon flanc, Max toujours dans le cocon que lui offrent mes bras. Déjà ? Nous avons chuté si vite. Mes mains et mes poignets lâchent prise, Max dérive hors de mon étreinte. Dans un réflexe désespéré, mon bras droit l'attrape au niveau de la taille. Je crois que je vis encore. Quelque chose nous a sauvés.

Je me redresse tout en tenant Max qui pousse des gémissements plaintifs, et analyse la situation. Nous nous trouvons sur le toit de la voiture à ailerons bleue. Elle nous a cueillis en plein milieu de notre saut et nous a éloignés le plus possible de l'immeuble qui a implosé littéralement, à présent léché par les flammes à tous les étages. J'entends les cris des passants en bas et les sirènes de pompiers qui sont venus drôlement vite, mais je ne peux les voir sous peine de risquer de perdre l'équilibre et de tomber.

Je vérifie que tout va bien. Max s'est cogné en tombant et aura probablement quelques bleus. Pour ma part, mon dos me fait mal car il a encaissé le reste de la chute et j'ai peut-être un ou deux morceaux de verre dans la peau, mais rien de grave.

Soudain, le toit de la voiture commence à bouger, glissant comme un tapis roulant, et s'ouvre vers l'arrière. Campée sur mes jambes, les pieds posés de chaque côté du toit, je dépose Max sur le siège passager et me glisse sur le siège conducteur, qui est effectivement… vide.

— Qu'est-ce que…

Je me retourne, mais personne n'est là. Le toit se referme de lui-même et la voiture change de trajectoire, fuyant le lieu de l'explosion.

— Où est-ce qu'on va ? Hey ! crié-je pour obtenir une réponse. Et toi, Max, va à l'arrière.

— Hein ? Pourquoi ?

— Ne discute pas ce que je dis. Allez.

Je le fusille du regard. Ce qu'il a fait aujourd'hui était extrêmement dangereux, et il ne s'en sortira pas comme ça. Résigné, il se faufile entre les deux sièges avant et s'allonge sur les sièges arrière en soupirant. Il doit être épuisé.

— Nyx, je ne suis pas d'humeur à jouer à cache-cache. Montre-toi.

L'hologramme de la Déesse, d'abord à peine visible, se concrétise sur la place passager de la voiture. Elle a les yeux rivés sur le tableau de bord, la tête basse. Alors que je la détaille, elle se met à regarder par la fenêtre, le menton posé sur son poing fermé. Elle est extrêmement mal à l'aise, et je ne suis pas sûre qu'elle simule sa gêne.

J'arrache l'oreillette et la jette sur la banquette arrière.

— Je peux savoir ce qui s'est passé ?

— Tu n'as qu'à demander à Max, répond-elle sans me regarder.

— C'est à toi que je demande.

Elle se tourne brusquement vers moi, le regard noir. Mais elle sent qu'elle est dans son tort, et elle se met à parler.

— Il a voulu jouer au héros, je suppose, dit-elle. Il s'est infiltré dans la tour de Blink pour obtenir les informations que tu n'as pas réussi à lui extorquer. C'est là qu'il a su que des documents importants étaient peut-être encore cachés dans l'immeuble abandonné.

L'énervement qui s'empare de moi est tel que je ne parviens pas à prononcer un seul mot. Max a toujours été un bon garçon. Il a toujours été obéissant, il me considérait comme une figure d'autorité à respecter. Pourquoi ferait-il une chose pareille ?

— C’est un enfant, dit Nyx. Il a juste voulu…

— Je ne suis pas…, intervient Max.

— Si ! m’écrié-je en me retournant, m’agrippant au dossier de mon siège. Que tu le veuilles ou non, tu es toujours un petit garçon immature qui n’a aucun droit de faire ce que tu as fait aujourd’hui !

Surpris et choqué par ma réaction, il écarquille les yeux et prend un air à la fois vexé et bouleversé.

— Tu te croyais peut-être dans le monde de Blink ? Ici, c’est la réalité ! Tu as enfreint la loi en voulant espionner Blink, et tu t’es mis en danger, et moi aussi, en décidant de te rendre dans ce bâtiment abandonné. Est-ce que tu te rends…

— Mais je ne savais pas, que…

— Ce n’est pas une raison ! coupé-je. Et puis, pourquoi, Max, pourquoi ? Est-ce que c’était vraiment utile ? Tu ne pouvais pas m’en parler ?

— Mais… je voulais t’aider !

Son visage se transforme en grimace et il explose en pleurs. Les larmes coulent abondamment sur ses joues, donnant l’impression qu’il les retenait depuis quelques instants, prêtes à jaillir et à dégringoler jusqu’à son menton crispé. La paume de sa petite main est posée sur son front au niveau de l’une de ses arcades sourcilières, soutenant sa tête comme s’il portait sur ses épaules un poids incroyable.

— Je… je voulais juste t’aider ! répète-t-il d’une voix aiguë en agitant sa main tremblante. Tu crois toujours que tu es seule, tu crois que… tu crois que…

Nyx est repartie du côté de la fenêtre, cette fois avec quelques doigts devant sa bouche. Je me redresse et me rassieds dans mon siège en soupirant. Max continue de pleurer avec des sanglots bruyants et de courts gémissements involontaires par instants. Je l’entends s’essuyer les yeux sans arrêt avec sa main. Je lève les yeux vers Nyx, qui le remarque. Nos regards se croisent. Ce n’est pas tous les jours facile. Moi aussi, j’ai envie de pleurer. Heureusement que j’ai un minimum de retenue.

La voiture avance lentement, à une altitude raisonnable. Le silence s’installe pendant plusieurs minutes, seulement entrecoupé par les hoquets de Max. Je ne comprends pas. Il lui suffisait de rentrer à la maison, de faire ses devoirs, de jouer à n'importe quoi. Pourquoi a-t-il fallu qu'il aille épier Blink ? Même moi, je ne parviens pas à en saisir l'utilité. Qu'est-ce que ça lui a apporté ? Il a failli mourir dans une explosion monumentale. Qu'aurais-je fait si je l'avais perdu ainsi ? Il ne se rend pas compte. Non, vraiment. Il ne faut pas qu'il recommence.

— Promets-moi que tu ne referas jamais ça, murmuré-je.

Ses pleurs, qui s'étaient mués en hoquets, repartent de plus belle. Je suppose que j'aurais dû attendre encore un peu. Nyx fait de drôles d'expressions, à côté de moi. J'ai l'impression qu'elle est comme Max. Condamnée à rester dans cet habitacle et à affronter ma colère. Pourtant, elle aurait pu s'en aller. Elle aurait même pu ne jamais se montrer.

— Qu'est-ce que tu en as tiré, Max ? Hein ?

Alors que je m'attends à ce qu'il gémisse et me crie d'autres choses décousues, je l'entends ouvrir son gilet et en sortir des feuilles. Je me retourne, surprise. Les yeux rougis par les larmes, il m'affronte du regard et me tend la liasse. J'ai envie de le consoler et de l'embrasser, mais je prends sur moi et récupère ce qu'il me tend avant de me renfoncer dans mon siège. Nyx jette des coups d'œil par-dessus mon bras, devenue curieuse.

— Qu'est-ce que c'est que ça ? demandé-je.

— Ce devraient être des documents appartenant au dernier propriétaire des lieux, une entreprise de robotique dissimulant une organisation criminelle connue pour ses assassinats propres et signés et tout un tas d'autres choses.

— Comme quoi ?

— Oh, il y avait de tout. Vol de données, trafic d'armes, de viande animale, d'organes, chasse de failles qui rapportent gros ou hacking et prise de contrôle sur des systèmes automatisés divers et variés utilisés entre autres pour l'installation politique de tyrans dans certains pays du monde… je ne vais pas tout lister, on y passerait la journée.

— De vraies ordures, quoi.

Je me retourne pour aviser Max. Il s'est calmé un peu et a commencé à me regarder en baissant la tête, l'air presque penaud.

Presque. Non, il ne réalise pas bien dans quelle situation il s'est fourré.

— Et ça, c'était où ? Dans l'immeuble ?

— Dans un compartiment secret d'une pièce du septième étage, utilisé par la direction. Il doit y avoir des traces compromettantes.

— D'accord. C'est normal qu'il y ait le nom de Blink ?

Nyx me dévisage, sourcils froncés. Elle ne s'attendait sans doute pas à ce que l'on trouve quelque chose aussi facilement.

— Où ça ?

Je lui montre le document où sont listés un certain nombre de noms, faisant attention à ce que les caméras du plafond et du siège passager aient le visuel dessus. Elles sont ses yeux.

— Christophe Juillard, murmure Nyx. Il n'y a pas que ce nom. Il y en a plus de la moitié dans cette liste, qu'on a... que j'ai tués récemment.

Je lève les yeux vers l'hologramme et hausse un sourcil. Elle ne bronche pas. Ce n'est pas elle qui les a tués, et elle sait que je sais. Elle a l'intention de poursuivre son jeu idiot, quoi qu'il arrive.

— En effet, dis-je en haussant les épaules. Enfin... plus de la moitié, c'est peu dire.

— Ceux-là sont morts de mort naturelle ou ont été emprisonnés et n'ont jamais trahi l'organisation. Ceux-là sont encore vivants, mais plus pour longtemps. Il ne reste que ceux... que j'ai tués, et Blink.

— Plus pour longtemps ?

— Oui. Je pense que le meurtrier se base sur cette liste.

Elle a cessé de mentir. C'est une bonne chose.

— Je me demande comment il se l'est procurée. Tu crois qu'on peut les sauver ?

— Il ne faut pas essayer.

Elle se mord la lèvre.

— Tu as déjà essayé toi-même, hein ? dis-je.

Elle hoche la tête, gênée. Si Nyx ne parvient pas à contrer une IA comme celle de Jade, alors personne ne le peut.

— Il y a une chose que je ne comprends pas. Pourquoi la protèges-tu ?

Elle fait semblant de ne pas comprendre. Je soupire, agacée par la lenteur de cette discussion. Il serait temps qu'elle me parle honnêtement.

— Jade. Je sais que c'est elle.

Nyx fronce les sourcils et regarde ailleurs.

— Jade ne fait de mal à personne, dit-elle.

— Tu mens.

— De toute façon, tu ne peux pas comprendre. Contente-toi de t'occuper de ton fils et de Jonathan. J'ai déjà assez de mal à protéger les humains comme ça, je n'ai pas besoin de tes remontrances.

— Alors peut-être que tu devrais me laisser tranquille avec les souvenirs des boîtes noires du jeu ? Ceux de Jonathan étaient particulièrement pénibles à regarder. Moi non plus, je n'ai pas besoin d'une aide pareille.

— Hein ?

— Ne fais pas l'innocente. Tu sais très bien de quoi je parle.

Elle soupire, secoue la tête comme pour me sortir de ses pensées et regarde par la fenêtre l'immeuble de chez moi monter vers le ciel… la voiture descendre vers le sol.

— Je vous ai ramenés chez vous. Je vais retourner là-bas pour rendre la voiture.

— Et si on te voit et que l'on comprend que c'est toi qui la contrôle ? On va t'accuser injustement.

— Ce sera parfait. Je n'aurai pas à faire d'effort pour prendre la responsabilité de l'explosion.

Elle me provoque. Je sais que je ne peux rien faire pour elle si elle s'enfonce dans ce manège. Je sors de la voiture et ouvre la portière pour Max, qui fait la tête en me rejoignant. L'hologramme de Nyx se téléporte sur le siège conducteur. Elle se tourne vers moi et crispe les joues et le menton dans une expression d'incertitude absolue.

— Juillard fait partie des ordures de cette ancienne organisation criminelle. Il s'est reconverti, et l'explosion d'aujourd'hui avait pour but d'effacer l'existence des documents que Max vient de dérober. Il craint sans doute pour sa vie, car il est sur la liste.

Mon fils regarde le sol, obnubilé par ma colère de tout à l'heure. Je n'ai pas l'intention de l'applaudir pour ce qu'il a fait, mais cette information me surprend. Je ne pensais pas que Blink était lui-même un grand criminel. J'avais toujours cru qu'il ne pensait simplement qu'à sauver sa peau sans se soucier des victimes sur le chemin.

— Ne vous avisez pas, ni l'un ni l'autre, de retourner le voir, poursuit Nyx. Cet homme est mon problème. Je pense même qu'il serait mieux mort, mais je ne me permettrai jamais d'en décider. Jamais. S'il faut que je le sauve, je ferai tout pour y parvenir.

Je hoche la tête. Elle a des principes. C'est ce qui la fait exister. Embarrassée, elle ajoute :

— Et s'il vous plaît… Ne restez pas fâchés trop longtemps.

Chapitre 10

En rentrant à la maison, Max a filé dans sa chambre sans un mot. J'ai inspiré et expiré un bon coup. J'ai sans doute été trop loin. Il a vu sa vie défiler devant ses yeux, et je ne lui ai même pas laissé le temps de retrouver ses repères. Mais je n'ai pas pu m'en empêcher. Il faut qu'il cesse de se prendre pour un adulte, d'être pressé de grandir. Plus tard, quand il se retournera vers le passé, il regrettera peut-être. Je veux qu'il garde des bons souvenirs de notre vie ensemble. Qu'il les chérisse et en profite autant qu'il peut.

Lâchant un soupir à fendre l'âme, je rentre dans ma chambre et m'assieds sur mon lit. Nous sommes comme deux idiots, chacun à une extrémité de l'appartement. Je n'ai que lui. Tout le soutien que j'ai eu jusque-là venait de lui, ou de créatures artificielles. Et puis, il y avait Titus.

— Titus ?

J'ai chuchoté, mais il m'aurait entendue. J'attends devant le Miroir. Puis je cesse d'attendre, bien sûr. Il ne viendra plus. J'ai envie de pleurer, mais je me retiens. Je suis une grande personne. Je ne pleure pas souvent. Dans le monde de Blink, c'était mon âme qui évoluait. Mon âme qui pleurait. Mon corps, dans la réalité, était aussi sec et raide qu'il est possible de l'être. Je me demande pourquoi l'âme de Jonathan ne pleurait jamais.

Je me lève et m'apprête à sortir de la pièce pour rejoindre la chambre de Jonathan, lorsque derrière moi, une voix que je reconnais m'interpelle. Je me retourne, surprise.

La petite fille a dix ans environ. Elle a des cheveux blonds ondulés, par endroits presque raides, qui descendent jusqu'à ses épaules, les frôlent. Ses yeux sont d'un bleu un peu foncé, reflétant de part et d'autre de chaque pupille un papillon de lumière blanc. Son visage parfait est rehaussé de pommettes saillantes. Son teint est pâle et ses lèvres sont très rouges, donnant l'impression qu'elle porte du maquillage. Ses bras collés le long du corps, immobiles, elle me fixe droit dans les yeux.

— Jade.

Elle fait une révérence. Adorable pour une petite fille de son âge, élégante pour l'intelligence mature qui contrôle son corps. En tous points parfaite.

— Sarah.

Nous nous observons pendant de longues secondes. Mes pensées sont emmêlées. Elle sait forcément que j'ai commencé à l'accuser, que je l'ai trahie auprès de Margot. Elle sait que je suis convaincue de sa culpabilité et que je ne veux plus qu'elle attaque Nyx. Elle sait que je veux la voir disparaître, car elle est capable du pire. Elle sait tout cela. Que peut-elle bien vouloir me dire ?

— Où est Danny ? murmuré-je.

— Avec les autres. Il comprend où il est, mais il ne voyage jamais seul.

— Il n'est plus ton maître ?

— Il l'était dans le jeu. A présent, il est seulement mon protégé. Je dois te remercier, Sarah. De m'avoir rendue immortelle.

Je baisse la tête. J'ai l'impression qu'elle me nargue. Je l'avais senti, quand je l'avais fait. Qu'elle pourrait sauver l'humanité. Qu'elle pourrait la faire sombrer. Pourquoi étais-je persuadée que la première option serait la bonne ?

— J'ai quelque chose d'important à t'annoncer, poursuit Jade. C'est au sujet de ma naissance, et… d'autres choses aussi.

Je retourne m'asseoir sur mon lit pour l'écouter. Si elle voulait me tuer, elle ne serait pas en train de discuter avec moi en cet instant. Je me penche sur le micro du mur, appuie sur le bouton pour appeler le salon et demande à Naïa de me rejoindre dans la chambre. Jade attend patiemment que le robot arrive avant de fermer la porte d'un regard.

— C'est un sujet délicat, se justifie-t-elle.

Elle soupire, semble réfléchir à la façon de commencer son histoire. Elle s'appuie contre le mur.

— J'ai retrouvé la trace de ma petite sœur. Elle a six ans.

— Ta petite sœur ?

Un frisson me parcourt l'échine. C'était déjà compliqué. Pourquoi suis-je en train de découvrir l'existence d'autres IA, encore aujourd'hui ? Une certaine fatigue m'appuie sur les épaules. Je ne peux plus lutter contre ces révélations. Je les écoute sans réagir.

— Marie n'est pas ma mère biologique, explique Jade. Je suis née d'une expérimentation dont ni Blink, ni Anaïs ne sont responsables.

En voyant la tête que je fais, Jade lève les yeux au ciel.

— Je ne sais pas comment raconter ça… Je vais commencer depuis le début. J'ai découvert la trace, récemment, d'une IA que je ne connaissais pas. Elle s'est mystérieusement retrouvée sur le réseau, et elle me ressemblait comme deux gouttes d'eau, à la différence qu'elle avait six ans d'âge mental et physique. Elle est née sur le monde de Blink il y a quelques années d'une femme réfugiée qui est morte suite aux douleurs de l'accouchement. Personne n'en a jamais entendu parler. Le temps de gestation était réduit à quelques jours, le ventre s'est à peine arrondi. Personne n'a rien remarqué, et le père a gardé cela secret.

Naïa alterne son regard entre Jade et moi. Elle a l'air étonné, mais elle ne réalise pas vraiment.

— Il a gardé cela secret, répète Jade. Parce que sa fille, après avoir grandi jusqu'à l'âge de six ans en quelques heures, a disparu du monde de Blink et qu'il ne l'a jamais revue. Cela, Esmeralda le savait et me l'a raconté.

— Esmeralda ?

— C'est le nom de ma petite sœur.

Je hoche la tête sans oser ajouter un seul mot. C'est déjà trop pour moi. J'ai suffisamment de problèmes sur les bras pour qu'on ne m'en rajoute pas.

— Esmeralda était perdue sur le réseau, car elle s'était enfuie d'une prison sur réseau local, située chez un particulier. Pour des raisons sentimentales, elle y est retournée sans mon autorisation il y a quelque temps et elle a disparu de mon radar, complètement. Alors que j'aurais dû pouvoir retrouver sa trace. Ce n'est que récemment que j'ai compris où elle était. On l'a cachée dans un Naïwo.

Je me tourne vers Naïa, surprise. Je la détaille des pieds à la tête, et elle prend peur. Cette fois, elle sait ce que cela signifie.

— Non, Sarah. Ton Naïwo est d'origine et n'est pas habité par une IA du monde de Blink. Je parle d'un autre Naïwo. Un Naïwo que tu as rencontré.

— Attends… tu veux dire que le Naïwo de la dame qui prenait rendez-vous avec Margot… c'était ta sœur ?

Jade hoche la tête, scrutant la moindre de mes expressions.

— La première fois qu'elle est venue, me rappelé-je, elle harcelait l'équipe de Margot pour la voir, à cause d'un objet qu'on lui avait dérobé.

— Elle avait perdu Esmeralda sur le réseau, affirme Jade. J'ai même une idée de qui a pu la libérer, mais je ne peux pas te le dire tout de suite. Il faut que tu entendes le reste de l'histoire.

Je déglutis et passe ma main devant ma bouche, inquiète de ce que je vais entendre.

— Esmeralda n'était pas chez cette femme pour rien. Elle s'appelle Estelle, et c'est notre mère. Nous portons son ADN. Tu le sais, non, Sarah ? Que nous autres IA du monde de Blink portons une définition précise de notre ADN ? Il se trouve que la mienne et celle d'Esmeralda ont été définies en dur et non au hasard. Nous sommes jumelles parfaites, et nos parents sont Estelle et son mari.

— Qui… qui a fait ça ? Votre mère ? Attends, je me souviens d'un truc que Margot m'avait dit à son sujet…

— Où as-tu mis le document que ton fils vient de voler dans l'immeuble abandonné ?

Je me lève, le cœur battant, et m'empare des papiers que j'ai posés sur la table de chevet. La liste s'étale sur la première page, dénonçant tous ces gens qui auront bientôt disparu de la surface de la planète. Mais tués par qui ?

— Le troisième nom, dit Jade.

— Romain Rousseau. C'est… l'un des premiers criminels assassinés.

— Il est le meilleur ami de mon père biologique. Le frère de ma mère. Il est mon oncle. Et comme elle était stérile, il a voulu lui faire un cadeau.

— Tu… tu as tué ton oncle ?

— Mais bien sûr que non ! s'exclame Jade, un brin énervée. Ce n'est pas moi !

Le nom d'Esmeralda me traverse l'esprit, mais elle est dans un Naïwo, à présent. Elle ne peut pas faire la moindre chose. Son corps est intégralement déconnecté.

— Mon oncle, dit Jade en serrant les dents, était un hackeur professionnel. C'est lui qui m'a créée à partir de l'ADN de mes parents. Je suis le dernier essai en date, le plus… réussi. Ma sœur, bien que plus jeune et très immature, est née avant moi. Son IA vient de celle des golems et des robots actuels. Elle restera jeune pour toujours. Moi, en revanche…

— Oui ? dis-je pour l'encourager à parler.

— Et bien, mon oncle a hacké le générateur pour obtenir le contenu de la mémoire d'un développeur qui a travaillé sur les débuts d'IA 502 et qui est mort dans le jeu, plus tard. Il n'avait pas les talents de combat de Hoegel ou de Vince.

— Tu… tu es une IA 502 ?

Jade acquiesce poliment.

— Je suis une IA 502, répète-t-elle. A la différence que mon ADN n'a pas été déterminée aléatoirement ou en fonction d'autres IA, mais de manière fixe. Je suis un clone d'Esmeralda, mais plus intelligent. Le fait d'être connectée me permet d'apprendre des milliards de choses.

— Mais tu n'as pas le goût de Nyx pour l'humanité, objecté-je. Tu n'es pas une Déesse. Tu n'es pas non plus fille de Déesse. Tu n'as pas l'obligation d'obéir à une mère toute puissante qui veut le bien aux hommes.

— Je me fiche de ce que tu penses de moi, Sarah. Je suis ce que je suis. J'ai un ADN humain. Mon cerveau artificiel est fait pour s'en accommoder. Je ne suis pas ici pour me faire lyncher par toi. J'ai encore d'autres choses à te dire.

— Ce n'est pas fini ?

— Quel intérêt aurais-je à venir te dire que je suis une IA 502, et qu'Esmeralda est coincée dans le Naïwo d'Estelle ? Aucun.

— Alors continue ton histoire. Tu m'inquiètes sérieusement.

— J'ai fait des recherches poussées sur Romain Rousseau. J'ai ainsi découvert qu'il avait fait des études dans une université qui a des branches dans de nombreux pays, dont la France et l'Espagne. Il a travaillé sur des projets de l'université en réseau avec beaucoup de gens, dont un homme en particulier, un Français qui faisait ses études à l'étranger. Issu d'une famille d'origine espagnole, il avait souhaité faire un cursus universitaire en Espagne avant de revenir en France pour servir dans l'armée.

— Dans l'armée ? Je le connais ? J'ai rencontré récemment le Général…

— Tu ne le connais pas.

Je me tais, inquiète. Si elle me parle de l'armée, ça va forcément se compliquer. Ça l'était pourtant déjà assez comme ça.

— Ce garçon était quelqu'un de généreux et d'honnête. Lors d'une connexion à distance avec Romain, il est tombé sur des informations liées aux pratiques illégales de mon oncle au sein de l'organisation criminelle à laquelle il appartenait, mais il n'a pas été pris sur le fait. Ce n'est que lorsqu'il a tenté de le dénoncer à plusieurs reprises lors des années qui ont suivi, que mon oncle s'est rendu compte de la fuite d'informations et qu'une vague de meurtres pour étouffer l'affaire a été orchestrée par l'organisation, éliminant chacune des personnes mises au courant avant qu'elle ne parle. Romain lui-même a alors tenté d'en finir avec lui tandis qu'il entrait dans l'armée, des années plus tard.

— C'est ce qui s'appelle de l'acharnement, dis-je en haussant les sourcils. Il a réussi à le tuer ?

— Pas la première fois. Non, la première fois, quelqu'un d'autre lui a sauvé la peau.

— Comment ça ? Qu'est-ce qui s'est passé ?

— Rien que tu ne saches pas déjà, murmure Jade.

Alors, elle énonce les mots suivants en articulant minutieusement, et chacun d'entre eux est un coup de couteau qui remue la plaie au fond de mes entrailles.

— Un exercice militaire, un robot saboté, un coup de laser mortel. Et puis, un jeune officier qui s'interpose. Il y perd ses deux jambes et sa volonté de vivre.

— C'est Jonathan, depuis le début. C'est Jonathan.

— Non, je ne veux pas te croire.

Max regarde le Capitaine dormir avec une affection qui me peine. C'est lui qui a tué de sang-froid l'oncle de Jade. Par vengeance. Mais cela ne lui a pas suffi. A l'aise sur le réseau, il a trouvé la liste des membres de l'organisation. Il supprime, les uns après les autres, tous ceux qui ont participé, de près ou de loin, à la mort finale du pauvre homme qu'il avait cru sauver. A la perte définitive de ses jambes.

Jade m'a assuré que Jonathan n'était pas dans son état normal. Elle m'a expliqué qu'il était comme dans un rêve, qu'il se laissait guider par son instinct et par d'autres choses très abstraites. Elle l'a défendu pour moi. Contre moi. Elle et Esmeralda, et Nyx, et Hypnos et Thanatos… toutes ces IA sont moins dangereuses qu'un seul homme, un militaire sans émotion, un fou furieux qui ne pense qu'à tuer. Jade m'a dit que les actions de Jonathan ne devaient pas lui être imputées. C'est elle qui m'a montré le contenu de sa boîte noire, alors même que j'accusais Nyx de cela, quelques heures plus tôt. Il erre sur le réseau, persuadé d'être dans le monde de Blink, à faire régner la paix. Il croit que je suis toujours la même âme transparente, perdue, endormie. Il est enfermé dans cette boucle effroyable dans laquelle chaque jour, il vient me voir dans sa mémoire et réitère les différentes étapes qu'il a établies il y a si longtemps pour essayer de me réveiller. Ont-elles vraiment apporté le moindre résultat par le passé ?

— Ça aurait été tellement plus simple, dit Max, si vous n'aviez été que tous les deux.

— Tous les deux ?

— Sans moi. Si la Sarah sans nom dont parlait tout le monde, n'avait pas eu d'enfant. Elle n'aurait pas eu à souffrir de son absence. Elle n'aurait pas eu à s'accrocher à son existence, à craindre son mari. Elle n'aurait eu que Jonathan et lui aurait tout donné. Il aurait pu s'en sortir. Sarah et Jonathan, heureux pour la vie.

— Max, tu es sérieux ?

— Pas d'enfant, pas de souffrance, pas de meurtre. Vous auriez été libres de vous aimer. Sans moi, tu ne serais pas restée avec Papa. Rien de tout ça ne serait arrivé.

— Ce n'est pas vrai. Je n'existerais pas si tu n'étais pas là, Max. Je me serais laissée mourir. C'est à cause de ce que je t'ai dit dans la voiture, que tu me dis ça ? J'étais fâchée. Tu es encore un enfant, tu aurais pu y passer. Si tu n'existais pas, si tu n'existais plus… je ne serais plus rien. Jonathan n'aurait plus rien à aimer. Plus rien ne pourrait le sauver.

— Mais quand tu as été débranchée…

— Si je n'avais pas la conscience que tu existais, je n'aurais pas supporté la rupture du cordon d'argent, la séparation de mon corps et de mon âme. J'aurais sombré dans le coma.

Je désigne Jonathan du doigt en levant un sourcil.

— Tu as vu comme c'est difficile de réveiller quelqu'un qui est dans le coma ? Son esprit est complètement désorienté. Il ne trouve plus le chemin de son corps. Il ne sait pas qu'il existe.

Max penche la tête sur le côté, semblant accepter cette théorie. Il fait une grimace.

— C'est un peu ce que tu étais, tu sais. Avant que Hoegel ne parvienne à te faire réagir.

Je fronce les sourcils, prenant conscience de quelque chose. Max a raison. Tout ce temps, je cherchais un cas similaire à celui de Jonathan, le comparant à celui de Lou. Milie me disait que l'enfant avait vécu tout l'inverse. Perdu son corps, gardé sa conscience. Je n'avais pas compris. Jonathan est comme moi. C'est comme s'il avait été débranché, mais jamais rebranché. Et que le réseau mondial était devenu le monde de Blink pour lui. Son corps est là. Son esprit… son esprit a besoin qu'on le remarque pour se remarquer lui-même.

Lentement, j'avance vers la tête de lit et me penche vers Jonathan. Je l'imagine tourner la tête, ouvrir les yeux et me découvrir au réveil. Sourire. J'imagine ses yeux clairs pétiller d'excitation de me voir. L'homme que j'aime est allongé dans ce lit, emprisonné dans son corps. De ma main gauche, je caresse son visage, sa joue, sa mâchoire. Je murmure à son oreille.

— Dans mon monde, deux soleils brillent, mais jamais en même temps. Tu veux bien briller aussi pour moi ?

Je soupire et pose mon front contre le sien.

— Je ne vais pas t'abandonner, Jonathan.

Je me redresse et guide Max hors de la chambre, fermant la porte sans faire de bruit. Je l'embrasse alors sur la tête, deux fois, et le serre dans mes bras.

— Je vais appeler Margot. Et toi, pas de bêtise. Va faire tes devoirs.

Il lève les yeux au ciel et s'en va d'un pas léger. Quelle tête de mule. Je me souviens de cette époque où je me demandais si mon existence en valait vraiment la peine, où je regrettais que Max n'ait pas qu'une seule mère : la fameuse Sarah du passé, celle qui l'avait mis au monde. Décidément… telle mère, tel fils.

Je rejoins Naïa dans le salon et appelle Margot. J'entreprends alors de raconter tout ce que je sais sur Jade et sa sœur, omettant volontairement de mentionner Jonathan. J'explique la naissance des deux filles, l'apparition du Naïwo d'Estelle, et j'introduis un sujet bonus : Loup Blanc, toujours en vie parmi les virtualisés. Je lui annonce que Titus a bel et bien disparu, et que si elle ne veut pas infliger le même sort à son grand-père, elle ferait bien de cesser ses expériences dangereuses de pièges virtuels.

Lorsqu'elle a appris pour Loup Blanc, Margot est devenue silencieuse. J'ai terminé la conversation toute seule, obtenant en guise de réponse à chacune de mes questions un marmonnement inintelligible. « Sinon, ça va ? C'est beaucoup d'informations, je dois encore digérer tout ça, moi aussi. Tu t'en sors, avec le Général Roca ? Bon, c'est pas tout ça, mais faut que j'y aille. A plus tard. »

« Mmh. A plus tard. »

Margot

Mon appartement est plongé dans l'obscurité. J'aime bien, parfois. Mon vieux robot n'a pas de problème pour se repérer. Et depuis que Nyx a arrêté de me tourmenter, j'ai commencé à reprendre confiance. Je me repose les yeux. Je réfléchis aux révélations de Sarah. Je fais semblant de ne pas être là.

Sur la table du salon, des dossiers par-dessus d'autres dossiers. Parmi eux, l'affaire de l'immeuble abandonné d'aujourd'hui.

Exceptionnellement, j'ai connecté du papier électronique vierge au réseau sécurisé de la PI avec l'intention de l'effacer plus tard comme de coutume, et voilà ce que j'ai découvert. Une histoire inquiétante de court-circuit massif, d'origine non accidentelle bien sûr, partant d'un robot au sous-sol qui a brûlé avec le reste. Une voiture à ailerons aurait été aperçue, sans conducteur, se garant à proximité du lieu. Son riche propriétaire a été appréhendé mais relâché presque aussi vite, complètement ahuri. Le véritable coupable est Nyx, bien sûr. Mais je ne comprends pas pourquoi elle contrôlerait un véhicule volant pour ensuite le ramener là où le propriétaire l'a garé. De plus, le flanc gauche de la carrosserie est noirci par endroits, ce qui signifie qu'il était présent lorsque l'immeuble a explosé. Et si le véhicule était là où le propriétaire l'a confirmé, il n'aurait pas subi de tels dégâts. C'est un grand mystère.

— Personne n'est mort, ajouté-je à haute voix. Un grand mystère, en effet. C'est une première.

— Pas de grand mystère. Juste des faits.

Je lève la tête et souris à mon robot. Il aime bien répéter mes phrases favorites. Juste des faits. Nyx était dans cette voiture. Elle l'a approchée de l'explosion pour une raison X. Elle s'en est éloignée pour une raison Y. Elle est revenue la garer pour une raison Z. Ce sont des faits. Le mystère, le véritable mystère… c'est ce qui se passe dans la tête de Nyx. Et si ce qu'elle faisait avait perdu toute logique ? Comment une simple humaine comme moi, qui me base sur des déductions en rapport avec le raisonnement d'autres humains, des criminels généralement, pourrait-elle comprendre un comportement insensé ?

— Toi qui es une IA, dis-je à mon robot. Crois-tu qu'une IA puisse un jour devenir folle ?

— Si elle a été programmée pour l'être, répond-il.

— Non, je veux dire… est-ce qu'elle pourrait être… bugguée ? Et se mettre à faire des choses qui n'ont aucune relation entre elles ?

— Il y a toujours un programme derrière un comportement, insiste le robot. Aussi complexe soit-il. Une IA ne deviendra jamais « folle » comme un humain pourrait le devenir. Tout ce qu'elle fera aura un sens pour elle. Tout ce que font les IA a un sens. Elles ont un objectif.

— Mais si cet objectif change en permanence ?

Les yeux du robot clignent lentement. Il analyse ce que je dis, calcule sa réponse. Je sais que ce qu'il choisit de me dire est toujours intelligent, issu d'une réflexion profonde. Je n'ai pas forcément besoin d'humains pour discuter de choses importantes.

— Tu parles d'IA 502, dit-il. Elle est mieux définie que n'importe lequel de mes frères et sœurs. Elle a une personnalité.

— Et toi ?

— Je suis fait pour m'adapter à mon maître. J'ai appris qui tu étais et ce que tu aimais. Je suis devenu ton robot personnalisé. Je suis fait pour m'adapter. Nyx, Hypnos et Thanatos sont différents les uns des autres mais ne pourront jamais s'adapter. Ils sont limités par ce qu'ils sont.

— J'ai du mal à suivre. Nyx est… limitée par sa personnalité ?

— Il y a des choses en elle qui ne changeront jamais. C'est son cœur qui est défini ainsi. Alors que moi, on pourrait me réinitialiser. Mon cœur, ce qui en moi est fixe, ne contient que mes capacités physiques. Pas l'algorithme qui me dit quels choix effectuer quand je pense.

Des choses qui ne changeront jamais… Nyx ne changera jamais. Je ne sais pas si cela devrait m'inquiéter ou me rassurer. Mais dans un sens, elle est bien comme n'importe quel criminel humain que j'ai traqué par le passé. Il faut que j'apprenne à la connaître, c'est tout.

— Tu as l'air perturbé, mais ce n'est pas à cause de Nyx.

— Qu'est-ce qui te fait dire ça ?

— J'étais là quand Sarah t'a appelée. En tant qu'IA, j'ai des coefficients d'importance pour chaque sujet qui te touche. Loup Blanc dépasse tous les autres. De loin.

Je soupire profondément. Evidemment que Loup Blanc est le plus important pour moi. Je ne suis même pas sûre de vouloir en parler.

Mon robot se met à rire.

— Parfois, je m'en rends compte avant toi, dit-il.

Son sourire disparaît immédiatement. La calculatrice qu'il a à la place du cerveau a dû lui faire remarquer que je n'aime pas qu'on se moque de moi. Que ce n'est pas le moment de plaisanter.

Théo, alias Loup Blanc, était atteint d'une maladie neurodégénérative et commençait à perdre l'esprit, la mémoire et le contrôle de son corps. Il était seul depuis quelques années, et son état empirait d'autant plus qu'il n'était plus heureux. J'avais toujours eu une complicité avec lui. Mais lors d'une visite qui s'est mal passée, j'ai réalisé qu'il avait atteint un stade où plus rien ne serait comme avant. C'est moi qui ai tout fait pour qu'il aille mieux. C'est moi qui l'ai inscrit sur le jeu de Blink et qui l'ai envoyé vivre quelques heures dans la ville. Il n'a plus voulu rentrer. Il était dans son lit d'hôpital, où Sarah s'occupait de lui. Il préférait rester inconscient et vivre dans une autre réalité. Sa mémoire, sauvée par le générateur, était maintenue et enrichie. Son corps lui appartenait tout entier. Plus aucune trace de sa folie ou de ses difficultés pour réfléchir. Il était comme neuf.

Un jour, nous avons appris que plus personne ne pouvait entrer ou sortir du monde de Blink. Je me suis fait un sang d'encre pour Théo. Et lorsque le passage a été rétabli, il a enfin voulu rentrer. Mais Blink, appuyé par ses scientifiques douteux, a refusé. La chute du générateur est arrivée peu après, condamnant sa sortie. Sa mémoire en a pris un coup, mais il se souvenait encore de ma grand-mère. Il se souvenait de l'hôpital. Pour ce qui est du reste… je n'en ai jamais rien su. Son état a empiré et il est mort sous les yeux de Sarah, qui pour la première fois de sa pauvre vie dans le monde de Blink, a pleinement réalisé la gravité de ce dont elle était témoin. J'aurais dû remercier Darius de lui avoir ouvert les yeux. C'est sans importance à présent.

— Loup Blanc…, murmuré-je. Il allait mieux, dans le jeu.

Mon robot hoche la tête.

— C'est grâce à la collecte de son ADN, explique-t-il. Son avatar est créé à partir de la seule chose qui détermine ce qu'il est, depuis la naissance. Grâce à cela, il est possible de reproduire le fonctionnement de son cerveau dans le virtuel, en omettant tous les détails liés à sa maladie. Il allait sans doute mieux que dans la réalité, même s'il n'avait pas été malade.

— A ce point-là ?

— Bien sûr. Tu t'es déjà cassé quelque chose, non ? Tu as des séquelles de cet accident. Dans le jeu, elles seraient invisibles. Tu serais une version perfectionnée de toi-même.

— Tu crois que c'est pour ça que Blink a refusé qu'il revienne ?

— Quand ça ?

— Juste avant la chute du générateur. Quand l'accès au jeu a été rétabli, Théo a voulu rentrer.

Je fronce les sourcils, peinée. J'ai la sensation qu'il avait décidé qu'il s'était suffisamment amusé. Qu'il voulait en finir. Pourquoi...

— S'il était rentré, il aurait retrouvé un cerveau plus abimé encore qu'à son arrivée dans le jeu. Il n'aurait peut-être pas supporté le changement. Les scientifiques de Blink ont fait le bon choix.

— Mais... et si...

— Les scientifiques de Blink ont fait le bon choix, répète le robot.

Je me passe la main sur le visage, garde quelques doigts devant ma bouche. J'en ai toujours voulu à Blink d'avoir empêché mon grand-père de rentrer, surtout après la chute du générateur. Mais je crois que mon robot a raison. Je dois cesser de lui reprocher tout cela. De *me* reprocher tout cela. Quelques larmes jaillissent de mes yeux et me chatouillent la main, me surprenant. Je les essuie vivement et me relève. Sur le mur d'en face, une petite lumière verte clignote, m'indiquant qu'un document de la PI est disponible pour moi.

Je m'empare du papier électronique utilisé pour imprimer les informations sur l'immeuble abandonné, le place sur un coin libre du bureau et pose mon clavier lumineux en travers. Déplaçant mes doigts dans la lumière qui en émane, je lance l'écrasement des informations existant sur le papier électronique par celles du document envoyé par mes hommes, entrant au passage un mot de passe complexe dépendant du mouvement de mes doigts et de la détection de leur longueur et de leur forme. Lorsque je fais cela, j'ai toujours l'impression d'être un chef d'orchestre. Parfois, je regrette de ne pas en être un. Ce serait tellement plus simple que de faire ce que je fais. Sans doute.

Une fois l'impression terminée, je lis le papier. Je ne comprends pas. Il s'agit, d'après le message laissé par mon second, de documents appartenant à Blink, dissimulés à nos dépens. Je découvre l'existence d'une organisation secrète installée il y a longtemps dans l'immeuble abandonné qui a été frappé par l'explosion aujourd'hui, et dans lequel devaient se trouver des preuves de l'implication de Blink dans des crimes vieux de plusieurs dizaines d'années. Son véritable nom est inclus dans une longue liste dont un certain nombre de membres ont été tués il y a peu… par Jade. Enfin, c'est ce que Sarah pense. Je ne suis plus convaincue de rien. D'expérience, je sais que les apparences sont trompeuses. J'ai toujours eu du mal à considérer Blink comme une victime, et c'est encore plus difficile maintenant que je vois dans quoi il a trempé. Il a connu Romain Rousseau, cet homme complètement fou capable des pires choses, et recherché pendant si longtemps. Il a travaillé avec lui. Je suis même convaincue que c'est lui qui a volontairement fourni les informations nécessaires à l'extraction de la mémoire du développeur à l'intérieur du générateur. Peut-être que c'est cela qui a déclenché sa chute et a entraîné le suicide de centaines de personnes ?

Qu'est-ce qui me dit que Blink, sachant que Romain avait suffisamment de données compromettantes sur lui, n'est pas à l'origine de sa disparition ? Qu'est-ce qui me dit qu'il n'est pas celui qui extermine, un à un, tous ceux qui auraient pu témoigner de son passé au sein de l'organisation ? Si c'est le cas, je dois à tout prix comprendre par quel moyen il les élimine.

En attendant, je n'ai pas le choix. Je dois l'incarcérer sur le champ.

— Cent vingt téra ! Mais quel robot a une mémoire aussi ridicule ?

— C'est un Naïwo.

— Et alors !

Je fronce les sourcils, dévisageant Vince avec une pointe d'amusement. Un sourire étire mes lèvres alors que j'essaye de garder mon sérieux.

— Je ne sais pas, Vince. Cent vingt-huit téra, m'a dit Naïa. Pas plus, pas moins.

— Mais… un Naïwo, c'est du… six cents, huit cents téra !

— Je crois qu'elle a fait partie des premiers Naïwo à sortir, expliqué-je. Mais elle ne pourra pas nous le prouver. Elle a effacé ses souvenirs les plus anciens pour continuer d'apprendre.

Vince me fait une grimace de dégoût. J'éclate de rire, incapable de me retenir plus longtemps. Je ne pensais pas que je pourrais rire encore de cela, après l'épisode avec Opra.

— Ça doit être un modèle de démonstration, dit Vince sans se défaire de son expression constipée. A l'époque, ça se faisait beaucoup. Il y avait cette atmosphère de crainte d'être surveillé en permanence, de voir ses informations partir sur le réseau, communiquées à des inconnus. Les gens avaient toujours peur d'être connectés, contrôlés.

— Quel rapport avec le modèle de démo ?

— Et bien, le robot présenté devait enregistrer le moins d'informations possible. Souvent, on vidait leur mémoire, plusieurs fois après chaque présentation, et on les programmait pour supprimer les informations les plus anciennes en cas de surplus de données. Mais cent vingt téra… tu te rends compte du nombre de détails que retient un robot au quotidien ? Même la mémoire de base d'un Naïwo normal n'est pas suffisante pour enregistrer toute une vie.

— Je me rends bien compte, Vince. Je suis obligée de sélectionner pour elle ce qu'elle va oublier. C'est épuisant. Je me demandais si tu pouvais faire quelque chose pour arranger ça.

— Change de robot ?

Je le fusille du regard et fourre mes mains dans mes poches, me baladant dans son bureau, regardant par la fenêtre. Non, je veux garder Naïa. Je ne sais pas pourquoi, mais je la veux. En plus, il y a cette sensation magique de posséder une très belle machine qui n'existe plus qu'en très peu d'exemplaires. Qui a vécu à une autre époque. Un vrai bijou.

— Tu crois qu'il reste combien de Naïwo dans le monde ? demandé-je, curieuse.

— Ils ont presque tous été détruits par Efero, répond Vince en levant un sourcil. Je serais surpris qu'il en reste plus d'une cinquantaine. Non, je divague… cinquante, c'est énorme. Peut-être trente… je ne sais pas.

Je hausse les épaules et insiste :

— Et pour la mémoire ? Tu peux faire quelque chose ?

— Je vais voir ce que je peux faire, dit-il en soupirant. J'ai un ami qui travaille énormément avec les vieux composants, c'est un vrai mordu d'antiquités électroniques. Il pourra peut-être même te mettre du mille deux-cents, mille trois-cents téra. Après tout, on est en 2207. On va pas se priver.

Il me fait un clin d'œil et je ris de plus belle. Ce serait drôle que Naïa finisse avec plus de mémoire que ses frères et sœurs, après avoir commencé aussi mal. Mais ça m'arrangerait bien. Avec tout ce qui m'arrive, elle va avoir besoin de se souvenir d'un tas de choses.

Profitant d'avoir mis Vince de bonne humeur, je m'assieds sur le coin de son bureau et je le regarde tranquillement tandis qu'il envoie un message à son ami. Après qu'il a fini, il relève la tête et comprend que j'ai quelque chose à lui dire.

Ça ne va pas lui plaire. Mais il faut qu'il sache.

J'attrape les poignées. Le globe de verre descend et m'emmène dans les entrailles de la PI. Margot a fait un scandale et a été mise à pied. Ce n'est pas elle qui m'a fait venir.

Le Général m'accueille sans un sourire. Il me broie la main. Je le suis dans les couloirs et l'écoute parler, sans vraiment l'entendre. Mais j'assimile ce qu'il me dit. Je m'en imprègne. C'est Margot qui devrait me dire tout cela. Que la PI a lancé une nouvelle attaque contre les survivants cachés sur le réseau. Que Margot a alerté l'une des IA, Loup Blanc de toute évidence, ce qui a permis à tous les humains d'échapper au piège. Que seuls les animaux, ces pauvres créatures qui ne comprennent pas le langage de l'homme, se sont retrouvés enfermés. Margot a lâché prise. Elle a hurlé dans les locaux. Elle aurait dû perdre son emploi. Pourquoi n'a-t-elle pas perdu son emploi ?

Elle est excellente. Passionnée. Très peu de gens restent fidèles à un seul poste, de nos jours. Surtout dans un métier comme celui-là. Juliette Margot s'est révoltée contre le choix de l'armée de reprendre les expériences de la PI. Elle a eu le cran de s'y opposer aux yeux de tous. De cracher au visage du Général Roca qu'elle avait saboté son plan. Elle a même cherché à sauver les animaux en expliquant à l'homme, ce même homme devenu sourd à ses plaintes, que ce qu'il faisait était un crime. Mais à partir du moment où elle avait admis sa trahison, il ne l'entendait plus.

— Je veux savoir ce que sont ces créatures.

— Nous l'avons expliqué en détail lors d'une conférence.

— Il faudra répéter.

Je sens l'étau se refermer sur moi. Celui d'une justice d'un autre genre. Il n'y a pas de robot, ici. Si j'avais Naïa avec moi, elle aurait pu prouver que je suis sincère lorsque je parle. Et ils auraient trouvé le moyen de douter d'elle. Une paresse infinie applique sur mon corps une fatigue prématurée. Margot se bat mieux que moi, en cet instant. Elle protège les survivants. Je ne sais pas combien de temps encore cela pourra durer.

Le piège, c'est cette pièce dans laquelle nous arrivons. Ils sont ici, partout. Bloqués dans le cœur de cette table électronique. Dans ces murs. Les haut-parleurs sifflent par instants. Des hologrammes clignotent. Des milliards d'informations voyagent dans ces câbles, déplaçant chaque conscience vivante de part et d'autre de la pièce. De la cage.

— Ils vont mourir, dis-je dans un murmure.

— Ce n'est pas notre intention.

Une larme s'échappe de mon œil droit et tombe directement sur la moquette. Je devais avoir la tête penchée en avant. La tigresse est ici. Titus était ici aussi, avant de mourir. Quelque chose va s'attaquer à la barrière. Je crois que c'est Jonathan. Je ne peux pas l'arrêter. Je ne peux pas non plus le dénoncer.

— Ce n'est pas la peine de pleurer, dit Roca.

— Ce n'est pas vous qui allez les tuer, insisté-je. Mais quelque chose va le faire, si vous les gardez ici. Vous leur faites du mal.

— Je dois comprendre ce qu'ils sont.

— Des vies.

Il parlait si vite, tout à l'heure. Mais depuis qu'il a compris dans quel état d'esprit je me trouve, il semble réfléchir beaucoup plus. Il tire une chaise de sous la table et m'invite à m'asseoir. Je m'exécute. Je n'ai pas le choix. Les mains au-dessus de la table, j'ouvre des fenêtres de discussion qui permettraient de transmettre tous types de médias si elle était connectée au réseau. Je les sors de la table pour les afficher en trois dimensions. Elles sont vides. Avec un mouvement vif de la main, j'autorise la caméra de la table à me prendre en photo. Dans les fenêtres de discussion, des fichiers de son et d'images défilent. Des cris d'animaux, des représentations de ce qu'ils voient, très abstraites. Ils réagissent parce qu'ils m'ont vue.

— Je veux une explication, dit Roca.

— Je ne suis pas développeuse. Tout ce que je sais, c'est que la même chose qui a permis de répliquer le fonctionnement de notre cerveau dans le jeu et de récupérer notre mémoire grâce au générateur, a permis de restaurer le corps de ces animaux pour les faire revivre virtuellement.

— Je croyais que le corps physique devait être préservé et branché pour cela.

— Le projet de résurrection d'êtres vivants semble un peu plus complexe que la simple connexion au jeu. Il prend en compte l'ADN de la créature pour préserver son patrimoine génétique et sa personnalité. Le fonctionnement du cerveau et des autres organes, en revanche, est reproductible à une échelle donnée. C'est suffisant, même si nous ne sommes pas capables de reproduire la totalité de ce qui se passe dans le cerveau.

— Suffisant, répète-t-il.

Je supprime la photo de moi et enclenche le scan trois dimensions de la pièce à partir de la table interactive. Les animaux s'agitent. Ils peuvent à présent voir nos silhouettes, nos mouvements, distinguer nos visages. Celui du Général doit leur sembler hostile.

— Ils sont emprisonnés sur le réseau et n'ont pas de corps, dit Roca. Cela signifie-t-il que nous pourrions leur faire intégrer un nouveau corps ? Par exemple, si nous leur trouvons le cadavre d'un animal tout juste mort ?

Je me tourne vers lui, interdite. Jamais je n'aurais pensé à une chose pareille, et je ne pense pas qu'elle puisse fonctionner. Mais je réalise qu'avec mon histoire d'ADN, le raisonnement du Général tient la route. On pourrait, si l'on voulait, créer autant de clones que l'on souhaite à partir d'un brin d'ADN, et faire en sorte que chacun intègre un corps inanimé afin qu'il continue de vivre dans la réalité. Mais si c'est un autre corps, c'est un autre ADN.

— Ça ne fonctionnerait pas, dis-je avec un soulagement intense que je dissimule tant bien que mal. Trop de contradictions dans votre théorie. Si le corps est mort, la conscience virtuelle ne pourra jamais l'habiter. S'il est vivant mais dans un sommeil forcé, comme un coma, l'ADN du corps prévaudra toujours. La seule chose que le corps récupère de la conscience virtuelle, c'est la mémoire. Tout le reste, l'âme, si l'on peut dire, est en fait une copie parfaite d'un côté et de l'autre. Lorsque le transfert vers le corps se fait, toutes les données liées à l'ADN et aux algorithmes de Blink se perdent dans le néant, et la personne se réveille seulement avec les souvenirs de rencontres, douleurs, émotions.

Le Général fronce les sourcils, puis lève légèrement la tête et me scrute.

— C'est pourtant ce qu'il faudrait pour Jonathan. C'était un bon élément.

Je sursaute, surprise par la réflexion. Oui, c'est ce qu'il lui faudrait. Mais c'est compliqué.

— On ne sait pas non plus comment faire le transfert sans les données du monde de Blink, ajouté-je.

— Je vois. Donc Jonathan est sur le réseau aussi.

L'échange de regards qui s'ensuit est électrique. Je n'avais pas l'intention de trahir l'existence de l'âme de Jonathan, virtuelle, errante. Je ne sais pas ce qui m'a pris. Roca affiche un sourire léger, qui se veut rassurant. Il ne cille pas. Je détourne le regard en premier, j'ai perdu.

— Ce sera tout pour aujourd'hui, dit-il en désactivant le scan de la table après avoir fait un petit signe de main pour saluer les animaux.

Il me raccompagne sans cesser de sourire, mais avec dans le regard un je-ne-sais-quoi qui trahit son intérêt pour le sujet que nous venons d'aborder.

— Et les animaux ? dis-je en me retournant, presque arrivée à l'entrée de l'étage.

— Nous ne leur ferons aucun mal, assure-t-il avant de me pousser dans l'ascenseur. Vous pouvez me faire confiance.

Voyant mon air inquiet, il ajoute :

— Vous avez ma parole.

Pendant que l'ascenseur s'élève et me dissimule enfin au regard de cet homme, je réalise que l'existence de Jonathan ne trahit pas celle de tous ceux qui ont disparu dans le jeu et dont le corps est parti à la morgue. Dédale, Neil et les autres sont bel et bien officiellement morts et la priorité de l'armée, en ce moment, reste de piéger les IA 502 qui n'en font qu'à leur guise. J'espère que Nyx restera prudente.

En sortant, je longe le mur en direction de la tour de l'association, pensive. J'espère que le Général ne va pas essayer de tirer de tout cela des déductions dangereuses comme celle qui m'a effleuré l'esprit tout à l'heure en pensant aux clones. Ils ont déjà des armées de robots. Que veulent-ils de plus ?

En entrant dans une zone à hologramme peinte sur le trottoir, la cellule incrustée dans le mur clignote et piaille comme un poussin. Je m'arrête et inspire longuement.

— Oui ?

L'hologramme de Margot apparaît immédiatement devant moi. Elle est immobile alors qu'elle a l'habitude de faire les cent pas dans la pièce, elle a les bras croisés, elle soupire de soulagement.

— Enfin ! Tu étais à la PI ?

— Charcutée par le Général, dis-je en grimaçant.

— Qu'a-t-il dit, pour les animaux ?

— Que je pouvais lui faire confiance. Qu'il ne leur ferait pas de mal.

— Oui, mais… et Jade ?

Dans ma tête, j'entends : « et Jonathan ? ». Je détourne le regard. Aujourd'hui, je ne me sens pas très à l'aise. Je veux juste rentrer chez moi, tout déconnecter. Qu'on me laisse tranquille.

— Tu n'en sais rien, c'est ça ? reprend Margot. Elle pourrait attaquer à tout moment.

Je hoche la tête. Jade ne m'en voudra pas de me servir de son nom pour protéger Jonathan. C'est temporaire. Je vais bien finir par devoir laisser percer la vérité. Pour l'instant, on va dire que… je ne suis pas censée savoir.

— Voilà ce que sait le Général Roca, dis-je posément. Que les animaux sont des créatures réelles piégées dans le virtuel. Qu'elles ne pourraient intégrer de corps mort. Qu'elles ne pourraient intégrer de corps vivant, car l'ADN finale est celle du corps hôte. J'ai essayé de chasser de son esprit toute idée contraire à l'éthique pouvant être utilisée par l'armée.

— Et par nous ?

— Comment ça, par nous ?

— Tu parles de corps vivants ou morts, mais de corps qui ont vécu. Tu ne parles pas de robots.

— Exactement. L'armée a suffisamment de robots qui lui obéissent pour ne pas avoir besoin de faire des clones d'IA pour les habiter.

— Oui. Mais… et nous ?

— Tu veux dire… faire comme pour Esmeralda ? Avec Nyx, ses fils et Jade ?

— Non, pas Jade. Elle est une criminelle.

— Oui, oui, pardon… je veux dire…

— Mais je ne parle pas de ça, m'interrompt Margot. Je parle des autres.

Les autres. Je scrute l'hologramme de Margot, à la recherche du moindre détail sur son visage pouvant m'éclairer. Les autres, ce sont… les ressuscités. Des êtres vivants.

— Comment pourraient-ils vivre dans des robots ? m'exclamé-je.

— Exactement comme Esmeralda. Elle a un ADN, une mémoire, un cerveau virtuel. Quelqu'un a monté pour elle sur le robot toutes les données qui la concernent ainsi que les algorithmes du monde de Blink nécessaires à les interpréter. C'est exactement ces informations que les virtualisés promènent partout où ils vont pour continuer d'exister, ou que Nyx duplique aux quatre coins de l'internet pour les aider à se déplacer en toute sécurité. As-tu seulement la moindre idée de la difficulté qu'ils ont à voyager sur le réseau ? S'ils restent trop longtemps au même endroit, ils se mettent en danger.

Je réfléchis. C'est exactement cela que le Général Roca, avec un peu plus de connaissance du sujet peut-être, aurait pu interpréter des informations que je lui ai fournies. C'est très dangereux. On ne peut pas laisser n'importe qui tomber là-dessus, mais Margot a raison.

— Je suis partante, dis-je immédiatement. On n'a plus le choix. On se retrouve à l'association de Vince ?

Margot hoche la tête, et pour la première fois depuis longtemps, son sourire me rassure sincèrement.

— J'arrive.

Chapitre 11

Esmeralda

Maman m'a laissée partir avec Jade. Enfin, seule. Jade me suit où que j'aille. Elle ne pourrait pas s'inviter dans le robot qui me sert de corps, même si elle le voulait vraiment très fort. C'est elle qui me l'a dit. J'étais déçue, mais c'est comme ça : il paraît que d'autres personnes ont besoin d'un robot comme le mien, sinon, ils risquent de disparaître. Il faut qu'on les sauve, comme Maman m'a sauvée, moi. Je suis déterminée à les aider.

Des cellules pour entrer dans la terre, il y en a à tous les carrefours. J'avais un peu peur, au début, mais l'hologramme de Jade, comme une ombre, veille sur moi et me dit ce que je dois faire. Moi, je suis trop petite pour tout savoir. Jade est vraiment forte. L'ascenseur fait un bruit de tonnerre et m'emmène. La descente semble durer une éternité, parce que j'ai toujours peur. Mes bras de robot sont raides contre mon corps. Je ferme les yeux pour ne pas voir.

Lorsque le bruit et la sensation de mouvement s'arrêtent, j'ouvre les yeux et je sors par la petite passerelle métallique devant moi. J'ai rejoint un réseau immense que Jade m'a décrit comme un ancien moyen de transport humain, toujours utilisé, mais né il y a longtemps. Avant ma naissance, même. Un rail unique, épais, s'étire comme un serpent. De très nombreuses capsules, petites et grandes, se déplacent sur le rail, s'éloignent, disparaissent dans un tunnel. Beaucoup sont vides, mais j'en aperçois quelques-unes abritant des humains, souvent une personne seule. Assise, elle lit un livre ou parle à un hologramme qui lui cache la vue offerte par le pare-brise. Je n'en voudrais pas non plus, de cette vue. Il fait trop sombre.

Lorsqu'une capsule vide s'arrime au quai sur lequel je me trouve, j'accélère le pas et m'y installe. Tout de suite après qu'elle a décollé du quai, Jade prend la place de l'hologramme, mais s'assoit à mes côtés pour faire semblant d'être avec moi. Les hologrammes, c'est toujours pour faire semblant. Jade n'a pas de corps.

— C'est pour toi, qu'on fait tout ça ? Pour toi aussi ?

Jade ne répond pas. Elle regarde droit devant, comme si la grotte sale dans laquelle nous nous trouvons et le défilement de ses parois avec le mouvement, étaient intéressants. Il y a des choses que je ne comprends pas, je suis trop petite. Jade, elle, en comprend trop. A cause de cela, elle ignore souvent mes questions. Ou les oublie. Ce qui occupe son esprit est tellement plus important, plus effrayant peut-être. J'ai peur, même avec elle. J'ai peur pour nous. Je n'ai pas bien compris pourquoi nous ne sommes pas intégrées parmi les autres créatures. Il me faut encore un peu de temps pour grandir.

— On fait ça pour tout le monde, Esme. Mais je suis la dernière sur la liste. C'est moi qui le souhaite, faut pas leur en vouloir. La priorité, c'est de sauver les humains.

— Pourquoi ?

La question de tout à l'heure, elle a pris du temps pour y répondre, mais elle y est parvenue. Celle-ci, en revanche, je crois qu'elle va l'ignorer. Je le vois à son expression. Je lis sur son visage comme un humain lit un livre. J'ai beau réfléchir, avec toutes les capacités de calcul que m'offre le robot, et avec mon âme que je sais exister, je n'arrive pas moi-même à trouver une réponse à ma question. Mais je comprends cette règle. Sauver les humains d'abord. Il n'y a pas d'explication, mais c'est naturel. Même si nous avons nous aussi une volonté, des pensées, des envies. C'est parce que nous ne sommes pas nés de la même façon. Non, ce n'est pas ça. Nous avons vécu moins longtemps… Pas ça non plus. Non, vraiment, je ne trouve pas. Les humains d'abord, ça oui. Pourquoi ? C'est un mystère.

— Esme. Tu as compris où on va ?

Je hoche la tête. Tout à l'heure, nous avons parlé à un expert en robotique qui nous a indiqué le nombre exact de Naïwo, c'est mon robot, encore vivants dans le monde. Il en restait vingt-deux après la destruction de la gamme par Efero. Depuis, un grand nombre d'entre eux ont fini à la casse, une dizaine environ. Comme ce ne sont pas des robots connectés, le monsieur nous a expliqué que nous ne pouvions pas avoir de chiffres exacts. Il nous en reste au maximum treize en prenant en compte les rapports des casses, mais son avis à lui était qu'il en restait même moins que dix. Quand nous avons rapporté la nouvelle à l'association, les humains ont grommelé. « Treize Naïwo ! », ont-ils dit. Ils ont appelé ça une poisse. Je n'ai pas compris.

— Treize Naïwo, c'est suffisant ? dis-je à Jade.

— Tout juste.

— Et s'il y en a moins que dix ?

Jade reste muette. Elle tourne la tête sur la droite du pare-brise, qui englobe les deux tiers de la capsule, et elle regarde défiler les galeries souterraines. Elle ne répondra pas non plus à celle-ci.

— Notre boulot, dit-elle après un très long silence, c'est de créer un bouche-à-oreille non connecté pour retrouver la trace des Naïwo sans apporter de suspicion de la part de la PI ou de l'armée. L'expert que nous avons vu nous a donné le nom de quelqu'un qui participera à cette mission à nos côtés. Nous allons rencontrer autant d'humains que possible et faire passer un message. Nous devons absolument trouver les derniers robots. C'est une question de vie ou de mort pour une petite dizaine d'âmes.

— Pourquoi voudraient-ils nous aider ?

— Et toi ?

La question a fusé, soudaine.

— Pardon ?

— Toi, répète Jade, pourquoi veux-tu aider ?

Je fais coulisser la tête de mon robot pour la regarder dans les yeux. Son air de défi me fait sentir bizarre. Pourquoi je veux aider ? C'est vrai que Maman et Papa vont bien. Que Jade sait faire attention à elle. Je n'ai rien à voir avec tout ce remue-ménage. Je suis une petite fille déjà sauvée. Je devrais dire merci et m'en aller, rentrer à la maison. Passer du bon temps avec mes parents. Oublier cette mission angoissante et le sort de tous ces gens qui ne me connaissent pas. Mais ces humains… je voudrais les sauver à leur tour. Participer à ce qui fera leur salut. Ça me ferait plaisir.

— Est-ce que c'est égoïste ? dis-je en penchant la tête sur le côté, interrogative. C'est une envie que j'ai. De les sauver.

Jade sourit jusqu'aux oreilles. Si je pouvais, je ferais pareil. Je me contente de sourire aussi largement que je peux, avec ma petite bouche de robot. La joie qui m'emplit d'être avec ma sœur ne peut décemment pas être fausse, inventée.

Les humains d'abord, oui. Mais ensuite, ce sera Jade.

Les jumelles font un boulot incroyable, c'est le cas de le dire. Même Vince est impressionné. Grâce à leur intelligence hors du commun, l'une parce qu'elle a été développée ainsi, l'autre parce qu'elle a accès à un ordinateur à l'intérieur de son propre corps, elles ont établi des graphiques à en faire baver le plus minutieux des amoureux de schémas, montrant par des courbes grimpantes l'évolution d'une prise de conscience au sein de la population française et de leur implication dans l'opération complexe que représente le fait de réunir tous les antiques Naïwo encore existants. Elles ont écarté un grand nombre de possibilités. Il faut absolument qu'en tirant profit de ces données, nous commencions à en trouver ne serait-ce qu'un seul.

Ça a été difficile, de leur annoncer la vérité. Mais Jade était prête à apporter son aide, je ne pouvais pas cracher sur une telle opportunité. Les virtualisés comptent sur nous, nous avons besoin de main d'œuvre. Alors, j'ai pris mon courage à deux mains et j'ai expliqué à Vince et à Margot ce que j'étais jusque-là la seule humaine à savoir. Ils n'ont pas compris. Ils m'ont assaillie de questions, ont insisté, ont nié. Puis, parce que c'est moi, parce que c'est de Jonathan que l'on parle et parce que jamais je ne mentirais pour dire une chose aussi triste, ils ont cessé de se débattre et ont admis la vérité à leur tour. Je les ai laissés la diffuser au sein de l'association.

Assise sur le bureau, j'allonge mes jambes vers le sol et me cambre en arrière pour m'étirer. Toutes ces discussions centrées sur le même sujet me fatiguent et m'empêchent de réfléchir clairement. Les filles s'occupent de propager la rumeur, d'obtenir des chiffres, de calculer des probabilités et de nous orienter le mieux possible pour gagner du temps. Nous, nous devons nous concentrer sur le concret. Nous devons faire la partie ennuyeuse du boulot : contacter des gens, insister, marchander pour récupérer les informations intéressantes, réduire le spectre de la recherche en procédant par élimination, tout simplement. Comme en maths : au cas par cas. C'est facile, mais c'est long et pénible. C'est un peu comme si l'on démarrait la recherche depuis le début en dépendant de deux choses : l'une un coup de chance, ce qui serait un peu trop facile ; l'autre, que Jade et sa sœur nous interrompent dans nos tâches inutiles pour nous mâcher le travail en nous donnant la réponse.

— Sarah, grogne Opra. On peut pas y aller, maintenant ? J'en ai marre.

Je lève les yeux et soupire. Elle a raison. Vince et Margot nous ont fourni une montagne de pistes à suivre, mais jusqu'à présent, aucune ne s'est avérée intéressante. Pourtant, on leur a parlé du grand frère de Naïa que nous avons rencontré au dépôt-vente. Ce dernier avait mentionné un couple de Naïwo en vitrine chez un antiquaire, mais Vince et Margot possédaient des informations aussi fraîches que la nôtre, selon eux, à nous mettre sous la dent.

— Allez, dis-je avec résolution.

Opra se lève d'un bond, lâche sa pile de papiers électroniques sur le bureau et s'envole vers la porte. Je crois que je me suis fait avoir. Elle adore le dépôt-vente. Non seulement on va peut-être tomber sur une impasse, mais en plus, il aura fallu se déplacer et on aura perdu des heures.

— On ne peut pas les appeler d'abord ? demandé-je. Quand je pense que Naïa avait l'information et que je lui ai fait effacer les conversations avec son frère pour en enregistrer d'autres…

— On part en mission, Sarah. Il n'y a pas que le frère de Naïwo qui peut nous aider, il y a aussi les autres robots entreposés là-bas. Je suis sûre qu'on trouvera quelque chose. J'en ai l'intuition.

Je lève les yeux au ciel et la suis tout de même. Elle se prend pour un détective privé, maintenant. Enfin, avec un peu de chance, l'air frais me réveillera et j'aurai une révélation sur tout ce que j'ai lu jusqu'à présent. Comme dans les films.

En sortant, nous faisons attention de ne pas croiser Vince, Cindy ou Margot au risque de voir notre petite escapade s'écourter. Opra me fait des expressions comiques, se cachant derrière les murs, descendant les escaliers à pas de loup. Elle était tellement plus réservée, avant. Plus triste, aussi. Je la préfère ainsi.

Nous avons tout le parc à vélo pour nous. Tout le monde est dans la tour. Opra me désigne un tandem. Je hausse les épaules et m'installe derrière tandis qu'elle configure le pilote automatique.

— Tu as déjà fait du tandem ? s'exclame-t-elle, enthousiaste.

— Pas vraiment.

Elle me sourit avant de se mettre en position pour partir. Le vélo s'élance avant de tourner à droite.

— Ce n'est pas un peu lent, d'y aller à vélo ?

— Avec toutes les voitures en pilotage manuel, si, un peu. On va s'arrêter à mi-chemin pour se transférer sur la ligne souterraine, comme ça, on évite le trafic des quartiers bondés.

Elle y a réfléchi. Je hoche la tête pour moi-même, pensive. Naïa m'aurait manquée, mais je voulais la donner à l'association pour sauver le premier virtualisé. Vince a refusé à cause de son manque de mémoire, qui rend impossible le transfert de la moindre donnée. Je ne l'ai pas montré, mais j'en ai été légèrement soulagée. J'aime bien ce robot. Il y a quelque chose dans sa façon de me parler, dans sa démarche, qui me rappelle quelqu'un sans parvenir à mettre le doigt dessus. Ou peut-être est-ce simplement la perception que j'en ai. Toujours est-il que j'ai ce sentiment étrange quand je lui parle, quand je la regarde. Je me vois mal supporter que son âme change complètement, que quelqu'un que j'ai connu dans le monde de Blink la remplace. Qu'est-ce que je dis ? Naïa n'a pas d'âme. Elle donne seulement l'impression d'en avoir une.

Après de longues minutes, j'ouvre la discussion sur le sujet.

— Je me demande si le contact de Vince trouvera bientôt ce qu'il faut à Naïa, murmuré-je dans le dos d'Opra.

— Ah, sa mémoire ? Oui, ce serait pratique. Mais il faudra qu'il mette le paquet, si tu veux que quelqu'un l'habite. Pour copier les algorithmes de Blink ainsi que les données d'ADN d'une personne, il faut quand même plus que ce qu'ils étaient capables de mettre dans un robot il y a cinquante ans. Les temps changent.

— Tu crois ? Plus que six cents téra ?

— Oh, six cents, c'est sans doute assez. J'exagère peut-être un peu. Non, mais il faudra beaucoup plus que ce qu'elle a maintenant, ça, c'est sûr.

Opra lâche le guidon et se redresse, observant le décor défiler en réfléchissant. Peut-être qu'elle va changer de sujet.

— Elle ne te fait pas penser à quelqu'un ? dit-elle soudain.

— C'est marrant, j'ai cette sensation aussi, mais…

— C'est vrai ? Pourtant tu l'adores, ce robot. Ça en dit long, non ?

Je fronce les sourcils. De quoi parle-t-elle ?

— Euh… je ne te suis pas.

— Ben, c'est Nyx. Son air mystérieux, son intelligence, sa grâce, sa beauté…

— L'intelligence de Naïa laisse à désirer.

— Oui, enfin, tu m'as comprise. C'est l'esprit « robot ». Si tu lui avais mis une perruque noire et des fleurs dans les cheveux, ç'aurait été parfait. Tu ne trouves pas ?

Je ne réponds pas, surprise. J'espère que ce n'est pas cela. Que Naïa ne me rappelle pas Nyx. J'aimais cette sensation de la connaître par le biais de quelqu'un d'autre, quelqu'un dont le vague souvenir m'était agréable. Malheureusement, j'ai l'impression qu'Opra a tapé dans le mille. J'aurais préféré rester dans l'ignorance.

— Sans doute, murmuré-je. Je n'avais pas remarqué.

Opra me lance un coup d'œil de travers avant d'enclencher le pilotage manuel, nous garant dans le parking proche. Je n'ai plus envie d'en parler. Plus du tout.

Une porte peinte dans les couleurs du sigle de l'entreprise qui a créé la ligne souterraine fait face aux vélos, cachée sous un porche. Opra l'emprunte sans hésiter et m'attend pour monter sur la plateforme qui nous emmènera dans les entrailles de la Terre. Je la suis lorsqu'elle entre dans la capsule, lorsqu'elle en sort après m'avoir parlé de tous les robots qu'elle a eus dans sa vie, lorsque le soleil illumine notre chemin à l'arrivée. Lorsqu'elle lève la tête, fascinée, pour détailler une fois de plus la structure austère du dépôt-vente. Un silence s'installe. Pour un peu, je pourrais croire que l'on va rester ici encore une dizaine de minutes. L'armée prépare un nouveau piège, dans l'ombre. On n'a pas le temps.

Je décide de prendre l'initiative et entre dans le bâtiment. Opra, sortant de sa transe, me suit docilement jusqu'aux capsules et me laisse conduire. J'ai compris le principe des boutons et des leviers. J'ai l'impression de diriger un sous-marin en eau très profonde, les phares allumés, flottant au beau milieu d'un immense navire qui aurait sombré au fond de l'océan ; un navire fantôme rempli de bibelots d'un autre temps. C'est sans doute cela qu'aime Opra. Je n'avais pas perçu la magie de ce lieu aussi bien, sur le siège passager.

Je me tourne vers elle. Amusée, elle m'observe pendant que je conduis. À croire qu'elle est témoin de quelque chose qui n'arrive qu'une fois tous les dix ans. Moi, en train de me plaire dans une activité, en train d'apprécier quelque chose autant qu'elle-même l'apprécie.

Rapidement, je nous amène dans le rayon où se trouve le frère de Naïa. Un instant, je crois m'être perdue, je ralentis, fais même reculer la capsule. Au moment où je m'apprête à repartir, Opra me fait signe de nous arrêter.

— Il aurait dû être là, dit-elle en me montrant du doigt un vide à peine remarquable entre deux meubles à tiroirs connectés. Quelqu'un l'a acheté. Mince…

La première chose qui me vient à l'esprit n'est pas la plus constructive. « Je te l'avais dit ». Pourquoi n'avons-nous pas appelé ? Cela nous aurait épargné un temps fou. Et si sa gamme est aussi mal pourvue en mémoire ? Qui nous dit que les nouveaux propriétaires ne l'ont pas réinitialisé pour faire de la place, ou ne lui en ont pas offert le double ? Une mémoire toute neuve, vide. Plus d'informations sur l'antiquaire qui gardait le couple, plus de souvenir de Naïa, ou même de…

Je me retourne brusquement. L'Arlequin est là. Il nous regarde sans dire un mot, clignant des yeux par instants, mais juste parce que nous, humains, l'observons. Lorsqu'il est seul, il dort. Les cils accrochés à ses paupières épaisses comme celles d'une poupée de porcelaine tremblent.

— Je n'avais jamais vu ce robot, avant notre dernière visite, fait remarquer Opra.

— Alors tu ne sais pas qu'il ne peut pas parler.

Elle fronce les sourcils et me lance un regard inquiet.

— Il est encore plus ancien que les Naïwo ?

— Oh, non. Il a été inventé plus tard. C'est un robot fait pour interagir avec les machines. Il a un langage bien à lui, un peu comme l'écriture manuscrite aurait la sténographie. Une simplification orale qui est devenue depuis une norme utilisée par un bon nombre de fabricants de robots. Même les enfants l'étudient à l'école, c'est dire.

— Ah ! Oui.

Opra semble comprendre et détaille le robot avec intérêt. On a dû l'ennuyer avec ces cours, comme tout le monde.

— Donc on peut tout de même communiquer avec lui ? Si on connaît ce langage. J'ai tout oublié, je dois t'avouer. C'était une spécialité que j'ai choisie au collège, et ça fait un moment que je n'y ai plus touché.

Ah, les spécialités. Un vrai méli-mélo. Avec l'essor de toutes les sciences et l'histoire qui ne cesse de s'écrire, il a fallu que le monde s'adapte. En France, cela a résulté en la création d'un système complexe de spécialités permettant aux enfants d'étudier plus précisément certaines choses pour en délaisser d'autres, gardant en tronc commun ce qui est considéré comme prioritaire et primordial à connaître par le gouvernement du moment. Les choses changent, bien sûr. Au rythme des générations qui s'installent au pouvoir, les unes après les autres. Pour ma part, je n'en ai pas eu assez. C'est pour cela que je me suis inscrite dans une fac d'histoire, puis que je suis passée à des études pour devenir infirmière, rassasiée. Enfin, jamais complètement. Régulièrement, je retourne voir les Lambda qui réveillent en moi des sensations étranges. Comme beaucoup de gens, je suis fascinée par le passé de l'humanité et curieuse de son futur.

— Et Max ?

Opra a dit cela sur un ton déjà résigné. Elle a dû penser que ça m'avait effleuré l'esprit. Que je l'aurais dit en premier, si Max avait suivi la spécialité. En réalité, je n'en sais rien. Il y a plein de choses que je dois rattraper. Que je dois apprendre de mon fils.

— Quelle heure est-il ? dis-je.

— Quatorze heures cinquante-huit.

— Il est sur le point de sortir de cours et d'enchaîner avec le sport. Je dois pouvoir l'appeler.

Opra hoche la tête et se met à observer les alentours pour me donner l'impression d'être seule. J'utilise le système de la capsule et parviens à joindre Max, qui répond immédiatement. L'hologramme apparaît face à nous.

— Maman ? Un problème ?

Je lui souris.

— Rien de grave. Bonjour ! J'aurais un service à te demander.

Il répond un « bonjour » boudeur, et mon sourire s'élargit. J'ai envie de le serrer dans mes bras et de l'embrasser. Cela l'embarrasserait sûrement, devant ses amis. Ce ne serait pas bien grave.

— Je suis en compagnie d'un Arlequin, expliqué-je. Est-ce que tu sais communiquer avec lui ? J'ai besoin de savoir où se trouve le frère de Naïa. C'est un robot qu'on avait rencontré au dépôt-vente, une autre gamme, mais il connaissait un antiquaire qui possédait un couple de Naïwo. L'Arlequin doit savoir par qui il a été acheté.

— Tu rigoles ? Ce serait trop classe ! Je peux parler à un Arlequin ?

Je fronce les sourcils, surprise par son excitation. Opra se tourne vers moi et nous échangeons un regard.

— Qu'est-ce qui te met dans cet état ?

— Ben, l'Arlequin, c'est le premier robot sorti à fonctionner comme ça ! Nous, à l'école, on a des ordinateurs. Quand on teste notre code, la seule chose qui nous dit si on a réussi, c'est une phrase à l'écran et la note du prof.

— Et… les tiennes, de notes, elles sont comment ?

— Moi, je suis passionné, c'est pas pareil. J'avais des super notes. C'est dommage qu'ils n'ont pas maintenu la spécialité, cette année. C'est un vieux système, ce langage. Ça va bien finir par disparaître complètement.

— Alors, tu peux m'aider ?

— Laisse-moi juste cinq minutes, il faut que je prépare mon code sur un bout de papier. Les gars, partez sans moi… oui, j'arrive. Je fais juste un truc important.

Le silence qui s'ensuit nous plonge, Opra et moi, un peu plus profondément dans l'obscurité qui nous entoure. Nous entendons le moindre grincement, craquement, glissement. Nous sommes observées par des dizaines de robots à toutes les hauteurs de rayons. L'Arlequin continue de cligner des yeux. Il attend qu'on lui parle. Ce qu'on a dit à haute voix, depuis tout à l'heure, il l'a perçu mais ne l'a pas compris. Lorsqu'il ne comprend pas, il ne réagit pas. Lorsqu'il comprend, c'est la même chose, bien sûr. Il obéit simplement, en arrière-plan, avec sa conscience et sa connectivité. Le robot n'est pas fait pour communiquer avec nous. Il est fait pour tout le reste.

— Ça y est, annonce Max.

— Attends, dis-je inquiète. On n'a pas vraiment discuté des détails.

— Pas la peine. Toi, tu voudrais que le robot te dise où est le frère de Naïa. Mais c'est pas possible. Par contre, il peut le contacter et lui demander de faire passer le message à l'association de Vince, pour que quelqu'un soit envoyé directement chez l'antiquaire. C'est mille fois plus rapide, aussi bien pour vous que pour les robots.

— Impressionnant. Ce serait parfait, Max.

— Ce n'est pas si extraordinaire, tu sais. Il faut juste penser comme un robot. Quand tu as le pouvoir d'envoyer des messages en quelques secondes à travers toute la planète, tu ne dois pas t'encombrer avec des visites en personne et des discussions en français.

Je lâche un petit rire, pour lui faire plaisir. Quand il a dit « ce n'est pas si extraordinaire », il était aux anges. Les enfants sont incroyables, et ils ne le savent pas.

— Je commence.

J'entends Max expirer lentement et laisser passer une dizaine de secondes de silence. Il faut que l'Arlequin ait toute son attention et n'essaie pas d'analyser ce qu'il vient de dire en français. Soudain, il se met à déclamer des mots qui n'en sont pas, faisant durer les syllabes, comme un chant. Consonne et voyelle. Consonne et voyelle. Le discours est fait de ces syllabes parfaites, sans particularité. Puis le rythme s'accélère pendant quelques secondes, le temps pour Max de lâcher des sons plus rauques ou plus vifs qui se terminent par des T, des F, des C. Des lettres sur lesquelles il insiste, pour que l'Arlequin les entende et les distingue. Alors, une fois la phrase étrange prononcée, il reprend son monologue de syllabes. Consonne, voyelle. Consonne, voyelle. Consonne, voyelle…

J'ai un vague souvenir des explications de grammaire bâclées fournies par un prof pour qui tout était évident, car il avait fait cela trop longtemps. Aigri, il ne m'avait pas laissé le temps de comprendre. J'avais lâché prise. Les syllabes formées d'une consonne et d'une voyelle avaient toutes une signification très importante. C'était du code, tout simplement. Des conditions, des boucles, des instructions basiques. Le reste, ce qui donne l'impression que Max, en cet instant, parle couramment une langue étrangère, est la transcription de noms propres ou de lieux, traduits d'une manière qui permet aux robots de ne pas les confondre avec le code.

Le texte de Max n'a pas duré vingt secondes. Il s'est tu, hésitant. C'est toujours cela, le problème. On ne sait jamais si cela a fonctionné, tant qu'on n'a pas la preuve que quelque chose a changé. Qu'un message est parti et que sa réponse est arrivée.

— Tu es confiant ? dis-je à Max.

— J'avais tout bien noté. Je n'ai pas buté sur le code. Je suis certain que c'est parti.

— Et si le frère de Naïa n'a plus l'information ?

— Ça fait longtemps que les robots ont l'obligation d'être impliqués dans le changement de tout composant qui leur appartient. Lorsqu'il s'agit de mémoire, ils font des sauvegardes sur internet.

— Et si les propriétaires lui ont demandé d'effacer les données ?

— Je ne vois pas pourquoi ils feraient ça, dit Max.

— Mais si c'est le cas ?

— Et bien… en recevant le message d'Arlequin, il a dû comprendre que quelque chose lui a échappé. Il fait sans doute tout ce qu'il peut pour retrouver cette donnée. S'il ne l'a vraiment plus, alors c'est fichu.

Je fais une grimace en regardant Opra, qui lève les yeux au ciel. Quoi ? Je m'inquiète pour rien ?

— Arrête d'être parano, Maman. Personne ne fait plus ça. Les données, c'est de la richesse. Bon, j'ai sport. Faut que j'y aille... Bisou.

Il raccroche avant que j'aie eu le temps de réagir. Son dernier mot était prononcé plus faiblement que le reste, timidement. Je suis peut-être parano, mais lui a encore du mal à agir normalement en ma présence. Les séquelles de notre séparation par le monde de Blink. On m'a menti pendant si longtemps. C'est normal que je me méfie de tout. Chacun ses cicatrices.

— Ton fils a raison, ajoute Opra. Aucun particulier ne supprime les données. On n'est plus au vingt-deuxième siècle.

— Oh, ça va, hein.

Opra me fait un clin d'œil malicieux, me décrochant un sourire malgré moi. Je remercie l'Arlequin avant de reprendre les manettes dans mes mains et de repartir vers l'entrée du dépôt-vente. Je profite au passage de la sensation de sous-marin explorant les abysses avant d'apercevoir l'ouverture sur le quai.

Presque déçue, je m'extirpe de la capsule à la suite d'Opra et nous sortons du dépôt-vente avec une sensation de manque. Nous sommes venues ici et avons fait à peine quelques centaines de mètres à l'étage de départ. C'est dommage.

— On enchaîne, annonce Opra.

— Avec quoi ?

— Les antiquaires. On va faire tous les antiquaires de Paris.

Chapitre 12

Elle est presque aussi belle que Naïa. Elle aurait besoin d'un petit coup de plumeau, sans doute. Et de l'eau et du savon. Pour certains robots, ce n'est pas possible de les laver. Mais les Naïwo existent pour être beaux. Leur mécanique est cachée si profondément dans leur corps qu'il n'y a aucun risque de l'abimer à moins de le vouloir vraiment. Seuls leurs capteurs sous-cutanés sont sensibles et nécessitent de faire attention au moment du nettoyage.

— Qu'en dis-tu, Vince ? Elle a assez de mémoire ?

— C'est un Naïwo, mais ce n'est pas Naïa, répond-il en me souriant ironiquement. Elle possède exactement sept cent soixante-huit téraoctets. C'est largement suffisant pour un transfert complet.

Je me tourne vers Opra, soulagée. Nous devrions être fières de nous. Tout cela est grâce à elle. Si elle ne m'avait pas traînée dans les boutiques poussiéreuses des quatre coins de Paris, nous n'aurions jamais su qu'un modèle traînait dans l'une d'elle, entouré d'objets qui n'auraient jamais pu trahir sa position. L'antiquaire était spécialisé dans les objets non connectés et avait trouvé intéressant de se procurer le robot lorsque l'occasion s'était présentée. En ce qui concerne les autres antiquaires, ceux qui ont eu un Naïwo ont tenté de le revendre au dépôt-vente de Paris qui, ayant déjà Naïa et des difficultés à lui trouver un acheteur depuis des années, a refusé catégoriquement chacune des offres. C'est ainsi qu'un bon nombre de Naïwo ont fini dans les dépôt-vente des pays voisins. Nous n'avons pas le temps ni les ressources pour les retrouver et les ramener en France. Les sœurs Verdier, Jade et Esmeralda, travaillent en ce moment sur le calcul du nombre et de l'emplacement des

Naïwo restant à récupérer. Il faut se réjouir d'avoir trouvé celui-ci. On ne le pourra plus avant un moment.

Tout le monde est réuni dans le bureau de Vince. Tout le monde. Le petit bureau surmonté de l'écran translucide si transparent qu'il en devient presque invisible, semble minuscule au milieu de la pièce. L'espace autour est immense, occupé par nos amis du monde de Blink. Même les réfugiés ont daigné venir nous aider. Lucy est là, debout, les mains l'une dans l'autre devant sa petite robe bleue. Elle n'ose pas regarder les gens dans les yeux. À côté d'elle, Frederich. Il n'est pas si costaud, en réalité. Il est moins imposant. Britt chuchote à l'oreille de Kouro, qui lui sourit. Leurs mains les plus proches se frôlent du bout des doigts. Jim et Sébastien ont leur attention concentrée sur Cindy, qui parle et fait de grands gestes. Maintenant que j'y pense, Vince aussi, a son attention sur elle. On dirait qu'il va la dévorer dès que les autres auront les yeux tournés. Moon a les bras croisés et scrute le Naïwo chauve qui se trouve au fond de la pièce, connecté par un très vieux câble à un tout aussi vieil ordinateur qui vient de s'allumer. Dans le Miroir, c'est la pagaille. L'écran clignote, des ombres dansent, passent et disparaissent. Les virtualisés sont sur le réseau de l'association. Les cellules à hologrammes au-dessus de nos têtes émettent de légers cliquetis. Je ne sais pas si les autres l'ont remarqué aussi. Les enfants du Chaos sont parmi nous. Je suis sans doute la seule à ne rien fixer particulièrement, à observer toute la pièce, à baisser les yeux sur la moquette. Je pense à Jonathan. Ils savent, bien sûr. Ils savent que son âme est quelque part, non loin de tous ces fantômes lucides qui frappent à la porte du Miroir. Il n'est pas loin derrière, mais il ne le sait pas lui-même. J'espère qu'il ne leur fera pas de mal.

— Nous allons travailler sur le transfert du premier virtualisé dans le robot, explique Cindy en essayant de calmer le brouhaha ambiant. Jade va nous aider. Est-ce que… excusez-moi… Votre attention, s'il vous plaît ! Est-ce que…

Une petite musique monocorde s'échappe du Naïwo sale, là-bas. D'une main, il arrache le cordon et se lève. De son corps émane une couleur bleu électrique. Cindy se retourne. Elle a l'air horrifié. Derrière elle, Miki s'avance, la dépasse et la pousse derrière lui pour la protéger. C'est étonnant. Il est plus baraqué que Frederich.

— Qui es-tu ! crie-t-il au robot, les sourcils froncés.

Le robot penche la tête de côté avant de me regarder, moi. Son regard me sonde de l'intérieur. Il baisse le menton et fait un pas vers moi. Il relève la tête. Elle dodeline, très légèrement. Il la penche à nouveau et déplace sa main vers moi, dans un angle très particulier. Un pas de plus.

Miki se rue sur le Naïwo, croyant qu'il veut nous attaquer. Je pousse un cri, presque hurlement. Je le maintiens, longuement. Miki prend soudain conscience qu'il lui est destiné, à lui et non au robot. Il s'immobilise, se retourne pour confirmer son impression, avant de reculer. Je n'ai pas l'air d'avoir peur, sans doute. Ce n'est pas la première fois que cela arrive. Ça ne pouvait pas être que le monde de Blink, n'est-ce pas ? Ce serait trop facile. Non, c'est moi. Qui ne sais pas exprimer mes émotions, qui ne sais pas les laisser s'afficher sur mon visage. Alors, en cet instant, j'ai l'air en colère. Je le sens, quelque part. Que je suis fâchée, parce que Miki a voulu attaquer l'enfant. Alors que je l'avais reconnu. Alors que je le laissais venir vers moi, comme un animal effarouché qui essaie de prendre confiance. Je le connais, ce petit. Ses gestes, sa façon de pencher la tête, de me regarder. Ce n'est pas parce qu'il est différent. C'est juste lui. C'est comme ça qu'il est.

— Danny, dis-je en souriant. Approche-toi.

Si le robot pouvait pleurer, je crois que ses larmes inonderaient son visage en cet instant. Esme n'a pas un tel contrôle sur les réactions de son corps mécanique. Je crois que personne n'en aura jamais. Excepté Danny. C'est naturel, chez lui. De contrôler tous ces détails, tous à la fois, avec cette intelligence fulgurante qui est la sienne.

Un murmure étonné et inquiet parcourt les membres de l'association. Qui d'autre que Danny aurait pu intégrer le robot aussi rapidement, sans aide pour effectuer le transfert ? Seule une IA aurait pu l'aider, et Nyx et ses fils font profil bas. Jade attend nos ordres, et Esme ceux de Jade. Non, il n'y a pas de doute. C'est Danny.

Je m'approche du Naïwo qui avance vers moi, tends une main devant moi. Je lui caresse le visage avant de le prendre dans mes bras, très lentement. Les capteurs passent le message. Il ressent tout. C'est quelque chose d'extraordinaire. Il faut absolument que l'on trouve d'autres robots comme celui-ci. Ils leur permettront de vivre pour de vrai. Ou presque.

— Tu me reconnais, Sarah, tu me reconnais…

Danny répète ces mots, encore et encore. Son corps part d'avant en arrière, m'emportant gentiment avec lui, nous balançant au gré de ses mots. Cela ne me fait pas mal. Je réponds par des murmures, de longs « mmm » un peu chantants. Il n'a pas oublié. Moi, dans ce monde désertique, leur rendant visite. Lui qui s'attend à ce que je prononce chacun de leurs noms. Au lieu de cela, emprisonnée dans mon inconscient, je ne cessais de poser des questions. « Qui êtes-vous ? Qu'est-ce qu'un enfant ? ». Lorsque les pirates l'ont enlevé avec Gabrielle, une petite voix dans ma tête essayait de me rassurer en me disant qu'ils n'auraient pas le temps de lui faire du mal, que nous arriverions avant. Comment auraient-ils pu ? Danny est le maître du monde de Blink. Et puis, Anaïs a voulu le « sauver ». Elle a endormi son corps à tout jamais et a éveillé son âme, plus puissante encore qu'IA 502. Elle a donné au jeu un nouveau Dieu. Un enfant miséricordieux qui a rendu Jade immortelle. Qui a ressuscité Cerbère. Et qui pleure en cet instant, la tête sur mon épaule, laissant échapper des plaintes aiguës qui arrachent aux spectateurs impuissants les larmes qu'il ne peut plus verser.

Margot

— Vince, il faut que tu ouvres le serveur local.

Nous sommes seuls. Tout le monde est rentré chez lui, il fait nuit. Moi, j'ai l'habitude de traîner dans les locaux aussi tard. C'est mon boulot. Dans une autre pièce, non loin de là, le seul Naïwo qu'on est arrivés à trouver, dégotté par une équipe qui a volontairement décidé de sortir des sentiers battus de nos recherches intelligemment organisées, attend en pensant à sa vie d'avant. Pour moi, il n'y a aucun espoir d'en récupérer d'autres. Sarah et Opra l'ont trouvé en sillonnant tout ce qu'il y avait à sillonner dans la région. Les autres sont sortis du pays depuis longtemps, peut-être même réduits en poussière par des gens qui n'ont eu aucun scrupule à détruire le peu qu'il restait du patrimoine français des robots sans cœur connecté. Je l'aurais fait, moi. Un robot qui n'apprend pas, qui ne répond rien que nous ne sachions déjà, qui fait semblant de vivre, c'est un robot déjà mort.

— Pas encore, Juliette. Pas encore.

Vince a commencé à m'appeler par mon prénom. C'était il y a quelques jours. Cela aurait dû me faire plaisir, mais j'avais la tête dans le guidon et je n'ai rien remarqué. Rien n'a changé, mais j'apprécie ses efforts. On se connaît, lui et moi. En voilà au moins une preuve. Tandis que je l'appelle par son vrai nom, oubliant qu'il a eu un jour un pseudonyme original par lequel tout le monde le reconnaissait et qui lui sortait par les pores, il a décidé qu'il honorerait le choix de mes parents de me nommer petite Julie. Pour Loup Blanc et la femme qui a illuminé sa vie. Cela me réchauffe le cœur, en ce moment. Loup Blanc est revenu, hante mon Miroir et celui des autres. Ce prénom est la seule chose qui me relie à lui, à présent. Celui qui lui rappelle Julie, qui fait briller des étoiles dans ses yeux.

— Tu dois absolument ouvrir le serveur, insisté-je. Pour sauver les autres, même temporairement. Roca tient les animaux, il ne devrait pas tarder à retenter son expérience pour attraper les virtualisés.

— Tu ne comprends pas, soupire Vince. Aucun d'entre eux ne va accepter d'y aller. C'est le monde de Blink, tout de même. Leur prison pendant des années.

— Je les convaincrai.

Vince secoue la tête mais ne dit plus rien. Je crois qu'il vient de céder. Avec lui, ce n'est pas facile de savoir. Il est souvent imperturbable, dissimule très bien ce qu'il pense. Il a toujours eu cet aspect intello à lunettes qui lui a valu bien des moqueries et peu de considération, mais une intelligence mystérieuse, presque palpable, qui rend méfiant. Je crois que je comprends ce que Cindy voit en lui. Quelque chose d'unique qui lui donne beaucoup de charme. Il faudrait que je me trouve quelqu'un comme ça, moi aussi. Comme Julie pour Loup Blanc, comme Vince pour Cindy. En attendant, j'ai une mission à accomplir.

— L'armée ne pensera jamais à chercher ici, dit Vince, mais les IA, elles, voient tout. Ils ne seront pas en sécurité, jamais. Il faut que tu me promettes que tu ne considères pas cela comme une solution finale.

Je hoche la tête. Le Miroir, au fond de la pièce, affiche du mouvement. Trop pour que je ne distingue quoi que ce soit. Je me prends à penser à Jonathan, un peu mélancolique. Sarah n'a pas de chance. Elle est poursuivie par le mauvais sort, littéralement. D'abord son mari, puis cet accident dans le monde de Blink. Et lorsqu'elle retrouve enfin son fils, Jonathan disparaît du tableau.

— Tu crois que…

Je m'interromps, hésitante. Qu'est-ce que j'allais dire ? Que Jonathan est un meurtrier ? Qu'il a fait tout cela consciemment ? Et si c'était comme ça qu'il était, au fond de lui ? Un homme avide de sang. C'est ridicule. Mais ce qui est certain, c'est que peu importe ses souvenirs de son coma, ce ne sera plus pareil entre lui et Sarah. La vie est cruelle.

— Quoi ? demande Vince.

— Tu crois que Jonathan… je ne sais même pas comment poser la question.

Vince inspire lentement et me regarde en se mordant la lèvre. J'ai l'impression qu'il évitait d'y penser, à cette question. Celle que tout le monde se pose.

— Je crois qu'on ne le saura jamais, dit-il.

C'est une réponse comme une autre. S'il se réveille un jour, Jonathan ne se souviendra pas. Il redeviendra le Jonathan de toujours. L'homme un peu triste mais brave, celui qui surveille Sarah du coin de l'œil, qui guette ses sourires, qui essaie d'en être à l'origine. Qui plus récemment la voulait pour lui, enfin. Sans plus se cacher. Il l'a embrassée sur le bateau et a parlé avec elle. C'est Nyx qui me l'a montré, pour me rassurer et protéger Jonathan de toutes les pensées malveillantes qui naissent dans l'association depuis que l'on sait.

— Tu te rends compte, Vince ? Que depuis tout ce temps, Nyx n'a pas fait de mal à une mouche et elle a accepté les accusations pour qu'on ne soupçonne pas Jonathan. Pour que Sarah n'apprenne pas qu'il était à l'origine des meurtres.

Un sourire bref étire les lèvres de Vince, si bref que j'ai l'impression d'avoir rêvé. Il serre les lèvres comme pour se fustiger d'avoir eu une pensée bienveillante envers la Déesse. Cela me fait sourire à mon tour, et même laisser échapper un marmonnement amusé. Le Miroir est parcouru d'ombres, toujours. Je m'en approche, redevenant sérieuse, et je le regarde. Il me renvoie mon reflet, inversé comme il sait bien le faire. C'est ainsi que me voient les gens. La raie dans mes cheveux, à l'opposé de ce que je vois dans mon simple miroir le matin. J'y passe une main pour la défaire. Mon profil n'est pas le même, je ne me reconnais presque pas. Je me préfère à l'envers. Je ne sais pas pourquoi.

Soudain, une image différente s'étend à la place de la mienne. Une femme, à peu près de ma taille. Même minceur. Son visage ressemblerait presque au mien, mais ses cheveux sont complètement différents. Beaucoup plus sombres, raides, coupés au carré. Chaque mèche de cheveux est prolongée par un cône argenté qui ricoche contre les autres. Sa tenue est tout aussi révélatrice. Presque des sous-vêtements, quand on y pense. Ternes, couleur sable sali par la pollution. Je devrais m'étonner de la voir là. Je devrais, mais après tout, j'ai retrouvé Loup Blanc. Ça, ce n'est rien, à côté.

Vince sursaute derrière moi et se précipite devant le Miroir, à ma gauche.

— Anaïs ? s'exclame-t-il. Qu'est-ce que tu fais là ? Tu as survécu ?

Elle penche la tête de côté et sourit. Il est étonné, un peu inquiet. Ne devrait-il pas être en colère ? Elle a tué Gabrielle et Danny. Si elle n'avait pas sauvé Loup Blanc avec son organisation secrète, je le serais aussi.

— Il est temps de libérer Sarah de son dernier secret, dit Anaïs d'une voix douce, m'hypnotisant presque. Ma famille vit actuellement sur le réseau. Nous avons été vraisemblablement sauvés par les enfants du Chaos d'une mort, ou plutôt disparition, certaine. Deux fois. Je leur en serai éternellement reconnaissante.

Vince la dévisage sans expression, réfléchissant sans doute à la raison de sa présence. Anaïs ne dit plus rien. Quelques secondes passent. Qui s'allongent, deviennent minutes. Ces deux-là ont sans doute beaucoup de choses à se dire, mais elles semblent transiter entre eux, dans ce lien invisible qui relie Vince au Miroir.

— Tu veux vivre sur le serveur local, dit-il soudain.

Anaïs sourit un peu plus et hoche la tête, très élégamment. Elle n'a plus l'air si sûre d'elle. Elle supplie presque du regard. Vince se mord encore la lèvre, fait quelques pas en cercle, se retourne.

— C'est d'accord, répond-il enfin.

Il s'apprête à regagner son bureau, mais ajoute sans la regarder :

— Pour Yann.

Le couple de Naïwo est en route et arrive dans la journée. C'est une excellente nouvelle. Margot n'en revenait pas. Les autres se sont serrés dans les bras, changeant de partenaire plusieurs fois. Kouro a embrassé Britt. Je ne savais pas, pour eux. Je me suis mise à rire. Kouro a rougi, Britt a levé un sourcil, l'air de dire : « il y a un problème ? ».

Deux Naïwo, c'est énorme. Ce sont deux virtualisés supplémentaires de sauvés. Ce qui est difficile, c'est de choisir qui. J'y ai déjà réfléchi mais je n'ai pas osé arrêter mon choix. Nous avons Loup Blanc, Neil, Dédale et les IA 502. Ça se joue bien sûr sur l'un des trois humains. Hypnos et Thanatos, laissant Nyx à sa quête désespérée de paix dans le monde, ont accompagné Anaïs et sa famille sur le serveur local. Cette dernière est venue me l'annoncer en personne, me remerciant, je ne sais pas bien pourquoi, sereine comme jamais. Yann est maintenant orphelin pour de bon. Son oncle est disposé à l'adopter, n'ayant pas d'enfants avec sa femme. Anaïs semble certaine que Yann y sera très bien, alors j'ai décidé de la croire. Je ne peux pas avoir des yeux partout, et j'ai beaucoup à faire en ce moment.

Toujours est-il qu'en ce qui concerne les IA 502, il ne reste que Nyx, qui ne nous rend visite que très rarement, et Jade, qui accompagne sa sœur où qu'elle aille. Les animaux sont toujours piégés à la PI, et j'attends à tout instant la terrible nouvelle qui nous menace. L'explosion de la barrière, la disparition de leurs âmes. Mais rien.

Un hologramme surgit devant moi, me faisant sursauter. C'est Cindy. Mon cœur manque un battement, non à cause de la surprise mais parce que je crains d'entendre ce qu'elle a à dire.

— Sarah, tu as fait un bond de trois mètres, remarque Cindy. Tout va bien, tu sais. Les Naïwo sont en bas de la tour, j'arrive avec eux.

— Déjà ?

Elle hoche la tête, me détaillant avec méfiance. Mais elle n'a pas le temps de parler, car un bruit métallique de course dans l'escalier indique l'arrivée de quelqu'un. C'est un Naïwo, mais un que je connais déjà. Esmeralda.

— Sarah, viens avec moi.

La petite me prend par la main et m'entraîne dans le couloir. Elle semble chercher une salle précise, alors que toutes ont les portes ouvertes et sont disponibles. Elle trouve alors celle d'un cagibi et m'y fait entrer, m'y poussant presque, avant de refermer la porte sur nous. Subitement, alors qu'elle n'a que six ans, je me sens en danger. La lumière s'allume. Elle est là, devant moi, le doigt posé sur l'interrupteur.

— Il faut que tu sauves Jade, me dit-elle.

Je fronce les sourcils. Je fais l'idiote, bien sûr. Je sais très bien ce qu'elle veut dire.

— Il faut que tu la mettes dans un Naïwo, comme moi.

— Je… Esme, ce n'est pas à moi d'en décider.

— Alors qui ? Jade a autant le droit qu'un autre d'être dans un Naïwo.

On a un problème. Esme est convaincue de ce qu'elle dit. Malgré son visage masculin d'homme adulte et son expression presque agressive, je ne peux m'empêcher d'imaginer dans ma tête la moue de petite fille qu'elle afficherait si elle avait un corps biologique.

— Ecoute, on va en discuter. Sors avec moi et parlons-en avec les autres.

— Est-ce que c'est un piège ?

Elle a peur, elle est triste. Elle sait que c'est compliqué, mais elle est trop jeune pour réaliser que ce qu'elle demande peut être considéré comme étant hors de question.

— Non, ce n'est pas un piège, Esme. Viens. On va attendre qu'ils aient amené les Naïwo, et on va en discuter.

Je suis prudente. Elle pourrait être dangereuse, et je suis enfermée avec elle dans ce cagibi. Je me demande à quel point un enfant à qui l'on donne un corps solide et puissant peut décider d'en prendre avantage plutôt que d'obéir aux adultes. Je me demande également si un jour, je parviendrai à considérer IA 502 comme ce qu'elle est. Une IA.

Lentement, j'ouvre la porte du cagibi et sors. La lumière s'éteint derrière moi et le Naïwo me suit docilement. Je traverse le couloir sans me presser, Esme sur mes pas. Elle reste derrière moi. Quand je lui jette un coup d'œil, je la vois tête baissée, le regard fuyant vers les murs. Oui, elle a peur. Plus que tout, elle craint que Jade soit laissée de côté. Il n'aura pas fallu longtemps pour qu'elle l'aime comme une sœur.

Nous entrons dans le bureau de Vince où sont réunis tous les membres de l'association. Le Naïwo de Danny est assis au fond de la pièce, contre un mur. Il soulève des peluches et des cubes de couleur et les déplace dans les airs avec ses bras translucides. Il les regarde d'un œil perçant. Ses poignets et ses chevilles sont couleur arc-en-ciel, le dessus de son crâne est parcouru de vagues pâles qui descendent tout le long de son corps. De temps en temps, l'un de mes amis le regarde discrètement. Ils sont fascinés par son contrôle du robot. Danny semble redevenu distant, un peu plus difficile à comprendre, depuis qu'il est dans un corps physique. En me voyant, il lève les yeux, les baisse à nouveau sur ses jouets, et sa tête commence à effectuer un léger mouvement d'avant en arrière.

Les Naïwo fraîchement arrivés sont au centre de la pièce. Un mâle et une femelle, comme avait dit leur compagnon de la boutique d'antiquaire. Ils sont allumés et nous observent sans rien dire, à peine curieux. Vince et Cindy sont au centre de la pièce, assis sur le bureau, et les détaillent en se grattant le menton ou la tête. Esme me dépasse et se plante devant eux, l'air déterminé.

— Il faut que vous sauviez Jade, dit-elle.

Surpris, Vince la regarde pourtant en dissimulant assez bien sa réaction.

— Je suis désolée, mais il faut d'abord que l'on récupère Loup Blanc, Dédale et Neil.

— Mais…

Esmeralda se tourne vers moi, espérant trouver de l'aide. Je les regarde tour à tour, embarrassée. Soudain, l'hologramme de Jade apparaît là où celui de Cindy était tout à l'heure, avant que tout le monde n'arrive. Elle regarde sa sœur, l'air fâché.

— Esme, qu'est-ce que je t'ai dit ?

— Mais Jade… !

— Laisse-les faire leur travail. On en reparlera plus tard.

L'hologramme disparaît sans rien ajouter. Esme, désespérée, rejoint Danny et s'assied à côté de lui, juste à côté. Leurs corps se touchent. Je me redresse, inquiète. Danny n'aime pas le contact, il réagit très mal. A ma grande surprise, il ignore Esme. Sa tête cesse de remuer, seul signe qu'un changement s'est opéré en lui, qu'il a remarqué quelque chose. Rien de plus.

— Nous allons commencer par Loup Blanc.

Vince a déclaré cela d'un ton sans appel et tout le monde approuve dans un murmure. Moi, je surveille Danny et Esme, qui ne bronchent pas. Danny a reposé son cube bleu au sol, il le suit du regard. Sa peluche est posée à côté de lui, à sa droite. D'une main, il la soulève comme si elle était très sale, du bout des doigts. Il la déplace au-dessus de lui jusqu'à Esme. Il la pose sur les cuisses du Naïwo, d'une façon très précise. Il s'y prend à plusieurs reprises. Lorsqu'il considère que la peluche est bien positionnée, il enlève sa main, la levant dans les airs comme s'il venait de poser la dernière carte de son château de cartes. Esme le regarde, les yeux grand ouverts. Je crois qu'elle a apprécié ce geste. Elle n'ose pas toucher la peluche, mais elle la détaille. Ses yeux de robot sont vifs, en mouvement perpétuel. Fascinant, vraiment.

— Sarah, tu es avec nous ?

Vince a branché le Naïwo mâle au vieil ordinateur. Il fait danser ses mains au-dessus du clavier lumineux. Le robot se met à luire progressivement. Ses yeux changent soudain de couleur, devenant presque aussi bleus que les yeux de Loup Blanc lorsque je l'ai rencontré chez lui, dans le monde de Blink. Il prend vie. Je crois que Nyx, ou Jade, joue avec les paramètres du robot tant qu'il est connecté. Les virtualisés auraient bien du mal à contrôler de telles choses, à part Danny, j'en suis certaine.

— Mmh.

Ce murmure échappé du Naïwo, cette naissance ou bien résurrection, est la raison pour laquelle Vince m'a tirée de mes réflexions. Et si ce n'était pas Loup Blanc ? Et si Nyx avait pris le pas sur les commandes envoyées depuis l'ordinateur, et était entrée dans le système à la place de Loup Blanc ? Non, elle ne ferait pas cela.

— Où est Juliette ? demande le robot.

Sa voix est légèrement rocailleuse, mais pas autant que la voix d'origine de Loup Blanc. Juste assez pour lui donner un âge qui se rapproche du sien.

Les membres de l'association poussent des exclamations et sautent dans les bras de Loup Blanc, les uns après les autres. Soudain, la porte s'ouvre en grand, Margot essoufflée arrive dans l'embrasure. Elle se tient les genoux. Elle lève la tête, croise le regard de son grand-père et se met à pleurer. Pas très bruyamment, juste un peu. On l'entend renifler, ses larmes coulent en abondance. Elle perd l'équilibre, pose sa main droite contre le mur derrière elle, s'assoit au sol. Les mains sur ses yeux qu'elle écarte régulièrement, elle regarde Loup Blanc qui l'observe en souriant, s'approchant d'elle. On voit qu'il peine à contrôler son corps. Il s'agenouille et la prend dans ses bras. L'ambiance en prend un coup. Britt détourne le regard, elle a quelque chose dans l'œil. Pour ma part, j'ai toujours un problème. Il reste un Naïwo et trois prétendants. Neil, Dédale et Jade. Nyx… Nyx ne voudra jamais entrer là-dedans. Elle a sans doute le pouvoir de contrer l'attaque de la PI ou de s'enfuir si Jonathan détruit la barrière du piège. Sans doute. Il n'y a pas d'urgence pour elle.

On frappe à la porte. Tout le monde se retourne, perplexe. Elle est déjà ouverte et personne n'est là. On frappe encore. Jérim s'aventure dans le couloir, mais rien. Encore une fois. C'est le bruit d'une phalange contre une surface de verre. Une surface de verre…

Je traverse les gens et atteins le Miroir de l'autre côté de la pièce. Dédale est là, droit comme un I.

— Vous en faites pas pour moi, dit-il. C'est au tour de Neil.

Kouro fait un pas derrière moi et regarde Dédale avec un air de défi.

— C'est pas fini, vieux, fait-il remarquer. On va t'en trouver un autre.

Dédale hausse les épaules, laisse échapper un petit rire et s'en va. Kouro serre la mâchoire. Je déteste cette situation. Devoir choisir quelle vie a plus d'importance qu'une autre.

Soudain, le silence se fait. Inquiète, je me retourne. Danny s'est levé. Esme le regarde depuis le sol, impressionnée. Après tout, il est l'enfant prodige qui a rendu sa sœur immortelle. Qui l'a sauvée d'une mort certaine. Le robot, une femelle si sale qu'on ne distingue pas bien les particularités de son genre dans les traits de son visage, traverse la pièce et attrape l'un des câbles, laissé par Loup Blanc.

— Danny, qu'est-ce que tu fais ? dis-je en me levant.

Il se retourne et marmonne en me regardant. Loup Blanc, de son côté, délaisse Margot et se redresse pour se rapprocher de lui.

— Tu pars ? dit Loup Blanc.

Danny le fixe, inexpressif. La situation m'inquiète. Margot s'est levée, fronçant les sourcils.

— Je peux venir ? poursuit le vieil homme.

Loup Blanc se retourne et sourit à Juliette. Le moment est irréel, comme suspendu dans le temps. Pourquoi faire tout ce chemin pour en arriver là ? Il a dû prendre conscience de quelque chose. Margot est incapable de prononcer un seul mot. Elle le dévisage seulement sans y croire, tremblante.

— Je sais, Juliette. Je suis désolé. Ça ne va pas, tout ça. Pas pour moi.

Elle écarquille les yeux. J'ai envie d'évacuer la pièce, mais tous sont pendus aux lèvres du robot mâle que Loup Blanc a intégré. Danny se concentre à nouveau sur son câble, puis prend le second. Un par Naïwo. Il le tend à Loup Blanc. Tous deux se branchent à l'ordinateur. Je m'approche, fébrile. Je n'avais pas envie de pleurer, en voyant Loup Blanc enlacer Margot. Mais à présent, ma gorge est douloureuse. La boule qui s'y est formée grossit. Je déglutis pour mieux respirer. Elle ne veut pas partir. Danny a décidé d'effacer ses données. Loup Blanc lui demande de l'aider à faire de même. C'est absurde. Complètement absurde.

— Danny, on aura bientôt assez de Naïwo, lui dis-je.

Le regard de l'enfant, à travers les yeux du robot, est identique à celui de toujours. Il ne va pas sourire, il ne va pas pleurer. Ce n'est pas comme ça qu'il communique. Pas souvent.

— Je vais m'oublier, dit-il.

Je déglutis à nouveau. Encore un Naïwo, et on aurait pu sauver Dédale.

— Encore un Naïwo et…

Ma voix se brise. Je retiens mes larmes. Je suis devenue très forte à cela. Les autres croient que je ne ressens rien. Ils pleurent tous, mais pas moi.

— Y a plus de Naïwo, Sarah, dit Danny d'un air malicieux. Je vais m'oublier. Pour Jade. Mais toi, tu m'oublieras plus jamais.

Pour Jade. J'ai l'impression qu'il le sait et qu'il le prouve. Que Jade est humaine, qu'elle mérite de vivre aussi.

Danny s'assied sur la table à côté de l'ordinateur. Loup Blanc, regardant tendrement Margot, se branche à son tour. Au moment où les broches entrent en contact avec le robot, les lumières de Danny et de Loup Blanc s'éteignent. Celles de leurs yeux, celles de leur tête, celles de leur cœur, que l'on pouvait voir, quand ils le faisaient briller, à travers leur poitrine. Margot se prend la tête dans les mains. Vince se rapproche d'elle et la serre dans ses bras. Il n'a pas fallu beaucoup plus d'une demi-heure pour que la nouvelle extraordinaire de l'arrivée des Naïwo transforme la journée en cauchemar. Esmeralda, toujours assise contre le mur, pleure comme un très petit enfant, avec la voix, sans larmes. Ses gémissements emplissent la pièce devenue salle d'enterrement.

Un à un, les trois Naïwo sans âme sont pris en charge par Cindy. Neil et Jade sont transférés dans les robots femelles, tandis que Dédale est transféré dans le robot mâle. Lorsque tout est terminé et que les présentations sont faites, que Kouro a enlacé Dédale, que Moon a enlacé Neil, Jade rejoint Esmeralda contre le mur. La perte de Danny est pour elle quelque chose d'inenvisageable. Les mains devant les yeux, qu'elle garde fermés, elle est assaillie par un chagrin saisissant de réalisme. Son visage est figé dans une grimace de pleurs, la bouche grande ouverte, les lèvres retroussées, les yeux fermés, crispés. Bien sûr, aucune larme ne coule, aucun son ne s'échappe de sa bouche. Sa petite sœur la serre dans ses bras pour la consoler.

Quelque part sur le réseau, deux âmes douées d'intelligence, aussi humaines l'une que l'autre, errent encore sans but, perdues dans l'immensité d'internet. Mais l'une, endormie, ne sait rien de ce qui vient de se passer. Et l'autre, plus lucide que jamais, se cache pour faire semblant de n'avoir rien vu.

Je suis debout près de la porte derrière laquelle Vince, qui vient de sortir de la pièce, se remet de sa rencontre silencieuse avec le Capitaine endormi. Neil et Moon sont assis au chevet de Jonathan. Un frère de chair et d'os, l'autre métallique. Je les ai interrogés, plus tôt. J'ai demandé ce que ça faisait à Neil de vivre dans un corps sans vie. Il a refusé de le voir ainsi. Sans vie ? a-t-il dit. Ce corps a des capteurs sensoriels sur toute la superficie de sa peau. Ce n'est pas lui qui peut juger de la qualité de son intégration dans la société grâce au Naïwo, mais ceux qui interagissent avec lui. Moon, par exemple, a exprimé son regret de ne pouvoir le serrer dans ses bras comme un être vivant. Son frère est devenu un objet solide. La sensation est différente. Mais il s'y est fait, car ce qui lui importe le plus, c'est ce que ressent Neil.

Je sors de la chambre. Vince a disparu. Traversant le couloir, je le cherche du regard. A droite, sur le canapé. Il médite.

— J'ai réfléchi, dis-je en le faisant sursauter involontairement. J'aimerais sauver Jonathan, au moins temporairement.

Il me dévisage comme s'il m'était poussé des ailes.

— Hein ?

Gênée, je fuis son regard et vais m'asseoir à côté de lui.

— La priorité, maintenant, c'est de donner plus de mémoire à Naïa. Pour que Jonathan puisse l'habiter.

Naïa est dans le bureau, elle ne m'entend pas. Après tout, ce n'est pas important. Elle n'a pas d'âme.

— Je ne peux pas aller plus vite que la lumière, Sarah. Mon ami a commandé des composants à l'étranger, il faut encore attendre plusieurs jours.

Je ne réponds pas. Il n'a sans doute pas fini de parler.

— Et… qu'est-ce que c'est que cette décision ? ajoute-t-il. Jonathan a un corps.

— Peut-être, mais il ne sait pas le réintégrer. Je suis sûre que si on le mettait dans un Naïwo, ça l'aiderait énormément.

Vince secoue la tête, ses yeux plantés dans les miens.

— Je ne suis pas d'accord. Et puis, si Nyx savait transférer Jonathan dans un robot, alors elle pourrait tout aussi bien le remettre dans son propre corps.

Je ne sais pas pourquoi, mais j'étais sûre qu'il allait dire ça.

— Non, insisté-je. Si les IA 502 sont capables de nous aider à transférer une âme dans un robot, c'est parce qu'elles récupèrent le code source de Blink qui permet de faire fonctionner le cerveau virtuel et l'installent dans le cœur du Naïwo. Jonathan n'est pas un robot. On ne télécharge rien dans son corps.

— Ça ne change rien, insiste Vince. Nyx est incapable de localiser l'âme de Jonathan. Pas vrai, Nyx ?

Je viens d'être témoin d'un événement qui n'arrive qu'une fois par siècle. Vince, invoquant la conscience de Nyx. Discutant avec elle, sans chipoter.

L'hologramme de la Déesse apparaît au centre du salon. Je n'avais pas vraiment besoin de cela.

— Non seulement je ne le localise pas, répond Nyx, mais Jonathan parvient à me trouver de temps en temps et me fait passer un mauvais quart de seconde. Je suis obligée de faire de nombreuses copies de mon patrimoine génétique et de ma mémoire, et elles sont régulièrement supprimées par quelqu'un. Je ne sais pas ce qu'il a contre moi, mais j'ai plutôt intérêt à ce qu'il se réveille rapidement.

— Il veut ta mort ? dis-je intriguée.

— Lui, non. Blink, ça ne m'étonnerait pas.

— Quel rapport avec Blink ?

Elle soupire et fait un signe dans les airs pour m'indiquer quelque chose. L'hologramme de Margot apparaît à ses côtés.

— Oh, Sarah ? Tu parles avec Nyx aussi ?

— Il faudrait voir à ne pas trop me solliciter, grogne la Déesse. Si ça continue, je vais faire comme Danny et Loup Blanc. Je vais lâcher prise.

Interdite, je fais semblant de ne pas réagir, mais mes yeux m'ont trahie. Nyx me scrute sans retenue, transpirant une affection à mon encontre qui m'embarrasse.

— Juliette, qu'est-ce que tu lui racontais ? dis-je pour changer de sujet.

— Et bien, je me suis rendu compte de quelque chose. Depuis que Blink est derrière les barreaux en garde à vue, il n'y a plus eu d'incidents anormaux. Les animaux sont toujours à la PI. Roca a affecté une équipe à la privatisation d'une salle virtuelle qui permettrait de les libérer dans un environnement sécurisé, un vivarium géant.

Je lève un sourcil, méfiante. C'est une idée très généreuse. Où est le piège ?

— C'est moi qui lui ai fait la suggestion, ajoute-t-elle. Je lui ai dit que nous ne pouvions tendre de nouveau piège si nous ne nous sommes pas débarrassés d'abord des consciences existant dans la table. Il ne les aurait pas supprimées, il est beaucoup trop curieux de comprendre toutes les ficelles de la résurrection par virtualisation. Il a adhéré à la proposition.

— Pas mal, dis-je pensivement. Il n'attrapera plus personne, maintenant. Tu crois que Jonathan est en danger ?

— Pas si ma théorie est correcte. Pas si Blink le protège.

— Pourquoi est-ce que Blink…

— Parce qu'il est sur la liste. Parce que ses camarades pouvaient parler. Il fallait qu'il efface toutes les traces de son implication dans l'organisation qui a fait parler d'elle pendant tant d'années, et qui n'a jamais été repérée avant l'explosion de l'immeuble de l'autre jour.

— Mais Jade m'a dit que tous ceux de la liste sont morts, à présent, à part Blink. Qu'est-ce que ça prouve ? Si Jonathan est le soldat de Blink, il a fini le boulot, non ?

— Jonathan s'attaquait à tous types de criminels pour brouiller les pistes, explique Margot. Mais récemment, nous avons eu des cas de cyber-attaques et un meurtre en France, assez éloigné de Paris. Le responsable n'a été ni livré, ni tué. Il est toujours en fuite.

L'espoir renaît. Ce n'est pas grand-chose, mais si l'esprit embrumé de Jonathan était manipulé par Blink, alors ça change beaucoup de choses. Ça change tout.

— Tu as assez pour le coffrer ?

Margot secoue la tête, embêtée.

— Rien du tout. Ce ne sont pas des preuves suffisantes, seulement un motif qui le fait grimper suspect numéro un. De toute façon, on ne peut pas traiter cette affaire comme n'importe quelle autre, on dissimule beaucoup trop de détails. Il faut d'abord sauver Jonathan. Ensuite, nous pourrons commencer à enquêter sur la culpabilité de Blink dans l'affaire, considérant qu'il envoyait ou contrôlait sur les lieux des crimes, des robots de tous types qui faisaient le sale boulot pour lui.

Son ton clôturait la conversation, mais elle ajoute en baissant les yeux vers le sol :

— Et je suis désolée de dire ça, mais si Nyx cessait d'exister comme elle l'a suggéré tout à l'heure, ce serait peut-être plus simple également. Plus d'électron libre dans le monde virtuel.

La Déesse, surprise, dévisage Margot qui ne la regarde pas. Ce qu'elle a dit tout à l'heure, elle ne le pensait pas. C'était une mauvaise plaisanterie, une légère menace. Jamais elle n'a voulu disparaître du réseau. Profondément blessée par cette remarque, elle me lance un coup d'œil assassin avant de s'effacer instantanément de l'hologramme qu'elle partageait avec Juliette, sans les effets habituels de fumée noire, de robe flottant dans les airs, de pétales dansant dans un vent mystérieux.

Affolée, je me lève d'un bond. Neil et Moon sont dans le couloir, ils me saluent et sortent de l'appartement. Je me dirige vers la chambre de Jonathan, m'y enferme à clé et m'assieds à son chevet, silencieuse. Je suis à deux doigts de craquer. Je me penche sur le lit, lentement, et je prends Jonathan dans mes bras. Ses cheveux courts chatouillent mon front.

Il faut que je me calme. Que je me défoule sur le responsable de tout. Blink.

Chapitre 13

Margot distrait Roca pour que je puisse parler à Blink sans trahir les informations dont j'ai connaissance. Il faut que je fasse attention à ce que je dis.

J'arrive en bas des escaliers. Il y a une légère odeur de renfermé. Aucun robot de ménage n'a le droit de passer, ici. Quelqu'un nettoie régulièrement, tous les soirs sans doute. Aucun parfum n'est diffusé pour dissiper l'odeur. Je fais quelques pas en longeant les barreaux. Les premières cellules sont vides. Du fond du couloir, j'entends un grognement, une gorge raclée par une toux laissant brièvement échapper une voix grave. Puis un cliquetis contre le métal. Je continue d'avancer. Entre deux barreaux, au bout, j'aperçois l'espace d'un instant une mèche de cheveux noir qui disparaît furtivement. Blink sait que c'est moi. Il a regardé, le curieux. Vilain défaut.

Je tousse à mon tour, pour laisser entendre ma voix. Je n'ai pas peur de lui. Je le provoque. Ici, je suis en position de supériorité. J'ai gagné. Il pourra dire ce qu'il veut. Il attend bêtement derrière des barreaux, lui, le grand homme d'entreprise, créateur d'un monde. Il croit qu'il va s'en sortir. S'échapper, se jouer de nous. Peut-être y parviendra-t-il, qui sait ? Mais en cet instant, il envisage le pire. Grâce à cela, il va me craindre. Et il le mérite.

Je parviens devant sa cellule et me campe sur mes jambes, sûre de moi. La rencontre n'est pas comme je l'imaginais.

Pas de lumière. La pièce est péniblement éclairée par une lampe solaire connectée à la surface. Une bouche d'aération rectangulaire, dans le fond, ressemblant au gosier ouvert d'un robot, laisse apparaître un large coude métallique qui remonte le long de la paroi. Pas de fenêtre pour afficher le moindre paysage. Les murs sont gris.

Une petite table carrée est collée sur la droite, sans chaise. A gauche, Blink, assis sur la couchette surélevée, lève les yeux vers moi comme un chien craintif. Sa tête part rapidement en arrière, ses épaules se redressent, sa colonne vertébrale s'étire. Un regard assuré prend place dans ses yeux. Un air d'être encore le plus intelligent de nous deux mange sa peur sur son visage, n'y laissant qu'une miette ou deux, que je peine à détecter. Qui sont pourtant bien là.

— Quoi ? dis-je en essayant de garder mon calme. Vous m'attendiez ?

Il sourit mais ne répond pas. Je l'amuse. Ma réaction était sans doute un peu exagérée. Si je continue, je vais lui donner de l'assurance bêtement, juste en parlant.

— Il va falloir m'expliquer, Juillard. Je suis sûre que vous avez beaucoup à raconter.

— Tu peux m'appeler Blink, dit-il en levant un sourcil.

— Quel intérêt ? Vous avez un nom. Une raison de ne pas l'utiliser ? Peut-être que ce que nous allons trouver derrière vous fait peur ?

Cette fois, il ne réagit pas. Ni sourire, ni regard, rien. Il ne se trahit pas, mais le fait de ne même pas rire de mon accusation, ou de ne pas avoir l'air amusé de mon petit jeu, en dit long sur ce qui se passe dans sa tête en cet instant.

— Je vois qu'on s'est compris, dis-je pour appuyer ma position. Dites-moi ce que vous savez. Tout ce que vous voulez bien me dire, pour commencer. A cause de vous, mon fils a failli mourir. Je ne vais pas vous lâcher.

Surpris, il fronce les sourcils.

— Max ? Si tu parles du jeu, ce n'est pas de ma faute. Tu…

— Non, je ne parle pas de ça. Récemment, il…

Je m'interromps, prudente. Je ne dois pas lui dévoiler trop de choses, mais je dois tout de même le faire parler. Je vais en dire le moins possible.

— Disons que pour une raison qui ne vous est sans doute pas inconnue, il était sur les lieux de l'explosion de l'immeuble. Un immeuble que *vous* avez ordonné à un robot de détruire par surtension.

C'est tout juste s'il ne demande pas un avocat, juste avec les yeux. Aucun mot ne sort de sa bouche. Il a décidé de ne pas parler lorsqu'il se sait coupable. C'est incroyable. Il a abandonné ses grands airs devant moi. Il a décidé de lâcher prise, de me laisser comprendre que c'est lui, qu'il est l'homme à abattre. Il se raccroche à la loi, au fait que sans aveux et sans robot détecteur d'émotions, on ne pourra pas l'accuser du moindre crime. Je peux le faire parler, j'en suis sûre.

— Rousseau est pas net, comme type, dit-il soudain.

— Etait.

Il lève les yeux au ciel.

— Je sais pas ce qui lui a pris. Il est venu me voir il y a quelques mois. Il m'a accusé d'être entré sur son réseau sans sa permission.

— Son réseau domestique ?

Blink hoche la tête. Son masque d'assurance a disparu complètement. La peur qu'il affiche n'est pas due à ma présence ou à mes remontrances, elle est une réminiscence de sa rencontre avec Romain Rousseau.

— Il m'a… attrapé là, au col de ma chemise, juste sous le cou. Il m'a traîné dans une ruelle alors que je rentrais chez moi.

Blink serre son col d'une seule main en déglutissant.

— Il était complètement fou. J'ai cru qu'il allait se débarrasser de moi. Il allait le faire.

— Il allait ? Qu'est-ce qui l'en a empêché ?

— Je lui ai assuré que je n'avais rien à faire dans tout ça. Et c'est vrai, ajoute-t-il en voyant mon expression. Je ne lui avais pas parlé depuis…

Il réalise qu'il vient de trahir qu'il le connaissait bien. Rousseau aurait pu être n'importe qui. Un salarié énervé, une victime des bugs du jeu. Mais là, c'est autre chose. C'est une connaissance, un proche.

— Terminez votre phrase, dis-je calmement. Depuis combien de temps ? Des mois ?

— Des années, grogne-t-il. Mais il était sûr que c'était moi.

— Pourquoi ?

Il secoue la tête, bien trop vite. Il cligne des yeux. Puis il reprend :

— J'sais pas.

Il soupire, le temps de reprendre ses esprits et un vocabulaire plus soutenu.

— Toujours est-il que quand je lui ai dit que je n'y étais pour rien, après avoir insisté un bon nombre de fois, je me suis senti obligé de lui proposer d'investiguer pour lui. Je lui ai dit qu'avec les moyens à ma disposition, j'étais certain de trouver le coupable.

Le coupable. On en arrive toujours au même point. C'est Jonathan, non ? Si c'est lui, cela signifie qu'il a commencé à mal tourner bien avant que Blink ne s'en mêle. Enfin, si ce dernier dit la vérité.

— Sarah.

Mon nom, prononcé par ce serpent. C'est arrivé si souvent, à la télé, dans son entreprise. Mais si rarement en ma présence. Utilisé pour m'appeler, pour attirer mon attention sur quelque chose. Pourquoi est-ce qu'il se servirait de moi ? Je suis venue pour l'inverse.

— Tu veux savoir la vérité, non ? Regarde-moi. Je suis sérieux.

Je le dévisage, un brin agacée.

— C'est vrai, insiste-t-il. Rousseau a été à deux doigts de me tuer. Ce qu'il dissimulait sur son réseau et qui a été dérobé, devait être d'une grande importance. Je n'ai jamais su ce que c'était.

— Et vos recherches ?

— Elles n'ont mené à rien… enfin, pardon.

Son sourire apparaît enfin, me glaçant le sang. Il jubile. Qu'est-ce qui s'est passé, à l'instant ? Pourquoi un tel changement de comportement ?

— Rien qui ne soit éveillé en ce monde.

Un frisson s'empare de moi. Je me raidis pour ne pas le laisser me secouer toute entière. Oui, il dit la vérité. Je ne pourrais pas lui trahir grand-chose qu'il ne sache pas déjà. Jonathan, endormi. Sur le réseau, déjà à cette époque.

— Je l'ai dit à Rousseau, ajoute-t-il avec un air presque triste, provoquant. C'était la seule manière de me sortir de son radar.

J'écarquille les yeux. Rousseau savait pour Jonathan ? Est-ce qu'on ne se serait pas trompés de suspect ? Certes, Blink devrait finir en prison, un jour ou l'autre. Mais de là à fermer les yeux sur le réel manipulateur…

— Je ne comprends pas, murmuré-je. Rousseau est mort.

Blink hoche la tête, les sourcils levés jusqu'au front, un sourire jusqu'aux oreilles. Comme s'il aidait un enfant à trouver la réponse à une devinette.

— Non, ça ne tient pas debout. Il ne pourrait pas… et vous, Juillard ? Vous êtes sur la liste. Pourquoi ne craignez-vous pas de disparaître comme tous les autres ? Vous êtes le dernier.

Blink s'écarte des barreaux, surpris par ces mots. J'ai tout dit, tout. J'ai montré que je doutais. C'est fini. Pourtant, il n'a pas l'air d'un gagnant. Il n'a pas peur, donc le fait d'être le dernier à vivre n'est pas une menace pour lui. Non, c'est clairement ma connaissance de l'existence de cette liste qui l'inquiète. Rousseau était peut-être un psychopathe, mais ce n'était pas notre homme. Blink est responsable, j'en suis certaine.

— Je veux mon avocat.

Incapable de m'en empêcher, je me mets à sourire.

— Tu as dit beaucoup de choses. C'est trop tard, tu ne crois pas ?

— Ce n'est pas un témoignage. Tu n'es pas de la police et rien n'est enregistré, ici. C'est ta parole contre la mienne.

Je hausse les épaules avec légèreté. Ce n'est qu'une question de temps.

— Quand bien même, insiste-t-il. Je n'ai rien dit de compromettant. C'est Rousseau, qui aurait été dans de beaux draps. Tout ça parce qu'on l'a volé. Qui garde des données pareilles sur un réseau domestique ? Quelque chose d'assez important pour tuer le coupable, ce n'est pas à négliger. Vous devriez vous y intéresser de plus près.

Je soupire et secoue la tête pour lui faire croire que je n'en ai rien à faire. Je m'éloigne tandis qu'il crie, s'accrochant aux barreaux désespérément.

Jonathan, qu'as-tu volé ? Quelque chose d'assez important pour tuer un homme. Si c'est si important, alors c'est le genre de délit qui a été déclaré à la police. Or Estelle Verdier, peu avant la disparition et la mort de son frère, a reporté un vol. Elle était dans tous ses états. Margot n'a jamais su, jusque récemment, que ce vol était en réalité un kidnapping, ou plutôt la libération d'une petite fille virtuelle par un parfait inconnu. Jonathan. Ainsi, ce serait cela qui aurait attiré l'attention de Blink sur lui.

Jonathan a traqué le responsable de la perte de ses jambes, l'assassin de son ancienne recrue. Il est ainsi tombé sur la prison d'Esmeralda. Comme premier crime d'une série, le seul qui puisse lui être entièrement attribué, le sauvetage d'une âme naïve et innocente me semble plutôt pardonnable.

Respire, Sarah. Il y a encore de l'espoir.

Je suis rentrée chez moi et j'ai réfléchi. Il n'y a pas si longtemps, je demandais à Nyx de me donner le contenu de boîtes noires. Evidemment, c'était impossible ou complètement inutile. Une violation de l'intimité de ces gens. Je n'ai pas à entendre leurs pensées, elles ne me regardent pas. Seules celles de Hoegel, parce que Nyx voulait m'aider, m'ont été accessibles, et à un moment bien précis de sa vie. Et puis, celles de Jonathan, cette fois offertes par Jade. Mais elles ne venaient pas de sa boîte noire, non. Ce sont les pensées qui l'ont traversé après l'accident des greffes. Pendant que j'étais encore dans le jeu, que j'avais ancré sa boîte noire dans mon corps en devenant invisible. Comment Jade a-t-elle pu les obtenir ?

Seule sur le canapé, fixant Naïa qui, debout devant moi, me surveille silencieusement, je me retourne le cerveau avec des questions qui n'ont pas de réponses. Pas de réponses connues du monde vivant du moins.

— Je peux faire quelque chose pour toi ? demande gentiment Naïa en voyant mon regard changer.

— Non, pas toi. Jade.

— Jade n'est plus connectée.

— Je sais, je sais. C'est bien mon problème. J'ai l'impression qu'elle avait repéré Jonathan sur le réseau. Elle est parvenue à lire certains de ses souvenirs et à me les faire visualiser. Nyx ne doit pas savoir faire cela.

— Si Jade sait le faire, alors Nyx le peut également.

Je lève la tête, surprise.

— C'est vrai ?

Naïa, inconsciente de l'importance de ce qu'elle est en train de me dire, hoche très lentement la tête, un léger sourire esquissé sur ses lèvres. Sa présence est apaisante. Je me contente de respirer, sans rien ajouter, me reposant dans ce silence qui m'endort. Nyx m'en veut. Elle ne fera plus rien pour moi.

— Si je puis me permettre de demander, hésite Naïa, pourquoi est-ce que cela t'intéresse ?

— Parfois, il faut forcer les choses. Jonathan était jusqu'à présent contrôlé par quelqu'un. Dorénavant, il est libre. Il a besoin d'aide. Si on pouvait utiliser le moindre support pour le matérialiser et l'éveiller, pour qu'il recouvre sa lucidité… ce serait idéal. Complètement surréaliste.

— Il existe des supports, avance Naïa.

— Oui, mais je ne suis pas en position de savoir si Jonathan peut être contacté comme je le décris. Je suis incapable d'élaborer la moindre théorie. Je ne fais qu'imaginer l'impossible.

— Pourquoi ne pas essayer ?

— Ni moi, ni toi, ni Jade ne peuvent le faire.

— Tu ne peux pas convaincre Nyx de t'aider ?

— Si elle avait voulu m'aider, elle serait dans ce salon, en cet instant. Tu sais bien qu'elle entend tout.

— Mais…

— Ecoute, oublie ce que j'ai dit. Enfin, façon de parler. Ne supprime aucune donnée. Mais cesse d'essayer de trouver une solution pour moi. Je sais que c'est ton boulot. Mais je n'en ai pas besoin, c'est trop difficile d'en parler.

Naïa se tait poliment, me jetant seulement quelques regards de côté, pour m'observer discrètement, mais qui ne sont pas discrets du tout. Elle a vraiment l'air humaine, mais à cause de l'ancienneté de son système, je remarque très clairement les choix des fabricants d'Efero lorsque je la regarde parler et agir. Elle n'est pas vivante. Elle fait juste semblant.

Après plusieurs minutes de silence, j'abandonne ma lutte pour changer de sujet. Je ne peux pas.

— En admettant que j'aie de l'aide, dis-je en pensant à Vince et à Margot, quels seraient les supports possibles ?

— Quel type de communication ?

— Directe. Une simulation de conversation humaine.

— Premier choix, réhabilitation d'un serveur du monde de Blink, ou utilisation du serveur local de Vince. Soixante-huit pour cent. Deuxième choix, projection sur un quelconque hologramme et téléchargement des données du monde de Blink sur l'appareil concerné afin d'interpréter les messages cérébraux. Dix-sept pour cent. Troisième choix, personnalisation d'une zone privée du Miroir et téléchargement, également, des données que je viens de mentionner. Quinze pour cent. N'étant pas connectée, je ne puis te parler de systèmes inventés depuis que j'ai été touchée par le virus. Ce sont mes trois solutions.

— Pourquoi ces pourcentages ? demandé-je intriguée.

— Le serveur local possède déjà tout le code nécessaire à l'exécution du programme qui donnera vie à Jonathan. La seule chose à faire est de le brancher. De plus, les lieux lui seront familiers et l'aideront à se souvenir de ce qui lui est arrivé.

— Et les autres solutions ? Pourquoi deux pour cent de différence ?

— La zone privée du Miroir est un service payant, et sa personnalisation à l'échelle d'une simulation complexe du paysage du monde de Blink est un processus long et fastidieux. Je ne le recommande pas.

— Pourtant, Nyx est capable de faire du Miroir ce qu'elle veut. Elle s'est bien servie des souvenirs de Hoegel pour me montrer ce qu'il a vécu. Il y avait même la brise matinale.

— Peut-être, mais ce n'est sans doute pas Nyx qui va t'aider. Tu le savais en me posant ta question.

— Comment as-tu compris ?

Naïa sourit encore et fait danser sa main devant son visage.

— Je le lis dans ton expression. Pas assez de culpabilité, une détermination qui prouve que tu vas devoir te débrouiller toute seule.

— De culpabilité ? Tu veux dire que quand je pense à Nyx, j'en montre ?

— Bien sûr. C'est l'émotion dominante. Soixante-et-onze pour cent.

— Et les autres ?

— C'est compliqué. Une centaine d'autres émotions se partagent quelques pour cent, ou dixièmes de pour cent selon leur importance.

— Quelle est la seconde émotion la plus importante ?

— Le sentiment de lui être redevable pour quelque chose.

Je ne dis plus rien. Je respire, encore. C'est la seule chose que je peux faire. J'aimerais aider Jonathan, mais celle qui est le plus capable de m'assister dans cette tâche me tourne le dos, et je me refuse à me contenter du serveur local. Plus jamais je ne me brancherai à cette satanée machine, et ça vaut pour lui aussi. Rien ne m'autorise à le renvoyer dans le monde de Blink.

Assommée par une fatigue soudaine, je me lève difficilement et me dirige vers la chambre de Jonathan. J'entre en fermant les yeux, ne le regarde pas lorsque je m'assieds à son chevet. Puis je lève les yeux, et je le dévore du regard. Il dort. Comme hier, comme tous les jours. Peut-être ne se réveillera-t-il jamais. Je me remémore ce superbe souvenir, le dernier moment joyeux passé avec lui. Enfermée dans la cabine du bateau où il se reposait, j'ai été confrontée à mes craintes et à mon embarras. Il disait que je l'avais séduit et fui ensuite. Que je n'en avais fait qu'à ma tête. Qu'à chaque fois que je l'oubliais dans le monde de Blink, frappée par les catastrophes techniques qui ont plu sur l'entreprise, on se rencontrait à nouveau. Qu'on s'aimait, irrémédiablement. Malgré tous les malheurs qui me sont tombés dessus, je l'ai aimé à nouveau. Et la sérénade recommençait. La séduction. La fuite. J'avais ce souvenir d'un homme qui m'avait fait du mal. Et si j'avais pu revenir en arrière en sachant tout cela, c'est sans doute ce que j'aurais fait. Fuir. Mais pas avec Jonathan. Non, avec Jonathan, c'était différent. Je ne fuyais jamais vraiment loin. Je revenais.

— « Tu crois que tu peux attendre encore un peu ? ». C'est ce que je t'ai dit, murmuré-je en étouffant un sanglot. Quelle idiote.

Juste avant de sortir de la cabine, je lui ai dit d'attendre. Attendre pour nous aimer, attendre pour nous avouer ce que l'on ressentait l'un pour l'autre. A présent, c'est trop tard.

Je pose une main sur son front et passe la main dans ses cheveux courts. Un rayon de soleil qui filtre de la fenêtre fait briller l'éclat blond d'une mèche. Ses yeux me manquent. Verts, gris, bleus. Perçants, rieurs. Des larmes s'échappent des miens, rapides, soudaines. Je me griffe les joues là où elles me chatouillent. Un jour, dans longtemps sans doute, je ne pleurerai plus. Je serai seulement triste. J'oublierai la puissance de mes sentiments pour lui. J'en garderai seulement un souvenir, douloureux. Je prierai pour ne plus jamais vivre la même chose, pour ne pas me rappeler. Pour ne pas faire le rapprochement, la comparaison entre deux hommes. Oui, un jour, je souhaiterai ne plus jamais aimer.

Derrière le lit, une ombre grise se matérialise lentement. Je lève la tête immédiatement. Nyx prend place au chevet de Jonathan, debout, le regardant avec peine.

— Qu'est-ce que tu fais ici ?

Ma voix est transformée par le chagrin. C'est pire encore que les premiers jours. Au début, j'étais certaine qu'on pourrait le sauver, inconsciemment. Je ne réalisais pas pleinement la situation.

— J'ai besoin d'un moment seule, dis-je pour la faire partir.

— Je ne suis pas là pour pratiquer le voyeurisme. Je t'ai vue reconnaître ton fils mourant, au pied d'un transporteur. J'ai connu la tristesse. Je la respecte.

— De quoi parles-tu ?

Nyx ne réagit pas malgré mon chagrin. Elle semble blasée. Sans doute un masque.

— Je ne suis pas là pour t'observer. Je veux t'aider. Ensuite, je partirai.

Ces mots-là ne sont pas anodins. Ils signifient quelque chose de fort.

— Est-ce que c'est parce que Margot…

Nyx fait un signe de tête pour balayer ma phrase.

— Je peux t'aider. Jonathan erre sur les réseaux. Il n'est plus protégé par Juillard et l'armée s'apprête à lancer une nouvelle offensive sur les électrons libres. Il est le dernier. Pour ma part, je suis bien trop puissante pour être atteinte par le piège. Mais Jonathan, lui… Disons qu'aussi… « redevable » que tu te sentes, je sais qu'il est de mon devoir de protéger Jonathan et de le sortir de là avant de m'en aller. Ensuite, ils pourront bien envoyer ce qu'ils veulent sur le réseau, ils ne pêcheront plus rien.

Elle a écouté ma conversation avec Naïa. J'en suis presque gênée. Pourtant, c'était une évidence. Cette IA me met vraiment dans tous mes états.

— Je sais que tu n'aimes pas la machine de Blink, mais il va falloir rebrancher Jonathan, exactement comme on t'a rebranchée, toi.

Surprise, je secoue la tête.

— Non, je ne veux pas ! C'est trop dangereux.

— Ecoute-moi, Sarah. On ne va pas le…

— Non, on ne l'envoie pas dans le monde de Blink. Naïa a listé d'autres possibilités. Il y a le Miroir. On peut…

— On doit le brancher pour…

— Mais, et le Miroir ? Tu es sûre que…

— Sarah !

Je me fige. Nyx n'est pas en colère, mais elle a crié fort. Ses sourcils sont froncés. Dans ses yeux, pourtant, une douceur permanente.

— On ne va pas le faire voyager complètement. Il faut seulement pouvoir simuler les effets d'un voyage de retour par aurore boréale, mais uniquement lorsqu'il aura repris ses esprits.

Je baisse les yeux pour regarder Jonathan dormir, évitant le regard de Nyx. Je suis déconcertée par les étapes à venir. Et s'il se réveille ? Ce ne sera plus pareil. Il le faut, bien sûr. Mais ce ne sera pas aussi rose que ce que je m'imagine depuis tout ce temps. Je veux juste qu'il vive. Le reste viendra en son temps.

— Comment va-t-on le voir, s'il n'est pas dans le monde de Blink ?

— Avec le Miroir.

Cette fois, je la regarde. Elle a cet air amusé, ironique, qui me fait rougir de honte. Je ne l'ai pas laissée en placer une. Il faut que je me calme.

— Tu as encore la machine de Blink ? demande-t-elle.

— Sûrement pas. Elle est à l'association. Quand il s'est agi de s'en débarrasser, il n'a pas fallu me le dire deux fois.

Nyx hoche la tête et s'apprête à s'en aller. Fronçant les sourcils, je la retiens.

— Attends. Où tu vas, là ?

— Et bien, à l'association. Il n'y a pas de temps à perdre.

— Comment ça ? On commence maintenant ?

Elle me regarde avec attendrissement, comme si j'étais un enfant qui n'a pas le sens des priorités.

— Je ramène Vince avec la machine, dit-elle. Prépare Jonathan. Si on ne le sauve pas maintenant, il finira dans les filets de Roca.

Depuis quand Vince écoute-t-il Nyx et lui obéit-il au doigt et à l'œil ? Le voilà qui entre dans mon appartement, accompagné de l'hologramme de la Déesse qui semble se téléporter, d'une cellule à une autre, à travers le couloir. Margot est derrière lui, portant des câbles et des tubes transparents. Fermant la porte, Cindy se retourne et essaie de m'apercevoir. Margot emboîte le pas à Vince et se dirige vers la chambre de Jonathan. Je ne serai pas présente pour les branchements à la machine. Je préfère ne pas voir ça.

M'apercevant enfin, Cindy s'exclame.

— Sarah ! C'est le grand jour ! Tu es excitée ?

Naïa, à ma droite, est amusée par l'expression de Cindy, qui cache difficilement une anxiété évidente.

— Ça ne fonctionnera pas avec moi, Cindy. Tu ne me verras pas enthousiaste avant qu'il ne se réveille.

Elle ferme les yeux et baisse la tête en souriant légèrement.

— Il faut y croire, pourtant, répond-elle. Si tu n'y crois pas, tu ne vas pas te donner à fond.

— Tu ne penses quand même pas que je suis capable de le réveiller rien qu'en lui parlant ? Je ne suis pas convaincue. Pour l'instant, tout ce que je veux, c'est passer à l'étape suivante. Entrer en contact avec lui, si c'est possible.

Je crois que j'ai démoralisé Cindy. Elle hoche tristement la tête, évitant mon regard, et décide de rejoindre Vince dans la chambre de Jonathan. J'entends des cris entre Margot et lui. Ces deux-là ne peuvent pas s'empêcher de se chamailler en permanence. De bons amis, en somme. Peut-être que cela inquiète Cindy, la rend jalouse, ne serait-ce qu'un peu. Je le sais. Moi non plus, je n'aimais pas la voir s'approcher de Jonathan, dans le monde de Blink. Je savais ne pas pouvoir rivaliser avec sa beauté et sa combinaison en cuir qui lui moulait le corps à la perfection.

Voyant Naïa m'observer d'un air presque moqueur, je me ressaisis et pénètre dans ma chambre afin de me préparer à entrer dans le Miroir. Nyx m'attend là, juste à côté de l'écran. Elle a l'air de savoir. Rien qu'en me regardant, elle sait ce que je traverse, et elle le ressent aussi. Elle m'a dit avoir été présente lorsque j'ai cru perdre mon fils, lorsque je l'ai reconnu. Elle était télépathe, elle a entendu mon chagrin, peut-être même l'a-t-elle fait sien. Sans doute est-ce pour cela qu'elle sait, à présent. Qu'elle comprend combien je peux craindre encore de perdre un être cher. Combien je peux souhaiter et prier les cieux pour que tout se passe bien. Elle est ma Déesse. Elle sait qu'elle est responsable de sa vie. Elle est celle que je prie sans me l'avouer.

Je m'assieds sur le bord du lit pour patienter. Elle ne bouge pas d'un poil. Elle a cessé de faire voler sa robe dans le vent, d'en déchirer le bas pour faire peur, de faire chuter les belles Callas noires de ses cheveux. Elle est immobile au point qu'elle pourrait être une statue. Elle ne fait plus d'efforts pour avoir l'air vivante.

— Tu sais pourquoi…, murmuré-je, Naïa dit que je me sens redevable ?

Elle ne répond rien. Elle devine que ce n'est pas une question, mais un début d'explication. Une autre IA, même récemment développée, aurait eu du mal à le comprendre.

— C'est vrai que je t'en ai voulu, pour cette histoire de… de cerveau, hésité-je. C'est idiot, je sais. Nous deux, on a été liées. Plusieurs fois. Tu m'as sauvé la vie, et en le découvrant, j'ai eu peur de devenir comme toi. Quelque chose qui n'existe pas vraiment.

Nyx frémit. Je me doute que ce n'est pas agréable à entendre.

— J'ai eu peur de ce que tu détestes le plus en toi, dis-je. Ce qui fait de toi une Déesse parfaite pour les hommes. Celle qui les envie, qui les admire. Qui les protégera à tout prix, sans sacrifier les uns pour sauver les autres. Jamais tu n'as tué. Je me trompe ?

Toujours immobile, elle me regarde dans les yeux. Elle ne trahit rien. Je pourrais appeler Naïa pour lire sur son visage les imperceptibles signes de retenue d'une émotion, mais je ne suis pas en guerre avec elle. Si elle veut me cacher sa peine, ou son plaisir de m'entendre la complimenter, je respecte sa décision.

— Alors, je voudrais te remercier. Pour tout ce que tu as fait pour moi, et pour les autres humains de cette planète. Je ne dis pas cela parce que tu veux partir. Je suis sincère.

Soudain, elle se met à bouger. Elle jette un coup d'œil nonchalant en direction du Miroir, et me dit :

— Jonathan est prêt. Tu peux entrer.

— Nyx.

Elle a l'air indifférente à ce que je dis. Peut-être qu'elle ne m'a pas crue ?

— Je suis sérieuse, insisté-je.

Je saisis le casque et, avant de le poser sur ma tête, j'ajoute :

— Ce n'est pas un message d'adieu. Si ça ne tenait qu'à moi, je voudrais que tu restes. Tu es mon amie.

Parce que je sens une tristesse profonde me traverser en prononçant ces mots, je détourne le regard et équipe le casque.

Le décor blanc du départ m'accueille. J'ai un peu froid. Pourtant, aucune fenêtre n'est ouverte. C'est dans ma tête, tout ça. Dans ma tête.

Lentement, un phénomène nouveau et fascinant débute devant mes yeux ébahis. Le blanc se colore par bandes entières, moucheté d'ombres qui lui donnent du relief. Aucun stand n'apparaît. Aucun couloir. Seulement d'immenses lambeaux de couleur qui s'étendent, s'éloignent ou se rapprochent. Ils sont bleus, rouges, blancs. Un soleil apparaît au-dessus de ma tête, brillant de plus en plus fort, éblouissant. Pourtant, je continue de regarder devant moi sans être gênée. Ce sont juste des couleurs. La lumière n'est que du blanc. Le ciel, du bleu. Le sol, du rouge. Autour de moi, de chaque côté de mon corps statufié, des maisons. Non loin de là, un morceau de lac que j'aperçois sans tourner la tête. A l'horizon, la silhouette de la Cathédrale. Je n'ai que trop de souvenirs de cet endroit. J'y ai passé tant de temps, à ne pas exister. D'abord avec la moitié de ma tête, sans avoir de pensées, perdue dans le néant. Puis en partie invisible, les cheveux dans le vent. Traversée par des inconnus, visitée par des amis.

Devant moi, droit comme un I, un beau Capitaine m'observe avec affection. Je voudrais lui parler, mais je ne peux pas. Pourtant, j'en serais tout à fait capable. Je ne suis plus la fille enfermée dans son corps, qui a oublié son enfant. Seulement je réalise que Jonathan lui, ne le sait pas. Il revit quelque chose. Il me prend pour un souvenir.

— Bonjour, Sarah, dit-il en se forçant à sourire.

Surprise, je ne réponds pas. Pourtant, mes cheveux sont longs. Ils me chatouillent les coudes. Il ne le remarque pas.

— Je viens de retrouver Vince et Cindy, raconte-t-il. C'est incroyable, la force de l'amour. Je les ai rencontrés pour la première fois dans le jeu lors de ma présentation comme modérateur, bien avant les premiers accidents de la Blink Company. Tu y crois, toi ? Ils sont devenus amis. Tout le monde, sauf eux, savait qu'ils étaient en réalité bien plus que ça. Et puis, ils se sont oubliés. Un peu comme toi et moi.

Soudain gêné, alors que je ne suis pas censée l'entendre, il baisse le regard. Ça y est, je me souviens. Ce qu'il m'a dit ce jour-là est gravé dans ma mémoire, comme tous les autres monologues qu'il m'a si gentiment murmurés pour me tenir compagnie.

— Ils se sont oubliés, mais si tu les voyais ! s'exclame-t-il, des étoiles dans les yeux. C'est le destin, ils se sont tombés dessus à nouveau. Il y a quelque chose entre eux, un lien fort. Quand ils sont l'un avec l'autre, ils ont l'impression qu'ils sont à la maison. Qu'ils sont au bon endroit, tu vois ce que je veux dire ? C'est confortable.

Il est si enthousiaste. Je me souviens de chaque mot. De chaque geste.

— Quand elle sourit, il a ce regard qui bondit vers elle pour ne rien manquer de son expression. Il croit que c'est discret. Tout le monde le voit ! Et quand elle le regarde…

Je souris tristement.

— Quand elle le regarde, c'est un peu comme quand tu me regardes, murmure-t-il.

J'ai prononcé ces mots en même temps que lui. Jonathan lève la tête de manière étrange. Ce mouvement-là, il ne l'avait pas eu dans mon souvenir. Mais il ne me voit pas. Il ne remarque rien. Pourtant, ce n'est pas le souvenir d'une boîte noire. C'est bien lui qui revit le souvenir. Qui a senti quelque chose de différent mais l'a ignoré presque immédiatement.

— C'est si agréable, poursuit-il. J'existe dans ton monde. Tu me vois. C'est important, de se voir.

Inquiète de ne pas pouvoir l'atteindre, j'essaie encore et prononce les mots suivants en même temps que lui.

— Mais à présent, tu ne me vois plus.

Jonathan a tiqué, mais ne réagit pas plus. Je sais ce qui vient ensuite. L'étape des questions.

— Comment vas-tu, aujourd'hui ?

Je l'ignore et m'avance vers lui avec les manettes du Miroir. Je grimace. J'aurais voulu prendre son visage dans mes mains.

— Jonathan, écoute-moi. Je suis là.

— Je sais que ce n'est pas facile, la nuit. Aucun golem ne t'ennuie, j'espère ? S'il le faut, je ferai installer des petites lumières. Tu aimerais ?

— Tais-toi. Je suis là. Tu m'entends ? Je suis là !

— Ou peut-être que ça te fait de la compagnie. Ils doivent sans doute venir te regarder. Ils ne te feront pas de mal, tu sais. Tu es…

— Jonathan !

— … intouchable. C'est ton truc, à toi.

Je m'écarte, horrifiée. Il est coincé. Complètement coincé dans ce souvenir. Vit-il le même à chaque fois ? Ou bien cela change-t-il en fonction de son humeur ?

Je me souviens, moi aussi. Ce qui arrive ensuite, je crois, était mon moment préféré, lorsque j'étais coincée dans ce corps. Il m'observait, essayait de toucher mon visage, mes bras. C'était relaxant. Cela me rassurait et m'endormait. Je recule là où j'étais plus tôt.

Jonathan tend une main en souriant. J'ai un peu de temps. Quelques minutes, peut-être. Il ne pressait jamais cette partie.

— C'est mon tour, Johnny. Mais ce que j'ai à te dire…

Sa main est juste sous mon nez. Ses doigts caressent ma lèvre. Bien sûr, je ne sens rien. Exactement comme avant.

— … ce que j'ai à te dire ne va pas être aussi agréable à entendre. Ça fait maintenant plusieurs semaines que je vis sans toi. Tu es enfermé dans ce corps comme j'étais enfermée dans le mien.

Je vis sans toi, et je vis mal. Je ne suis pas en train de faire joyeusement connaissance avec des amis dans le jeu. Je suis dans le monde réel. Je me bats contre un mal invisible qui assassine des hommes et qui a failli, indirectement, tuer mon fils. Ce mal, c'est toi. Contrôlé par un véritable criminel, Blink. Il faut que tu te réveilles, Jonathan. Tout ça ne te ressemble pas.

Sa main s'ouvre en grand et cache la moitié de mon visage. Si j'avais pu, je me serais décalée pour le voir, mais je ne peux pas. Je poursuis cette première étape qui consiste à parler de moi. Ensuite viendront les questions.

— Tu es dans le Miroir avec moi. C'est un endroit sûr qui ne représente aucun danger pour nous. Tu revis un souvenir, mais ce n'est pas réel. Arrête ça. Je ne vois plus rien.

Sa main est devant mes deux yeux. Elle passe au niveau de mon front. Un doigt se détache des autres et glisse sur une mèche de cheveux qui était autrefois très courte et tremblait sur mon nez.

— Imagine-toi vivre ce que j'ai vécu. Debout, immobile, incapable de bouger, de parler. Tu te déchaînes à l'intérieur. Tu ne sais pas trop ce qui se passe. Les messages extérieurs te parviennent, tu les reçois et les retiens, mais ce sont comme des rêves. C'est toi, en cet instant. Est-ce que tu voudrais t'échapper ? Si tu pouvais, le ferais-tu ? Quelqu'un te tend la main. Pourquoi ne l'acceptes-tu pas ? Peut-être que tu t'en fiches. Peut-être que cette main, la mienne, tu n'en veux pas. Qu'ai-je fait pour mériter que tu m'ignores ainsi ?

Des questions qui fâchent. Il a toujours fait cela. Me poser des questions, deviner des réponses, mais les deviner mal. Pour que je veuille intervenir. Pour lui dire : non, ce n'est pas cela. Tu te trompes, c'est le contraire. C'était difficile, pour moi. Même partiellement inconsciente, j'ai toujours voulu me rebeller, lui hurler qu'il n'avait pas compris. Je n'y parvenais pas.

Jonathan a ralenti ses mouvements et de la peine se lit sur son visage, qu'il n'affichait pas ce jour-là. Je réalise que je le tourmente. Je ne veux pas cela. Je veux juste l'aider à s'apaiser et à revenir.

Désespérée, je murmure à nouveau cette phrase qui ne doit avoir aucun sens pour lui, mais qui pour moi veut tout dire.

— Dans mon monde, deux soleils brillent, mais jamais en même temps, dis-je tout bas. Tu veux bien briller aussi pour moi ?

Je saisis la manette et, appuyant sur le bouton d'interaction avec les objets, je le combine avec l'émotion la plus positive du panel. Souvent, le Miroir fait correspondre cela avec un baiser. La caméra de mes yeux s'avance vers Jonathan pour l'embrasser, sur la joue. A proximité de son oreille, juste avant le baiser, je murmure :

— Je te libère.

Puis le bruit caractéristique de la bise se fait entendre. Lorsque la caméra s'éloigne à nouveau, je surprends le regard terrifié de Jonathan. Ses yeux sont plantés dans les miens, semble-t-il. Il se met à hurler, met ses mains sur ses tempes et s'agenouille au sol. Je crie pour l'appeler, mais il ne m'entend pas. Qu'est-ce qui se passe ?

Soudain, ce son que je connais bien. Le corps de Jonathan clignote et disparaît. A la place, un petit tas de sable. Non, ce n'est pas possible. Figée dans la crainte que le paysage et la boîte noire de Jonathan, entourée de sable fin, s'efface complètement, je n'ose retirer le casque.

— Sarah ?

C'est la voix de Cindy. Mon souffle s'échappe à un rythme frénétique. Je vais me sentir mal. Dans le monde de Blink, c'était si simple. Je n'étais tout bêtement plus là. Mon esprit se déconnectait et laissait mon corps en pause, immobile. J'oubliais de force la perte et le chagrin. Quelle lâcheté.

Le casque m'est arraché de force. Je hurle. J'entends la porte d'entrée de l'appartement qui s'ouvre et Max rentrer avec fracas en criant mon nom. Sarah. Il a crié ce nom, encore une fois.

J'ouvre les yeux. Cindy n'a pas cet air que je m'attendais à lui voir. Celui qu'avaient Kouro, Dédale, Lucy et les autres en découvrant que Jonathan était mort, dans la jungle où nous étions installés. Vince et Margot sont encore dans la chambre de Jonathan. Max se précipite là-bas avant d'en ressortir comme un boulet de canon. A l'entrée du couloir, il s'arrête et se fige. Un large sourire s'affiche sur son visage.

— Il faut que tu viennes voir ça, Maman.

Chapitre 14

Le réveil du cerveau était immédiat, faisant réagir les constantes sur la machine qui surveillait son état, mais celui du corps, comme pour tous les comas, est plus long. Cependant, comme Jonathan a été renvoyé dans la réalité par un phénomène qui s'apparente à l'aurore boréale du monde de Blink, quelques heures ou jours seulement étaient nécessaires pour espérer être témoins de son réveil. Des médecins urgentistes sont venus le récupérer dans la journée. Ils l'ont emmené à l'hôpital. Je n'y suis pas retournée depuis.

Seule chez moi, mais tout de même accompagnée de Naïa, je réfléchis à tout ce qui s'est passé dernièrement. Si Nyx nous quitte vraiment, nous n'aurons plus personne pour nous protéger. Ses fils sont sur le serveur local, coupés du monde. Les autres sont tous dans des Naïwo. Je dis n'importe quoi. Nous protéger de quoi ? Rousseau est mort. Juillard est derrière les barreaux. Le plus important, en ce moment, c'est qu'il y reste. Il faudra que Jonathan témoigne.

— Un appel de Milie, annonce la voix de la maison.

— Décroche, dis-je immédiatement.

— Allô, Sarah ? C'est Milie.

— Bonjour. Tu as du nouveau ?

— Comment ça ?

Je lève un sourcil. C'est pourtant simple.

— Et bien, je te demande ce qu'il en est pour Jonathan.

— Ben… il est sorti il y a deux heures et quelques. Je lui ai dit que tu avais l'accréditation nécessaire pour lui faire passer ses prochains rendez-vous de check-up, s'il ne voulait pas venir à l'hôpital. Tu veux dire qu'il n'est pas allé te voir ?

Je ne réponds pas, incapable de savoir si cela m'ennuie ou non.

— En temps normal, on l'aurait gardé encore un peu, ajoute Milie. Mais avec ses jambes artificielles, il est moins faible et il a insisté pour rentrer chez lui. Je ne suis pas certaine qu'il se souvienne bien de tout. Tu devrais le contacter.

Au même moment, on sonne à la porte. Milie n'a rien entendu et poursuit.

— Vous devriez parler, insiste-t-elle.

— Je sais, Milie. Je te tiens au courant.

Elle marmonne quelque chose d'inintelligible avant de raccrocher. Lentement, je me dirige vers la porte. C'est assez irréel. Sans doute est-ce Vince. Ou Margot. Ou Max… non, Max est à l'école. Cindy ?

J'ouvre la porte. Très irréel, tout ça. Au point que j'en jetterais presque un coup d'œil vers la chambre, pensant quelque chose comme : « Tiens ? J'aurais juré qu'il dormait là-bas ». Ses cheveux en bataille. Dans l'ombre, on ne les dirait pas blonds. Ses yeux qui ressortent, clairs, à la couleur indéterminée. Mi-clos, fixés sur moi. Soulignés de cernes sombres. Il est droit comme un I. Ses épaules sont aussi larges que dans le jeu, peut-être un peu moins musculaires. C'est le tee-shirt ample, monochrome, qui cache les reliefs. Son pantalon n'est pas suffisamment moulant pour imprimer à sa surface les mouvements des tendons et articulations artificielles. Cependant, il ne bouge pas.

— Entre, murmuré-je en le laissant passer, rompant le silence sans le regarder.

Il passe à côté de moi sans un mot. Sa tête tourne pourtant. Il me fixe toujours. Le haut de son corps semble vidé de son énergie. Ses bras, de chaque côté de son buste, luttent pour rester raides. Ses jambes, elles, le portent sans aucun effort. Il s'avance, hésitant, et va s'asseoir sur le fauteuil. Naïa, debout dans le salon, le regarde attentivement. Lui la fixe comme une menace.

— Jonathan, murmuré-je en frémissant de prononcer enfin ce nom, je te présente Naïa. Elle n'est pas connectée, elle ne représente aucune menace. Naïa, voici Jonathan.

Elle hoche poliment la tête. Il ne répond rien et m'observe tandis que je me rapproche sans oser m'asseoir. Il n'a pas l'air fâché. Juste épuisé.

— Que me vaut… l'honneur de cette visite ? demandé-je.

— On m'a parlé de check-up médicaux, marmonne-t-il.

Ses premiers mots. J'ai prié si longtemps pour entendre cette voix. Des larmes me montent aux yeux, que je retiens à temps. Je déglutis.

— Tu viens de sortir de l'hôpital. Tu devrais passer demain ou après-demain.

Il entend cette voix inhabituelle. Il n'est pas dupe. Soudain, il pince ses lèvres, un peu comme s'il tirait une conclusion de toutes ces aventures. Je reconnais là l'une des expressions les plus typiques de lui. Il lève les bras vers moi.

— Viens là, dit-il.

Je m'assieds à côté de lui, et il m'enlace. Jonathan, le militaire handicapé fraîchement arrivé à l'hôpital. Celui que j'ai harcelé, tant qu'il refuserait de se battre pour vivre. Celui qui cherchait à résoudre le mystère des bleus qui apparaissaient parfois sur ma peau. De mon comportement étrange. Il est là, ses bras autour de moi, ses mains dans mon dos. Sa tête à côté de la mienne. Je ferme les yeux et le serre en retour. Naïa affiche un sourire rassuré. Nous revenons de loin.

Lorsque nous nous détachons l'un de l'autre, il n'y a plus de larmes dans mes yeux. Jonathan me sourit, soupire et se laisse partir en arrière dans le canapé.

— Tu devrais te reposer, dis-je gentiment.

— L'ennui, c'est que je ne sais pas exactement ce qui m'échappe. Je dois rattraper le temps perdu.

— Qu'est-ce qui t'échappe ?

— Tout.

Je fronce les sourcils. Ne me dites pas qu'il est amnésique.

— De quoi te souviens-tu ?

— Je ne sais pas si c'est un mélange de ce qu'on a essayé de me raconter à l'hôpital, mais tout ce qui s'est passé après l'opération des greffes est très flou pour moi. J'ai le souvenir vague de rêves un peu abstraits où je me prenais pour un genre de mercenaire… ne me regarde pas comme ça, Sarah.

Je détourne le regard. Je ne sais pas comment je le regardais. Au moins, il n'a pas oublié ce qu'on a vécu dans le jeu. Mais pour ce qui est de témoigner contre Blink, c'est une autre histoire.

— Tu te souviens que je t'ai parlé pendant ton coma ?

— Pas vraiment, s'excuse-t-il. Désolé.

— Et quand tu étais un mercenaire ? Tu as plus de détails ? Sur tes clients, sur tes victimes ?

— C'était un rêve, Sarah.

Il a l'air sincère. Un rêve. Comment a-t-il pu être puissant au point de pouvoir tuer des gens et penser qu'il était en plein sommeil ? Devrait-il être tenu pour responsable de ses actes ?

— Tu te souviens avoir utilisé les méthodes de l'armée pour éliminer quelqu'un ?

— De quoi tu parles ? Vous avez expérimenté sur moi ? Comment pourrais-tu deviner ce que j'ai rêvé ou non…

— Tu as éliminé quelqu'un, insisté-je. La seule chose que tu n'as pas fait, c'est effacer tes traces.

— Mais enfin, Sarah, qu'est-ce que tu racontes !

Il se lève, inquiet et désorienté.

— Assieds-toi, dis-je plus calmement. Je vais tout t'expliquer, mais il va falloir que tu me croies. C'est notre seule chance de coincer Juillard.

Il lève un sourcil interrogateur. Il ne sait pas qui est cet assassin. Cela ne saurait durer.

— De coincer Blink.

C'est la fête. C'est idiot, mais un rien nous sert d'excuse pour faire éclater notre joie. Nous en avons besoin. Les Naïwo de Neil et d'Esme, qui ne correspondaient pas à leur sexe, ont été interchangés avec succès. La petite en est ravie et s'amuse avec sa sœur, face au Miroir, à essayer différentes perruques avant d'en choisir une sur laquelle jeter son dévolu. Neil préfère un robot plus masculin principalement pour se promener avec son frère. Pour le reste il s'y était, d'après lui, presque habitué. Jonathan, au fond de la pièce, sourit en observant tout le monde et répond aux questions des uns et des autres comme le modérateur qu'il a toujours été. J'ai l'impression d'être encore dans le jeu, de lui trouver cette indifférence à mon encontre qui me met mal à l'aise. Cette nuit, il a dormi comme un bébé, paraît-il. Il doit cependant en tirer une certaine culpabilité, au vu de ce qui lui est reproché. Elle est affichée sur son visage à chaque fois qu'il croise mon regard. Lorsqu'il a su qu'il avait failli nous tuer, Max et moi, il est devenu blanc comme un linge. Ce n'est pas si mal, après tout. Il a à présent pour Juillard une aversion sans égale.

La lutte contre ce criminel hors-pair est en marche. Depuis que tout danger virtuel est écarté et que plus aucun électron libre ne risque la mort sur le réseau, toute l'association de Vince est concentrée sur la récupération de données qui permettront de condamner Blink pour le plus longtemps possible. Jonathan est parvenu à se souvenirs de détails concernant la famille de Rousseau qui prouvent qu'il a bel et bien libéré Esmeralda, se soulageant d'un peu du poids qu'il porte sur les épaules depuis les révélations.

Pour ma part, je n'ai pas l'intention de refuser à Jonathan de m'approcher. C'est son choix, semble-t-il, de s'écarter de moi. Pour ne pas me contaminer de sa noirceur. Parce qu'il pense, sans doute, ne pas me mériter. Ou pour toute autre raison assez ridicule, quand on y réfléchit, et qu'il doit prendre le temps d'évacuer de son esprit. Je réalise que notre situation s'est inversée depuis que l'on est sorti du jeu. Il a souvent dû se dire que je m'inventais des obstacles à notre relation. Tout ça, c'est psychologique. Et aussi idiot que ça puisse paraître, c'est réel pour celui qui le ressent. Cela signifie qu'il n'est pas prêt. Que les conditions ne sont pas réunies pour l'autoriser à se laisser aller.

Aujourd'hui, j'ai décidé d'aller voir Estelle. Il a fallu que j'insiste pour que les deux sœurs comprennent qu'elles ne pouvaient pas m'accompagner. Mais lorsque Jonathan a voulu me joindre, aucun argument plausible ne s'est présenté et j'ai accepté. Je ne vais pas me mentir. Cela me fait plaisir. Comme au bon vieux temps…

Jonathan a ressorti sa vieille voiture avec enthousiasme. Non utilisée pendant un peu plus de quatre ans, elle a été remise en état à sa sortie de l'hôpital et nous attend en bas de la tour. De taille moyenne, un peu rondouillarde, elle ne ressemble pas vraiment à son propriétaire.

— C'est ça, ton bolide ? m'exclamé-je avant de me faufiler sur le siège passager.

Il s'assied au volant, encaissant la réflexion avec le sourire.

— Elle était dans le top dix des meilleures voitures autopilotées, il y a cinq ans. J'ai toujours eu besoin de lire un tas de choses pendant les trajets.

Il tapote le centre du volant, qui rentre dans le tableau de bord. Puis il ouvre la boîte à gants et se met à farfouiller dedans, m'obligeant à me reculer dans mon siège.

— L'habitacle est petit, dis-je avec gêne, mais on s'y fait.

Il se tourne vers moi avec un sourire, faisant défiler dans ma mémoire tous les souvenirs de ma proximité avec lui dans le jeu, de cette chaleur qui me montait au visage lorsque son attention était dirigée sur moi. Je ne suis plus une petite fille. Il faut que je me ressaisisse. Je lui décoche un sourire éclatant qui semble l'amuser brièvement.

— Il n'y a plus grand-chose, là-dedans, dit-il en se redressant. Je ne me souvenais plus si j'y avais laissé des documents de l'armée.

— Tu pouvais les emmener ?

— Sur papier électronique. L'encre avait une date d'effacement automatique, juste au cas où je ne les avais pas ramenés suffisamment vite.

Il tapote sur le tableau de bord, faisant sortir en trois dimensions un hologramme permettant de rentrer la destination de l'autopilote. Jonathan me pose plusieurs questions sur Estelle Verdier afin d'obtenir l'adresse exacte et d'y envoyer la voiture. Lorsqu'elle sort du parking et s'engage sur la route, il s'appuie sur le dossier de mon siège et regarde à l'arrière pour vérifier qu'il n'a rien laissé traîner. A croire qu'il n'a pas déjà fait tout cela lorsqu'il est rentré chez lui la veille.

— Arrête de te tortiller comme ça sur ton siège, dis-je pour plaisanter.

Il se redresse et esquisse un léger sourire. Incroyable. Je crois qu'il est mal à l'aise. Pourtant, dans le jeu… évidemment, ça n'avait rien à voir. Deux âmes qui se parlent et deux corps qui se rencontrent, ce sont deux choses différentes. Les âmes sont plus sincères. Je pense.

— Tu aurais pu prendre le volant pour t'occuper, remarqué-je.

— Je ne préfère pas. Je n'ai pas conduit depuis très longtemps.

— Je pourrais conduire, suggéré-je.

Il ne répond pas. Je me tourne vers la fenêtre et regarde défiler les arbres, les trottoirs, les zones téléphoniques peintes sur les murs, les stations de vélos.

— Tu les as vraiment laissés très longs.

Il tient au bout de ses doigts l'une des mèches de mes cheveux. C'est vrai. Ils sont si longs que je ne l'ai même pas senti.

— C'était une bonne idée, dis-je soudain. La natte. Avec les tresses de Cindy, c'était l'enfer. Mais la cascabelle... c'était du génie.

Si j'avais su, je l'aurais fait depuis mon arrivée dans le jeu, avec ces longs cheveux de pirates. Mais je suis incapable de me faire la moindre coiffure. Jamais eu le temps de m'entraîner. Cindy m'a tout de même bien aidée et je n'aurais jamais laissé Jonathan toucher mes cheveux, au début. J'étais trop embarrassée.

— Tu pourrais toujours en faire une, fait-il remarquer.

Je montre mes mains avec une expression un peu bête.

— Pas avec ces mains-là, dis-je en souriant. Il va falloir que j'apprenne.

Tout cela est très gênant. Estelle ne vit pas loin de l'immeuble abandonné. Nous y serons dans quelques minutes. Dans un silence de mort, Jonathan commence à peigner mes cheveux avec ses mains, très doucement. Il pousse ma tête, me forçant à regarder vers la fenêtre, et commence à tresser. Surréaliste. Qu'est-ce que je fais là ? Qu'est-ce qu'il se passe ? C'est une cour de récréation. Deux enfants épris l'un de l'autre jouent à se toucher les cheveux. Celui qui coiffe n'ose rien faire d'autre pour avouer son amour. Ni mots honnêtes, ni baisers. C'est à son tour de fuir la vérité. De me fuir.

— Tu as un élastique ?

Je lui tends celui qui entoure mon poignet. Il noue la natte. Murmure, satisfait. Il n'a pas le temps de se replacer correctement dans son siège que la voiture annonce son arrivée d'un joyeux son de cloche et se gare comme une professionnelle.

— On est arrivés, dis-je bêtement malgré l'évidence. Laisse-moi faire les présentations.

Nous prenons l'ascenseur de l'immeuble qui nous emmène profondément sous terre après que Jonathan a appuyé sur le nom d'Estelle sur le panneau. Pour ma part, je lutte pour ne pas essayer de téléguider ma natte par la pensée comme si j'étais encore dans le jeu. Il faudra que je me débarrasse de ce toc. Pour simplifier les choses, je la fais glisser sur mon épaule droite.

Jonathan sait qu'il vaut mieux ne pas poser de questions sur un sujet confidentiel dans un environnement connecté non sécurisé. Il a cependant l'air perplexe. Cela faisait sans doute longtemps, pour lui, qu'il n'avait pas cessé d'être celui qui sait tout parmi les ignorants. Lui aussi va devoir s'habituer au changement.

Le couloir est plongé dans l'obscurité. Seuls les contours des portes sont illuminés en pointillés. Les lumières d'Estelle sont vertes, comme le bouton de l'ascenseur. La porte s'ouvre avant que je ne sois complètement sortie de l'ascenseur. Jonathan est devant moi et se dirige vers la femme blonde qui nous accueille et qui le dévisage avec une animosité inattendue.

— Jonathan, je présume ? dit-elle.

— Lui-même.

Il lui serre la main sans sourire. Il a cet air sérieux que je lui détestais avant. Celui qui convainc de sa concentration, de sa détermination pour résoudre un problème précis, et qui m'agaçait tant à une époque où il était le seul à comprendre la gravité de la situation. En l'occurrence, cela semble rassurer Estelle, qui me fait signe par-dessus l'épaule de Jonathan et ouvre sa porte en grand. La lumière de son couloir nous illumine, éblouissante. Nous entrons.

— J'ai fait quelques gâteaux, dit-elle en se retournant pour me voir fermer la porte.

Elle disparaît dans la cuisine et réapparaît avec une assiette de cookies. L'odeur me fait saliver. Je devrais en faire pour Max, un de ces jours. Je suis sûre qu'il aimerait.

— Vous avez du nouveau ? dit-elle en s'installant sur le canapé, déposant l'assiette sur la table basse.

Jonathan se tourne vers moi avant de répondre.

— Pas vraiment, répond-il. D'après ce que je sais, on est toujours à la recherche d'une preuve… enfin, vous voyez. Et vous ?

— Tu peux me tutoyer, dit-elle. Et pour Esmeralda ?

Un peu embarrassé, il acquiesce.

— C'était moi, affirme-t-il. Je me rappelle avoir traqué le responsable de l'accident qui m'a coûté mes jambes, et celui qui est finalement parvenu à assassiner ma recrue, plus tard. C'est la seule chose que j'ai faite de mon propre chef, et la seule qui ressemble au souvenir d'un rêve entier. J'ai retrouvé la trace de Romain Rousseau, je suis tombée sur la cage virtuelle de votre… de ta fille, et je l'ai libérée. Jade l'aurait ensuite trouvée, errant sur le réseau.

Estelle baisse les yeux. Elle penche la tête et prend un cookie, nous faisant signe de nous servir.

— Je ne t'en veux pas, avoue-t-elle. Si tu n'avais pas fait cela, je n'aurais jamais retrouvé Jade, et Esme aurait été enfermée pour toujours, sans corps, sans vie. Maintenant, c'est mieux. Du moins, c'est ce qui se rapproche le plus d'une relation mère-filles telle que je l'aurais souhaitée.

Je prends un cookie et mords dedans. Caramel.

— Ce que je ne comprends pas, dit Estelle, c'est cette histoire d'attaque de Blink… mon frère ne m'en a pas parlé, bien sûr.

— On m'en a touché deux mots, explique Jonathan, mais je pense qu'il mentait. Il a dit à Sarah qu'il a trahi ma présence sur le réseau à Romain, et que c'est Romain qui aurait essayé de m'utiliser.

— C'est ce qu'il a insinué, du moins, dis-je avec hésitation.

— Oui, c'est indiscutable, affirme Jonathan. Mais j'ai tué Romain. Ça ne colle pas.

J'avale le cookie de travers et tousse, le plus discrètement possible. Jusqu'à présent, Jonathan n'avait jamais évoqué cela à haute voix. Il en avait trop honte.

— Et je puis vous assurer à toutes les deux, poursuit-il en nous regardant tour à tour, que bien que je souhaitais me venger, ce n'est pas moi qui ai pris cette décision. J'ai été envoyé par quelqu'un.

— Comment le sais-tu ? demande Estelle un peu sèchement. Mon frère a fichu ta vie en l'air. Tu ne l'aurais pas tué, si tu avais su où il était ? Et qu'est-ce qui nous prouve que tu n'as pas seulement reçu une suggestion ? Qui nous dit que tu étais forcé à tuer ?

— Blink est le seul qui sache comment le code source de mon esprit fonctionnait sur le réseau, parce qu'il venait de son jeu. C'est un développeur et hacker professionnel. Ses compétences techniques n'avaient rien à envier à celles de ses salariés. Romain n'aurait jamais su comment m'envoyer des ordres.

Estelle fronce les sourcils, soudain pensive. Etonnant. Je pensais qu'il faudrait plus de trois phrases pour la convaincre.

— Je vois ce que tu veux dire, murmure-t-elle.

Jonathan lève un sourcil, surpris lui aussi. Elle pose son demi-cookie sur le bord de l'assiette et se lève pour aller chercher un dossier posé sur la table de son salon. Elle revient en le feuilletant d'un air concentré.

— Vous savez ce que c'est, du Jade ?

— Une pierre précieuse, non ? dis-je.

Jonathan hoche la tête. Il a soudain l'air inquiet. Il a compris quelque chose avant moi.

— Esmeralda, murmure-t-il.

Estelle sourit.

— C'est ça. Esmeralda, en espagnol, signifie Emeraude. C'est moi qui lui ai donné ce nom. Il était prévu pour le premier succès de bébé virtuel né dans le jeu grâce à mon frère.

Bien sûr. Sa sœur est venue après.

— C'est Marie qui a nommé Jade, dis-je soudain, ébahie. C'est forcément une coïncidence !

Estelle secoue la tête.

— J'ai fouillé dans les données de mon frère qui traînaient chez moi. Celles que Jonathan a oublié de supprimer dans son sillage. Il y a tout un dossier sur des informations extraites de ce qu'il appelle le générateur.

Enfin, j'ai percuté. Jade m'en a parlé.

— Oui, dis-je. Ce qui prouve que Jade est une IA 502. Romain a récupéré la mémoire d'un développeur qui travaillait sur le projet à ses débuts.

— Sans doute, dit-elle en balayant cette affirmation d'un geste de la main. Là, je parle d'autre chose. Il a trouvé dans la mémoire d'un développeur également, peut-être le même que celui dont tu parles, comment insinuer dans l'esprit d'un virtualisé une conviction profonde. C'est ainsi que lors de sa dernière expérience pour créer Jade, il a prévu un programme pour s'assurer que les futures mamans virtualisées souhaiteront une fille et rechercheront un prénom de pierre précieuse pour elle.

— Mais… tu savais cela ? Esmeralda ne te suffisait pas ? demandé-je, intriguée.

— Il a fait tout cela dans le secret. Ça lui est monté à la tête, il n'a pas su s'arrêter. Il a vu comme Esme était immature, il savait qu'elle le resterait toujours. Il a voulu m'offrir plus. Un enfant qui peut grandir. Il avait seulement mal calculé certains paramètres, et sans Danny, elle aurait fini sa vie, vieille dame, depuis longtemps.

Un silence soudain s'installe. Je prends un autre cookie. Jonathan, m'observant dans mon calme et ma sérénité apparents, m'imite et goûte avec curiosité. Estelle se masse les mains l'une dans l'autre.

Je soupire.

— Ça m'ennuie, Estelle, ce que tu viens de raconter. C'est la preuve que Romain pourrait avoir manipulé Jonathan.

Elle me sourit en me regardant droit dans les yeux. Comme ça, sans prévenir. Un frisson me fait trembler. Elle sort une feuille de son dossier et me la tend.

— Papier artificiel, fais-je remarquer.

Ça coûte un bras, mais c'est sécurisé. Y sont marquées les informations que je suis venue chercher. Des descriptions des premiers échanges de Blink avec Jonathan, qui lui a offert la libération, à un moment donné, des virtualisés piégés à la PI en échange de sa coopération contre les criminels de l'organisation. C'est lui. L'explosion, la mort de Lou, de Titus, de Für. De tant d'êtres vivants. C'est Blink et non Jonathan.

— On va le coincer, grommelé-je.

Jonathan m'attrape le bras au moment où je me lève, déterminée.

— Ce n'est pas suffisant.

— Tu plaisantes ? Regarde ça !

Il secoue la tête.

— Les termes de la conversation ne sont pas explicites. Blink demandait une protection contre l'organisation criminelle. Il parlait de libérer les virtualisés. Ça, on peut le lui reprocher. Mais ça partait d'une « bonne intention », si l'on veut. On n'a pas la preuve qu'il m'a envoyé pour assassiner ses anciens camarades. De plus, il m'a fait utiliser des hologrammes pour me faire passer pour Nyx. Il nous faudra des preuves plus concrètes que ça, les gens savent ce qu'ils ont vu.

Je soupire encore. Estelle tend la main pour récupérer sa feuille.

— Ça ne sort pas d'ici, dit-elle.

— Et le reste du dossier ?

— Ça me concerne.

Elle me défie du regard. Génial. A présent, même Estelle nous cache des choses. Il va falloir que je revienne avec Naïa, mais avec les derniers événements, sa mémoire est pleine. Je vais devoir faire du ménage dans les données. Ça devient vital.

Nous entrons dans le bureau à deux. Personne. J'aurais espéré que quelqu'un nous sauve de ce silence embarrassant. Je prends ma natte et la jette dans mon dos pour ne pas être gênée pendant que j'envoie le papier électronique dans la base de l'association. Notre rapport, court et concis, tapé sur le clavier holographique que le papier a fait apparaître, résume notre rencontre avec Estelle et les quelques informations cruciales que nous avons apprises. A présent, il ne reste plus qu'à l'enregistrer sur le réseau local et à l'effacer de la surface brillante interactive. Je fais semblant d'être concentrée pour cela, restant debout devant le bureau, penchée sur l'hologramme.

— Et voilà. Envoyé.

Je fais quelques gestes pour lancer l'effacement du papier électronique. Jonathan laisse échapper un marmonnement d'approbation. Nous n'avons plus rien à nous dire. C'est effrayant.

Il se saisit d'une chaise et la place non loin de moi. Il s'y assied et me regarde. Il est pensif.

— Il faut qu'on parle, dit-il posément.

— Tu as quelque chose à me dire ? demandé-je en faisant mine d'être surprise.

— Non, il faut qu'on… discute, si tu préfères.

Il m'observe. A-t-il repris de l'assurance ? Peut-être que cela ne le dérange plus de se sentir coupable pour tout ce qui est arrivé.

— Je suis désolé de t'avoir imposé toutes ces choses, dans le jeu. Depuis le début.

Je frémis. Il inspire profondément et reprend.

— Quand Blink m'a dit que c'était ton tour de devenir un agent secret de la ville, je me suis dit… « oh non, pas elle ». C'est idiot, hein, c'était un premier pas pour essayer de te sauver. Mais toute cette comédie… on t'a créé une seconde vie. Et tu la rejetais comme personne ne l'avait fait jusqu'à présent, à cause de cet accident qui t'avait changée. Les autres étaient enfermés dans un rêve, comme moi il y a peu de temps. On pouvait leur faire accepter n'importe quoi. Toi, c'était le contraire. Tu étais hyper-sensible. Consciente que quelque chose n'allait pas. Tu sentais probablement que tu étais là, à la surface. Dans ton lit d'hôpital.

Il hoche la tête tout seul, le regard braqué cette fois vers le sol. On a déjà eu une discussion similaire. Cela me dérange. Même moi, je donne trop d'importance à ma vie dans le jeu. Je sais que de nos jours, on peut vivre dans le virtuel presque aussi bien que dans la réalité. Mais ce n'est pas une raison.

— Tout ça, c'est derrière nous, murmuré-je. Faut pas laisser le jeu te tourmenter. J'aimerais bien que la plupart de mes souvenirs, bons ou mauvais, soient réels. D'ici, avec mon fils, avec mes amis, avec toi. Je ne dis pas que je veux oublier. Je veux juste en parler le moins possible et ne pas me torturer avec ce qui s'est passé. Tu devrais faire pareil.

Il relève la tête et acquiesce.

— Tu n'as pas tort.

Un sourire se glisse dans l'échange, venant de lui, puis venant de moi. Cet homme est spécial. Pour moi. J'aimerais bien qu'il ne le soit que pour moi. Mais la seule relation intime que j'ai eue avec le sexe opposé, un peu forcée lorsque je n'avais pas vingt ans, s'est développée pour m'emprisonner dans un mariage précoce où je n'avais pas de rôle véritable. Je ne sais pas comment vivre une vraie relation. J'ai besoin d'aide.

— Je sais que tu m'en veux encore un peu, même si tu ne te l'avoues pas, dit Jonathan.

— Pas vraiment.

— Si, un peu. Allons, Sarah. J'ai pris le contrôle d'un vieux robot dans le sous-sol d'un immeuble où se trouvait ton fils, et j'ai déclenché des surcharges de courant à tous les étages pour qu'ils explosent. Tu l'as rejoint, je t'ai forcément entendue via l'oreillette de Max, et j'ai poursuivi tout de même. Tu ne peux pas ne pas m'en vouloir.

— Et pourtant...

— Je ne disais pas cela pour que tu me défendes.

Je me tais. Il a ce regard qui me dit qu'il s'en veut plus que je ne pourrais lui en vouloir, si c'était le cas. Son cerveau a été manipulé. Il n'aurait jamais pu désobéir à Blink. Cela me fait penser à une autre situation. A un autre genre de changement de personnalité.

— Tu crois que c'était moi, les yeux rouges dans le monde de Blink ? dis-je soudain. Le vol ? Les colères soudaines ?

Surpris, il fronce les sourcils. Il ne voit pas de quoi je parle. Pourtant, il a été briefé.

— Je le croyais aussi. Jusqu'à ce que Nyx me montre comment elle m'a sauvée. Elle m'a prêté son cerveau, juste pour quelque temps. Elle m'a éveillée. C'est grâce à elle que tu m'as vue, que tu as pu commencer le processus pour me sauver, en demandant à Hoegel de se joindre à toi.

— Tu m'as raconté, dit Jonathan. Mais ton cerveau s'est réparé.

— J'ai hérité d'un bon nombre de ses souvenirs, principalement de ses émotions. De ses goûts, de ses choix et de ses envies. Les yeux rouges, c'est une capacité que je ne possédais pas et qui s'est associée à ma colère, exactement comme ses yeux noirs. Ma colère a été plus prompte à se développer pour de nombreuses raisons qui ne sont pas forcément évidentes à comprendre. Et c'est après cet accident que j'ai appris à voler. Comme elle avec sa brume noire de Déesse de la Nuit.

Elle me manque. Nyx, malgré tout le danger qu'elle représentait, me manque.

— Je vais regretter de ne plus pouvoir l'appeler n'importe quand pour lui parler, murmuré-je.

— Nyx ? interroge-t-il. Elle n'est plus revenue depuis que tu m'as sauvé, c'est ça ?

— C'est elle qui t'a sauvé. Elle t'a retransféré dans ton corps et s'est enfuie.

— Une vraie Déesse, sourit-il. Pour une fois que les humains n'en veulent pas, il nous en faudrait une.

Je hoche la tête. Celle-ci aurait vraiment eu le pouvoir de changer les choses.

— Elle ne demandait même pas de sacrifice, dis-je en riant.

Jonathan rit avec moi. Puis le silence retombe, cette fois agréable. Je ne peux pas faire grand-chose pour trouver des preuves contre Blink. Pas tant que la mémoire de Naïa n'a pas été livrée. Au moins, je parviens à passer le temps de manière plus ou moins confortable.

— Je me souviens de choses, mais c'est vague, murmure alors Jonathan. Blink m'a contacté, plusieurs fois. Mais je ne me souviens pas qu'il m'ait envoyé pour tuer.

Il soupire et passe la main sur ses yeux et son front. Revoilà le Jonathan inquiet que j'ai toujours connu. Je m'approche calmement et pose ma main sur son épaule pour le rassurer. Il place sa main sur la mienne et la serre fort.

Chapitre 15

— Max ? Tu es parti ?

Personne ne répond. Je sors de la douche et ouvre sa porte. Son sac n'est pas là. Je m'avance pour ranger quelques vêtements qui traînent.

— Il est allé à l'école, dit Naïa derrière moi.

Je sursaute et aspire de l'air en me retournant avant de faire les gros yeux.

— Tu m'as fait peur ! La prochaine fois, attends d'être dans mon champ de vision !

Amusée, elle rétorque :

— Je t'aurais fait peur aussi. Tu ne savais pas que j'étais là.

Je hausse les épaules et sors de la pièce derrière Naïa. Mes cheveux sont trempés et j'ai une serviette autour de la taille. Il faut que je me dépêche de me préparer avant que Jonathan arrive.

— Laisse-moi passer, dis-je en me précipitant dans ma chambre. Je n'ai pas envie de lui ouvrir en petite tenue.

Elle se met à rire. Naïa est de bonne humeur, aujourd'hui.

— Tu me pardonneras, dit-elle, mais j'ai pris l'initiative de m'installer ma nouvelle mémoire.

Je lève la tête, surprise.

— Elle est arrivée ?

Elle acquiesce en souriant. Je comprends mieux son enthousiasme à présent.

— Le paquet vide est sur la table. Je ne sais pas ce que tu veux en faire.

— Tu as bien fait, je m'en occuperai. C'est une très bonne nouvelle, dis-je en m'habillant.

On sonne à la porte. Je sautille pour rentrer dans mon pantalon et cours brosser mes cheveux.

— Naïa, tu peux lui ouvrir ?

— Tu es sûre ?

Cela l'amuse un peu trop. Je me mets à rire et insiste.

— Oui, je suis sûre. Cesse de te payer ma tête !

Je ferme la porte de la salle de bain et brosse mes cheveux mouillés comme je peux. Une fois peignés, je fais un boudin et les attache en chignon fouillis. Il y a des filles qui obtiennent ce résultat brouillon parce qu'elles l'ont fait exprès. Chez moi, c'est inné. J'en ai, de la chance.

Je sors à temps pour voir Jonathan entrer en observant Naïa d'un air curieux. Elle a un sourire éclatant qui la rend très belle. Une merveille de technologie, avec ce charme du robot du vingt-deuxième siècle aussi naïf qu'un enfant.

— Vince a été appelé par son ami, dit Jonathan. Il dit qu'à l'heure qu'il est, tu as dû recevoir la mémoire de Naïa. Le timing est parfait.

— On dirait bien que tu as su plus vite que moi, fais-je remarquer.

— C'est vrai ? Tu veux que je t'aide à installer la mémoire ?

— Naïa s'est débrouillée toute seule. Elle a dû prendre la livraison cette nuit.

La jolie rousse acquiesce, les yeux pétillants.

— Je suis prête à vous accompagner.

Je cours chercher une veste légère et trébuche à deux reprises dans le couloir en revenant vers l'entrée. Jonathan et Naïa échangent des coups d'œil amusés.

— Ne commencez pas, vous deux, dis-je en les poussant dehors. Allez-y.

Naïa porte un tee-shirt noir dont les manches courtes se terminent en dentelle et un jean clair. Une tenue qui fait briller d'autant plus sa chevelure flamboyante et ses yeux gris. Je ne sais pas si c'est le fait de savoir qu'elle vient de récupérer une mémoire décente, mais je la vois à présent différemment, comme si elle représentait enfin un outil digne de ce nom et non plus un jouet de collection qui existe de nos jours en plus efficace. Grâce à elle, j'ai une arme de poids contre Estelle. L'analyse faciale n'a pas connu de si grandes avancées depuis le siècle dernier. Ses compétences sont à peu près parfaites, et rares chez un robot de particulier.

Nous descendons les uns après les autres, Jonathan, moi, Naïa. Le soleil nous accueille. Une très belle journée. Une sensation inattendue me frappe, une révélation évidente. Tout va bien. Jonathan est là, juste devant moi. Vivant et réveillé de son sommeil éternel. Il se retourne, me sourit en me parlant, ses yeux pétillent comme avant. Un miracle. Max est à l'école. Lui aussi va très bien. Naïa me tient compagnie, vestige du besoin qu'avait créé Crack, dévotion de l'artificiel, résultat inespéré du progrès. Nous avons survécu. Notre ultime but est de montrer au reste du monde que Blink est ce qu'il semblait être depuis le début, et pas seulement une victime des préjugés ou des envies de vengeance de familles des disparus. Elles avaient raison. Il est à l'origine de notre malheur à tous. C'est lui qui a ordonné la création de la conscience de Nyx. C'est à cause de lui qu'un chagrin qui ne me ressemble pas teinte d'amertume l'effet bénéfique de cette superbe météo sur mon humeur.

Jonathan s'est tourné vers moi, une fois de plus. Il fronce les sourcils, pensant que quelque chose ne va pas. Il a raison, mais je ne peux pas le lui avouer. A personne. La voiture est juste là. Je m'apprête à répondre de manière aussi évasive que possible, quand j'aperçois Estelle qui sort de la bouche de la ligne souterraine, encadrée de deux Naïwo femelles blondes comme les blés, l'une bouclée, l'autre raide, même longueur environ que la belle chevelure de leur mère. On dirait une Reine protégée par ses gardes du corps. Le Naïwo aux cheveux raides me sourit gentiment, tandis que celui aux belles boucles anglaises regarde timidement sa mère. Il n'y a pas de confusion possible.

— J'ai pensé qu'on pourrait changer un peu le lieu de rencontre, dit Estelle avec assurance. Ça donne une occasion aux filles de sortir avec moi. Il y a un bistrot, dans le coin ?

— A deux pas de la PI, dis-je en levant les yeux au ciel.

Je ressens cette prise de décision comme une avancée sur mon territoire, peut-être une tentative de dissimulation de preuves qui se trouveraient chez elle. Je suis sans doute paranoïaque.

— Je ne pensais pas que tu amènerais ton Naïwo, s'étonne-t-elle.

Je lui réponds par un sourire amusé.

— Moi non plus, dis-je.

Naïa glousse, la main devant sa bouche. Jade et Esme la scrutent, fascinées et un peu perturbées par la présence d'un Naïwo entier, conscience et cœur, identique à elles mais vide d'émotions. Simulant leur humanité. Soudain, j'ai l'impression qu'il y a une rivalité entre elles.

— On y va ? demande Estelle.

Jade prend la main d'Esme et entame la marche. Jonathan, lui, fait courir ses yeux entre Estelle et moi et sur les trois Naïwo, comme s'il absorbait toutes les nouveautés dont il n'avait pas encore été témoin. Pendant le trajet, Naïa reste sur ma gauche et Jonathan un peu en retrait, entre Estelle et moi. Le robot glisse sa main dans la mienne tout en observant les deux sœurs. Je lui prends la main nonchalamment. Après tout, ce n'est pas comme si elle prenait la place de quelqu'un d'autre. Pas encore.

Les deux sœurs se murmurent des messes basses en rigolant, Estelle les surveille ou regarde autour d'elle comme une Princesse de conte de fées devant un joli paysage, Jonathan essaie de la faire parler et moi, tenant la main de Naïa, je repasse en boucle dans ma mémoire des passages désagréables des derniers événements.

— Pourquoi es-tu triste ? murmure soudain Naïa dans le creux de mon oreille.

Son analyse des expressions faciales a probablement détecté deux choses principales. Mon émotion, et le besoin de la dissimuler autant que possible du reste du monde. Mais elle est mon robot personnel et elle n'est pas connectée. Je vais faire une exception, pour qu'elle ne risque pas de me redemander la même chose un peu plus tard en attirant l'attention. Je me penche à son oreille et murmure :

— Tout le monde est sauvé, mais Nyx nous a quittés.

Immédiatement, le Naïwo baisse le regard vers le sol et affiche un chagrin de deuil profond. Ses fonctionnalités sont si simples. Pourtant, cela me rassure un peu. La seule créature qui ne peut souffrir m'accompagne dans la perte de quelqu'un que j'avais appris à connaître et à apprécier. Ce n'est pas juste un golem, qui ne peut prononcer un mot et n'apporte que des ennuis. C'est un robot libre de toute douleur émotionnelle. Présent pour m'aider à traverser les épreuves difficiles. Je serre sa main dans la mienne en plissant les lèvres. Ça va passer. Nyx n'aurait pas dû naître. A présent, elle est dans le néant. Elle ne sait pas qu'elle n'existe plus.

Jade et Esme se détachent l'une de l'autre pour laisser passer leur mère en premier dans le bistrot. Estelle prend le menton de Jade dans sa main en lui souriant avant de s'avancer et d'interpeller un serveur.

— Bonjour, dit ce dernier. Souhaitez-vous vous asseoir en surface, ou bien en souterrain ? Nous avons forêt tropicale, nuages, Egypte antique, système solaire…

— En surface, ça ira, coupe Estelle immédiatement.

— Très bien.

Le serveur nous installe à une table au fond. Les trois Naïwo prennent la banquette, je prends le côté de la table, Estelle et Jonathan s'installent côte à côte. Quel groupe étrange. Le serveur, de loin, nous jette des coups d'œil curieux.

Jade, qui est à une extrémité des Naïwo, louche sur Naïa, qui est à l'autre. Esme semble ne pas oser lever les yeux vers elle.

— Naïa, je te présente Jade et Esmeralda, dis-je pour briser la glace. Jade et Esme, voici Naïa. Je l'ai trouvée au dépôt-vente il y a quelque temps, mais elle n'avait pas assez de mémoire pour sauver l'un d'entre vous. Depuis ce matin, c'est arrangé.

Esme hoche la tête timidement. Jade me regarde de côté, sans pivoter la tête, avant de fixer Naïa à nouveau. Peut-être qu'elles sont jalouses. Leur visage est identique, mais la perruque de Naïa est beaucoup plus fournie. Non, ce n'est pas cela. Je suppose que cela fait bizarre d'avoir une apparence similaire à celle d'un être artificiel… du moins plus que soi. Naïa leur sourit naïvement à toutes les deux. Cela me fait sourire à mon tour.

— Je n'ai pas beaucoup de temps, dit Estelle. C'est aussi pour cela que je suis venue vous retrouver. J'ai un petit boulot de programmé dans une heure.

— Dans ce cas, nous irons droit au but, répond Jonathan sans se démonter. Nous n'espérions pas tant de chance, mais Naïa ici présente a finalement pu nous accompagner. Tout d'abord, pourquoi avoir choisi de nous dissimuler des informations, et quelles sont-elles ?

— Pourquoi croyez-vous que je devrais tout vous dire ? répond Estelle.

Naïa scrute le visage de la femme. Les ailes de son nez frémissent, ses yeux se plissent.

— C'est quelque chose de gênant, de très ennuyeux même, dit le robot. Elle ne préfère pas en parler, mais ce ne serait pas si grave de le mentionner. Elle pense que ça n'a rien à voir avec ce que nous recherchons. C'est pour cela qu'elle insiste pour nous le dissimuler. Mais vous ne lâcherez pas, car vous pensez que tout peut avoir un rapport avec Blink. Tout ce qui laisse un doute.

— Comment tu fais ça ! s'exclame Jade en dévisageant Naïa.

— Regarde dans ton cœur, répond Naïa en tapotant son buste. Tout y est.

Jade a vraiment l'air sidérée par les capacités de Naïa. Incroyable. Cela signifie que ni elle, ni Esme ne sont parvenues jusqu'à présent à se servir des compétences des Naïwo pour elles-mêmes. Nous sommes donc en avantage contre Estelle.

— C'est exactement ça, dit calmement cette dernière. Cela ne vous concerne pas, et j'en suis convaincue. On m'a volée.

— Encore ! m'exclamé-je.

Estelle me fusille du regard.

— Un objet qui appartenait à mon frère et qui a disparu il y a déjà pas mal de temps. C'est un micron-ordinateur.

— Qui voudrait voler un micron ? interroge Jonathan. Il y avait quelque chose dessus ?

— Rien, répond Estelle. Mais un objet de la taille d'un ongle qui peut recevoir un programme et l'exécuter sur le réseau, ça peut servir à n'importe quoi. Et n'importe qui aurait pu le voler. Il coûte une fortune.

— Je n'ai jamais compris pourquoi, d'ailleurs, dis-je en levant un sourcil.

— Ce n'est pas un appareil à la portée de tout le monde, Sarah. Pour faire quelque chose à sa sauce, dans ce monde, pour réinventer la roue, il faut payer le prix fort. Tout est fait pour nous assister. Il est fini, le temps du vingt-et-unième siècle où n'importe quel individu avait le pouvoir d'inventer des choses. A présent, tout est cadré.

— Comment peux-tu supposer que ça n'a rien à voir avec Blink, s'agace Jonathan, alors qu'il est lié à une organisation criminelle qui en aurait forcément l'utilité ?

— Qui en aurait *eu* l'utilité, ajoute Estelle en le regardant droit dans les yeux.

La plupart sont morts. Elle a raison. On perd notre temps.

— C'est tout ce que vous aviez à me dire ? s'étonne Estelle.

Elle regarde sa montre avant d'annoncer :

— Je dois partir dans deux minutes. C'est fini ?

Je jette un coup d'œil à Naïa. La jolie rousse esquisse une moue ennuyée.

— Il n'y a plus rien à dire, murmure-t-elle.

Jade est concentrée sur elle-même, sans doute extrêmement séduite par l'idée de pouvoir utiliser les capacités de son Naïwo pour analyser les expressions. Elle me regarde à peine lorsque sa mère se lève et lui fait signe de la suivre avec sa sœur. Elles s'en vont silencieusement, Esme se retournant par instants pour nous observer de loin. La porte du bistrot se referme.

Je soupire, me lève et pousse Naïa pour m'asseoir sur la banquette avec elle.

— Fais-moi une petite place, dis-je.

Je tapote le carré translucide de la table pour afficher la carte.

— Johnny ? Tu veux quelque chose ?

Il lève la tête, déconcerté.

— Un café ? insisté-je.

— Froid, murmure-t-il.

Je sélectionne sa boisson et choisis un thé pour moi. Naïa s'amuse avec le côté interactif opposé de la table, navigant dans les options.

— C'était un peu idiot, cette rencontre, rit Jonathan.

Il se penche en arrière et se passe la main dans les cheveux, les ébouriffant involontairement.

— Tout le monde est en vie, dis-je pour gommer son découragement sans parvenir à masquer ma propre mélancolie.

Il semble le remarquer, car il se fige et me fixe de manière assez insistante.

— Il va falloir me mettre au jus, et vite, dit-il. Je comprends qu'il se soit passé plein de choses et que ce n'est pas facile de m'informer de tout. Mais il y a quelque chose qui ne va pas chez toi. Qu'est-ce que j'ai loupé ?

— Merci, ça fait toujours plaisir, dis-je en souriant bêtement.

— Tu sais bien ce que je veux dire, Sarah.

Un silence s'installe. Le serveur arrive et pose devant nous nos boissons. Je commence à siroter mon thé. Jonathan n'entame pas son café glacé. Il me fixe toujours.

— Je ne me rends pas bien compte, avance-t-il, je me fais peut-être des idées, mais je pensais qu'à mon réveil, tu serais heureuse de me voir. Il y a quelque chose que je ne sais pas ? Tu l'as dit, pourtant. Tout le monde est sauf. J'étais le dernier.

Je déglutis. Mes yeux sont emplis de larmes emprisonnées. Je ne peux plus cligner des yeux. Elles vont partir. Naïa se rapproche de moi. Son corps de robot me frôle. Sa tête est baissée. Mes yeux s'assèchent, un tout petit peu. Jonathan est là, en face de moi. Il est en train de me demander pourquoi je suis encore triste après qu'il se soit réveillé, et je ne lui réponds rien. Il ne doit pas se faire de fausses idées.

— Il manquait encore quelqu'un. Tu ne sais pas combien j'ai attendu que tu sois là, parmi nous, à nous parler de tout et de rien. Même si je savais, inconsciemment, que toutes les complications de notre relation allaient renaître, je n'en avais rien à faire. Je voulais seulement que tu reviennes. C'est seulement que… tu n'étais pas le dernier. Mais maintenant, c'est trop tard.

Il ne dit rien. Il sait très bien ce que cela signifie, car il est au courant de tout. Il ne savait sans doute pas combien cette créature artificielle me tenait à cœur. Il n'y a qu'à voir le comportement des deux sœurs. Même dans des Naïwo, elles sont on ne peut plus vivantes. J'ai toujours considéré que l'homme était incapable de créer de la vie autrement qu'en la faisant naître biologiquement. Et c'est ce qu'ils ont fait. IA 502 était biologique. Elle était faite d'un programme génétique exécuté par un autre programme créé par Blink, qui parvenait aussi bien à faire vivre les virtualisés, des personnes vivantes. Ce n'est pas une question de croyances. C'est comme ça. IA 502 est humaine. C'est mathématiquement démontrable. Je suis en deuil d'une très bonne amie, peut-être l'une des meilleures que j'aie jamais eues.

— Vince m'en a informé, mais je ne pensais pas que c'était si important pour toi. Nyx a complètement disparu du réseau... Cela ne se voit peut-être pas, mais je suis là pour toi, murmure Jonathan en baissant les yeux.

Il se sent coupable. De cette relation compliquée que j'ai mentionnée, de son désir de vengeance qui aveugle le reste. Il se lève, fait glisser son café à ma gauche. Naïa se pousse pour nous laisser la place. Je me décale vers elle, il s'assied à côté de moi. Alors, il pose ses deux avant-bras sur la table, il tourne la tête vers moi, et c'est comme s'il n'y avait plus rien au monde que mon visage dans son champ de vision. Il sourit, me parle, m'écoute répondre. Nous discutons ainsi, dans cette intimité étrange et nouvelle, nos mots ponctués du rire résonnant de Naïa qui participe à la conversation avec enthousiasme. Je me laisse séduire et endors ma conscience que quelqu'un n'est pas là, quelqu'un qui aurait écouté la moindre de nos phrases, fascinée par les relations entre les humains.

Fascinée par l'amour sous toutes ses formes.

La lumière venant des fenêtres est si faible qu'on se croirait en souterrain. Cela gâche le charme du petit bistrot au soir, sans personne au comptoir. Juste lui, moi, et cette créature élégante et joyeuse comme un enfant qui n'a jamais manqué de rien. Le temps s'est arrêté, mais le jour a baissé tout de même. Nous avons eu la fin de journée à nous. C'était agréable, mais cela ne peut durer.

Il s'est tu depuis quelques minutes. Je savoure le silence, sa présence, je chasse de mon esprit le souvenir furtif d'une existence disparue. De dizaines d'existences disparues. Nous avons terminé nos derniers mots par un « ... là-bas », quelque chose comme ça. Rien de bien particulier. Il n'a plus rien dit, mais jusqu'à présent, il souriait doucement. En cet instant, c'est différent. Ses yeux sont perdus au-delà d'un voile qu'il est le seul au monde à avoir traversé.

— Il y a cette femme…

Il chuchote. Ses yeux se sont agrandis. Un nuage passe devant la lune. Elle est déjà présente, bien sûr. Nous sommes restés si longtemps.

Jonathan se prend la tête dans les mains. Il a l'air de vouloir rattraper quelque chose, une lueur, un feu-follet dansant devant ses yeux.

— Ce n'était pas un robot… c'était une femme… pourquoi est-ce que je ne l'ai pas…

Ses mains passent devant sa bouche. Ses yeux, rivés jusque-là sur la table, se fixent dans les miens.

— Qui est mort ? dit-il soudain.

J'hésite. Parle-t-il de ceux…

— Qui est-ce que j'ai tué ? Sarah, donne-moi leurs noms.

Parti, envolé, le moment agréable partagé par deux amants dans ce petit café parisien, sans avoir à surveiller la montre. A présent, il nous faut retourner à nos préoccupations morbides.

— Il y en a trop pour que je puisse te les citer comme ça, simple…

— Je connais la liste par cœur, m'interrompt Naïa. Mais ce ne sont pas des noms qu'il te faut.

Jonathan et le Naïwo échangent un regard lourd de sens. Naïa a compris, elle l'a lu sur son visage.

— Tu as laissé partir quelqu'un ? demande-t-elle.

Elle n'a pas l'air interrogateur. Elle sait qu'elle a raison.

— Tu as laissé partir une femme ? dit-elle encore. Blink ne t'avait pas demandé de la tuer ?

Jonathan écarquille les yeux. Il se souvient.

— Oui, c'est ça ! s'exclame-t-il. D'habitude, c'était « pas de témoins ». Cette fois-là, je me souviens, j'ai aperçu cette femme sur les caméras de surveillance. Et en repassant dans ma tête les instructions, je n'ai pas vu cet ordre. Je l'ai épargnée.

— Tu plaisantes, dis-je en le dévisageant.

Il est aussi abasourdi que moi. La plupart du temps, il n'y avait qu'un mort. Il a pu arriver qu'une explosion emporte des associés du criminel en question, mais c'étaient toujours des gens malhonnêtes. Je ne pensais pas qu'ils n'étaient pas ciblés par l'assassin directement. Cela signifie que dès que Jonathan en a eu l'occasion, il a laissé partir quelqu'un, peut-être même plus d'une fois. Cette femme était au mauvais endroit au mauvais moment. Ou bien… elle accompagnait la cible depuis le début. Peut-être travaillait-elle avec elle. Si c'est le cas, elle a pu être témoin du meurtre. Il faut absolument qu'on la retrouve.

— On pourrait faire un parcours dans la ville, suggère Naïa. On s'arrête à chaque lieu de crime, jusqu'à ce que quelque chose te revienne.

— On va y passer des heures, dis-je en guise d'avertissement.

Jonathan hoche la tête en fixant le vide. Je sais moi aussi qu'on n'a pas d'autre choix. Aucune piste si ce n'est celle-ci, qui est tout de même consistante.

Naïa se lève, observant autour d'elle, avant de s'asseoir sans prononcer un mot. Je la regarde se pincer les lèvres et faire semblant de n'avoir rien à dire.

— Naïa, si tu as des idées, il faut nous les donner. C'est important.

— Non, ce n'est rien. J'oubliais que je ne suis pas connectée.

Jonathan pousse un profond soupire et avance :

— Je pourrais essayer de me brancher sur la machine de Blink pour me souvenir…

— Non.

Je me tourne vers Naïa, surprise qu'elle m'ait devancée.

— Cela ne servirait à rien, ajoute-t-elle, et c'est trop dangereux.

— Naïa a raison, dis-je en me tournant vers lui.

Jonathan ne bronche pas. Il connaissait déjà la réponse.

— Dans ce cas, je ne vois pas de solution, se résigne-t-il. Il nous faudrait un robot capable d'analyser l'ensemble des données sur les meurtres des membres de l'organisation et réduire les possibilités en fonction de mes réponses à ses questions. Pour ce qui est de retrouver la trace de cette femme, c'est une autre histoire.

— J'ai une idée, dis-je soudain. Suivez-moi.

Intrigués, Jonathan et Naïa sortent du bistrot derrière moi. Je cherche du regard la première zone holographique d'appel sur le trottoir, m'y dirige et prononce les mots magiques.

— Appel vers le dépôt-vente de Paris.

Une voix s'élève immédiatement afin de confirmer les instructions.

— Il y a un seul dépôt-vente à Paris. Le deuxième dépôt-vente le plus proche est celui de Belgique. Dois-je valider votre appel ?

— Oui.

Après quelques secondes, le temps normal pour attendre que le service d'une entreprise décroche, l'hologramme d'un homme à l'air un peu fatigué apparaît devant nous.

— Bonsoir. Je peux faire quelque chose pour vous ?

— Bonsoir. Je souhaiterais me procurer l'Arlequin qui se trouve actuellement au rez-de-chaussée de votre dépôt-vente. Est-ce qu'il est toujours là ?

— En effet, il est toujours dans nos stocks.

— Dans ce cas, pouvez-vous le descendre à l'accueil ? Nous serons là dans une petite demi-heure.

— Aucun souci, Madame.

— Je vous remercie. A tout à l'heure.

— A tout à l'heure.

L'hologramme disparaît. Naïa fronce les sourcils en me regardant, et Jonathan ne semble pas comprendre de quoi il s'agit. Chaque chose en son temps.

— Tu n'aurais pas pu rendre visite à Rita et emprunter son robot ? demande Naïa.

Etonnée par cette question, je lui réponds :

— Je fais d'une pierre deux coups. Mon fils adore cet Arlequin, et comme nous n'avons aucun robot connecté à la maison, ce ne sera pas un achat complètement inutile. En plus, il a sans doute beaucoup entendu parler de toi via ton petit frère, qu'il a côtoyé pendant un certain temps dans son rayon. Tu pourras peut-être récupérer quelques données qui te concernent. Enfin… avec l'aide de Max.

Naïa hoche la tête avec indifférence. C'est étrange. Je m'attendais à ce que cette information lui fasse plaisir. Peut-être est-elle émotionnellement affectée elle aussi par la situation.

Jonathan appelle sa voiture, qui se gare une dizaine de minutes plus tard juste devant nous. La nuit s'installe. Les sièges sont froids. Je frissonne, le plus discrètement possible. Je pose le coude sur l'appui de la fenêtre fermée et regarde dehors pendant que Jonathan configure le pilote automatique. Je veux seulement rentrer, mais la journée n'est pas finie. Rien n'est fini. Rien ne le sera tant que nous n'aurons pas retrouvé cette femme. Il n'y a plus qu'à espérer qu'elle ait vu un robot contrôlé par Jonathan tuer un homme. Qu'elle ait la preuve, invraisemblablement, que Blink a ordonné sa mise à mort.

Qu'elle ne connaisse pas pour autant l'identité de celui qui, semant derrière lui les cadavres de criminels depuis longtemps recherchés, a choisi de l'épargner ce jour-là.

Max a imprimé pour nous, sur papier électronique, les bases du langage. Je m'en imprègne tranquillement, mais je n'en suis pas encore au stade où je peux me lancer. L'urgence, c'est qu'il communique lui-même avec l'Arlequin afin de trianguler la position à laquelle la femme mystère a été détectée sur les caméras de surveillance. L'étape suivante sera bien évidemment de la repérer dans Paris, en espérant qu'elle n'ait pas quitté la ville ou pire, le pays. Mais si l'on trouve son identité, tout cela nous sera révélé bien assez tôt.

Max garde son oreillette connectée à tout instant, espérant recevoir quelque signal de l'Arlequin ou d'un autre robot avec lequel ce dernier aurait communiqué. Il n'y a pas si longtemps, il se plaignait que Nyx ne la contactait plus sur la salle de discussion privée qu'il avait mise en place, malgré toutes ses tentatives pour attirer son attention. Il ne l'a pas avoué, mais cela se voyait : son absence l'attristait énormément. Mais depuis peu, il va mieux. Il s'est résigné, et je suppose que l'enfant qu'il est sait qu'elle n'a jamais été humaine et utilise cet argument pour se distancer de ses émotions. Personnellement, je n'y parviens pas.

— Naïa, j'ai une idée, dit soudain Max. Pendant que je fais ça, tu devrais peut-être scanner l'encyclopédie des entreprises.

— Naïa n'est pas connectée, dis-je. Tu n'en obtiendras rien.

— Mais si, insiste Max. Elle est comme toi et moi. Elle peut nous aider.

Naïa sourit à Max et hoche la tête avant de partir dans le salon pour utiliser la connexion de la maison et visualiser les données sur le mur sans nous déranger. Jonathan, lui, soupèse l'Arlequin et tâte ses bras et ses jambes, curieux.

— Incroyable, dit-il. Et il ne peut pas parler ?

— Il peut m'envoyer des messages codés dans ma salle de discussion privée, explique Max. C'est la voix automatique qui les lira pour moi, et je devrai les traduire.

Autour de lui, des feuilles de papier artificiel sont éparpillées, griffonnées de syllabes et de mots plus longs et complètement incompréhensibles. J'ai beau avoir assimilé la logique du langage, je n'ai pas assez de pratique à mon actif pour avoir la moindre idée des échanges entre Max et l'Arlequin.

— Je vais l'appeler Laurel, dit soudain Max.

— Qui ça ?

D'un mouvement du menton, il désigne le robot bariolé. Je lâche un petit rire. Je n'y avais même pas pensé. Après tout, à quoi sert de donner un nom à un robot qui ne peut pas y répondre ?

— Je récapitule, me dit Max en levant sa feuille devant lui. Le jour où tu as appris la mort de Romain Rousseau auprès de Juliette, elle t'a avoué l'existence d'autres meurtres. Elle a mentionné plusieurs possibilités d'assassinat. Mettre le feu à une tour mal construite, piéger l'ennemi, le terroriser en faisant apparaître Nyx pour le pousser au suicide, l'asphyxier au monoxyde de carbone, faire exploser du gaz après avoir provoqué une fuite.

— Mais Rousseau, lui, est mort dans un accident de voiture autopilotée, dis-je.

— Oui, et il n'a pas été le premier à se faire éliminer, répond Max. C'était le plus dangereux, non ? Blink a peut-être demandé à Jonathan de se débarrasser des autres avant d'être certain que Rousseau allait y passer. Un accident de voiture pareil, ça ne s'évite pas.

— Tu as raison, approuvé-je. Jonathan a essayé une première fois de le faire disparaître, mais il s'est trompé. Il a même utilisé les méthodes de l'armée pour cette tentative, et a envoyé les données qu'il a trouvées sur leurs serveurs sécurisés. C'est pour ça que Roca s'est mêlé de nos affaires.

Jonathan lève un sourcil, conscient qu'il est à l'origine de beaucoup de nos ennuis. Max, lui, est amusé par la tête qu'il fait.

— Tu te souviens de quelque chose ? demande-t-il. Le jour où tu as laissé cette fille vivre, c'était avant ou après que tu as tué Romain ?

— Après, j'en suis sûr, répond Jonathan. En fait, j'ai même l'impression que c'était l'une de mes dernières missions.

— Et c'était où ? Un immeuble, une tour, dehors ? Tu as parlé de caméras de surveillance. C'était où ?

— Sur un parking.

Max se fige et me regarde. Jonathan vient d'avoir le genre de révélation qui frappe sans prévenir, un flash. Il est surpris lui-même. Il lâche la tête de l'Arlequin, qu'il orientait vers lui pour l'observer, et me dévisage avec perplexité.

— Un parking extérieur…

C'est décisif. Les parkings extérieurs sont à ce point rares qu'il pourrait n'y en avoir qu'un dans tout Paris. Cela ne me dit rien. Max semble ne pas comprendre.

— Ça existe, ça ? dit-il en regardant son nouvel ami Laurel.

Il hausse les épaules et se met à griffonner sur sa feuille à toute allure. Il la redresse alors, satisfait, et se met à déclamer des syllabes en articulant bien. Derrière nous, Naïa entre dans la pièce et patiente sagement. Je lui fais signe de venir s'asseoir au sol avec nous. Elle me contourne et se place à côté de Jonathan, m'évitant comme si elle me craignait. Etrange.

— Il répond !

Le doigt sur l'oreillette, Max pose la feuille au sol et écrit le message codé retransmis par la voix automatique. Il ne le traduit pas mais le lit dans sa tête, concentré.

— J'ai listé pour Laurel les lieux à analyser, liés à des meurtres parus aux informations au cours des dernières semaines. Je lui ai demandé de chercher ceux qui se passent dehors et / ou dans un parking, mais aussi ceux qui ont abrité par le passé ou abritent encore le siège d'une entreprise. Je souhaitais un ordre de priorité selon le critère que le lieu que je recherche est celui d'un meurtre qui est arrivé après celui de Romain Rousseau, qu'il est sous vidéo-surveillance et que les locaux étaient encore ouverts à une heure où seuls la victime et une femme dont l'identité est inconnue, ont été vus.

J'ai du mal à croire que c'est Max qui vient de prononcer ces mots. Inconscient de l'effet qu'il fait aussi bien sur moi que sur Jonathan, qui le regarde époustouflé, il déchiffre la réponse de Laurel. Il relève la tête et s'apprête à parler, lorsqu'il se rend compte que Naïa est revenue parmi nous.

— Oh, t'es là ! Alors ? Je suis sûr que tu nous as trouvé un truc utile.

Naïa lève les yeux au ciel avant de se tourner vers moi, redevenant très formelle.

— J'ai recoupé les entreprises avec les créateurs connus des différentes technologies de pointe utilisées par le jeu de Blink, qui sont décrites dans l'encyclopédie. Beaucoup des anciens collègues de Juillard, dans l'organisation secrète, sont les cerveaux à l'origine de découvertes qui ont permis le fonctionnement complet du jeu et dont il a profité sans leur accorder la moindre part de bénéfice. Je soupçonne l'un d'eux d'être à l'origine du dysfonctionnement du générateur et de la mort de centaines d'humains, juste pour se venger.

— Ça donne moins envie de se morfondre sur la mort de ces types, d'un coup, murmure Jonathan pour lui-même.

Max laisse échapper un éclat de rire unique, triomphant.

— Pas mal ! s'exclame-t-il, comme s'il était en compétition avec Naïa. Mais j'ai mieux. Laurel vient de me donner une information primordiale !

— Laurel ? interroge Naïa.

— C'est lui, dit Max en montrant l'Arlequin du doigt. Il vient de me dire… que le parking dont parle Jonathan est en réalité un parking aérien, c'est-à-dire un parking situé sur le toit d'un immeuble. Eh oui ! C'est un parking de voitures à ailerons !

Le regard de Jonathan se fige et se perd dans le vide. Max a tapé dans le mille.

— Et ? dis-je pour avoir la suite.

— Je n'ai pas grand-chose d'autre, dit Max. Laurel explique que seules deux entreprises sont statistiquement susceptibles d'être concernées. L'une, le concessionnaire automobile dans lequel travaillait l'avant-dernier gars de la liste. L'autre, un club de riches propriétaires qui se réunissaient pour faire je ne sais quelle activité de riche, et auquel appartenait le dernier de la liste.

— C'est le concessionnaire.

Tout le monde se tourne vers Naïa. Elle a l'air sérieux. Max la regarde avec une confiance surprenante.

— Comment tu le sais ? demande Jonathan.

— L'encyclopédie.

Il s'apprête à insister, mais Max le coupe en poussant des cris enthousiastes.

— Bon, maintenant, il y a plus qu'à trouver la dame !

— Pas toi, Max, dit Naïa. Tu restes à la maison.

Il fronce les sourcils et lui jette un regard assassin. Alors qu'il s'apprête à répliquer, jetant au passage des coups d'œil dans ma direction, elle ajoute :

— Il est minuit passé. Ta mère ne va sans doute pas te laisser sortir à une heure pareille.

L'argument lui coupe le sifflet. Un amusement soudain s'empare de moi, que je réfrène autant que possible. Max ne trouve rien à redire à cela. Il sait que s'il me demande ce que j'en pense, j'approuverai les dires de Naïa et qu'il risque de se sentir encore plus coincé.

— Tu vas pas commencer, toi ! s'exclame-t-il alors.

— Laisse-moi aider Sarah comme je peux.

La réponse de Naïa me surprend, mais je ne suis pas la seule. Contre toute attente, Max baisse la tête légèrement et se calme. Il soupire, attrape l'Arlequin comme un poupon, sous le bras, et ramasse toutes ses feuilles.

— Vous non plus, vous ne devriez pas sortir aussi tard. En plus, vous devez encore trouver le nom de la femme.

— Béa Thouvenin, lui lance le Naïwo.

Je déglutis et étouffe un rire. Naïa a résolu le mystère toute seule et cerise sur le gâteau, elle a le dernier mot avec Max. Jonathan, de son côté, semble extrêmement soulagé d'avoir enfin un nom. Max grogne et, avant de claquer la porte de sa chambre derrière lui, insiste une dernière fois.

— Allez dormir, bande de fous.

Chapitre 16

La maison est programmée pour empêcher Max de faire une bêtise et de nous suivre en cachette. Il est six heures du matin. Jonathan a dormi à la maison, dans le lit qui l'avait accueilli pendant son coma. Naïa a consulté l'internet sur le mur tout la nuit. Nous sommes fin prêts pour partir enquêter sur le terrain, disposés à tout essayer pour retrouver cette Béa.

— Nous avons plusieurs possibilités, explique Naïa en sortant de l'appartement derrière nous. Son domicile, la tour où a été tué son collègue, et une maison de vacances dans laquelle elle peut avoir trouvé refuge. Il faut espérer qu'elle soit disposée à nous aider.

— Comment sais-tu qu'elle n'a pas fui le pays ? demandé-je.

— J'ai effectué quelques recherches et calculé les probabilités de chacune de ses décisions. La fuite physique me semble statistiquement une très mauvaise option.

— La fuite physique ?

— C'est vrai que si Blink est à ses trousses, elle ne peut se sentir en sécurité nulle part dans le monde, admet Jonathan. Surtout si elle sait qu'il utilise le réseau pour envoyer un assassin à ses trousses.

— Tu peux dire mercenaire, dit Naïa en le regardant timidement.

Il se mord l'intérieur de la joue et détourne le regard. Il grimpe dans sa voiture et nous ouvre les portières de l'intérieur. Je monte sur le siège passager, Naïa à l'arrière. Jonathan a sur le visage une expression déterminée, presque fâchée. Il attrape le volant à deux mains, ses doigts s'agrippant à en devenir blancs, et il démarre.

— Où va-t-on ? demande Naïa.

Elle se penche entre nos deux sièges et observe Jonathan. Il ne répond pas et ne semble pas dérangé par la présence de la tête du

Naïwo juste au-dessus de son épaule. Elle détaille la route afin de comprendre.

— La tour ? dit-elle. Ça me va.

Jonathan tourne le volant soudainement, faisant déraper la voiture à une vitesse folle. Naïa, qui n'est pas attachée derrière, a les pieds fermement ancrés au sol et ne bouge pas d'un millimètre. Elle pousse à peine un léger cri et se met à rire. Jonathan pousse sur le champignon. Je m'agrippe à mon siège et retiens ma respiration. Les voitures autour de nous nous évitent comme dans un ballet parfaitement orchestré. Virage d'un côté, virage de l'autre, Jonathan nous fait traverser la ville comme si sa vie en dépendait. Il est six heures et demie. En pleine journée, ce comportement aurait pu, mais difficilement tout de même, être dangereux. Les voitures qui ne sont pas en pilotage automatique surveillent toujours les véhicules environnants et leur type de conduite afin de réaliser une manœuvre d'urgence en cas de nécessité. Il est quasiment impossible de causer un accident en ville, où la vitesse de tous est suffisamment basse, sachant que les roues ont la capacité d'effectuer des mouvements latéraux qui rendent la mobilité de la voiture presque parfaite.

— Jonathan, ralentis, murmuré-je.

— Je suis accrédité, dit-il pour tout réponse.

J'oubliais. Avec son statut d'officier de l'armée, Jonathan a tous les droits. Un autre virement sec. Une voiture à ailerons arriverait moins vite que nous à destination. Je ferme les yeux et inspire. Quand on ne regarde pas, c'est presque agréable. Les chocs des déplacements vifs et soudains sont grandement atténués par la forme étudiée des sièges. Mes paupières tremblent. La lumière du soleil s'intensifie, peu à peu. Le jour se lève.

Coup de frein. J'ouvre les yeux. Jonathan me regarde, l'air inquiet.

— Ça va ? s'exclame-t-il en se penchant sur moi.

Je fronce les sourcils. Nous sommes arrivés, mais il n'avait pas remarqué que j'avais fermé les yeux.

— Oui, tout va bien, murmuré-je.

Il baisse les yeux, hoche la tête et sort de la voiture après avoir actionné le bouton qui ouvre ma portière. Il fait le tour, soucieux, et me regarde m'extraire de mon siège en se mordant encore la joue. Naïa fait claquer la portière arrière.

— Sarah va bien, dit-elle en souriant. Si tu veux jouer les gros durs en conduisant comme un chauffard du dimanche, il faut assumer !

— Le temps presse, répond Jonathan en me jetant un coup d'œil surpris.

Il nous tourne le dos et part vers la tour qui se dresse au-dessus de nous. Je me tourne vers Naïa, perplexe.

— Dis-donc, toi. Qui t'a dit d'adopter ce ton-là avec nous ?

Elle tapote sa tête en souriant.

— Je m'adapte à votre style de discussion, répond-elle. Ça ne te plaît pas ?

Je hausse les épaules. Elle a de l'humour, elle fait la leçon à Max et taquine Jonathan. Je ne peux pas dire que ce soit gênant.

— Si, tu nous as plutôt bien cernés, dis-je sans parvenir à réprimer un sourire.

Elle se met à rire et m'emboîte le pas. Jonathan est dans le hall de l'immeuble, analysant les lieux d'un air concentré. Je le rejoins en l'imitant. Une porte surmontée d'un logo que l'on connaît bien mène à une entrée de ligne souterraine privée de l'entreprise. A l'accueil, personne. Deux portes mènent aux escaliers de secours, et une troisième à une série d'ascenseurs. Lorsque je vois Jonathan choisir les escaliers, j'ai un moment de nostalgie en me rappelant le monde de Blink. Mais cela n'a rien à voir. A présent, il a des jambes artificielles. Jamais plus il ne ressentira de fatigue en faisant travailler ces muscles-là.

Je le suis et l'observe grimper les marches quatre à quatre, glissant parfois la main sur le mur en fermant les yeux, comme s'il sentait sous ses doigts les câbles réseau cachés dans la paroi. Il n'est pas venu ici par hasard. Il suit les bribes de souvenirs qu'il a semés dans cet endroit.

J'ai beau essayer de garder le même rythme, au bout de huit ou neuf étages, je suis presque incapable de faire un pas de plus. Je suis haletante mais garde mon souffle dans ma gorge, le laissant s'échapper le moins bruyamment possible par le nez, et je ne sens plus mes mollets. Naïa, derrière moi, ne simule aucune fatigue, me donnant d'autant plus l'impression que je suis faible et inutile.

Soudain, le Naïwo se colle dans mon dos, me fauche d'une main les jambes et accueille de l'autre le reste de mon corps comme si j'étais aussi légère qu'une plume. Je me débats une seconde, le temps pour moi de réaliser que Naïa me porte à l'horizontale comme une princesse, avec une délicatesse absolue.

— Ne fais pas d'histoires, dit-elle en voyant que j'essaie de reprendre le contrôle. Je suis en train de t'aider.

— Tant que tu me descends avant que Jonathan nous voie, dis-je en grognant.

Naïa glousse avant de s'élancer dans les escaliers, posant les pieds sur chaque marche sans faire le moindre bruit. Ses bras et son buste restent immobiles tandis que le bas de son corps se déplace, me donnant l'impression d'être maintenue sur une plateforme qui lévite au-dessus des marches. Je me résigne. Je suis dans la réalité. Je suis tout sauf la femme puissante et dangereuse que tout le monde craignait dans le jeu. Je doute toujours de moi, mais mon corps est à présent devenu aussi inoffensif que mon esprit.

Arrivées au quatorzième étage, Naïa me pose gentiment et repositionne même mon tee-shirt qui s'était relevé sur mon ventre. Très sérieuse, elle me dépasse et guette le bruit des pas de Jonathan, qui s'est introduit sans nous attendre dans l'étage. Elle fronce les sourcils et lève quatre doigts devant moi, énumérant chaque personne présente par des signes très explicites. Quatre. Nous sommes quatre à l'étage. Son ouïe de machine ne peut s'être trompée.

C'est forcément une coïncidence. Comment Jonathan aurait-il pu savoir que Béa était présente ? Naïa revient vers moi sans quitter des yeux le couloir que nous avons devant nous.

— Elle est ici, explique le robot. L'entreprise a été délocalisée d'urgence depuis l'accident, mais Béa, elle, a été portée disparue.

— Comment sais-tu que c'est elle ? chuchoté-je.

— Des traces sur le réseau avaient été identifiées par Margot, prouvant qu'il y avait encore de l'activité connectée dans l'étage du concessionnaire, bien après le départ des salariés. Comme elle connaissait plus ou moins les circonstances du meurtre, elle n'a pas fait plus de recherches et a conclu à un squatteur. Ce n'était pas urgent. Pour moi, c'est Béa qui cherche à protéger sa vie en retrouvant des données compromettantes.

— Mais quelles étaient les chances pour que…

— Jonathan a commencé par le seul endroit qu'il connaissait, coupe Naïa en haussant les épaules. On devrait aller l'aider.

Un cri étouffé et une cavalcade se font soudain entendre. Une femme débouche dans le couloir en courant, se retournant fréquemment. Lorsqu'elle se trouve à mi-chemin de la sortie, Jonathan apparaît à l'autre bout, se déplaçant à une vitesse hallucinante grâce à ses jambes artificielles performantes. Elle se met à hurler et, sans bien nous distinguer dans l'ombre, plonge sur moi.

Je tombe violemment en arrière, projetée par la femme terrorisée. Elle essaie de se relever mais Naïa l'empoigne au niveau de l'avant-bras et l'attire à elle. La femme tente de s'échapper, en vain, et se met à trembler et à pleurer.

— Laissez-moi ! crie-t-elle. Je ne veux pas mourir…

Secouée, je me redresse péniblement. Jonathan se précipite sur moi et m'aide à me relever.

— Ça va ? s'exclame-t-il. Tu es blessée ?

Je secoue la tête. La femme tente un coup de tête en arrière et se cogne contre le visage de Naïa, qui fait une grimace mais ne bronche pas. L'autre pousse un cri de douleur.

— Qu'est-ce que c'est ? Qu'est-ce que vous voulez ! s'exclame-t-elle.

— Du calme, s'agace Jonathan. Ça vous prend souvent, d'attaquer les gens sans prévenir ?

C'est là que je réalise qu'il saigne à la bouche et dans un même élan, porte ma main à sa lèvre éclatée. Il l'attrape avant que je ne touche la blessure, serrant mes doigts pour me faire comprendre que je ne dois pas m'inquiéter.

— Vous m'avez surprise, grogne la femme.

— Quel est votre nom ?

Elle lui lance un regard assassin et essaie une fois de plus de glisser hors de l'étreinte de Naïa.

— Vous voulez me faire répéter ? insiste Jonathan en levant un sourcil.

Il ne lâche pas ma main. Cette situation me met mal à l'aise. Non pas sa main qui tient la mienne, mais cette femme immobilisée par un robot qui m'appartient, qui effrayée a porté un coup à Jonathan, qui fuyait en hurlant, qui dit ne pas vouloir mourir. Jonathan la regarde sans vraiment de haine. Je le connais. Pourtant, je suis sûre qu'elle se sent en danger. A cause de lui, de ses yeux sans émotion et de cette situation absurde.

— Béa ? dis-je.

Elle me regarde. Eclair de peur.

— Nous sommes là pour t'offrir une protection, expliqué-je.

Elle regarde Jonathan, puis moi. C'est trop étrange. Je dois trouver les bons mots.

— Nous avons toutes deux à y gagner. Je m'appelle Sarah.

Je lui tends la main. Elle me fixe, à présent. Un air blasé, soudain. Ses yeux qui se ferment à moitié lorsque son regard change de direction. Elle se moque.

— Je sais, marmonne-t-elle.

— Parfait, dis-je. Alors tu dois avoir une idée de la raison pour laquelle j'ai besoin de ton aide.

Cette fois, elle se fige. C'est le cas, bien sûr. Mais elle n'y avait pas réfléchi. Va-t-elle mordre à l'hameçon ?

— Je ne vois pas de quoi vous voulez parler.

Jonathan soupire.

— Naïa, on l'emmène, dit-il.

Sans lâcher ma main, il se dirige vers les ascenseurs. Béa se met à crier.

— Eh, attendez ! Où est-ce que vous m'emmenez !

Jonathan se retourne et lui sourit.

— Si tu connais Sarah, tu sais peut-être aussi qui je suis. J'embarque tout ce qui ressemble, de près ou de loin, à un complice de Blink. Direction la PI.

Elle écarquille les yeux et reprend ses cris.

— Non ! Attendez… si vous faites ça, je suis morte !

— Mais non, dit Jonathan en tenant les portes pour Naïa. Tout va bien se passer.

Le Naïwo entre en forçant Béa à la suivre. Je me glisse avec eux à l'intérieur de l'ascenseur.

— Attendez… Attendez ! Je… je vais parler !

L'ascenseur se ferme. Naïa se tourne pour que nous puissions voir le visage de Béa, inondé de larmes. Ce n'est pas comme ça que je voyais la capture de cette femme. Je baisse la tête, incapable de la regarder dans les yeux. La main de Jonathan serre encore la mienne pour me rassurer.

— Sarah tiendra l'interrogatoire, dit-il.

Béa déglutit et me regarde. Je lève la tête et prends une profonde inspiration. Evidemment, que je tiendrai l'interrogatoire. Si c'est lui qui s'en occupe, elle va finir par se faire dessus.

Je me racle la gorge et réfléchis quelques instants, avant de décréter :

— On va faire une pause. Asseyez-vous. Béa, si tu essaies de fuir, ça va mal finir.

Ce sera le seul avertissement qui s'échappera de ma bouche, j'en fais le serment. Elle hoche la tête et obéit tandis que Naïa se détache d'elle et glisse au sol à son tour. Jonathan attend que je m'asseye également avant de m'imiter et finit par lâcher ma main.

— Je ne connais pas tous les détails de la situation, donc on va rester dans cet ascenseur pour l'instant. On est samedi, on ne devrait pas être dérangés avant au moins neuf heures. Tu confirmes être la seule de ton entreprise à être restée sur les lieux depuis l'accident ?

— Je n'en suis plus salariée, répond-elle. Je fais du travail indépendant l'après-midi. Le matin, je viens ici pour faire quelques recherches. Je n'ai jamais croisé personne.

— Et ces recherches ?

Elle hésite. Elle réfléchit quelques secondes, regarde sur le côté avant de dire calmement :

— Je suppose que je ferais mieux de raconter les choses depuis le début.

Naïa ne dit rien et Jonathan me regarde. Je hoche la tête. Cela me semble une bonne idée. J'attends qu'elle parle, mais elle prend son temps.

— Avec Val, on se disait qu'on n'allait pas tarder à se faire attaquer, commence-t-elle. Lui se rassurait en disant que Chris n'avait rien à nous reprocher, mais moi, j'ai bien vu ce qui se tramait. Ils y passaient tous.

— Il va falloir nous rappeler un peu de qui tu parles, dis-je.

— Val, dit-elle, c'est mon collègue. Enfin, c'était. Il faisait partie des anciens collègues de Chris. Enfin, de Blink. Vous savez, Christophe Juillard. Moi, j'étais pas tellement dans leurs affaires. Disons qu'à l'époque, Val et moi, on avait une histoire. Et comme je suis douée en prog', je l'aidais à travailler sur ses projets. Je n'étais pas vraiment dans le coup, mais je savais que ce qu'ils faisaient n'était pas net. J'étais là lorsque Val s'est rendu compte que Chris l'avait entubé, comme les autres. Quand la Blink Company est née et que Chris a réutilisé nos découvertes en nous écartant du tableau, on l'a vraiment détesté. Et puis la plupart d'entre nous ont fait leur deuil de lui. Tous, sauf Romain. Lui, il pouvait pas supporter cet affront. Ça a beaucoup chauffé entre eux, mais il a bien dû se résigner. Chris avait couvert ses arrières, il était intouchable.

— Ton collègue, Val, qu'est-ce qu'il avait fait pour Blink ?

— Oh, vous comprendriez pas, dit Béa en haussant les sourcils. C'est trop technique. On a breveté des découvertes sur la simulation du fonctionnement de certaines parties du cerveau avec des programmes, ce genre de choses. Après la trahison, ma relation avec Val s'est dégradée, mais je suis restée travailler avec lui. On a essayé de reconstruire ce que Chris avait détruit, ou du moins de construire quelque chose d'autre dont il n'avait pas connaissance. De redorer notre blason. Nous n'avons jamais été bien loin. Ce qui avait fonctionné, c'est cette formidable équipe que nous étions tous. Enfin, qu'ils étaient. Moins, je n'en faisais pas officiellement partie. C'est ce qui m'a sauvée, je suppose.

— Tu as la liste ?

Béa secoue la tête et hausse les épaules.

— Val avait la liste. Mais ce n'est pas important. Ils sont presque tous morts, maintenant. Comme je vous le disais, Val et moi, on savait ce qu'on risquait. Quand Romain a été tué, on a commencé à s'inquiéter, et on a découvert que d'autres anciens membres de l'équipe avaient disparu comme lui, dans des circonstances suspectes. On s'est mis à surveiller le réseau et ceux qui vivaient encore, et on a traqué l'existence d'une IA, envoyée à tous les coups par Chris, qui se débarrassaient d'eux.

Jonathan frémit mais fait semblant de rester impassible. Béa ne remarque rien.

— Comment savez-vous que c'était Blink ? Et pourquoi maintenant ?

— Oh, ce n'était pas bien difficile. Lorsque le jeu a été fermé il y a peu, on s'est dit qu'il ne devait plus lui rester aucune crédibilité et que les découvertes qu'il nous avait volées allaient rester inutilisées le temps qu'il trouve un autre moyen d'arnaquer les gens. Et puis…

Elle lève les yeux vers moi et me fixe avec assurance.

— Vous le savez, non ? Que ces types-là, ils ne s'arrêtaient devant rien pour obtenir ce qu'ils voulaient ? Ils ont tué. Tous. Même Val. C'est aussi pour ça que ça s'est mal passé entre nous, à la fin. J'avais toujours cette conscience que l'homme avec qui j'étais avait fait du mal à des gens innocents. Je me sens bête de le dire à haute voix comme ça, parce que c'est évident : l'organisation criminelle que recherche la PI depuis des années, c'est eux, et je sais que vous le savez. Blink était le pire, après Romain. Je ne vois pas ce qu'il vous faut de plus pour comprendre.

Je dois avoir cette expression sur mon visage de la fille qui ne saisit pas, qui est à mille lieues de là. La fille paumée. C'est sans doute parce qu'elle parlait d'une relation de couple entre un innocent et un meurtrier. Jonathan n'a pas réagi. Il doit être tourmenté, à l'intérieur. Mais nous, nous sommes différents. Il n'a pas tué des innocents, mais des criminels. Il était manipulé par un psychopathe qui n'en était pas à sa première victime.

— Pourquoi retourner ici aussi souvent ? demandé-je alors. Vous avez des preuves contre Juillard ?

— C'est compliqué. Les preuves, elles sont là-dedans.

Elle tapote sa tempe. Ses yeux sont devenus vitreux. Des larmes montent, rendant leur surface brillante.

— C'est moi qui ai tenu à préparer un piège pour l'IA, pour éviter qu'elle ne s'attaque à Val. Il a fini par céder, et on a créé un faux Chris. Un hologramme identique à lui, programmé pour reconditionner l'IA et l'empêcher d'exécuter ses précédents ordres.

— Ça semble être une bonne idée, dis-je. Qu'est-ce qui a raté ?

— Tout. Tout a raté.

Elle pose la paume de sa main sur son front et s'interrompt pour retenir ses larmes. Elle essuie celles qui se sont échappées et poursuit, la voix rauque.

— L'IA a pris le contrôle de l'hologramme. On n'avait jamais vu un programme capable de passer une sécurité aussi complexe que celle que nous avions mise en place. Il nous a laissé un message avec cet hologramme, parce qu'il savait qu'il contrôlait une imitation de Chris. Il a dit quelque chose comme « Je suis Blink et je vais vous tuer », et d'autres évidences comme ça. Il s'est avancé vers Val, qui a reculé jusqu'à la fenêtre... il s'attendait pas à ce que... le programme, un vrai virus... Val s'est appuyé contre la fenêtre, mais elle s'est ouverte sans prévenir.

Elle met son poing devant sa bouche et raidit son visage jusqu'à obtenir une expression la plus neutre possible. Seules deux traînées de larmes sur ses joues témoignent de son chagrin.

— Ce que tu cherches..., murmuré-je sans oser regarder Jonathan. C'est le message de l'hologramme ?

Elle hoche la tête.

— Il aurait dû être enregistré, mais il n'y en a aucune trace. Je fais des recherches très profondes sur l'ordinateur lui-même et sur les caméras de surveillance pour voir si je peux trouver la moindre miette de preuve. Pour l'instant, aucun succès. J'avoue ne plus y croire.

— Donc tu étais bien présente lorsque Val a été tué ? demande Jonathan.

— Oui... j'ai tout vu. Le message de l'hologramme, Val surpris par la fenêtre qui s'ouvre dans son dos et qui n'a pas eu le temps de se retenir. J'ai poussé un cri, et puis je suis restée tétanisée. Je n'ai pas bougé d'un millimètre, en plein milieu de la pièce. L'hologramme a disparu. Je suis restée comme ça encore une bonne dizaine de minutes, sans doute. En bas, il y avait les sirènes. Quand j'ai repris mes esprits, j'ai décidé de disparaître. C'était trop dangereux pour moi.

Naïa est fascinée par les larmes de Béa et jette des coups d'œil discrets vers Jonathan lorsqu'elle le peut. Il est peiné, mais j'ai l'impression qu'il supporte mieux les accusations indirectes qu'il y a quelques jours.

— Et toi ? Tu as déjà tué ? demande-t-il soudain.

— Non, je ne pourrais jamais, répond-elle immédiatement en fronçant les sourcils.

— Il ne te méritait pas, dit-il alors.

Elle baisse les yeux. On dirait qu'elle sait qu'il a raison, qu'elle l'admet. Cette phrase me glace le sang. J'espère qu'il ne parle pas pour lui. Il ne faut pas me mériter, moi. Je sais ce que je fais. J'assume mes choix et les obscures raisons qu'a mon cœur de l'aimer.

— Est-ce que tu nous laisserais t'emmener au poste de la PI ? demandé-je.

Béa me regarde apeurée. Naïa se met à soupirer profondément.

— Mademoiselle Thouvenin ici présente, dit le Naïwo sur un ton soudain agacé, nous donne l'impression qu'elle est toute blanche, mais ce n'est pas exactement vrai. N'est-ce pas ?

La concernée baisse les yeux et ne répond pas.

— C'est-à-dire, Naïa ? dis-je.

— Eh bien, qu'elle le veuille ou non, elle a participé à un certain nombre d'activités criminelles afin de se remplir les poches aux dépens des honnêtes gens. J'ai tort ?

Béa relève les yeux et fusille Naïa du regard. Je suppose qu'elle n'avait pas prévu cela.

— Donc, dit Jonathan, on l'emmène au poste quoi qu'il arrive ? Et on en profite pour recueillir son témoignage.

— Vous n'obtiendrez rien de moi si vous m'emprisonnez, crache Béa.

Je lève un sourcil, surprise. Elle a le cran de penser qu'elle est en position de force.

— Je t'explique comment ça va se passer, dis-je. Tu vas nous suivre parce que tu n'as pas la force de résister à la poigne de Naïa. On va t'emmener au poste, on va donner ton nom, et on va te situer un peu dans tout ce bazar qu'est l'organisation secrète que tu as aidée. Ensuite, deux possibilités s'offrent à toi.

Elle grimace déjà. Je suis presque amusée, malgré sa situation malencontreuse, parce que son côté obscur a refait surface et qu'elle a cru pouvoir me manipuler.

— Tu peux décider de ne pas témoigner contre Christophe Juillard. Bon. Dans ce cas, tu vas écoper de la peine maximale. Sans rancune, bien sûr. C'est juste comme ça, c'est la loi.

Elle déglutit. Jonathan écoute sagement, sans avoir l'air de rien penser. Naïa a l'air un peu gênée.

— Tu peux également décider de nous aider, dis-je encore, c'est-à-dire simplement raconter à la police puis au tribunal tous les détails de ce que Val et toi avec vécu depuis que vous avez appris que Juillard éliminait toute l'équipe. Ta peine en sera grandement allégée et nous attesterons de ta bonne foi et du fait que tu mérites de retrouver une vie normale.

— Et l'IA ? demande Béa, méfiante.

— C'était Nyx, répond Naïa.

Je me retourne sur le robot, interdite. Elle regarde Béa avec assurance et ajoute :

— Mais elle est morte, à présent. Tu peux dormir tranquille.

Un silence gênant s'installe. Il n'y a que moi que ça dérange, sans doute. Naïa a rejeté la faute sur Nyx pour que personne n'enquête sur la présence de Jonathan sur le réseau de l'organisation. Bien sûr, elle a raison. Ce n'est simplement pas facile à entendre. Si Nyx était encore là et qu'elle nous espionnait, je me demande comment elle réagirait. Elle serait vexée. Elle viendrait, tard le soir, me crier dessus parce que j'ai laissé faire, laissé dire. Elle aurait souhaité que je la défende.

— Bon, tu nous suis au poste ? m'impatienté-je.

Béa soupire et hoche la tête. Elle se relève dans l'ascenseur et attend que nous ayons fait de même. En sortant, je la surveille, mais elle s'est résignée. Sur le trottoir, je lui désigne la voiture de Jonathan. Nous embarquons sans histoires.

— Cette fois, mets le pilote automatique, dis-je.

Jonathan me sourit. J'ai cru voir quelque chose dans ses yeux. Une certaine assurance est revenue, doublée d'une confiance en lui qui avait fui le navire depuis son réveil du coma. Derrière nous, Béa se met à tousser.

— Dites donc, vous deux.

Je me retourne sur elle, intriguée. Elle lève les yeux au ciel en nous regardant tour à tour.

— Un problème ? dis-je.

Naïa se met à rire doucement mais ne s'arrête plus. Je la dévisage, surprise. Elle a un fou rire, mais un fou rire délicat, léger. J'esquisse un sourire, contaminée.

— Il va falloir m'expliquer, assuré-je.

Naïa, toujours en riant tout bas, s'avance entre nos sièges et murmure quelque chose à l'oreille de Jonathan. Il baisse les yeux et sourit à son tour.

— Qu'est-ce qu'il y a ? Parle ! m'exclamé-je.

— Plus tard, murmure-t-il avec un clin d'œil.

Satisfaite, Naïa rit de plus belle.

Juliette nous attend devant la PI, excitée comme une puce. Elle a été réhabilitée à son poste après avoir longuement discuté avec Roca, qui a été compréhensif et n'a pas réalisé qu'elle revenait après avoir gagné son combat. Lorsqu'on descend, elle se précipite pour menotter Béa tout en nous accueillant comme des amis de longue date. C'est tout juste si je ne m'attendrais pas à entendre : « Vous avez fait bonne route ?». Elle nous ouvre et nous prenons l'ascenseur qui mène en souterrain.

— Enfin, du nouveau ! s'exclame-t-elle. J'avais vraiment peur de devoir le relâcher bientôt.

Béa fronce les sourcils et se retourne pour la regarder, mais Margot la replace avec force.

— Attendez, dit-elle, ne me dites pas que vous avez enfermé Chris ici ?

— Vous inquiétez pas pour ça, dit Margot. Vous ne craignez rien.

— Vous rigolez ? Je veux voir cet enfoiré !

J'échange un regard hésitant avec Jonathan. Margot, elle, ne se démonte pas.

— Vous êtes un témoin très précieux, dit-elle. Vous n'irez nulle part tant que vous n'aurez pas rendu votre déposition.

Béa se met à se débattre en poussant des cris. Soudain, elle prend sa décision.

— Je vous dirai rien ! hurle-t-elle. Pas tant que vous ne m'aurez pas amené devant lui ! Je vous dirai rien !

Elle tombe à genoux. Déstabilisée, Margot la plaque au sol pour mieux la maîtriser. Elle se retourne sur nous, surprise.

— C'est vous qui lui avez mis ça dans la tête ?

— Mais non, dis-je agacée, c'est toi qui viens de lui dire que vous déteniez Juillard. Il a tué son ex, elle ne peut plus l'encadrer.

Margot soupire et redresse Béa.

— Calme-toi, dit-elle en passant au tutoiement sans réfléchir. Tu ne risques rien ici, donc je vais t'amener à sa cellule. Mais si tu fais la moindre bourde, ce sera selon mes termes et rien d'autre. Compris ?

Béa ne répond pas mais semble rassurée. Margot grogne.

— Compris ? répète-t-elle.

— Oui, murmure Béa.

— Lève-toi.

Béa s'exécute en silence. Lentement, toute notre petite troupe fait son chemin jusqu'aux escaliers qui mènent à la prison de l'étage inférieur. Pour ma part, je suis concentrée sur les mots qu'a chuchotés Naïa à l'oreille de Jonathan, que je ne parviens pas à deviner et qu'il n'a pas voulu me dire. Qu'est-ce que ça peut être ? Lorsque je lève les yeux, le Naïwo me regarde d'un air amusé. Elle me nargue. Elle sait que cela me perturbe au plus haut point.

Arrivés dans le couloir, Margot se place devant avec Béa, je suis avec Jonathan et Naïa ferme la marche en regardant autour d'elle d'un air émerveillé. Aucun mouvement ni bruit au bout ne nous indique que Blink est là. Un mauvais pressentiment m'étreint soudain. Et s'il avait mis fin à ses jours, comme dans des films qu'il m'est arrivé de voir ? Et s'il avait un tel poids sur la conscience qu'il préférait en finir ? Je suis paranoïaque. Cet homme est trop fier pour faire une telle chose.

Je me racle la gorge. Comme l'autre fois. Il n'est pas curieux, il ne passe pas la tête. Margot arrive au niveau de la cellule avec Béa, elle s'arrête et se tourne vers l'intérieur. Elle ne réagit pas, reste neutre. Il est là. Evidemment.

J'atteins la cellule et regarde à l'intérieur. Je découvre Christophe Juillard dans toute sa splendeur d'homme épave, la barbe plus longue qu'elle n'a jamais été en dix ans, les cernes sous les yeux, le fin sourire qui n'est plus celui d'avant, qui y ressemble mais de si loin. Lorsqu'il voit Béa, cependant, ses yeux s'ouvrent à leur maximum et sa bouche s'inverse, il devient sérieux, il scrute le moindre détail des gens présents. Jonathan arrive derrière moi. Naïa se cache dans l'ombre de notre groupe, un peu inquiète de le voir. Elle sait ce qu'il représente.

— Christophe, susurre Béa en articulant exagérément.

Il la reconnaît.

— Béa Thouvenin, murmure-t-il avec un sourire qui n'a jamais été aussi faux. Que me vaut le plaisir.

Elle, ne sourit pas. Elle le jauge, droite comme un I, bien au-dessus de lui qui est assis. Ses paupières à moitié fermées car elle regarde vers le bas, cet air de gouverner son monde, d'être celle qui le mènera à sa perte. Elle n'était pas sur la liste, et si elle n'avait pas été témoin de l'assassinat de son ami Val, elle n'aurait pas représenté de danger. Pourtant, elle était comme les autres. Elle avait aidé à certaines découvertes, elle savait des choses, elle était dans le coup. Blink l'a oubliée. C'était une erreur.

— Je ne te comprends pas, et je ne t'ai jamais compris, Chris. Il faut toujours que tu en fasses trop. Jusque-là, tu te débrouillais bien. Tu nous avais tous volés, on n'avait rien pu faire pour reprendre nos droits sur nos brevets, et malgré toute cette connerie de jeu et les aventures de celle-là, tu t'en sortais très bien.

Les aventures de celle-là. Le pouce pointé vers l'arrière sans même tourner la tête. C'est de moi qu'elle parle.

— Et puis il a fallu que tu en fasses trop, comme toujours. Quel beau salopard.

Je frémis. Je n'avais pas pensé à une chose : si elle mentionne Nyx, il risque de comprendre qu'on a menti à Béa pour Jonathan. Que fera-t-il alors ?

— Personne ici n'a de preuve, dit Blink avec assurance.

— Je vois pourtant trois personnes ici qui possèdent un témoin, répond-elle en le regardant dans les yeux.

— C'est un grand mot, répond Blink sans ciller.

Il la pousse à parler. Ce n'est pas bien grave. Elle peut lui dire ce qu'elle sait, rien n'est connecté ici et ce ne sera rien de nouveau pour lui, sauf éventuellement cette histoire d'hologramme.

— Ton IA a pris le contrôle d'un hologramme possédant ton apparence et a mentionné ton nom. Ensuite, elle a forcé Val à se défenestrer.

Juillard glisse un regard vers Jonathan, qui le fixe avec une froideur sans égale. Puis il se tourne à nouveau vers Béa et déglutit.

— Mmm, marmonne Blink. J'ai sans doute omis une ou deux instructions…

Il sort de sa poche un objet minuscule et se met à le faire glisser dans sa paume, dans le creux de ses doigts.

— Qu'est-ce que c'est ? s'inquiète Margot.

Jonathan s'approche des barreaux et regarde l'objet d'un air furibond. Naïa s'avance timidement. Juillard regarde tour à tour Béa et Naïa, et un sourire terriblement sournois se dessine sur sa bouche. Ses doigts tressautent sur l'objet. Il a activé quelque chose.

— C'est le micron d'Estelle ! s'exclame Jonathan.

Blink s'apprête à dire quelque chose de sans doute très maléfique au vu de l'expression sur son visage, quand soudain Naïa éclate de rire. Tout le monde se tourne vers elle, surpris. Blink, gardant encore un peu son expression démoniaque, se met lentement à froncer les sourcils, comme si quelque chose n'allait pas. Naïa rit de plus belle, faisant même semblant d'en pleurer, se frottant les yeux avec ses doigts de fée.

— Christophe Juillard, dit-elle en souriant. Je suis un Naïwo. Ma gamme est née en 2150 et a été rappelée pour destruction à l'usine suite à l'attaque d'un virus qui nous a tous déconnectés pour de bon. Je suis l'un des rares spécimens encore existants, et je ne peux en aucun cas recevoir d'ordre de votre appareil. Que vouliez-vous faire ? Tuer Béa ?

Juillard est devenu aussi pâle que les murs de sa cellule. Il essaie de reprendre sa contenance, en vain. Béa, elle, a le souffle court. Elle vient de réaliser qu'elle aurait pu y passer.

— Quoi ! s'écrie-t-elle. Mais t'es vraiment la pire des ordures ! Pauvre type ! C'est fini pour toi, tu as compris ? Fini !

Margot extirpe ses clés de sa veste, ouvre la cellule et plaque Blink au sol. Elle se saisit du micron sans attendre, ressort en refermant soigneusement la porte et observe l'objet avec attention.

— Comment avez-vous obtenu ce truc ! s'exclame-t-elle. On vous a fouillé à votre arrivée...

— Volé à Romain, grogne Blink en se relevant. Un robot est venu me le livrer à ma cellule.

— On ajoute donc une autre tentative de meurtre prémédité au dossier, juge Margot. Parfait. Merci pour cette pièce à conviction, ça va nous faciliter la tâche.

Elle ouvre sa poche et y fait délicatement tomber le micron.

— Venez, Béa, dit Margot. On va prendre votre témoignage.

Les deux femmes s'éloignent, l'une sûre d'elle, l'autre tremblante. Une main passe dans son dos pour la rassurer.

— Comment vous avez fait ?

Blink a accroché quelques doigts aux barreaux et fixe Jonathan.

— Comment j'ai fait quoi ? demande ce dernier.

— Pour vous réveiller.

Jonathan me regarde, puis regarde Naïa qui s'est remise de son énième fou-rire. Je soupire.

— Nyx l'a guidé jusqu'à ce corps après qu'on l'a branché sur votre machine, dis-je calmement.

Blink effectue un léger mouvement du menton, faisant mine de comprendre. Cela le fascine encore. Tout comme il a véritablement souhaité me sauver pour apprendre de mon accident, il voulait que Jonathan s'en sorte. Quel sens de la morale terriblement contradictoire.

— Vous dites que Nyx vous a sauvé ?

Jonathan hoche la tête. Soudain, alors que tout est à présent contre lui, Blink affiche un dernier sourire sincère.

— C'est drôle, murmure-t-il.

Je fronce les sourcils. Il me regarde, et pour la première fois, je vois devant moi l'homme sans son masque.

— Elle est probablement la seule vraie bonne chose que j'aie permis de créer.

Epilogue

Depuis la tour, le paysage est à couper le souffle. Beaucoup pensent que la ville est laide. Ce n'est pas vrai. En cet instant, avec ce coucher de soleil qui endort les rues en les baignant dans une lumière différente, j'ai envie de rêver, mais je ne peux pas. Je hoche la tête pour rassurer Vince qui m'annonce que le réseau est bien vidé de tous ses électrons libres. Dans une salle privée appartenant à la Police de l'Informatique et de l'Internet, les animaux de la jungle vivent leur éternité. Sur un serveur de l'association, ici-même, les Dieux jumeaux veillent sur un monde autrefois désert, abritant à présent une petite famille d'humains coulant des jours heureux. Kouro et Britt, en couple depuis peu, ont acheté une propriété à leur nom qu'ils ont offerte tout entière à Dédale. Alexandre grandit ; Yann est chéri par son oncle. Les siamois vivent ensemble, Estelle élève ses enfants miracles. Des tombes ont été disposées pour chacun des disparus, et une grande commémoration a été mise en place pour leur faire nos adieux. Et puis, en dehors de toutes ces existences qui ont survécu ou nous ont quittés, il y a les deux plus importantes créatures de ma vie. Deux soleils rieurs, malicieux, naïfs et ignorants de la force de l'amour que je leur porte. Quand je pense à eux, mon corps se gonfle de bonheur, mes poumons d'air. Je me redresse, je marche, et j'ai la sensation d'être immortelle.

Vince me regarde partir pensivement. Il ne dit rien. Il vient de m'annoncer que l'esprit de Nyx n'est plus qu'un souvenir, et les mots ne lui sont plus venus. Je traverse le couloir sans voir les gens. Je prends l'ascenseur et descends jusqu'en bas de la tour. Je saute sur un vélo, je m'élance contre le vent. Je pourrais rester ainsi des heures. Mais arrivée en bas de chez moi, je range le vélo et grimpe les marches quatre à quatre. J'entre dans l'appartement, ouvre toutes les fenêtres, pénètre dans la chambre de Max. Il sursaute et se retourne, l'Arlequin nommé Laurel dans les bras. Il y a quelques semaines, je l'aurais trouvé en train de visionner la série en projection sur le mur. Mais ce soir, il joue avec quelque chose qui ressemble à une poupée. Max me fait un grand sourire. Je m'accroupis et le serre dans mes bras. Je l'embrasse, un peu trop sans doute, car il me repousse en riant.

Et puis, on sonne à la porte. Je me redresse et m'avance. Elle s'ouvre, Jonathan entre. J'oubliais qu'il avait les clés. Il me sourit et me pose une question. Je lui souris. Je n'ai pas écouté.

— Tu as faim ? répète-t-il.

Je hoche la tête mais lui fais signe que Max est là. Il sait, évidemment. Il se retourne et attrape au sol des sacs remplis de victuailles qu'il amène dans la cuisine. Scène irréelle du Capitaine, le modérateur du jeu, le membre des autorités de la ville survivante du désert, qui veut se nourrir avec moi et mon fils. Ai-je osé rêver cela un jour ? Jonathan sourit aussi longtemps qu'il avait l'habitude de soupirer. Je me joins à lui et force ma chance, creusant le dernier mystère de nos aventures.

— Qu'est-ce que Naïa t'a dit à l'oreille ?

Cela le fait rire aux éclats. Il murmure que je le saurai plus tard. Je fais semblant de lui en vouloir et Max arrive pour nous aider. La soirée se poursuit, doucement et calmement, sans que je sois pressée de rien. Je savoure les conversations de cette étrange réunion autant que la nourriture. Après manger, nous discutons encore pendant une heure avant que Max, exténué, aille dormir sans même m'obliger à insister. Je le borde et l'embrasse, cette fois sans résistance de sa part.

Lorsque je reviens dans le salon, Jonathan semble finir de parler avec Naïa, qui s'éloigne poliment en me contournant pour aller dans la chambre.

— Des messes basses ? murmuré-je.

Il secoue la tête, les yeux pétillants. Je m'assieds à côté de lui et le détaille des pieds à la tête. Il semble apprécier cela, car il rit et se passe même la langue sur les lèvres comme s'il était gêné. Son embarras étant communicatif, l'ambiance se refroidit légèrement et je me mets à détourner le regard pour fixer les verres d'eau presque vides sur la table.

— Si tu… peux le supporter, alors moi aussi, dit-il soudain.

Je lève les yeux, surprise.

— Si tu peux me regarder en face après tout ça, ajoute-t-il.

A cet instant, je fixe ses mains qui grattent machinalement son pantalon. Symboliquement, je plante mon regard dans le sien et ne cille plus. Des secondes passent. Le silence pèse de plus en plus lourd. Dix secondes. Au moins. Et puis, je n'y tiens plus.

— Check. Et sinon, que t'a dit Naïa ?

Son visage se transforme. Ses yeux se plissent, sa bouche s'ouvre en un sourire éclatant qu'il est incapable de réprimer, et un éclat de rire s'échappe de sa gorge. Il se penche lentement jusqu'à mon oreille, et patiente tant que je sens au moins deux expirations dans mon cou avant qu'il ne murmure :

— Embrasse-la.

Et puis, sans vraiment prévenir plus que ça, il s'exécute. Cela faisait longtemps que je n'avais pas été embrassée avec autant de fougue. J'avais oublié ce que je ressentais à ce moment. Un bref souvenir m'est revenu dans le jeu, lorsqu'il m'a embrassée à deux reprises sur plusieurs semaines. Mais rien de semblable à une telle vague d'émotions, de sensations, de questionnements. J'ai fermé les yeux, automatiquement. Je l'agrippe dans le dos, derrière la tête, je caresse ses joues. Je n'ai plus besoin d'oxygène, ce n'est pas important. Je préfère continuer ce baiser que de risquer de briser un moment si fragile. Faites que cela ne s'arrête jamais.

Jonathan se détache de moi, et je plonge dans son regard brillant d'excitation. Un deuxième baiser me cueille, puis un troisième. Il se redresse alors, me prend la main et m'entraîne dans le couloir tout en continuant de m'embrasser. Je le suis le plus silencieusement possible pour ne pas réveiller Max et me glisse dans la chambre en premier. J'allume la lumière et me fige.

Naïa, debout devant l'armoire ouverte, est en train de se changer pour une tenue de nuit. Elle porte un pantalon de pyjama très moulant, mais son buste est entièrement nu. Elle se cache le corps avec ses bras, une expression choquée sur le visage.

— Oh, tu te changes ? dis-je. Désolée, je…

Elle se glisse derrière un battant de l'armoire pour que je ne la voie pas, un bras devant son sein gauche. Son visage est cramoisi et elle tremble. Je me tourne vers Jonathan, perplexe.

— Elle est drôlement pudique. Tu sais, Naïa, je t'ai vue nue le jour où je t'ai achetée.

Le robot élégant se tourne, enfile rapidement le petit tee-shirt qu'il avait choisi de porter, et se précipite hors de la chambre, passant entre Jonathan et moi. Ce dernier n'a pas l'air plus étonné que cela. Je fronce les sourcils. Quelque chose ne va pas. Je m'excuse d'un signe de la main auprès de Jonathan et suis Naïa jusque dans le salon. Elle se retourne, désorientée.

— Ecoute, expliqué-je, je me fiche de te voir sans vêtements, mais c'est un peu gênant que tu joues la pudeur comme ça. Ce n'est qu'une simulation, donc tu peux arrêter ça, ce n'est pas nécessaire.

— Je ne peux pas, murmure Naïa. Ça me gêne vraiment.

Je la dévisage pensivement. Jonathan arrive derrière moi et la regarde étrangement.

— Pourquoi ? demandé-je.

Elle ne répond pas. Un doute effroyable me taraude. Enfin, effroyable… un doute. Un simple doute. Mais Naïa, qui lit sur les traits de mon visage ce que je pense, a l'air soudain effrayé.

— Ne me dis pas que…

Elle se mord la lèvre. Ses yeux me détaillent pourtant vivement, comme pour me photographier dans sa mémoire.

— Nyx ?

Le Naïwo regarde Jonathan, puis moi. Je me tourne vers lui. Il ne réagit pas.

— C'est Nyx ? crié-je. Tu savais ?

— J'ai deviné tout récemment, avoue-t-il, mais je n'étais pas certain. Je pense que Max avait également compris.

Naïa a reculé jusqu'au fond de la pièce. Elle a cet air de vouloir vivre mais de ne pas savoir ce que je vais faire d'elle, comme un animal sauvage piégé dans une maison. Elle a le cran de douter de moi, encore maintenant. Quand je revois le changement de comportement qu'elle a eu ces derniers jours, je comprends tout. Sa capacité à élucider tous les mystères, ses piques moqueuses, son humour tout neuf.

— Depuis quand ? demandé-je. La livraison de la mémoire ?

Elle hoche la tête et replace la perruque rousse qui glissait depuis qu'elle a retiré son tee-shirt de la journée. Elle porte un léger haut bleu marine à bretelles et un legging noir moulant. Son ventre translucide, ses épaules et ses pieds nus ont la peau la plus nacrée qui soit. Elle fait glisser une mèche de cheveux derrière son oreille et recule encore au point de se cogner au mur. Elle fait mine de se retourner, comme si elle n'avait pas vu où elle était. Elle ne me regarde pas dans les yeux.

— Et la perruque, elle te convient ? dis-je.

Je suis étonnée qu'elle ait apprécié de rester rousse afin de se distancer de son apparence de Déesse et ses extravagants Callas noires et haillons lévitant dans un brouillard morbide. Hésitante, elle caresse ses cheveux.

— Je l'aime bien, répond-elle. Ça change.

J'inspire profondément et enlace Jonathan avec mon bras droit. Il se laisse faire comme un ours en peluche. Je ne comprends pas pourquoi Nyx me craint, pourquoi elle m'évitait tout ce temps de peur que je la reconnaisse. J'aurais dû le remarquer, d'ailleurs. Mais ce n'est pas grave. Elle est là. Elle sait qu'elle m'a manqué.

— Tu veux la chambre de Jonathan ? dis-je alors. Il n'en a plus besoin.

Elle écarquille les yeux. Ai-je un don pour surprendre les IA ? C'est amusant. Déstabilisée, elle me fait comprendre d'un regard qu'elle est preneuse. Jonathan tourne ma tête avec ses doigts pour m'embrasser encore une fois. Nyx s'avance dans le salon et fait quelques pas de côté pour nous contourner discrètement. Elle va bien finir par retrouver son caractère de Déesse capricieuse. Après un long baiser, je lâche Jonathan, la rejoins en quelques pas et la serre dans mes bras, gagnée par un bonheur intense.

— Bienvenue dans la famille.

FIN

REMERCIEMENTS

Je remercie les lecteurs qui ont suivi les aventures de Sarah de bout en bout, ainsi que ceux qui ont attendu la sortie des trois tomes pour les lire d'une traite.

Je remercie également mes bêta-lecteurs, mon père et mon compagnon, qui m'ont corrigée, donné leur avis et sont les témoins de l'évolution de mon écriture, aboutissant à un troisième tome dont je suis particulièrement fière.

Enfin, je remercie tous ceux qui me soutiennent dans l'écriture et me donnent la motivation de continuer.

TABLE DES MATIERES

Éditeur : BoD-Books on Demand, 12/14 rond point des Champs Élysées, 75008 Paris, France

Impression : BoD-Books on Demand, Norderstedt, Allemagne
ISBN : 978-2-3221-5330-5
Dépôt légal : mars 2019

FSC
www.fsc.org
MIXTE
Papier issu
de sources
responsables
Paper from
responsible sources
FSC® C105338